Queridx inlover:

Con este libro hemos querido enamorarte. Enamorarte, pero bien. Y, aunque el amor tiene mucho de destino, aquí no hemos dejado nada al azar. Cada historia, cada trazo, cada detalle están diseñados con alma y cariño para que te olvides del mundo exterior y te dejes envolver por la magia de una buena trama.

La vida es mucho más compleja que la ficción. Puede que el amor todo lo cure, pero también una buena novela, y la intensidad de un flechazo se abraza mejor cuando se comparte con alguien que a veces se encuentra entre las páginas de un libro. Por eso nos gustan las historias de conexión, escritas a fuego lento, esas que nos dejan la cabeza y el corazón por las nubes.

Porque el amor tiene muchas formas y no siempre sabemos lo que queremos. Hay días en que nos sentimos estrellas del *rock* y otros, cazadores de demonios. Pero siempre, protagonistas de nuestra propia aventura, fuertes contra viento y marea, y merecedores de los mejores capítulos de amor.

Para que sueñes, descubras y vivas.

Te invitamos a leernos.

SANDRA GRAUER

FLAME & ARROW

EL PRÍNCIPE DE LOS DRAGONES

INLOV

Título original: *Flame & Arrow. Drachenprinz*

www.editorialinlov.com

@inlov_editorial

Diseño de la colección: lookatcia.com
Diseño de cubierta: lookatcia.com
Maquetación y revisión: Loclearn, S.L.

ISBN: 978-84-10399-14-3
Depósito legal: B-14973-2025

Impreso en España
Printed in Spain

Este libro está hecho de material proveniente de bosques certificados FSC® bien manejados y de otras fuentes controladas.

MIXTO
Papel | Apoyando la silvicultura responsable
FSC® C202626

Para Christian, que siempre está a mi lado.

Para Niklas y Betty.

Y para todos los seguidores de *Clans of London*.

PRÓLOGO

Merlín fue despertando poco a poco de un estado similar al trance. Hacía mucho tiempo que no visualizaba en su mente imágenes tan claras: incidentes que todavía no habían ocurrido. Tiritaba, y no solo por el frío que había invadido su cuarto de la torre al caer la noche. El viento ululaba en torno a los viejos muros, silbaba a través de las grietas en las paredes. La lluvia intensa azotaba la ventanita de la torre. Pese a todo, oyó a los jinetes sobre sus caballos.

Merlín se levantó de su silla de tijera. Se paró un instante frente a la chimenea y se frotó las manos. De sus palmas salieron chispas, con las que acto seguido encendió el fuego. Agarró un rollo de pergamino, volvió a sentarse a la mesa, buscó una pluma y la sumergió en el tintero. Otro escalofrío le recorrió la espalda cuando apuntó los hechos futuros que acababa de ver: la profecía que afectaba a su propio clan de brujas.

Le dolían los dedos cuando por fin dejó la pluma. Aun así, se puso en pie para ir a buscar un segundo rollo de pergamino. Había visto más que el futuro de su propio clan. Era consciente de que las palabras que había escrito un día podrían condenar a muerte a la niña que ni siquiera había nacido aún, pero no podían permanecer ocultas.

Había demasiado en juego: en un futuro, la niña sufriría un violento rechazo que desataría el miedo, pues gracias a ella al final solo saldría adelante un clan de brujos. Y eso no era todo: también significaba el ocaso del Trono de Dragones. Los dragones eran los aliados de Merlín; no podía bajo ningún concepto ocultarles lo que sabía sobre su futuro para que pudieran reaccionar a tiempo.

Merlín se arrodilló a duras penas para agarrar el segundo rollo de pergamino (empezaba con los achaques, la edad no pasaba en balde, ni siquiera en su caso) cuando oyó pasos por detrás.

—¿Quién me estorba en mi proceso creativo? —preguntó. Sin embargo, antes de poder levantarse o volverse hacia el intruso, notó la corriente de aire de un golpe de espada en el cuello.

1
KAILEY

Al dragón de las escamas azules lo vi demasiado tarde porque salió disparado sin previo aviso del mar y vino directo a mí. Pues nada, ahí se acabó mi día libre al sol. Mientras me levantaba de un salto saqué los cuchillos de ambos lados del cinturón de cadera, enseguida se transformaron en espadas y me quedé en el sitio para derribar al dragón lo antes posible, y porque tampoco tenía tiempo de más maniobras. Cuando estaba casi encima de mí y abrió las fauces con sus colmillos, lancé los brazos al aire. Con una espada penetré la cavidad bucal del dragón, con la otra la sensible zona abdominal. La sangre caliente me goteó encima, pero no fue esa la razón por la que retiré las espadas con brusquedad y rodé a un lado. El dragón casi se estampó contra el suelo rugiendo de dolor. Tomé impulso sobre la hierba del prado y le salté sobre el lomo. La capa de escamas era más dura en esa zona, pero así al monstruo le resultaba más difícil oponer resistencia. Además, conocía sus flaquezas. Le clavé una de las espadas en el cuello, mientras lanzaba la otra como si fuera una estrella arrojadiza hacia el flanco, donde se quedó fija. Para entonces los gritos de dolor del dragón eran ensordecedores, y atrajeron a otro. La bestia de las escamas rojas era solo una pizca

más pequeña que el dragón de las escamas azules, que se desplomó definitivamente en el suelo, donde quedó luchando por su vida, sin duda con todas las de perder.

Bajé deslizándome del lomo del bicho y recuperé mi espada del flanco. Me planté sin hacer ruido en la hierba blanda. Entretanto el dragón de escamas rojas se abalanzó sobre mí y abrió la boca para atacarme con fuego. Solté un bufido. Por favor, ¿eso era todo lo que sabía hacer? Para mí, transformadora de fuego, era fácil convertir las llamas en un humo que nublara la vista al dragón. Este intentó, en cambio, concentrarse en sus otros sentidos. Yo no tenía ningún problema en ver a través del humo, no como él. Una de mis espadas ya le atravesaba el ojo, la otra penetró en la garganta. El dragón soltó un bramido y dio golpes a ciegas alrededor con las garras y la cola. Estuvo a punto de alcanzarme, pero salté por encima del animal justo a tiempo, antes de clavarle las dos espadas en los flancos y caer al suelo. El dolor hizo que el dragón reuniera sus últimas fuerzas, pero ya estaba demasiado débil para constituir un peligro. Fue uno de mis ejercicios más fáciles atacarlo de nuevo con precisión hasta que por fin abandonó la lucha. Permanecí en posición de ataque y busqué en el cielo otros monstruos. No venía ninguno.

El dragón de las escamas azules se esfumó en el aire delante de mis narices, y poco después lo siguió su compañero de escamas rojas. El prado, que un momento antes estaba ensangrentado, volvía a lucir un verde jugoso. Ya no había rastro de la pelea que había tenido lugar allí unos minutos antes.

Bueno, casi nada, porque mi vestido verde ceñido tenía una raja en el lado derecho de la cintura, donde al parecer me había alcanzado una de las garras. Además, el dragón azul me había empapado de agua al volar directo hacia mí en cuanto emergió del mar. Pero no podía quejarme. En el fondo, debería estar contenta de que por lo menos la sangre hubiera desaparecido, pues la sangre de dragón

es muy difícil de limpiar. Ya me había echado a perder algún que otro vestido.

Mi tío Damian apareció de la nada en medio del prado, y me hizo un gesto con la cabeza, impresionado. Bajo la chaqueta de piel abierta, donde llevaba bordado el escudo de armas de Fairyland (una espada clavada en un arco), vi que relucía su arco reducido con magia; parecía a punto de irse.

—¿Te vas otra vez?

Asintió.

—Una misión por encargo de la reina.

Me habría gustado saber más, no era muy habitual que mi tío saliera de Fairyland, aunque cada vez era más frecuente. Ejercía de consejero de la reina, y justo por eso no iba a sonsacarle nada más. Jamás hablaba de su trabajo. Tampoco le estaba permitido hacerlo. Volví a tomar el libro que estaba leyendo cuando me atacó el primer dragón.

—Podrías haberme avisado de lo que me esperaba hoy —dije, e intenté recuperar el punto de *Cumbres borrascosas* donde me habían interrumpido.

—Entonces ya no sería un entrenamiento espontáneo. —Damian se acercó más—. Es asombroso, de verdad. Rara vez he visto a una fae vencer tan rápido a dos dragones, y encima del todo completamente desprevenida y sin otras armas que las espadas.

No pude reprimir una sonrisa. Damian no era muy amante de las espadas. Durante sus clases de lucha escogía el arco y la flecha. De hecho, muchos fae se decantaban por esas armas porque con ellas se podía sujetar mejor del cuello al adversario. A mí, en cambio, me encantaba la espada: el tacto en la mano, cómo podía atraer con ella al rival para sacarlo de la posición en la que se sentía cómodo y luego atacarlo muy de cerca. Aunque, por supuesto, también era capaz de matar a un dragón con arco y flecha. En nuestra formación aprendíamos a dominar los dos tipos de armas, pero los guerreros

elfos con talento e instinto se especializaban en una. Así nos distinguíamos de los demás cazadores de dragones que se formaban en Fairyland.

Me llenó de orgullo que Damian se hubiera quedado cerca para verme entrenar, pues había sido uno de mis mejores combates y no era muy habitual que mi tío se parara a contemplarlos. Su trabajo de consejero lo tenía muy ocupado. Con todo, desde mi quinto cumpleaños entrenábamos todos los domingos por la mañana, hiciera el tiempo que hiciera, en ese prado delante de casa, y él me revelaba sus trucos. La cita era sagrada para los dos.

—Bueno, solo hay que saber dónde están los puntos débiles de las bestias —dije.

Mi tío negó con la cabeza.

—Todos lo sabemos, pero desde pequeños nos preparan para peleas de este tipo.

Era cierto, desde luego. Además del entrenamiento de lucha con Damian, tenía otras clases. Los profesores nos enseñaban muchas cosas, pero ninguna profana como calcular o escribir. Eso eran conocimientos básicos que los fae ya dominábamos antes de saber andar. En el «colegio» lo aprendíamos todo sobre la Tierra y el universo, la naturaleza, qué hierbas y plantas eran de utilidad, qué enfermedades existían y cómo curarlas. Pero no solo nos enseñaban lo que debíamos saber como pueblo vinculado a la naturaleza; también aprendíamos a defendernos y a luchar contra los dragones. Gracias a mis habilidades en la lucha el año anterior me habían asignado más asignaturas: observación, infiltración, reconocimiento. Ahora sabía aplicar varias técnicas de interrogatorio y adaptarme sin problema a diferentes personas y circunstancias.

—¿Ha terminado el entrenamiento de hoy? —pregunté, y guardé las espadas en el cinturón, donde volvieron a transformarse en cuchillos.

Mi tío sonrió, y se le formó un hoyuelo en la mejilla izquierda.

—Nunca dejas de intentarlo, ¿eh? El entrenamiento espontáneo se llama así porque ante todo es una cosa: espontáneo. Uno nunca sabe cuándo ni dónde lo van a atacar. Es el último nivel de tu formación. Luego estarás preparada para salir al vasto mundo. Aunque, en mi opinión, ya podrías ahora.

Las últimas palabras no estaban exentas de orgullo, y sonreí sin querer.

Damian era una de mis personas de referencia más importantes porque mis padres habían fallecido ocho años antes. Quien no sabía que Damian era mi tío siempre lo confundía con mi padre biológico porque el parecido era evidente: pelo rubio, ojos verdes, un hoyuelo en la mejilla. Los dos éramos altos, algo nada insólito para los fae, aunque ni mi padre ni mi madre eran muy altos. Además, yo estaba tan en forma como Damian. Pese a todo, mi figura era muy femenina. A veces me preguntaba a qué se debía. No comía poco, pero también consumía un montón de calorías porque practicaba mucho deporte. Era la mejor guerrera elfa de mi edad, y quería seguir siéndolo. Sin embargo, para mí era incomprensible que conservara las curvas en semejantes circunstancias.

Mi tío siempre había estado ahí para mí y mi hermano Sloan. Después de que mis padres murieran en un ataque de dragones, asumió el papel de padre y en cierto modo también de madre. Damian era en absoluto un tipo maternal, pero hacía todo lo posible porque mi hermano y yo tuviéramos por lo menos una comida decente al día. Yo le estaba muy agradecida. Y siempre se había ocupado de que recibiéramos la mejor formación posible.

—Gracias, tío Damian. Pero ¿ya sabes que en cierto modo mis habilidades también son cosa tuya?

Sacudió de nuevo la cabeza.

—Te he regado y te he puesto el abono que necesitabas para crecer, pero con el tiempo te has superado, y eso es mérito tuyo. Puedes sentirte orgullosa. —Se abrochó los botones de la chaqueta de piel

y me guiñó el ojo—. Ahora perdona, pero tengo que ponerme en marcha. Que vaya bien el entrenamiento.

—¡Que vaya muy bien! —le deseé mientras se alejaba por el prado. Levantó la mano a modo de saludo, sin darse la vuelta.

Lo seguí con la mirada, sentía cierta envidia. Era un honor que la reina te enviara a una misión, y ese era también mi objetivo. Un día lo conseguiría, estaba convencida.

2
AIDEN

—¿Tú qué crees que quiere padre con tanta urgencia? —preguntó Aiden, mientras caminaba presuroso por los pasillos con Sharni.

—Seguro que es otra vez por los fae —contestó su hermana—. Ese maldito pueblo de elfos. Si por fin…

—¿Si por fin qué? —Aiden la miró de soslayo.

No parecía recién salida de la cama como él. Por lo menos el pelo rubicundo de su hermana no salía disparado en todas direcciones como el suyo oscuro. Era una chica guapísima por su melena larga de un color más bien infrecuente en los seres humanos, su altura y su figura. A los chicos humanos de su edad siempre les resultaba muy atractiva, algo nada habitual, pues en su forma humana casi todos los dragones tenían un aspecto más bien discreto. No eran ni muy atractivos ni feos, para no llamar la atención.

Sharni suspiró.

—Ni idea. Los fae me sacan de quicio.

Su hermana no iba del todo desencaminada, aunque Aiden lo habría expresado de otra manera. Era más prudente que Sharni, más tranquilo y no tan colérico. Dentro de la familia siempre habían

aceptado ese reparto de papeles, y la posición que ocupaba cada uno hacía el resto. Aiden no podía permitirse explotar tan rápido como solía hacer su hermana, aunque eso no significaba que no tuviera carácter. Si alguien le provocaba lo suficiente... Y los fae eran sin duda un tema controvertido.

Los hermanos pasaron deprisa junto a los vigilantes colocados a izquierda y derecha de la entrada a la sala del trono. Aiden tuvo una sensación extraña cuando vio a su padre sentado en el trono con su atuendo real y sus insignias.

—¿Los fae? —preguntó Sharni.

Su padre asintió.

—¿Qué ha pasado?

—Todavía no puedo contároslo —respondió el rey, al tiempo que se levantaba—. Solo sé que un emisario de los fae viene de camino. Llegará en cualquier momento. Poneos vuestras capas.

Aiden y Sharni intercambiaron una breve mirada y se dejaron ayudar por los sirvientes. Sharni se enfundó una capa de color verde esmeralda con capucha, que no se colocó sobre la cabeza. La capa de Aiden era de color burdeos.

Se oyeron unos pasos firmes en el pasillo de delante de la sala del trono, mientras Aiden y su hermana se situaban a ambos lados de su padre. A Aiden se le aceleró un poco el corazón. Le gustaban los fae tan poco como a Sharni, su padre o cualquier otro de su pueblo. De momento no había conocido a muchos, pero la aversión era inherente al pueblo de los dragones, además... Pero en ese momento prefería no pensarlo.

Habían pasado ocho siglos desde la última guerra entre los draconis y los fae, pero todavía no se había instaurado una auténtica paz. Los dos pueblos no se soportaban y se complicaban la vida mutuamente, aunque rara vez se atacaban. Sin embargo, en los últimos tiempos la situación había cambiado. Casi nadie empleaba la violencia, como antes, pero el ambiente era ahora diferente. Las

hostilidades de los fae habían ido en aumento; siempre que podían, optaban por la vía de la confrontación. Había algo amenazador en el aire, y la visita en persona de un emisario de los fae no auguraba nada bueno. En absoluto.

Uno de los vigilantes dio un paso al frente y se inclinó ante el rey.

—Su Majestad, el emisario de los fae, Damian Ainsley, solicita audiencia.

—Hacedle pasar —ordenó el rey.

—Como ordene, Su Majestad. —El vigilante hizo otra reverencia y retrocedió tres pasos con la cabeza gacha antes de darse la vuelta y dirigirse a las pesadas puertas dobles de la sala del trono para abrir una de las alas de bronce de cuatro metros de altura. Anunció en voz alta—: El rey os recibirá ahora.

El guardia regresó a su puesto, y un hombre de una altura impresionante entró en la sala del trono. Bajo la ropa (botas, pantalones, chaqueta de piel, todo en distintos tonos de marrón) se dibujaban más músculos de los que cabría esperar en un simple emisario. Aiden posó la mirada un instante en las orejas puntiagudas, apenas tapadas por el pelo rubio. El fae atravesó la sala en rápidas zancadas, y al final se plantó delante de Aiden, Sharni y su padre y amagó una reverencia.

—Rey Roarke, gracias por recibirme tan rápido.

Los hermanos respondieron al gesto, aunque a Sharni le salió una reverencia más discreta que la de Aiden. Su animadversión impregnaba el ambiente como un perfume intenso.

—¿Qué es tan urgente? —inquirió el rey, una vez aposentado en el trono. Aiden y Sharni también se sentaron.

—Con su permiso, seré breve: mi pueblo detectó hace un tiempo actividad de dragones en la capital británica.

Aiden tragó saliva y se obligó a permanecer sentado, inmóvil, algo que su padre hizo sin esfuerzo, pero no su hermana.

—¿Actividad de dragones en Londres? —exclamó—. No puede ser, no queremos morir.

—No pretendía, ni mucho menos, hacer semejante afirmación, pero por desgracia los hechos hablan por sí solos.

Damian sacó algo del bolsillo de los pantalones que parecía un mando a distancia, apretó un botón y acto seguido aparecieron a su lado unas imágenes en el aire: un parque en estilo japonés con un estanque y una cascada. Sin embargo, en ellas no quedaba mucho de las instalaciones. La mayoría de los árboles estaban pelados y carbonizados; en el camino y el césped, en su mayor parte chamuscado, había ramas, hojas y cenizas esparcidas, y los arbustos estaban arrancados. La pasarela de encima del estanque estaba maltrecha, igual que las esculturas de piedra del agua. En efecto, parecía que un dragón hubiera causado estragos y escupido fuego sin freno. Pero ¿quién? ¿Y por qué? Por mucho que lo intentara, Aiden era incapaz de imaginar que hubiera sido uno de los draconis. Por supuesto, cabía la posibilidad de que el responsable fuera uno de los dragones autónomos. Estos no habían querido someterse a las directrices del rey y habían abandonado el parque nacional de Connemara, donde vivía el pueblo de los draconis, para asentarse en Irlanda del Norte, para ser más exactos al norte de Galway, en otras zonas despobladas. No siempre respetaban las reglas, odiaban pasar todo el día con forma humana, uno de los motivos más habituales por los que daban la espalda al reino. Aun así, nunca había ocurrido que un dragón se hubiera ido de Irlanda del Norte, la zona que se les había asignado después de la guerra con los fae. Además, ¿por qué iba a volar a Londres uno de ellos y dedicarse a no dejar títere con cabeza? ¿Para disgustar a los draconis?

—Es el Holland Park de Londres —prosiguió Damian—. Como he dicho, los hechos hablan por sí solos. —Volvió a apretar un botón, las imágenes desaparecieron y guardó el mando.

El padre de Aiden se encogió de hombros.

—También podría ser que se hubiera declarado un incendio natural en el parque.

Damian negó con la cabeza, con una sonrisa triste en los labios que le dibujó un hoyuelo en la mejilla izquierda.

—Por desgracia, es imposible; lo hemos comprobado. No fue ni un incendio provocado, ni hubo una tormenta. Los bomberos y la policía londinenses se enfrentan a un misterio. Pero nosotros tenemos más información, ¿verdad? Además, un testigo declaró haber visto un dragón esa noche en Holland Park.

—Entiendo —respondió el rey—. ¿Y cuándo ocurrió el incidente?

—A finales de junio.

—¿A finales de junio? —se entrometió Sharni.

El rey la mandó callar con un gesto de la mano.

—¿Por qué venís ahora, pasados ya dos meses de que ocurriera todo? —preguntó a Damian.

—Bueno, entenderéis que antes de presentaros semejantes acusaciones, queríamos tener la absoluta certeza.

Sharni soltó un bufido. No creía ni una palabra de ese tal Damian; Aiden tampoco. Los fae tenían sus motivos para no haber enviado un emisario hasta entonces. Buenos motivos. De guerra. Era más que evidente, pero como de costumbre, el rey se reservaba su opinión.

—Por supuesto, lo entiendo —dijo—, pero os aseguro que nadie de mi pueblo es responsable de esa devastación. Aun así, me ocuparé de ello, y si me equivoco, os informaré para que podamos reflexionar juntos sobre las consecuencias.

Damian no se movió del sitio.

—¿Y los dragones autónomos? Si no fue un draconis, solo pudo ser uno de ellos. ¿Estoy en lo cierto?

Esta vez el rey se puso tenso de un modo casi imperceptible, pero Aiden se dio cuenta. Todo el ambiente cambió.

—Los dragones autónomos ya no forman parte de mi pueblo; por tanto, no soy responsable de ellos ni de sus actos.

Damian respiró con fuerza.

—Esta discusión ya la hemos tenido en multitud de ocasiones, y sabéis cuál es la postura de la reina de los fae. Aunque ya no tengáis a vuestros semejantes bajo control, no podéis desentenderos del asunto sin más.

El rey apretó los dientes.

—Está bien, encontraré al dragón responsable de ese desastre y os informaré.

—Me temo que no será suficiente, rey Roarke. Creedme, si por mí fuera... Pero los demás consejeros de la reina de los fae hablan de incumplimiento del pacto y de superación de límites. Por desgracia, no les falta razón. Así que tengo las manos atadas. Por mal que me sepa, me ganarían en votos.

—Entiendo —murmuró de nuevo el rey, esta vez haciendo notables esfuerzos por mantener la compostura—. ¿Qué reclama su reina?

—Varias cosas, entre otras, un pago anual por importe de veinte millones de coronas. Además, que accedáis a que mi pueblo se anexione la zona neutral entre nuestros territorios tanto aquí, en Irlanda, como en Londres, y renunciéis a la parte del sur del parque nacional de Connemara hasta Lough Nahillion. Todas las nuevas leyes que queráis aprobar a partir de ahora tendrán que someterse a la verificación de la reina fae. Me he tomado la libertad de plasmarlo todo por escrito.

Antes de que pudiera sacar el documento del bolsillo de la chaqueta, Sharni se levantó de un salto y soltó un peligroso bufido que le hizo sacar humo por la nariz. Era una gran imprudencia que con suerte no tendría consecuencias, pero Aiden la entendía. A él también le costaba contenerse para no mostrar ninguna reacción, y seguro que a su padre le ocurría lo mismo. Sin embargo, como rey y primer sucesor al trono respectivamente, es lo que se esperaba de ellos. Debían mantener la calma.

—¿Algo más? —rugió la hermana de Aiden—. ¿La parte del sur hasta Lough Nahillion? Es un tercio del parque. ¿Por qué no nos declaráis la guerra directamente?

—Sharni. —Le sorprendió el tono neutro de su padre, y la hizo volver al trono—. Por favor, disculpad el comportamiento de mi hija.

Damian levantó las manos para restarle importancia.

—Entiendo perfectamente la reacción, pero yo solo soy el mensajero. Tenedlo en cuenta, por favor.

El rey asintió.

—¿Puedo conservarlo? —preguntó al tiempo que echaba un vistazo al documento que el emisario de los fae había sacado del bolsillo y entregado al rey—. Primero me gustaría revisar las exigencias con mis consejeros, si me lo permitís.

—Por supuesto, es lo mínimo que puedo hacer —respondió Damian—. Hablaré con la reina y me ocuparé de que consiga un plazo de reflexión de siete días. Una semana para decidir si acepta sus exigencias o nos declara la guerra. Me parece lo adecuado en esta situación.

—De acuerdo —dijo el rey. Se quedó sentado mientras Damian se inclinaba un momento y luego atravesaba la sala del trono a paso ligero hacia la salida.

—No irás a aceptar en serio esas exigencias, ¿no? —preguntó Sharni.

Su padre no contestó, en cambio pidió a uno de los sirvientes que convocara de inmediato al consejo de asesores.

Aiden observó cómo el sirviente retrocedía tres pasos con la cabeza baja antes de darse la vuelta y salir también de la sala. Se consideraba una grave ofensa dar la espalda al rey. En la época en que gobernaba el abuelo de Aiden, todo el mundo estaba obligado a retroceder hasta la puerta cruzando toda la sala del trono haciendo una profunda reverencia. Valía incluso para la reina, su abuela. Por lo menos el padre de Aiden redujo ese deber a tres pasos en su coronación, pero ni Aiden ni Sharni le veían la gracia a toda esa pompa de la monarquía.

En eso su padre opinaba muy distinto, y no paraba de explicárselo a sus hijos.

—El rey no es un dragón cualquiera, simboliza nuestro pueblo. Muchos de mis súbditos son más fuertes o listos que yo, pero todos me admiran y esperan que los guíe. Por eso necesitamos los símbolos, las insignias y los rituales. Podemos cambiarlos o suavizarlos, pero jamás eliminarlos del todo, porque entonces cualquiera verá que no somos más que draconis normales y corrientes. Y eso, hijos míos, sería el fin de la monarquía. Nuestro pueblo se rebelaría y nos derrocaría, pero el poder de la soberanía no desaparece sin más. Hay que seguir ejerciéndolo, alguien tiene que gobernar. Si no, se impondrían los más fuertes y despiadados de nuestro pueblo y subyugarían a todos los demás. Evitarlo es nuestra función. Con esa finalidad ocupa nuestra familia el trono.

Al pensar en las palabras de su padre, que había oído tantas veces, Aiden puso los ojos en blanco. ¿Y de qué valían tantos aspavientos para reafirmarse contra los fae? De nada, de absolutamente nada.

3

AIDEN

—No lo dirán en serio —vociferó Callahan, el consejero más próximo al rey, poco después en la sala de reuniones—. Para nosotros las exigencias de los fae son una humillación extrema.

—Nos obligan a admitir algo que no hemos hecho —añadió Braxton—. No voy a pagar por algo que no es nuestra culpa.

—Yo también lo veo así. Si fueron los dragones autónomos, que lo paguen ellos, no nosotros.

El rey se acarició la barba.

—Yo también opino lo mismo, como sabéis, pero la reina de los fae discrepa.

—Entonces tendremos que mantener esa discusión las veces que haga falta hasta que la reina de los fae lo comprenda —dijo Callahan—. Ella tampoco será castigada por algo que haya hecho un grupo de fae autónomos.

—Hay muchos menos grupos de los suyos que de los nuestros —apuntó el rey.

Sharni soltó un bufido.

—Sí, porque los fae parecen humanos, salvo por las orejas. Un poco de *glamour*, y encajan a la perfección. En nuestro caso resulta

un poco más difícil. Padre, no podemos ceder un tercio del parque. El norte del parque nacional ya está inutilizado por la multitud de turistas. ¿Dónde vamos a volar si no?

—La princesa lleva razón —concedió Braxton—. No deberíamos aceptar todas las imposiciones de los fae. Podríamos desembolsar el dinero, pero no voy a consentir lo demás. No podemos cargar con la responsabilidad cada vez que un dragón autónomo rompa las reglas. ¿Al final qué nos quedará?

—¿Entonces preferís la guerra? —preguntó el rey, que seguía sonando tranquilo. Con todo, Aiden imaginaba cómo veía la situación su padre. Debía tomar una decisión difícil que afectaría a todo el pueblo, y solo contaba con una semana de reflexión.

—Desde luego —respondió Callahan. Se puso en pie y apoyó las manos en la mesa para hacer hincapié en sus palabras—. Ya tenemos suficiente con que los humanos nos releguen a este maldito sistema de cavernas. No voy a permitir que encima los fae pongan límites a mi vida.

—Y mucho menos por algo que no hemos hecho —insistió Braxton, cuyo comentario cosechó un murmullo de aprobación de los demás consejeros.

—Yo también opto por la guerra, padre —intervino de nuevo Sharni—. Los fae nos tratan como si fuéramos niños malcriados. Si lo permitimos, seguirán humillándonos.

—¿Tú qué opinas, Aiden? —le preguntó su padre.

Aiden soltó un leve suspiro. Como futuro rey, debía compartir la decisión, pues nadie sabía cuánto tiempo iba a sobrevivir su padre en una hipotética guerra.

—Primero deberíamos negociar —propuso—. No podemos ni aceptar las exigencias ni tampoco declararles la guerra, y los fae lo saben. Tienen que hacernos concesiones.

—No tienen por qué, y no lo harán —repuso Sharni—. Ya has oído a ese Damian.

—Además, los fae quieren la guerra —afirmó Callahan con contundencia—. ¿Por qué si no han esperado dos meses a venir a buscarnos? ¡Dos meses!

—¿Qué ventaja sacan de esperar? —preguntó Sharni—. Tuvieron más tiempo para pensar en la mejor manera de humillarnos, pero por lo demás...

—El tiempo es la palabra clave —contestó Aiden, que, como primer sucesor al trono, se había formado desde bien temprano en métodos de guerra y había aprendido a ser estratégico. De momento Sharni se había librado de eso. Tal vez había sido un error, como se demostraba en ese momento.

—El tiempo es un bien de lo más preciado —aclaró Braxton—, sobre todo en tiempos de guerra.

—Pero no han declarado la guerra —le tomó la palabra Sharni.

Braxton sonrió con indulgencia.

—Porque quieren que seamos nosotros quienes la iniciemos. Lo han organizado todo para que no tengamos más opción si no queremos quedar en mal lugar.

—Pues les haremos ese favor.

El rey negó con la cabeza.

—No estamos preparados para una guerra. No tenemos ejército, ni estrategia...

—Por supuesto que tenemos ejército —le contradijo de nuevo Sharni.

—No lo entiendes. A diferencia de nosotros, los fae han podido aprovechar los dos últimos meses para armarse —aclaró Aiden—. Por eso el tiempo es tan valioso. Puede que tengamos ejército, pero hace falta tiempo para movilizarlo. Necesitamos unas semanas para tener listas todas nuestras tropas.

Sharni se cruzó de brazos.

—Podríais habérmelo explicado hace tiempo, en vez de tratarme como una niña.

—Sí, tal vez habría sido mejor. —El rey suspiró—. En todo caso, no podemos empezar nosotros esta guerra. La historia de la humanidad nos ha enseñado que, quien inicia la guerra, la pierde. Es así desde la época de la industrialización.

—¿Entonces qué hacemos? —preguntó Callahan—. ¿De verdad debemos aceptar las exigencias de los fae?

—No, negociaremos —respondió el rey—. La idea de Aiden es buena, así por lo menos ganamos algo de tiempo. Callahan, Braxton, por favor, pensad qué podemos ofrecer a los fae en lugar de sus peticiones. Recopilad también argumentos por los que no nos pueden pedir cuentas por los actos de los autónomos. Los demás, preguntad a todos y cada uno de los draconis de este parque nacional. Si de verdad uno de los nuestros está activo en Londres, quiero saberlo. Y que Voldragor se apiade de él.

Los participantes en la reunión se dispersaron claramente contrariados. Solo quedaron Aiden y Sharni con su padre. Aiden miró alrededor. La sala de reuniones, con la mesa larga y los mapas de Irlanda en las paredes, recordaba mucho a un despacho humano, según había visto en imágenes. A veces odiaba no poder ser solo lo que era: un dragón.

A Sharni todavía le costaba más. Tampoco la dejaba tranquila su aversión hacia los fae.

—¿De verdad quieres dejar pasar esto a los fae? —perseveró.

—¿Y tú de verdad quieres guerra? —se lamentó Aiden, que empezaba a impacientarse—. La guerra implica pérdidas, Sharni, para ambos bandos. ¿De verdad eres consciente de ello?

—¿Tú qué crees? —le rugió ella a su hermano—. He perdido a mi madre igual que tú.

—Calmaos los dos —intervino el rey, y se puso en pie para servirse vino de dragón, una mezcla de vino tinto y licor de anís—. Yo tampoco quiero guerra ni acatar los mandatos de los fae, pues no pienso permitir que me pidan explicaciones por algo que

nuestro pueblo no ha hecho. En eso Braxton y Callahan tienen toda la razón.

Sharni arrugó la frente.

—¿Y qué propones entonces? Los fae no admitirán la excusa de las negociaciones. Lo sabes tan bien como yo.

—Quiero ganar tiempo porque lo necesitaremos. Primero tenemos que prepararnos por si, en efecto, llega la guerra. También debemos averiguar lo antes posible qué ocurrió en realidad en Londres. Me cuesta imaginar que uno de los nuestros esté activo en Holland Park. Nadie de nuestro pueblo es tan tonto, tampoco los autónomos.

—¿Estás seguro? —preguntó Aiden—. Tal vez quieren perjudicarnos.

La mayor parte de los dragones que se habían ido del parque de Connemara no guardaban rencor a los draconis, solo que no compartían la opinión del rey. Aunque, por supuesto, había excepciones.

El rey suspiró.

—Espero que no, porque entonces tendríamos un verdadero problema. En todo caso, tenemos que descubrir qué pasó en Londres. A mí todo esto me suena a que los fae quieren aprovechar el incidente única y exclusivamente para forzarnos a entrar en guerra de una vez. Necesitamos encontrar pruebas que demuestren esta teoría, pruebas de nuestra inocencia.

—Si es que aún queda alguna. —Aiden se atusó el pelo—. Si tu teoría es cierta, puede que ya hayan eliminado todas las pruebas. Al fin y al cabo, los fae han tenido tiempo suficiente para deshacerse de todo lo que nos exonere. —Se volvió hacia su hermana—. ¿Entiendes ahora por qué es una ventaja el tiempo en una situación como esta?

—No soy boba —repuso Sharni con insolencia—. Solo que siempre me habéis mantenido alejada de todos los rollos del gobierno.

El rey juntó los dedos.

—Bueno, ahora tienes ocasión de ver más de cerca esos «rollos». Si todavía quedan pruebas, deberíamos encontrarlas. Sharni, vas a

viajar a Inglaterra para echar un vistazo en Holland Park. Infórmate también de incidentes curiosos que hayan sucedido en junio en Londres. Empieza mañana mismo.

—¿De verdad? —Los ojos verdes de Sharni parecían aún más grandes de lo habitual.

—De verdad, y te llevarás a Niall.

Aiden soltó un silbido entre dientes. Si su hermana tenía que llevarse a Niall, era que su padre contaba con que la cosa pudiera ponerse fea, pues justo en ese momento les sería muy necesario. Además de ser el mejor amigo de Sharni, formaba parte del escuadrón de élite, y por tanto tenía la mejor preparación para luchar contra los fae. Mejor que Sharni y Aiden juntos, pese a que ellos también estaban bien formados. Como sucesores al trono de los draconis, su padre quería que, llegado el caso, pudieran defenderse solos. Ahora resultaba que había sido muy previsor.

—¿Niall? —Sharni se cruzó de brazos—. Así que no confías en que lleve a cabo la misión sola.

El rey se frotó las sienes.

—No se trata de eso, hija mía. Solo quiero ir sobre seguro. Eres la princesa. Si considerara que tu vida corre peligro, no te enviaría, pero ahora mismo no sabemos dónde puede surgir una amenaza. Los autónomos podrían atacarte si de verdad son responsables de la actividad de dragones en Londres. Nunca se sabe cuál es la magnitud de su odio hacia los draconis en general, y por tanto hacia la familia real en particular. Además de que siguen estando los fae, que dadas las circunstancias, observan cada uno de nuestros pasos.

—¿Te parece inevitable una guerra? —preguntó Sharni, que ya no sonaba tan entusiasmada.

—Los fae no son tontos. Saben que nunca aceptaremos sus exigencias, si no queremos perder el orgullo. Callahan lleva razón, parece que quieren esta guerra. Por eso tu misión es tan importante, Sharni. Solo si averiguamos lo que ocurrió en Holland Park podemos

evitar que la situación siga escalando. Si presentamos a los fae pruebas de que no había draconis activos en Londres, ya no tendrán nada contra nuestro pueblo. Y si de verdad hay un autónomo detrás de esto en Londres, entregaremos el culpable a los fae. Espero que sirva también de lección a los demás autónomos que pretendan hacernos algún mal.

—Aun así, no necesito a Niall —insistió Sharni—. Sé cuidarme sola, papá. Y seguro que lo necesitas aquí.

—Niall te acompañará, no hay discusión. Además, a lo mejor consigue que seas más prudente. Sharni, no quiero que en Londres o adonde puedan llevarte tus indagaciones, te metas en situaciones de peligro a propósito. Tu misión consiste solo en encontrar pruebas de nuestra inocencia.

—Como si fuera a correr peligro queriendo —murmuró Sharni, que sin embargo no pudo evitar sonreír.

—¡Lo digo en serio! Eres la segunda en la sucesión al trono, así que haz el favor de no actuar a la ligera. Te conozco; literalmente atraes los problemas.

—Cuando tiene razón... —murmuró Aiden, y se ganó un codazo en el costado. Se echó a reír—. ¿Y yo qué, padre? ¿Qué puedo hacer yo?

—No te lo tomes mal, hijo, pero eres mi sucesor directo al trono. Por eso te voy a enviar a una universidad de humanos en Dublín. Da la casualidad de que el siguiente semestre empieza el lunes. Mañana te vas.

Aiden levantó las cejas.

—¿Una universidad? ¿Qué voy a hacer ahí? ¿Acaso crees que estaré mejor protegido allí que aquí?

—Sí, lo creo. En caso de guerra, lo mejor es que estés lo más lejos posible de tu hogar. Si permaneces aquí, los fae terminarán encontrándote, pero en una universidad de Dublín seguro que no. Además... —El rey no expresó con palabras lo que pensaba, pero tampoco hacía falta.

—Lo sé. —Aiden suspiró. En caso de guerra, el rey y su sucesor al trono no debían estar bajo ningún concepto en el mismo sitio. Si ninguno de los dos sobrevivía a la batalla, toda la línea quedaría eliminada de golpe. Jamás deberían correr ese riesgo. Por eso Aiden tampoco tenía la opción de acompañar a su hermana.

—¿Puedes enviarme sin más a esa universidad? Dublín está en zona neutral, padre. Los fae podrían utilizarlo en contra de nosotros, si se enteran.

—No vas a ir a Dublín a anexionar la capital, y no tiene nada de malo ir a una universidad para estudiar a los humanos. Por lo menos esa será la justificación oficial, si alguien pregunta por tu paradero.

Aiden soltó aire. Por lo general su padre no cambiaba de opinión una vez tomada una decisión, pero se sentía inútil. Era una situación grave y, como futuro rey, quería contribuir a relajarla.

—Pero déjame ayudar —rogó—. No hace falta que me condenes a no hacer nada. —Aunque no pudiera acompañar a Sharni, había muchas otras funciones. Por ejemplo, podía pedir información a los dragones autónomos.

Sin embargo, antes de poder hacer la propuesta a su padre, él dijo:

—A decir verdad, tengo un encargo especial para ti, Aiden. ¿Nos dejas un momento a solas, Sharni?

La princesa de los dragones vaciló, pero luego se levantó y se dirigió a la puerta.

—Ah, Sharni. De momento ni una palabra a nadie sobre tu misión, ¿queda claro?

—Por supuesto, padre —dijo ella con frialdad, y salió de la sala de reuniones agitando el pelo.

—Está enfadada —aseveró Aiden.

—Ya se calmará.

Aiden no estaba tan seguro, pero en ese momento estaba demasiado intrigado para pensar en su hermana. No era muy habitual que su padre quisiera hablar a solas con uno de ellos.

—¿Qué pasa? —preguntó.

Su padre bebió un trago del vino de dragón.

—Hace un tiempo que no estoy seguro de en quién confiar. Tienes que ayudarme a averiguar quién está de nuestra parte y quién no.

Aiden tragó saliva. Eso no era bueno, nada bueno. Si tenían a alguien en sus propias filas que pasaba información secreta a los fae o los autónomos, y al final llegaba la guerra... No podrían evitar la derrota porque el enemigo estaría informado de cada paso que dieran. A su vez, supondría el hundimiento del reino de dragones.

—¿Un traidor, aquí, entre nosotros? ¿Estás seguro?

El rey se encogió de hombros.

—No estoy seguro, pero mi intuición no suele fallarme. Ya ha ocurrido en varias ocasiones que los papeles de mi despacho privado no estaban como los había dejado. Y mis consejeros están demasiado a favor de esta guerra, a sabiendas de que sería una insensatez permitir que los fae nos obligaran a dar ese paso.

—Estaban enfadados. Sharni también se ha pronunciado con bastante firmeza a favor de una guerra.

—Sharni no tiene más información. Tal vez no debería haberos tenido tanto entre algodones cuando murió vuestra madre.

—No nos tuviste entre algodones —empezó a decir Aiden, pero su padre no le dejó excusarse.

—Claro que sí, sobre todo a Sharni. Os enseñé a luchar, pero vuestros entrenamientos no fueron tan duros como los de Niall, por ejemplo. Es que Sharni es mi niña pequeña, mi princesa. Siempre he temido por ella. Mírala tú. No tiene miedo, aunque no tenga ni idea de lo que significa en realidad una guerra, en qué acaba. Es culpa mía, lo sé. Pensaba que no sería necesario enseñarle ese tipo de cosas. Ojalá no lo pague ahora.

—No te preocupes tanto, padre, todavía queda tiempo. Niall puede explicar a Sharni los principios fundamentales de la guerra.

En él podemos confiar, de eso estoy seguro. Además, ahora mismo Sharni no tiene motivos para tomar decisiones por su cuenta en cuestiones bélicas.

El rey se pasó la mano por la cara y sonrió a su hijo, pero la sonrisa no se reflejó en sus ojos. Aiden miró a su padre, afligido. Parecía cansado, más de lo normal. Y mayor. Durante las últimas semanas le habían aparecido más manchas grises en el pelo y la barba oscuros, alrededor de los ojos se habían formado unas profundas arruguitas, y tenía las mejillas encendidas. Era un buen rey, de eso no cabía duda, pero llevar la corona era también una carga que jamás deberían haberle impuesto. El tío de Aiden, Darragh, era el mayor de los dos hermanos, y por tanto el auténtico sucesor al trono, pero renunció a él. Por eso la misión de guiar a los draconis pasó al padre de Aiden. Siempre había ejercido bien su cargo, y seguía haciéndolo, pese a la muerte de la madre de Aiden y Sharni ocho años antes. Una tarde salió de excursión y nunca regresó. Dos días después encontraron su cadáver. En zona neutral, pero en el límite con el territorio de los fae. Era evidente que había sido víctima de un ataque de los fae porque cayeron varias flechas del cielo, y la mayoría le dieron directamente en el corazón. Sin embargo, como los draconis no podían demostrar que en efecto los fae hubieran sido los responsables de un acto tan cruel, jamás se pidió cuentas a nadie. Encontrar al culpable no les habría devuelto a la reina, pero el odio hacia los fae fue en aumento. El rey Roarke jamás se dejó vencer por ese odio. A partir de ese día guio al pueblo solo y preparó a sus hijos lo mejor que pudo para el trono, aunque habría preferido ahorrarles todas esas obligaciones y no ponerlos en peligro. Siempre había actuado por el bien de su pueblo.

Aiden admiraba a su padre por su calma y prudencia. Él no había heredado el temperamento explosivo de su madre, como Sharni, pero se preguntaba si sería capaz de mantener la calma de esa manera en esa situación. Pronunciarse con vehemencia contra una guerra

con los fae, en contra de la opinión general, solo porque era lo más sensato... ¿Sería capaz también él si un día estaba en su mano guiar a los draconis?

—Sé que me puedo fiar de vosotros, Aiden —dijo el rey en ese momento—. No me gusta exponeros a semejante peligro, pero sois los únicos en quien confío a ciegas. No sé a quién más podría enviar a estas misiones.

—¿Y el tío Darragh? —preguntó Aiden—. Vive en Londres, ¿no? ¿Podría ser que él...?

—¿Que hubiera hecho una incursión en Holland Park? —El rey negó con la cabeza—. Jamás en la vida. No haría algo así. Además, probablemente hace más de treinta años que mi hermano no se transforma.

A Aiden le costaba imaginarlo. Ya le parecía mal no poder transformarse a su antojo, aunque no hubiera conocido otra cosa desde que nació. Pero ¿no poder transformarse nunca más? Aquello escapaba a su imaginación.

—No iba por ahí, papá. El tío Darragh es y sigue siendo un dragón. Probablemente se habrá enterado de algo y pueda ayudarnos.

—No puede ser, Aiden. —El rey suspiró, y sonó más triste que enojado—. No podemos pedirle ayuda. Sigue siendo mi hermano y será siempre bienvenido, pero ya no forma parte de los draconis.

Aiden arrugó la frente.

—¿No confías en él?

—No se trata de eso. Le confiaría mi vida. Pero no puede intervenir. En su momento renunció al trono por un motivo.

—No lo entiendo... —repuso Aiden—. Pensaba que no quiso asumir la responsabilidad.

El rey sacudió la cabeza.

—Vuestro tío se enamoró de una bruja durante su época en la universidad, a finales de la década de 1980. Por ella renunció al trono. Isla abandonó a su clan por él. Era de las Murphy.

—¿Isla Murphy? ¿La tía Isla era del clan Murphy?

—Exacto.

Aiden notó que palidecía.

La última guerra entre los dragones y los fae, que se remontaba a ocho siglos atrás, había durado muchos años y se había cobrado muchas vidas; no solo de dragones y fae, también de humanos y magos.

El clan de los Morgan y los Merlín, en la actualidad dos de los clanes de brujos más poderosos de Londres, estaban entonces en sus inicios. El clan Morgan procedía de Morgan le Fay, la hermanastra del rey Arturo, por cuyas venas corría una parte minúscula de sangre de elfo. Para rendir homenaje a sus antepasados y consolidarse en el mundo de los brujos, el clan Morgan se había unido a los fae en la guerra en curso. El clan Merlín, que se remontaba al gran mago Merlín y asimismo abrigaba grandes ambiciones, apoyó a los dragones. Cuando en su momento Merlín vio la señal celestial en forma de un dragón, además de predecir el destino de Uther Pendagron y su futuro hijo Arturo, que se convertiría en el rey, también profetizó el destino de Merlín: «Uníos a los dragones, y seréis un clan más poderoso». No obstante, la guerra duró demasiado y se cobró muchas vidas. Por aquel entonces los clanes eran iguales, como los dragones y los fae, y la victoria de uno de los bandos no era previsible. Al final intervino el clan Murphy, entonces como ahora el clan de brujos más poderoso de Irlanda, y puso fin a la guerra. Para evitar que los dragones y los fae volvieran a enfrentarse, además de para separarse de sus aliados, el clan Murphy se llevó a los dos pueblos a Irlanda. A los fae se les asignó el sur de la isla, después de que los Murphy vetaran en Inglaterra el acceso al mundo de los fae. A los dragones les tocó el norte. La zona intermedia, en la que los Murphy también tenían su sede, cerca de Dublín, se declaró desde entonces neutral. Hoy en día el clan Murphy seguía velando por la paz de los pueblos mágicos de Irlanda y se consideraba imparcial. Desde entonces, los Murphy no habían tenido motivos para inmiscuirse de

nuevo en los intereses de los dragones y los fae. Hasta donde sabía Aiden, desde entonces se habían apartado de los asuntos de los clanes de brujos británicos, aunque continuaba existiendo una gran rivalidad entre los Morgan y los Merlín. Poco después de que los Murphy pusieran fin a la guerra entre los dragones y los fae, los dos clanes de brujas se enzarzaron de nuevo por culpa de una profecía de Merlín. Nadie sabía por qué los Murphy no atacaron entonces. Tal vez fuera porque ya habían perdido suficientes miembros del clan al mediar en el conflicto entre los dragones y los fae y no querían otro enfrentamiento. Pero quizás fuera también porque las batallas entre los Morgan y los Merlín se habían cobrado vidas sobre todo de sus propios clanes.

—¿Por qué me lo cuentas ahora? —preguntó Aiden—. Al fin y al cabo, no es una tontería.

El rey se acarició la barba.

—En primer lugar, tu abuelo no habló bien de su primogénito hasta su muerte. Nunca perdonó a Darragh que se fuera a escondidas una noche de San Silvestre sin decir nada. Por otra parte, prácticamente no conoces a tu tío, igual que Sharni, por supuesto. Mi hermano y yo quisimos manteneros alejados del asunto. Debíais tener edad suficiente para formaros vuestra propia opinión.

—Por eso no podemos pedir ayuda a Darragh.

Aiden siempre se había preguntado qué habría ocurrido entre los dos hermanos. Su padre parecía tener buena relación con Darragh, no hablaba mal de él, pero en el fondo Aiden apenas sabía nada de su tío, y a su tía no la había visto ni una sola vez. Cuando su abuelo aún vivía, jamás se mencionaba a Darragh en su presencia. Ahora Aiden entendía por qué.

El rey asintió.

—Isla y Darragh deben mantenerse al margen de todo lo que nos atañe a nosotros, los dragones, los fae o los Murphy. Si los involucramos, los fae podrían interpretarlo como una declaración de guerra.

Confío en Isla y Darragh, pero ahora mismo no podemos permitirnos ningún error.

Aiden se reclinó en la silla con un suspiro. No contaba con esa revelación.

—¿Y los Murphy? ¿No podemos pedirles ayuda? Al fin y al cabo, están para preservar la paz.

El padre de Aiden se acarició la barba por enésima vez.

—Eso sí, pero es demasiado pronto para acudir a los magos. Solo intervienen cuando de verdad no hay más opción, y además quedaríamos como perdedores. Tenemos que demostrar fuerza y aparentar que tenemos capacidad de maniobra. —Sacudió la cabeza—. Dependemos solo de nosotros, Aiden, por lo menos al principio. Antes de poder pedir apoyo al clan Murphy, necesitamos más información. Y tenemos que hacer algo con el traidor sin falta. Si de verdad hay un conspirador entre nosotros, debemos desenmascararlo. En caso de guerra tenemos que estar seguros de en quién podemos confiar y en quién no. Y créeme, si los fae desean este conflicto, tampoco a los Murphy les resultará fácil evitarlo. Los tiempos han cambiado.

Aiden tragó saliva.

—¿Entonces sospechas de alguien? ¿Y qué debo hacer exactamente?

—No me gustaría culpar a nadie de forma injusta. Primero necesito saber si puedo confiar del todo en mi grupo de consejeros. Para eso he pensado lo siguiente. —El rey se inclinó hacia su hijo—. Yo no voy a decir a nadie que tú te vas a Dublín, ni siquiera a los Murphy. En realidad, sería mi deber, pero dadas las circunstancias, nos lo perdonarán. Tú, en cambio, contarás hoy mismo a cada uno de mis cinco consejeros, pero por separado y en confianza, cuál es nuestro plan y a cada uno le dirás una universidad distinta a la que en teoría te envío. No olvides mencionar que te he rogado la máxima discreción y secretismo.

FLAME & ARROW
UN ROMANCE URBANO, MÁGICO, ATMOSFÉRICO Y BRILLANTE
SANDRA GRAUER
FLAME & ARROW
EL PRÍNCIPE DE LOS DRAGONES
inlov
SANDRA GRAUER
FLAME & ARROW
LA GUERRERA DE LOS ELFOS
inlov
inlov

BLACK BIRD ACADEMY
LA MEZCLA PERFECTA DE ROMANCE, FANTASÍA Y DARK ACADEMIA
STELLA TACK
BLACK BIRD ACADEMY
MUERTE A LA OSCURIDAD
INLOV
STELLA TACK
BLACK BIRD ACADEMY
TEMOR A LA LUZ
INLOV
STELLA TACK
BLACK BIRD ACADEMY
AMOR A LA MUERTE
INLOV
INLOV

—¿Qué esperas conseguir con eso? —preguntó Aiden.

El rey bebió el último trago del vino de dragones.

—Digámoslo así: si un fae se presenta en una de las universidades que has mencionado a mis consejeros, o si ocurre algún otro incidente extraño, sabremos que en efecto uno de ellos es un traidor. Y, sobre todo, entonces sabremos quién es.

4

KAILEY

Arranqué la espada del costado del dragón y vi cómo daba su último suspiro mientras mi propia respiración se calmaba poco a poco. Ya era el séptimo dragón que mataba hoy. No paraban de, literalmente, caer del cielo y atacarme. Oteé el horizonte, pero no se veían más monstruos. Parecía que de momento podía estar tranquila. Me guardé la espada. Siete dragones en un día y ni un solo fracaso era un buen cupo.

El dragón que había matado unos segundos antes se disipó en el aire, pero su sangre siguió siendo visible. Exasperada, solté un suspiro. Estupendo, algo había salido mal en cuanto al *glamour* del que seguramente sería el último dragón del día. Mi vestido estaba destrozado. Me había hecho aún más desgarrones, y tenía sangre de dragón pegada por todas partes, incluso en el pelo. Matar a la séptima bestia había sido realmente una guarrería. Con el dorso de la mano me aparté de la frente un mechón que se me había soltado de la cola de caballo.

—Bueno, ¿cuántos dragones has conseguido?

Me di la vuelta hacia mi tío, que me observaba divertido. Iba vestido igual que por la mañana, cuando se marchó, pero ya no tenía ni

la chaqueta de cuero ni las flechas y el arco. Lo más probable era que hubiera vuelto hacía un rato de poner al corriente a la reina.

—¿Cómo ha ido? ¿Estás contento? —Sentía curiosidad, por mucho que supiera que no iba a darme detalles.

—Podría decir que sí. ¿Y tú, llevas todo el día entrenando?

—¿No se me nota? —Sonreí—. Siete dragones menos sobre esta tierra. —No era del todo cierto porque los bichos no eran reales, sino objetos de práctica creados con el *glamour*. Los fae podíamos crear ilusiones perfectas con él. Así engañábamos también a los humanos, por ejemplo, para que no nos vieran las orejas puntiagudas.

Damian se rio y me agarró por el codo.

—Ven, la reina quiere verte.

—¿La reina quiere verme? —Se me aceleró el corazón. No era muy frecuente que la reina convocara en palacio a fae menores de edad, recién terminada su formación. ¿Qué querría de mí?

—No te preocupes, estoy seguro de que no has hecho nada mal. —Vi en Damian un brillo de satisfacción en los ojos.

—Y yo estoy segura de que sabes muy bien por qué quiere verme. —Como consejero real, mi tío tenía conocimiento de todos los asuntos de la corona, pero ni siquiera en ese momento sobre este asunto que me incumbía directamente me dijo nada.

—Buen intento, Kailey. Solo te diré que tu entrenamiento de hoy no ha sido en balde. —Siguió tirando de mí.

Las palabras de Damian incrementaron mis nervios, pero aun así dije:

—Espera, ¿puedo cambiarme un momento? No puedo presentarme así ante la reina.

—Por supuesto que puedes. Ya sabe que acabas de terminar tu entrenamiento. Tú ven conmigo.

La reina se encontraba bajo una carpa abierta. Se oía el murmullo de un arroyo de fondo, y olía a flores dulces. La monarca estaba

recostada con las piernas estiradas en un diván mientras se dejaba abanicar como si fuera una diosa. Solo habría faltado que alguien le diera una a una las uvas a la boca. La reina estaba comiéndolas ella misma, pero se detuvo cuando aparecí. Me contempló de arriba abajo, y yo me pregunté por qué me había dejado convencer por Damian para presentarme con esa pinta. Debería haberme duchado y cambiado.

La reina era una belleza. Llevaba un vestido de color crema de encaje, tafetán y tul. Sus doncellas le habían engarzado flores en el cabello rubio ondulado. Como parecía muy joven, destacaba aún más su delicadeza. Sin embargo, las apariencias engañan, porque era una guerrera elfa como mínimo tan buena como yo. En todo caso eso se decía. En cuestiones de manipulación y engaño, los fae éramos auténticos maestros.

Hice una reverencia.

—Su Majestad.

¿Cómo podía ser que acabara de luchar con un dragón tan tranquila y en presencia de la reina apenas me atreviera a alzar la vista? Era ridículo.

—Kailey Ainsley. —La reina se inclinó hacia delante en el diván, con la mirada aún clavada en mí—. Me han dicho que eres la mejor guerrera elfa que existe ahora mismo en Fairyland.

—Es cierto, Su Majestad. —La falsa modestia no era una de las cualidades de los fae, y eso que en comparación con la mayoría de mis congéneres, yo había aprendido a mentir, una tarea nada fácil. Ni siquiera la reina o mi tío dominaban esa habilidad que los humanos comunes utilizaban varias veces al día sin ser conscientes.

La reina sonrió.

—Tengo una misión para ti, fuera de Fairyland. ¿Estás dispuesta a aceptarla?

—Desde luego, Su Majestad —contesté yo sin pensar. Era una pregunta retórica, pues a la reina de los fae no se la contradecía.

Se me aceleró el corazón. Por fin había llegado el momento, incluso antes de lo esperado, pues aún no había cumplido los dieciocho: la reina me enviaba a una misión secreta. No me lo podía creer. Se me desvió la mirada hacia Damian, que asintió en un gesto casi imperceptible. Había logrado mi objetivo y podía salir de Fairyland por primera vez. ¿Cómo sería el mundo de los humanos? Mi tío siempre me contaba que el nuestro no era muy distinto, pero quería verlo con mis propios ojos.

Fairyland estaba en la península de Dingle, en el sudoeste de Irlanda. Como nuestro paisaje, el de los humanos estaba formado sobre todo por playas de arena y rocas quebradas, o por lo menos así lo había aprendido. Aun así, no nos preocupaba que los humanos nos sorprendieran. Teníamos nuestro propio reino, pues nuestro mundo era paralelo al de ellos.

—¿Ni siquiera quieres saber qué tipo de misión es? —preguntó la reina con una media sonrisa.

—Por supuesto que sí, Su Majestad. —Estaba intrigada, aunque en principio me daba igual de qué se tratara: iba a aceptar la misión sin vacilar.

—Ha llegado a oídos de mis consejeros que han enviado al sucesor al trono de los draconis a una universidad de humanos en Dublín, la Trinity College. A ti también te enviaremos allí. Tienes que ganarte la confianza del príncipe heredero.

Tragué saliva, no era lo que esperaba. ¿Tenía que entablar relación con el sucesor al trono de los dragones? ¿Para qué? Tenía la pregunta en la punta de la lengua, pero no la hice. Las órdenes de la reina no se cuestionaban, se hacía lo que ella decía.

—Lo haré. ¿Puedo hacer algo más, Su Majestad?

—Tenlo vigilado. Si tiene algún plan o intención, quiero saberlo. Informa a tu tío si ocurre algo raro, por muy banal que parezca.

—Por supuesto, Su Majestad.

—Te mantendrás en tu papel hasta que recibas una misión contraria o más órdenes. Ponte a disposición del heredero. Lo más

importante es que confíe en ti a ciegas. Jamás puede enterarse de que eres una fae con una misión. ¿Entendido?

Asentí.

—Sí, milady.

—Bien, entonces ve a hacer los preparativos porque empiezas mañana. Tu tío te dará el resto de las instrucciones.

—Sí, Su Majestad —repetí, hice una reverencia y luego me fui.

Mi hermano Sloan y yo estábamos sentados juntos en un prado junto al acantilado, contemplando las olas resplandecientes. Aún no se había puesto el sol, pero ya estaba bajo en el horizonte. El viento había refrescado y me tiraba del pelo, pero no me molestaba. Se me metió en la nariz el olor a agua salada, el aroma de mi hogar. Me apoyé detrás de la espalda con las manos y miré alrededor. Ese trocito de tierra me parecía un paraíso. El paisaje junto a los acantilados estaba teñido sobre todo de tres colores: verde, azul y turquesa. Los cerros suaves, los prados anchos, el mar y el cielo: no había nada más. Tampoco necesitaba más. Hacia el interior se volvía más colorido e impresionante. Las flores, nuestras casas, incluso la ropa: a los fae nos encantaban los colores casi más que nuestra independencia. Nuestras casas, unas pequeñas cabañas de madera con el techo circular, eran todas distintas e, incluso cuando hacía un tiempo triste y en invierno, formaban manchas multicolor en el paisaje. La casa donde vivía yo con el tío Damian y Sloan, por ejemplo, era de color verde rana. Damian la había pintado de ese color cuando unos dragones mataron a mis padres. El verde era mi color preferido porque me recordaba a mi tierra, y Damian quería animarme. Por aquel entonces yo no expresaba el dolor que sentía por la pérdida de mis padres, pero él me conocía bien y sabía que la procesión iba por dentro. No podía decir lo mismo de Sloan. A menudo tenía la sensación de que en realidad éramos como extraños. Damian y él tampoco tenían la mejor de las relaciones. No sabía muy bien por

qué. No se había producido ningún incidente al que achacarlo. Para mí, Damian era un buen tío y hacía todo lo posible por reemplazar a nuestra madre y a nuestro padre. No siempre era fácil, claro. Como consejero de la reina, solía estar muy ocupado. Además, nunca podía hablar de su trabajo, lo que no facilitaba la situación. Cuando llegaba a casa, no podía contarnos cómo le había ido el día. O bien Sloan y yo le narrábamos nuestras vivencias, o recurríamos a frases hechas, y a mi hermano no le gustaba ninguna de las dos opciones. En general, era de pocas palabras. ¿Sería distinto si nuestros padres siguieran vivos? ¿Confiaría en ellos?

Sea como fuere, sabía que iba a echar de menos la península de Dingle, aunque estuviera entusiasmada con la inminente misión. Por fin se veía premiada mi ambición, por fin la reina me confiaba un servicio importante. Ir a Dublín, en cambio, no me hacía tanta ilusión. No había estado en la capital porque no había salido nunca de Fairyland, pero me imaginaba la ciudad ruidosa, abarrotada y sucia. Por tanto, no era un sitio donde un fae se sentiría a gusto.

—¿De verdad la reina te ha encargado una misión? —preguntó Sloan.

El tono me sentó como una puñalada, porque además de envidia, su voz trasmitía escepticismo, como si no confiara en que estuviera a la altura de ese cometido. Y eso que ni siquiera sabía en qué consistía, y yo no podía contárselo.

Mi hermano tenía las mismas ambiciones y avidez que yo. Su objetivo era desde siempre ser aceptado en los Flechas de la Reina, la tropa real de élite. Damian había formado parte de ese cuerpo antes de que murieran mis padres y pasara a ser consejero de la reina. Los miembros de la tropa se reconocían por sus jubones de cuero color oliva con el escudo de armas de Fairyland bordado a la izquierda, a la altura del pecho. Los Flechas de la Reina intervenían en misiones que entrañaban un peligro especial y no habían fallado nunca. Para optar siquiera a ser aceptado en esa unidad, un fae debía cumplir unas

condiciones: tener dieciocho años, ser capaz de lanzar por lo menos veinte flechas por minuto y haber demostrado su valía en un mínimo de tres misiones distintas. Sloan cumplía dos de las tres condiciones, pero era yo a quien la reina enviaba en una misión. Y eso que ni siquiera era mayor de edad. Es verdad que en la lucha cuerpo a cuerpo yo era la mejor de los dos, sin embargo no era tan versada en la flecha y el arco como mi hermano, aunque lanzaba quince flechas por minuto y todavía tenía margen de mejora. Pero ¿para qué? A diferencia de Sloan, mi ambición no era entrar en los Flechas de la Reina. Además, con la espada hacía cosas que los demás fae no podrían ni soñar. A veces me daba la sensación de que eso le molestaba. Al fin y al cabo, «solo era una chica», y un año menor que él; o eso pensaba Sloan. De todos modos, la edad y el género no significan nada en absoluto.

Yo no tenía pelos en la lengua y nunca ocultaba mi opinión, pero no tenía ganas de iniciar una discusión con mi hermano tan poco antes de partir, así que me limité a responder:

—Empiezo mañana.

—¿Y cuál es tu misión?

Las preguntas de Sloan sonaban casuales, pero a mí no me engañaba. Estaba intrigado, aunque jamás lo admitiría en mi presencia. Lo observé de reojo, pero tenía la mirada fija en el mar. Igual que yo, era de pelo rubio. Lo llevaba bastante largo, pero sus ojos eran azules y no verdes como los míos. Era más alto y larguirucho, y eso que los dos entrenábamos de forma intensa. Y además Sloan comía mucho. De hecho, debería tener un cuerpo mucho más musculado, lo que seguramente él deseaba fervientemente. En cuanto a sus sentimientos, Sloan era aún más reservado que yo.

Yo también miré al mar que, pese al viento, estaba en relativa calma.

—Lo siento, pero no puedo decírtelo. Ya sabes...

—Claro, lo entiendo. —Sonó molesto, aunque en principio no debería estarlo.

—Sloan...

—No, no pasa nada. Lo entiendo. —Me hizo un breve gesto con la cabeza, pero ni siquiera le quedó una sonrisa para mí. ¿Cuándo fue la última vez que se rio con ganas? No lo recordaba.

Reprimí un suspiro.

—¿Os las arregláreis? —pregunté.

A Sloan se le dibujó una arruga vertical en la frente, como siempre que me miraba con escepticismo.

—Pues claro que nos las arreglaremos. La situación no cambiará mucho. Sé sincera: como si pasáramos tanto tiempo juntos durante el día.

Seguro que no lo dijo con maldad, pero su comentario fue como otra puñalada. Me tragué el comentario mordaz que tenía en la punta de la lengua.

—¡Poneos en posición de lucha! —gritó alguien por detrás.

Me di la vuelta, aunque imaginaba lo que ocurría. En el ancho prado que teníamos detrás aparecieron unos soldados que se colocaron en filas, una frente a otra. Los observé un rato mientras luchaban entre sí. Primero entrenaron sin armas; luego se repartieron aljabas y arcos. El sonido de las flechas volando llenó el cielo nocturno.

Sin apartar la vista de los soldados, pregunté a Sloan:

—Oye, ¿no te parece que durante las últimas semanas hemos entrenado mucho más de lo habitual?

—Siempre hemos entrenado mucho.

Esa frase también contenía su amargura. «¿Qué vamos a hacer, si no? Entrenamos todos los días, sacrificamos casi nuestra vida por la corona. ¿Y todo para qué? Al final solo escogen a unos cuantos, y la reina los envía a una misión». No lo dijo en voz alta y, aunque a menudo tenía la sensación de apenas conocer a mi hermano, sabía perfectamente lo que estaba pensando en ese momento.

No le faltaba razón porque eran una minoría los que al final lograban su objetivo, pero tal vez eso estaba a punto de cambiar. Era

buena observadora, me habían entrenado para ello, y no en vano la reina me había escogido para su misión. Solo que no podía imaginar que pasara algo en Fairyland. Habían aumentado los entrenamientos y cada vez se formaban más soldados. Nunca como ahora habíamos tenido tantas flechas extraviadas en el techo de nuestra casa. Por lo general entrenábamos en grupos pequeños. Era más eficiente, ya que se podían abordar mejor los puntos débiles de cada uno. No era lo habitual ver grupos tan grandes como el del prado que teníamos detrás, pero últimamente eran cada vez más frecuentes. Las forjas también tenían más trabajo del habitual. Siempre que pasaba por delante de un taller, se oían golpes y martillazos. Damian había salido de Fairyland con regularidad durante las últimas semanas, y las reuniones de los consejeros de la reina eran más frecuentes y largas. Sin duda, algo se estaba cociendo. Si fuera una adivinanza, diría que la reina se estaba preparando para una guerra. Y solo un pueblo podía ser el enemigo: los dragones.

Me quedé paralizada. De pronto vi mi misión de sondear al príncipe de los dragones y ganarme su confianza desde un prisma distinto.

Me volví hacia mi hermano y estudié su perfil. No había contestado con claridad a mi pregunta y, como no había aprendido a mentir, cabía la posibilidad de que supiera más, pero tuviera obligación de callar como yo.

—No son imaginaciones mías, Sloan —afirmé, pero antes de poder ahondar en ello, se acercó a nosotros una gran sombra. Era Liam, un amigo de mi hermano. Pese a no conocerlo mucho, no me caía muy bien, y la aversión era mutua. Ni siquiera me saludó.

—¿Vamos? —le preguntó a mi hermano.

—Claro. —Sloan se levantó de un salto—. En cualquier caso, Kailey —me dijo—, tengo que irme. Puede que nos veamos antes de que partas mañana. Si no, que te vaya muy bien. —Dicho esto, dio media vuelta.

No esperaba que me diera un abrazo; no teníamos tan buena relación. Pero ni siquiera me sonrió ni me miró de verdad.

—Podrías haberme felicitado —le grité por detrás a Sloan, furiosa de repente, pero mi hermano ni siquiera se dio la vuelta.

Maldiciendo me dejé caer en la hierba y miré al cielo cruzado por unos cuantos cirros. Tendría que celebrar sola que la reina me hubiese escogido para una misión secreta. Damian aún estaba trabajando; por desgracia, mi hermano tenía planes mejores que estar conmigo y despedirse de mí; y en realidad yo carecía de amigos. Casi siempre estaba demasiado ocupada para pasar tiempo con gente de mi edad, y encima competíamos entre nosotros. Casi todos querían que los enviaran a una misión, pero la reina solo elegía a los mejores. Yo era una de ellos y, sin haber cumplido los dieciocho años, la fae más joven que había conseguido jamás permiso para ir al mundo de los humanos. Por fin había logrado mi objetivo.

Tomé impulso y me levanté de un salto, mientras los soldados que tenía detrás lanzaban sus flechas casi al mismo tiempo. Era un día especial, y no iba a dejar que mi hermano me lo estropeara.

5

AIDEN

El paisaje pasaba bajo Aiden a toda velocidad, como los árboles junto a la ventanilla de un tren. Las llanuras de brezales se convertían en montañas; los prados, en páramos. Notaba cierto desasosiego, algo muy poco común en él, pero a la vez se sentía libre. Prefirió no pensar en su forzosa renuncia a volar durante una temporada en Dublín. En ese momento era el menor de sus problemas, y además aquí, en el parque nacional, la cosa tampoco era tan distinta. Se pasaban el día en su forma humana, hacinados en cuevas donde nunca entraba la luz del sol. El sistema de cavernas había sido excavado en el interior del terreno rocoso, y algunos de los túneles alcanzaban muchísima profundidad. En la parte superior había almacenes para alimentos y salas para la producción de diamantes, además de estancias institucionales como el despacho de su padre o la sala del trono. En las plantas inferiores se ubicaban las cuevas dormitorio de la familia real y de la servidumbre, pero también el refugio de seguridad. Por si acaso, nunca se sabía. Los demás dragones vivían en otras cuevas, que junto con el palacio y las salas de taller formaban un enorme sistema interconectado. En el interior de los túneles, la luz y la calidez eran asombrosas porque había hogueras repartidas

por todas partes, pero a Aiden a menudo le parecía que estaba en el infierno. Vivían en plena naturaleza virgen (montañas majestuosas, ríos cristalinos, vastos paisajes de pantanos y brezales), pero de día no podían mostrarse tal y como eran. En cuanto salía el sol en el horizonte con su franja dorada, tenían que entrar en el laberinto semisubterráneo y convertirse en humanos. Solo pasada la medianoche se transformaban y vagaban por ahí, porque durante el día era demasiado arriesgado aparecer en su verdadera forma, por no hablar de volar. Si un solo humano creyera haber visto un dragón, levantarían hasta la última piedra del parque nacional de Connemara, y los dragones ya no estarían a salvo. Había demasiados humanos, estaban siempre por todas partes, y eso no iba a cambiar, aunque los dragones pudieran expandir su territorio algún día hasta el parque nacional de Burren. También allí aparecían excursionistas de vez en cuando, y, de todos modos, con las nuevas exigencias de las fae, ese debate había quedado en segundo o tercer plano. Si los draconis querían añadir el Burren a sus dominios, tendrían que tomarlo por la fuerza. Tal y como estaban las cosas, su territorio era demasiado reducido, sobre todo si encima ahora perdían un tercio de su hogar. Los fae no lo entendían. No necesitaban tanto sitio como los dragones; además, vivían en una especie de mundo paralelo y no tenían que preocuparse por los humanos. Para Aiden y sus congéneres, en cambio, la prudencia era el máximo mandamiento.

Tal vez por eso el plan de su padre lo desconcertaba tanto, porque era arriesgado. Recordó sin querer la conversación con él.

—¿Y si aparece de verdad un fae en Trinity College? —preguntó Aiden, vacilante—. ¿No intentará matarme?

No tenía miedo, sabía defenderse, y se alegraba de haber recibido un encargo importante y de poder ayudar. Con todo, aquel asunto le dejaba un regusto extraño. El argumento de su padre de que, en caso de guerra, quería saber que estaba a salvo no cuadraba. Dadas las circunstancias, se dirigía a ciegas a una trampa.

—No permitiré que vayas sin protección, por supuesto —replicó su padre—. Tendrás un guardaespaldas a tu lado, por si acaso, aunque no creo que los fae vayan a atacarte. Y luego ya veremos. Ten los ojos bien abiertos y me informas de todo lo que te parezca sospechoso de alguna manera.

Pasó a toda prisa tan cerca de un lago que las escamas del vientre casi rozaron el agua. Rara vez se dejaba llevar y volaba tan bajo, pero hoy quería vivir su hogar una vez más con todos los sentidos.

—¿Un traidor? —preguntó Sharni, que volaba con él y ya lo había alcanzado—. ¿Entre los consejeros de nuestro padre?

Charlaban en dracón, su lengua materna. Los dragones la dominaban desde el día en que salían del huevo sin necesidad de aprenderla.

—Por lo menos, eso cree él.

Aiden miró a su hermana y, pese a que solo podían transformarse de noche, llevaba grabado en la memoria hasta el último detalle de su aspecto de dragona. Era aún más guapa que en su forma humana. Sus escamas desprendían un brillo de color verde esmeralda; solo las partes sensibles del cuello, la barriga y la parte interior de la cola eran de un tono verde claro. Una cresta en forma de espinas caía desde la frente sobre la cabeza y del tronco hasta la cola. Tenía dos cuernecitos en la cabeza, justo encima de las orejas, y debajo de ellas empezaba una capa de escamas que parecían branquias. Las alas eran grandes, pero no descomunales, y con muescas. Aiden era un dragón parecido, pero sus alas eran mucho más grandes. El brillo de las escamas era de un rojo burdeos oscuro, y los cuernos negros, al igual que la cresta espinosa, que iba desde el lomo hasta la cola.

—¿Y cómo ha llegado a esa conclusión? —preguntó Sharni.

—Es una corazonada, y además...

Ella soltó un bufido.

—Una corazonada. Ya ves.

—Déjame terminar. Además, tú no eres la reina de los draconis —se burló Aiden.

«Y espero que jamás llegues a serlo», pensó para sus adentros. Aiden creía que su hermana estaba a la altura del cargo, aunque tuviera carencias en asuntos de guerra. Pero, para ser reina, él y su padre tenían que estar muertos.

—Por lo visto alguien ha registrado los papeles de padre —prosiguió.

—Entiendo. ¿Piensas que...? —Sharni se detuvo.

—¿Qué?

—¿No deberíamos volver?

Aiden estaba tan sumido en sus pensamientos que no se había percatado de hasta qué punto se habían alejado hacia el norte en el parque, una zona que no solían visitar, a ninguna hora del día o de la noche. Pero hoy... Hoy quería disfrutarlo de verdad una vez más.

—¿Te apetece hacer una pausa?

Sharni sonrió.

—Vaya, el sucesor al trono va a cometer una imprudencia en su última noche en casa. Con mucho gusto, hermanito.

Redujeron la altura de vuelo y luego aterrizaron en la cima de Diamond Hill, que a esas horas estaba tranquila y desierta. Notaron el suelo frío e irregular, pero no era una molestia para ninguno de los dos. Gozaron un rato de las vistas en silencio, y Aiden intentó grabar en la memoria todos los detalles: el paisaje verde y accidentado, los lagos y el mar que brillaba a lo lejos con el claro de luna. Bajo la luz de la luna y las estrellas, el escenario tenía un aire casi fantasmagórico, pero aun así la imagen era maravillosa. ¿Y de verdad ahora estaba en juego un tercio de su hogar? Aiden no quería una guerra, pero era su tierra. Dejó vagar de nuevo la mirada.

En el norte del parque nacional de Connemara había pequeñas poblaciones, varios hoteles y una abadía, la de Kylemore, un convento de monjas victoriano, además del centro turístico y los senderos de Diamond Hill. Por eso siempre evitaban esa zona. Solo el sur les pertenecía exclusivamente, y ahora los fae querían disputarle justo una

parte de esa región. Y eso que a ellos esa zona no les servía de nada. ¡El norte de Irlanda era de los dragones, maldita sea! Aun así, Aiden no albergaba grandes esperanzas de que las negociaciones con los fae dieran fruto. La única esperanza de los draconis era ganar tiempo y que Sharni encontrara pruebas de su inocencia en Inglaterra. Mientras tanto, Aiden tenía que irse a una universidad. Se consolaba con que su padre le había encargado también una misión, y debía admitir que sentía curiosidad. Hasta ahora Aiden había estado muy poco entre humanos. A veces su padre, su hermana y él se habían mezclado con los excursionistas en Diamond Hill para poder estudiar a las personas, pero de eso hacía bastante tiempo. ¿Cómo sería vivir entre humanos, en la superficie y no a escondidas, hacinados en cuevas?

A su lado, Sharni respiraba el aire fresco y frío. Aiden pensó por un momento si debía hablarle de Darragh e Isla Murphy. Su hermana iba a viajar a Londres, y tal vez se le ocurría la idea de hacer una visita a su tío. Aun así, Sharni nunca había hablado bien de Darragh, y Aiden no quería despertar a la fiera bajo ningún concepto. Tal vez solo consiguiera inculcar a Sharni ideas absurdas, así que decidió no hacerlo. Si su padre hubiera considerado que lo correcto era contárselo también a Sharni, no le habría pedido que saliera de la sala.

—Oye, ¿de verdad soy la única que considera bastante arriesgado el plan de padre contigo y la universidad? No es su estilo.

—Para nada —reconoció Aiden.

—¿Tienes miedo? —Sharni sonrió con sarcasmo.

—Yo nunca tengo miedo, ya lo sabes. Y tampoco creo que el enemigo se presente en Trinity College. Tu misión es mucho más importante que la mía; por lo menos tú tienes la posibilidad de evitar todo este lío.

—No me presiones, hermano. Ya veremos si Niall y yo averiguamos algo.

—Seguro que sí. —Miró a su hermana de reojo. No parecía tan relajada como siempre. Algo la inquietaba, y no era la primera vez que lo pensaba esa noche.

—¿Puedo preguntarte algo yo también?

Sharni arrugó la frente.

—¿Desde cuándo pides permiso para eso?

—Perdona, me ha salido así. —Sonrió, pero volvió a ponerse serio enseguida—. Cuando me has preguntado si no deberíamos volver, lo que te preocupaba en realidad era algo muy distinto, ¿verdad?

Sharni suspiró.

—Me conoces demasiado bien.

A Aiden le sorprendió que no lo negara. Era un indicio de que, en efecto, había algo que afligía a su hermana. Sin embargo, como sabía que no servía de nada insistir, esperó a que ella misma explicara qué ocurría.

—¿Crees que sería una buena reina? —soltó al final.

—Si creo... —Aiden tragó saliva. Tanta franqueza y sinceridad eran raras en Sharni, y no quería decir nada que le causara aún más inseguridad—. Por supuesto que serías una buena reina. ¿Por qué lo dices? ¿Te preocupa que nos pase algo a padre o a mí? Aún no estamos en guerra, y a mí seguro que no me pasará nada en la universidad. ¿Qué probabilidades hay de que...?

—No es por eso —le interrumpió Sharni—. Pero tú ya has pasado por eso. En cuanto a la guerra, no tengo ni idea y... —Hizo una pausa y suspiró—. Además, a diferencia de ti y de papá, yo soy un poco..., digamos...

—¿Impulsiva? —salió al rescate Aiden con una sonrisa—. Sí lo eres, y justo por eso me gustas tanto.

Ella le devolvió la sonrisa.

—Pero no siempre es una cualidad adecuada para guiar a un pueblo. Para eso hay que ser prudente y actuar de forma reflexiva, como padre. Como tú.

Aiden se acercó un poco más a su hermana y la rodeó con un ala. Ella se arrimó a su cuello, hacía muchísimo que no lo hacía.

—Si llega el momento, harás lo correcto, créeme. Ahora mismo da igual cómo te comportes. A mí también me habría gustado decirle a ese Damian por dónde podía meterse sus exigencias.

—Pero no lo hiciste, Aiden.

—Tú tampoco, Sharni.

—Sí, porque...

—No —la interrumpió—. Ni por padre ni por mí. Podrías haberte controlado sin nosotros. Y en cuanto al arte de la guerra, aún tienes tiempo para aprender todo lo fundamental. Yo puedo enseñártelo; Niall también. Y puedes preguntarle a padre en cualquier momento. Él incluso se arrepiente de no haber pulido tu formación en ese sentido.

—¿Tú crees? ¿Lo del tiempo? No es fácil decirlo, pero si de verdad pronto estalla la guerra... Ya sabes lo rápido que puede ser.

Aiden guardó silencio un momento. Le habría gustado quitarle el miedo a su hermana ante una posible pérdida, pero no podía. No sería justo, porque él tampoco sabía lo que iba a pasar. Si Sharni no tenía suerte en Inglaterra, su padre se vería obligado a aceptar las exigencias de los fae o declarar la guerra. La primera no era una opción real porque, si los fae querían esa guerra, cada vez se les ocurrirían más cosas para humillar a los dragones y lograr su objetivo.

—Cuídate, ¿eh? —rogó él.

Sharni asintió.

—Tú también, hermanito.

Estuvieron un buen rato sentados, en silencio, impregnándose de cada detalle de su hogar. ¿Volverían a disfrutar algún día juntos de esas vistas y esa calma? Aiden no quería plantearse esa pregunta, pero no podía obviarla.

—Creo que deberíamos ir yendo —dijo cuando apareció una franja plateada en el horizonte que anunciaba la mañana.

—Pues esta ha sido nuestra última noche juntos de momento. —Sharni sonaba más melancólica de lo habitual, pero acto seguido se levantó de un salto y se elevó en el aire con un impulso. Mientras rodeaba a Aiden, gritó—: ¡A ver quién llega primero a casa! —Y se fue a toda prisa.

«Así me gustas mucho más», pensó Aiden con una sonrisa, y se elevó también en el cielo.

6

KAILEY

—Puedes venir, el aire es puro —oí que decía mi tío como a través de la niebla.

Me encogí de hombros y caminé entre los brotes caídos de los sauces llorones, el paso de Fairyland al mundo de los humanos. Acto seguido miré alrededor con curiosidad. No vi a ningún humano, en principio era idéntico a nuestro lado, salvo por una excepción. A simple vista ya vi que los árboles y prados de mi tierra eran más verdes que en el mundo de los humanos. El mar era más azul, el rojo, amarillo o naranja de las flores de Fairyland más intenso, la variedad de especies más acusada. No vi por ninguna parte cálices de hada, unas flores que en nuestro hogar crecían por doquier con los colores más extraordinarios. También volaban muchas menos abejas, abejorros o mariquitas. Además, el aroma en el aire no era tan intenso. El olor del mar era menos salado, el de las flores menos dulce y el de los árboles menos herbáceo. Me volví hacia mi tío, un tanto decepcionada.

—Esperabas más —aseguró él.

Asentí.

—A decir verdad, sí. Todos los fae que han estado en el mundo de los humanos hablan siempre maravillas de él. Me pregunto por qué. Es todo exactamente igual que en casa, pero más aburrido.

Mi tío esbozó media sonrisa.

—Espera. Fairyland es limitado. El mundo de los humanos, en cambio, es enorme y tiene mucho más que ofrecer que la península de Dingle. —Echó un vistazo al cielo, donde apenas se veía el sol de tantas nubes—. Vamos; aún nos queda un largo camino.

La breve decepción se esfumó enseguida porque Damian quería llevarme al bazar. No era un mercado al uso, donde comprar fruta o flores, sino un bazar de artefactos mágicos. Había oído hablar mucho de él. El año anterior mi hermano Sloan había acompañado a nuestro tío por su decimoctavo cumpleaños y durante días no habló de otra cosa, y eso que era más bien callado. Había llegado mi gran momento, aunque me quedaban unos días para cumplir los dieciocho. Damian y yo queríamos comprar primero algunas cosas que necesitaba para mi misión, y luego iríamos directos a Dublín.

Damian sacó dos tarros de la mochila y me dio uno. Dentro flotaba una libélula azul brillante. Me dio un vuelco el corazón, y me fijé mejor en el insecto. Desde luego, había visto muchísimos ejemplares, pero esa era una libélula reina.

Damian abrió su tarro, y el grácil animal salió disparado al aire. Pese a saber lo que iba a ocurrir, y a que no era en absoluto asustadiza, me estremecí cuando de pronto la libélula multiplicó por más de cien su tamaño, hasta aterrizar delante de nosotros en el suelo, grande como un caballo. Damian se percató de que había dado un respingo. Le costó reprimir una sonrisa. Embargada por la emoción, abrí mi tarro y observé cómo mi libélula también se liberaba y aumentaba de tamaño. ¡Qué locura! Era un animal muy bello.

—¿Te ayudo a subir? —preguntó Damian, con las comisuras de los labios levantadas en un gesto traicionero.

No contesté, subí de un salto ágil. Poco después estábamos en el aire, volando hacia el mar y luego en dirección al norte. Aunque volar en libélula era uno de los medios habituales para desplazarse de los fae, yo aún no lo había probado. En Fairyland no hacía falta por las distancias cortas, y además siempre contábamos con las omnipresentes liebres, que podían aumentar de tamaño como las libélulas.

La sensación de surcar el aire sobre la libélula reina era una locura. Nunca había vivido algo semejante. ¿Por qué no volábamos más en Fairyland, por pura diversión? Por desgracia, sabía muy bien cuál era la respuesta: era más importante entrenarse para una emergencia, por si volvía a estallar una guerra con los dragones. Ya no me parecía tan improbable. Los dragones nos trataban con desdén desde tiempos inmemoriales, como si fueran más poderosos y mejores que nosotros. Mi pueblo no lo iba a tolerar mucho tiempo más.

Mi único consuelo era que tal vez en Dublín tendría alguna que otra ocasión para volar en libélula, pues mi tío había insinuado que de vez en cuando la reina me encomendaría otra misión fuera de la capital irlandesa. El único problema era que los humanos jamás deberían vernos en el cielo, así que, o bien solo podía volar en la oscuridad, o cuando el cielo estuviera extremadamente encapotado. ¿Cómo lo hacían los dragones para cumplir la misma regla?

El bazar de artefactos mágicos se montaba una vez por semana en Mountshannon, en la orilla oeste del Lough Derg, en zona neutral, entre Limerick y Galway. Allí no mandábamos ni teníamos ningún poder ni los fae ni los draconis, ni los correspondientes grupos autónomos. Mountshannon, además, era el punto medio con bastante exactitud entre la península de Dingle, donde vivíamos los fae, y el parque nacional de Connemara, dominio de los draconis.

En el centro del pueblo de Mountshannon había un parque con un laberinto, donde se solía organizar un mercado para humanos. Además de verdura, pescado y fruta, se vendían manteles, bordados

o joyas. Eché un vistazo, intrigada, y cogí agradecida un trozo de queso que me dio el dueño de un puesto. Sin embargo, me llevé una desilusión al comprobar que el sabor no era ni de lejos tan intenso como el de la comida de Fairyland. Aun así, me habría gustado probar más, sobre todo porque tenía hambre, pero como no teníamos tiempo que perder, mi tío me empujó a seguir.

El bazar abría sus puertas a la misma hora que el mercado de humanos, pero en un mundo paralelo. Solo había que atravesar un árbol. Seguí a mi tío y caminé directa al grueso tronco, que nos engulló a los dos, uno detrás de otro, y casi nos escupió al otro lado. Miré alrededor, fascinada. Allí todo era mucho más colorido e intenso que en el lado de los humanos, y también había algo más de ruido. En un puesto se debatía sobre las ventajas e inconvenientes de las patas de araña en bebidas curativas, en otro se elogiaban las lágrimas de dragón. El viento trasladaba risas y retazos de palabras por el bazar, acompañados de una sonora música de arpa. Justo al lado del roble que servía de portal al bazar vi a una mujer pelirroja, bajita, enjuta, mugrienta y descalza. Llevaba un vestido raído, y tocaba el arpa. A sus pies, en el suelo, tenía una capa del revés, donde, además de unas monedas, había algo que guardaba un parecido sospechoso con un anca de rana. Mi tío dejó caer una moneda en la capa y continuó andando. Yo lo seguí.

—¿Quién es esa mujer? —pregunté. Sin duda no era una fae, y tampoco pertenecía a los draconis. Nuestros pueblos se reconocían enseguida por el aura, y a los fae además nos delataban las orejas puntiagudas. Precisamente por eso estábamos allí. Podíamos engañar sin problema a los humanos para que las orejas parecieran de lo más normales, pero el *glamour* no funcionaba con los demás seres sobrenaturales. Necesitaba algo para que el príncipe de los dragones me tomara por una chica normal y corriente.

—Una bruja —contestó mi tío—. Su clan la expulsó. Solo puedo decirte que te andes con cuidado con los mendigos de este bazar, porque en su miseria, roban rápido.

Asentí, miré alrededor con más atención y, en efecto, vi a otras figuras con harapos sucios y rasgos duros de la cara que resultaron ser indigentes. Un hombre pedía limosna a los visitantes del bazar que pasaban por delante casi con agresividad, mientras que una mujer se abalanzó sobre los restos de un puesto de comida en cuanto un cliente abandonó la mesa.

—Por aquí —ordenó mi tío, pues me había distraído un momento mirando a la mujer. No era una cualquiera, era una fae—. ¿Todo bien, Kailey?

—Claro. —Asentí, aparté la vista de la fae y tensé los hombros.

Tal vez nuestra reina tomara medidas drásticas, pero también era justa. Quien respetara las reglas, jamás pasaría hambre ni viviría en la pobreza. Esa fae era responsable de su expulsión. O bien había infringido las reglas, o había decidido por voluntad propia irse de Fairyland. Ahora debía asumir las consecuencias de sus actos. La compasión que se había apoderado de mí un momento se desvaneció.

Mi tío se paró junto a un puesto donde se vendían joyas: cadenas, anillos, pendientes, relojes y pulseras. Cogí una pulsera triple de piel marrón trenzada, con tres colgantes distintos: el signo del infinito, dos palomas y en medio un árbol de la vida.

—¿Te gusta? —preguntó Damian.

—Es muy bonita —contesté, y la volví a dejar. No tenía muchas joyas, tampoco las necesitaba porque no eran ni prácticas ni útiles para luchar contra los dragones.

Mi tío le dio unas monedas al vendedor, un hombre de mediana edad que no era ni fae ni dragón.

—Nos llevamos esta —dijo, y cogió la pulsera.

Cuando nos alejamos un poco del puesto, me volví hacia mi tío.

—¿Para qué la has comprado? ¿No será como amuleto de la suerte? —Me habría sorprendido, porque en realidad los objetos no nos traían suerte. Según las creencias de los fae, eran más bien los cabellos

trenzados, las uñas pintadas de verde o los limones en el alféizar los símbolos de buena fortuna.

—Debería servir para reforzar tu hechizo de ocultación, para que los dragones no te reconozcan como fae.

—¿Entonces es una pulsera mágica?

—No directamente, para eso primero tenemos que llevarla a un mago, y es lo que vamos a hacer ahora.

Seguimos adentrándonos en el interior del bazar, donde el olor a incienso y el delicioso aroma a múltiples hierbas impregnaban el aire. Me rugió el estómago, pero no le pedí a mi tío que hiciera una pausa. Él tampoco había tomado más que el desayuno. Ya compraría algo de comer.

Nos paramos frente a un puesto bastante concurrido, regentado por un hombre y una mujer. Tras ellos había montada una gran tienda, de la que salía humo y donde de vez en cuando desaparecían. Tenían expuestos bebedizos, tinturas, piedras y recipientes de muchos tamaños y formas. Mientras esperábamos a que nos tocara el turno, observé los letreros que describían con exactitud lo que se podía comprar allí. Había elixires de amor, esencias que provocaban náuseas o dolor de cabeza o los eliminaban, una pomada contra las quemaduras de fuego de dragón y bombones que, al parecer, ponían de manifiesto un hechizo.

—¿En qué puedo ayudarle? —nos preguntó la mujer tras el puesto. Parecía normal, casi vulgar, pero seguramente era una bruja.

Damian sacó la pulsera del bolsillo de la chaqueta y se la dio a la mujer.

—Este objeto debería servir para ocultar la verdadera identidad de esta joven dama ante seres sobrenaturales. —Me señaló.

—Son cien coronas —repuso la bruja con aspereza. Cogió las monedas que le daba mi tío y desapareció un momento en la tienda—. Dentro de una hora más o menos podéis recoger la pulsera —dijo cuando regresó con las manos vacías—. ¿Algo más? ¿Tal

vez una piedra para ahuyentar a los malos espíritus? ¿O un elixir del amor?

Mi tío me interrogó con la mirada, y yo solté un bufido.

—Muchas gracias por la confianza. Me las arreglaré muy bien sin elixir del amor, deberías saberlo.

La bruja se encogió de hombros y se dirigió al siguiente cliente, y alguien me dio un empujón lleno de rabia que me hizo tropezar.

—Pequeña fae buscona... Te crees irresistible ¿verdad? —dijo el tipo que me había empujado con desdén.

Respiré hondo para calmarme y me di la vuelta. Era joven, apenas mayor que yo, alto y musculado, y no iba solo. A su lado había un chico igual de alto y musculado. Era obvio que los dos eran dragones y, si no iba errada, no formaban parte de los draconis, sino que, por el motivo que fuera, se habían apartado de su pueblo. Por lo menos no llevaban anillo, el distintivo de los draconis. Irradiaban brutalidad por cada poro de su piel, pero conmigo se habían equivocado. Yo a tipos como esos me los comía para desayunar.

Me crucé de brazos y sostuve la mirada dura como el acero de uno de ellos.

—Repítelo.

El dragón le dio un codazo a su amigo entre risas.

—Mira a la nena. Alguien tiene ganas de bronca. —Me miró de nuevo, y sus ojos se volvieron de hielo—. Pues la tendrás, desgraciada. A lo mejor deberías ponerte primero la pomada contra las quemaduras. La necesitarás.

Tanteé con los dedos el cinturón en el que, como siempre, llevaba mis cuchillos ocultos bajo la chaqueta tejana. Los saqué y al cabo de un segundo sujetaba las espadas en las manos.

—¡No me vengas con tonterías o te arrepentirás! Una cosita: con tu fuego no puedes hacerme nada de nada.

El dragón y yo nos fulminamos con la mirada, ambos en posición de ataque. Esperamos a que el otro empezara para contratacar

enseguida. Por el rabillo del ojo vi que los clientes de alrededor se ponían a cubierto.

—¡Eh! —La bruja que nos había servido silbó con dos dedos—. Nada de peleas delante de mi puesto, ¿queda claro? Si no, además de la cuantiosa multa y el veto permanente, os caerá una maldición.

No me moví hasta que mi tío me agarró por los codos y se me llevó.

—Cálmate, Kailey. No arriesgues tu futuro por unos adolescentes. Mejor vamos a comer algo. La carne de unicornio es excelente. Luego te llevo a Dublín.

7

AIDEN

Aiden abrió la puerta de la habitación de la residencia del Trinity College. La mayoría de residencias de estudiantes estaban fuera, pero Aiden había conseguido una de las pocas habitaciones situadas dentro del enorme campus.

Miró alrededor con escepticismo. La habitación era minúscula. En su forma de dragón apenas habría podido darse la vuelta sin destrozar la cama con la cola.

—Déjame sitio. —Celmar adelantó a Aiden dándole un empujón. Dejó caer las bolsas de viaje sin cuidado en el suelo y se repantingó en la cama de la pared izquierda.

—Entonces tú te quedas ese lado —murmuró Aiden y cerró tras él la puerta con el pie. Se quedó clavado en el sitio, un poco torpe.

—También puedo quedarme la otra cama, como usted quiera, Su Alteza Real. —Celmar sonrió.

—No me llames así —refunfuñó Aiden, y levantó con mucho esfuerzo su bolsa hasta la cama que quedaba libre para colocar sus cosas en el armario. No tardó mucho. Después de meter la bolsa vacía debajo de la cama, preguntó sin rodeos:

—¿Y ahora qué?

—Bueno —dijo Celmar, que hasta entonces se había quedado ahí tirado—, vamos a buscar provisiones: alcohol, patatas, condones.

—¿Condones? —Aiden levantó una ceja.

Celmar sonrió de nuevo.

—Sin falta. Son como mínimo igual de importantes que el alcohol. Quieres que te incluyan y no dar mala impresión, ¿no?

Aiden agarró su chaqueta de cuero negra y siguió a Celmar al pasillo, que se fue llenando poco a poco. No eran los únicos que llegaban hoy. Estaba abarrotado de chicos jóvenes con maletas y bolsas de viaje que se repartían por las habitaciones. Algunos hasta arrastraban cajas de cervezas. Celmar no iba muy desencaminado con sus apreciaciones, pero Aiden se preguntó si de verdad era el guardaespaldas adecuado para él. En realidad no necesitaba a nadie; sabía cuidarse solo. Pero su padre no había transigido en ese punto, y Aiden también sabía que estaba siendo injusto con Celmar. En realidad, su amigo no se tomaba la vida demasiado en serio, era propenso a gastar bromas y aparentaba querer pasarse de la raya. Sin embargo, nunca lo haría. Jamás se emborracharía en una fiesta ni le quitaría ojo de encima a Aiden. Era demasiado leal, totalmente de fiar y, de hecho, sensato. Por eso el rey había escogido a Celmar de guardaespaldas para su hijo. No solo porque tuviera la edad justa y conociera bien el mundo de los humanos, también porque sacrificaría su propia vida por proteger a Aiden. Pero él jamás lo permitiría, eran demasiado amigos. Se habían criado juntos, confiaban el uno en el otro.

«Quizás en este caso Celmar no sea el mejor guardaespaldas», pensó Aiden, y sacudió la cabeza, divertido.

La fisonomía de la ciudad de Dublín estaba repleta de puentes. Por desgracia, Aiden aún no había visto mucho de la capital irlandesa, pero como mínimo eso le había llamado la atención enseguida. Veía puentes por todas partes para cruzar el Liffey, que separaba el norte pobre de la ciudad del acaudalado sur.

Aiden y Celmar habían comprado alcohol, patatas y condones y ahora recorrían las calles de Dublín en moto a toda velocidad de regreso al campus. Aiden notó un leve cosquilleo en la zona del estómago. La sensación de subir a una moto era en parte comparable con la de deslizarse en el aire en forma de dragón. Por supuesto, en pleno centro de Dublín no podía conducir tan rápido como le gustaría, y claro que era muy distinto que usar las alas. Pero era mejor que nada. A fin de cuentas tendría que renunciar a volar durante una temporada.

Antes de partir, su padre le había insistido en que no llamara la atención bajo ningún concepto. Aiden tenía que adaptarse, aprovechar la oportunidad para estudiar a los humanos y, sobre todo, tener los ojos bien abiertos. Solo podía transformarse en dragón en caso de extrema urgencia, de noche y cuando estuviera completamente solo. En cuanto a su habilidad única... Bueno, el rey había sido muy claro. Ningún fae debía enterarse.

Aiden se paró con ímpetu en la plaza de aparcamiento al lado de Celmar, apagó el motor, se quitó el casco y se puso unas gafas de sol de piloto con la montura dorada que le había dado su padre. Él jamás habría escogido ese modelo porque los cristales tintados bañaban en un tono verde hierba todo el entorno, pero como sus ojos no estaban acostumbrados a la luz solar, que en ese momento ni siquiera brillaba con intensidad, no le iban mal las gafas.

Para entonces los alrededores del campus estaban atestados de gente. Aún se veía algún que otro estudiante con el equipaje, pero la mayoría cargaba con bolsas de la compra como Celmar y él, o habían salido a buscar compañía lo antes posible.

A Aiden le gustaba Trinity College. Era muy bonito, muy verde. El tamaño del campus era suficiente incluso para él como dragón, y los edificios tenían un aire majestuoso. Parecían casas señoriales o edificios del Parlamento.

Aiden miró alrededor con disimulo. A simple vista no vio otro dragón ni detectó orejas puntiagudas. Los seres sobrenaturales se

solían reconocer enseguida por el aura, pero cabía la posibilidad de reforzar el camuflaje con algo más de magia que la que por lo general se usaba para engañar solo a los humanos. Esto funcionaba bien con otras especies, pero no con los propios. Y ese era también uno de los motivos por los que Aiden había renunciado a usarlo, no como Celmar. Como sucesor al trono, era muy conocido no solo entre los draconis.

En teoría era del todo factible que un fae se colara en el campus con un refuerzo del *glamour*, con el que solían ocultarse ante los humanos, para engañar también a los dragones. Las gafas de sol eran muy prácticas porque neutralizaban el refuerzo del *glamour*. Incluían un complejo hechizo que solo podía realizar un mago muy poderoso. Así se conocieron Darragh e Isla. El tío de Aiden fue a buscar a la bruja y le pidió que le manipulara las gafas de sol y, aunque no debería hacerlo, al final decidió ayudar al dragón. El rey había dado a entender a Aiden que cuidara muy bien las gafas.

Miró de nuevo alrededor, pero solo veía humanos. ¿De verdad funcionaban las gafas? ¿Y si le daban una falsa seguridad?

En ese momento paró un taxi y bajó una chica. Pagó al conductor, agarró sus maletas y su bolsa y miró alrededor. Aiden ya había visto algunas estudiantes guapas en el campus, y esa chica no era una excepción. Sin duda, no era una belleza clásica, era demasiado alta y delgada para eso. Sus curvas femeninas parecían incluso un tanto artificiales. Además, estaba la larga cabellera rubia, recogida en una cola de caballo que le llegaba por debajo de la espalda. Llevaba el vestido verde más corto que había visto jamás. Ni siquiera Sharni tenía vestidos tan ceñidos, y su hermana no escatimaba en absoluto con sus encantos. Aun así, eso no fue lo único que llamó la atención de Aiden.

Le dijo a Celmar, entre dientes:

—¿Ves a la rubia que acaba de bajar del taxi?

Celmar sonrió.

—Sí, muy guapa. No es mi estilo, pero...

—No es una chica, es una maldita fae.

Celmar clavó su mirada en él.

—¿Una elfa?

Aiden asintió. Las orejas puntiagudas y el aura verde, que encajaba a la perfección con el vestido, no dejaban lugar a dudas. Se obligó a no apretar de nuevo los dientes. Así también se confirmaba que Callahan era el traidor, porque no podía ser causalidad que apareciera una fae justo en Trinity College, que era el que había mencionado a Callahan en confianza. ¿Qué diría su padre?

—Encima eso —gimió Celmar—. Pues empezamos bien. Será mejor que nos pongamos en contacto con tu padre, y luego nos largamos.

—Ni hablar —repuso Aiden, mientras se ponía el casco—. Me intriga demasiado saber qué pretende la fae. Mi padre también querrá que la tengamos vigilada.

—Aiden, no sé...

—Pues yo sí.

—Aiden, Aiden, Aiden. ¿Desde cuándo te apasionan tanto las aventuras?

—Desde que mi padre ya no puede fiarse de nadie y los fae quieren provocar una guerra.

Celmar suspiró.

—Está bien, nos quedamos, pero ve con cuidado. Si te clavan una flecha en el corazón, no volveré a conseguir nunca trabajo de guardaespaldas.

Aiden se rio.

—Ya entiendo, entonces se trata solo de ti. Pero ¿qué va a hacerme? Mírala.

—Es una fae, Aiden.

—Sí, ¿y qué? Y yo un dragón.

8

KAILEY

Aquello estaba más abarrotado que el bazar mágico, y eso que ni siquiera había entrado en el recinto de la universidad. ¿Así cómo iba a mantener una visión general? Además, no estaba acostumbrada a tener tanta gente alrededor. Los fae no éramos siempre solitarios, pero pasábamos mucho tiempo solos, y nos gustaba tener nuestro espacio.

Paseé la mirada por los estudiantes, que atravesaban en tromba la entrada de Regent House en dirección al campus, por lo que no albergaba muchas esperanzas de ver al sucesor al trono de los dragones.

Mi tío me había enseñado una imagen de su forma humana antes de partir. La había captado a escondidas en su reciente visita al rey de los draconis y sus vástagos. Si deambulaba por allí un segundo dragón, algo bastante improbable, no había peligro de confusión.

Pero bueno, mira a quién tenemos aquí. Solo unos metros más allá vio, en efecto, un dragón: el sucesor al trono de los draconis en persona, Aiden O'Rourke. Lo habría identificado como dragón de todas formas por su aura brillante color vino, pero gracias a la fotografía tenía la certeza absoluta. Era igual que en la imagen: pelo oscuro, un poco demasiado largo para mi gusto y sin peinar, un hoyuelo en la

barbilla, buena forma. Estaba sentado en una máquina pesada, con unas gafas de sol horribles en la nariz, aunque el sol ya no brillaba con tanta intensidad. ¿Pretendía con ese artilugio que las estudiantes lo miraran? En todo caso, yo triunfaba más con mi vestido: en ese momento hasta Aiden me miraba.

Por lo visto ya había hecho amigos. A su lado estaba repantingado en una moto un chico con el pelo rubio oscuro. Intercambiaron unas palabras y luego Aiden volvió a mirarme. El chico del pelo rubio no estaba rodeado de un aura de dragón, pero no debería perderlo de vista. Damian me había advertido de que seguramente el rey de los draconis no enviaría a su hijo sin guardaespaldas.

Una rabia súbita se apoderó de mí. Unas bestias como aquellas habían matado a mis padres. Se me despertó el instinto combativo, pero me contuve porque mi misión no era buscar pelea con el príncipe de los dragones. Necesitaba conservar la calma y actuar con astucia.

Aparté la mirada, me lancé la cola de caballo rubia sobre el hombro y me abrí paso entre la multitud para ponerme a buscar mi habitación. El desinterés era el mejor método para llamar la atención de un chico, ya fuera un fae, un humano o un maldito dragón.

En la hoja que Damian me había dado decía «habitación número 207». Empujé la puerta entornada y me vi en un dormitorio doble. Encima eso, lo que me faltaba. Para colmo, mi compañera de habitación se había expandido bastante dentro de las cuatro paredes. Había ropa por todas partes, se notaba un olor insoportable a perfume dulce y de fondo sonaba una música demasiado fuerte. En ese momento salió del baño y sonrió un poco cohibida al verme. Era bastante baja, tal vez le sobraban uno o dos kilos en las costillas, lo que no me pareció mal. Solo que el top ceñido que llevaba metido en los tejanos no le favorecía mucho. Pero me gustaron sus curvas y sobre todo la cara, muy bonita, me recordaba a una muñeca. Tenía el pelo rojo y los ojos de color azul extremo.

—¡Oh, hola! Soy Cassandra, pero puedes llamarme Cassie. ¿También te han asignado esta habitación?

«Es evidente, si no, no estaría aquí, ¿no?».

—Eso parece. Soy Kailey.

—Hola, Kailey. Lo siento, soy un poco desordenada, pero ahora mismo lo arreglo. —Recogió unos cuantos tops de uno de los colchones y se los colgó del brazo—. ¿Qué lado te gustaría quedarte? Yo habría escogido el derecho, pero en realidad me da igual. Si lo prefieres...

—La cama de la izquierda está bien —dije, y dejé mi bolsa y la maleta encima. ¿Cómo demonios se podía provocar semejante caos el primer día? Cassandra no podía llevar allí mucho tiempo.

—¿Eres de Irlanda? —preguntó, mientras lanzaba los tops a un rincón del armario.

Madre mía, encima me había tocado una cotorra de compañera de habitación. Mi tío me había avisado. «A la mayoría de chicas humanas de tu edad les gusta mucho charlar, aunque ya sean mayores de edad —me dijo de camino—. Y no olvides las risitas. Si no quieres destacar, tienes que adaptarte, Kailey».

—Ya —repuse, un poco molesta. No tenía tanta experiencia con humanos como él, pero eso no significaba que fuera una completa ignorante. Por supuesto, llevaba tiempo preparada para una misión de este tipo; no podía permitirme un error. Había investigado las últimas tendencias en moda y maquillaje, los conceptos más importantes del lenguaje juvenil y los temas preferidos entre la juventud.

En ese momento reprimí un suspiro. Así que cháchara y risitas. Lo iba a conseguir. En casa luchaba contra dragones. Eso no podía ser tan difícil.

—Soy de la península de Dingle —dije, al tiempo que empezaba a sacar mis cosas y pensaba cuál sería el mejor escondite para mi libélula reina. Puck —así la había bautizado— estaba en su tarro debajo de toda la ropa de la maleta.

—¿La península de Dingle? —preguntó Cassandra.

—Está en el sudoeste de Irlanda. ¿Y tú?

—Inglaterra, para ser más exactos Ipswich. Está en el este de la isla.

Por eso tenía ese acento tan curioso. Y yo que ya me temía que los humanos hablaran todos así.

—¿Puedes bajar un poco la música? —La musiquilla estaba empezando a ponerme de los nervios. A los fae nos encanta la música, pero de otro tipo: con violines y flautas y, claro, arpas—. ¿Quién canta?

Cassandra me miró como si hubiera visto un dragón.

—Dios mío, ¿no conoces a Ed Sheeran y Justin Bieber? Son de los cantantes más de moda ahora mismo. ¿Es que tu península está más allá de la luna?

—Ah, claro, Bieber. Es que no había escuchado bien. —Recordaba perfectamente las clases de música en las que estudiamos al artista de pop más famoso: «A Ed Sheeran y Justin Bieber los tenéis que conocer. Grabaos bien los nombres en la cabeza».

—¿Y qué, ya has conocido a algunos chicos monos? —preguntó Cassandra.

—Por ahí fuera hay montones de chicos monos —contesté, aunque no tenía ni idea de si era cierto. No me había fijado mucho, a decir verdad, tampoco me interesaban los chicos en general. Allí solo importaba uno, que para ser exactos, ni siquiera era un chico.

—Yo ya he detectado uno o dos chicos guapos que me interesarían. Espero que estén luego en la fiesta.

—¿Qué fiesta? —pregunté, mientras colgaba un vestido tras otro en el armario.

—¿Aún no te has enterado? La gran fiesta de bienvenida para todos los nuevos. Es legendaria: mis padres se conocieron así.

—Ah, ¿sí? —me limité a contestar, puesto que no sabía qué decir. Además, yo tenía la mente en otra parte. La fiesta parecía perfecta para que Aiden se fijara en mí.

—Sí, exacto —siguió parloteando Cassandra—. Es genial, ¿no? Y aún siguen felizmente casados. ¿No es genial?

—Supergenial. Mis padres ya no viven, por desgracia.

Cassandra se quedó quieta, perpleja.

—¿De verdad? —dijo luego—. Oh, Kailey, lo siento.

—No pasa nada —contesté, aunque sí que pasaba, y mucho. No por Damian, que era un buen reemplazo, cariñoso y estricto, aunque no demasiado porque no quería cometer ningún error. Pero me seguía reconcomiendo que unos dragones hubieran matado a mis padres. Aquella noche, ocho años atrás, me había jurado que esas bestias me las pagarían. Después de convertirme en la mejor guerrera elfa de mi promoción, por fin tenía la oportunidad de hacerlo.

Cassandra decidió reconducir la conversación hacia la fiesta.

—¿Qué me pongo esta noche? En comparación con tu ropa, la mía no destaca mucho. Tienes vestidos muy bonitos. —Observó mi armario abierto con admiración.

—¿Tú crees? ¿Qué te parece si te presto un vestido, y tú me ayudas con el maquillaje? —Aunque en teoría sabía maquillarme, estaba bastante segura de que sola no me saldría bien. La cantidad de lápices y botecitos que guardaba en el bolso me abrumaba con solo mirarlos. Cassandra, en cambio, parecía dominarlo, por lo menos no parecía un payaso colorido.

—¿De verdad? —se alegró mi compañera de habitación—. En realidad no te hace falta, ya eres muy guapa, y te ayudaré encantada a maquillarte sin compensación. Pero si me prestas un vestido, no voy a decir que no. ¿Trato hecho? —Me tendió la mano, y yo le di un apretón.

—Tienes que estarte quieta —me reprendió Cassandra cuando estuvo a punto de clavarme un lápiz blanco en los ojos.

—Qué fácil es decirlo —murmuré. Normalmente no dejaba que nadie se me acercara tanto, ni mucho menos que hurgara en los ojos.

—Para presumir, hay que sufrir —se limitó a decir, y siguió, imperturbable.

«¿Para presumir hay que sufrir?». ¿Qué porquería de refrán era ese? O se era guapo o no. Un poco de color no cambiaba nada, por lo menos en Fairyland era así. Sin embargo, enseguida comprobé que en el mundo de los humanos regían otras leyes. Después de que Cassandra me torturara durante media hora, me levanté de la cama y fui al baño a mirarme en el espejo. Era realmente asombroso. Ahora los ojos verdes parecían más grandes, la boca tenía más forma de corazón y el cabello me caía formando ondas ligeras sobre los hombros. En Fairyland casi siempre llevaba cola de caballo porque era más práctico para entrenar. Podía acabar fatal si luchaba contra un dragón teniendo que apartarme el pelo de la cara todo el tiempo. Cassandra casi me había arrancado la goma de pelo de las manos y había utilizado un rizador de pelo que desprendía un ligero olor a chamuscado. En un primer momento me dieron ganas de colgarle ese chisme de las orejas, pero ahora debía reconocer que las ondas no estaban tan mal.

—¿Y? ¿Qué me dices? —Mi compañera de habitación se apoyó en el marco de la puerta de brazos cruzados.

—Está muy bien, muchas gracias. —Me volví hacia ella—. Ahora te toca a ti. Será mejor que escojas tú un vestido.

Al cabo de diez minutos ya nos habíamos cambiado las dos.

—¿Qué te parece? —repitió Cassandra la pregunta de antes.

Yo había elegido el rojo chillón, para que el príncipe de los dragones se fijara enseguida en cuanto llegara a la fiesta. Cassandra, en cambio, había escogido un vestido de color rosa. ¡Vaya! Aguanté con estoicismo la expresión de la cara, aunque me costó. No teníamos ni por asomo la misma figura, yo era bastante más alta que ella y un poco más delgada. La altura no importaba porque mis vestidos eran todos bastante cortos. A Cassandra, el dobladillo le llegaba a las rodillas, pero no estaba mal. Sin embargo, el vestido le estaba algo

estrecho. Aun así, era evidente que le gustaba, y yo dudaba de que le pareciera bien que le diera mi opinión sincera.

—El color te sienta bien —dije—. Y los zapatos son geniales. —Era cierto. Eran plateados y brillantes, de tacón y muy elegantes. Conocía los tacones de varias fotografías, pero en Fairyland no existían. Preferíamos ir descalzas, y en invierno calzábamos sandalias. Y para luchar con dragones preferíamos un calzado firme, aunque seguro que los tacones puntiagudos servían de arma.

Cassandra bajó la mirada.

—¿Te refieres a los tacones? A mí también me encantan, y son hasta cómodos. ¿Qué zapatos te vas a poner tú?

Hasta entonces iba descalza, y a falta de una alternativa, tenía intención de ponerme mis sandalias planas. Había encontrado infinidad de vestidos en la maleta, pero por lo visto el maquillaje de humanos era más importante que una selección de zapatos de tacón o deportivas.

Cassandra siguió mi mirada hasta los zapatos que guardaba debajo de mi cama y torció el gesto.

—¿En serio? —preguntó—. No me malinterpretes, a mí también me gusta llevar sandalias en verano, pero no a las fiestas. Echan a perder todo el *outfit*. ¿No tienes nada mejor?

Negué con la cabeza.

—Vengo del campo.

Cassandra puso los ojos en blanco.

—Eso no es excusa. ¿Nunca has oído hablar de la compra por internet?

—Nuestra conexión a internet no es la mejor, pero podemos ir de compras mañana —propuse. Además de zapatos, sobre todo necesitaba unas cuantas prendas adecuadas para las aulas.

Antes de partir, mi tío me puso una tarjeta de crédito en la mano y me dio la orden explícita de que me equipara bien. Me pareció de lo más curioso que se pudiera pagar con una tarjeta de plástico, pero

no indagué más. La manera de funcionar del mundo de los humanos era muy distinta a la del mío.

A Cassandra se le dibujó una sonrisa en la boca.

—Yo encantada. Y hasta entonces te presto un par de zapatos de tacón. Deberían irte bien. En todo caso, no puedes presentarte en la fiesta en sandalias.

Se acercó a su armario, sacó un par y me lo dio. Los zapatos de tacón negros eran cerrados por delante con tiras y abiertos a un lado. Y lucían un lazo en el talón. Me los puse con cuidado. Más o menos me iban bien, y di unas cuantas vueltas por la habitación antes de volver a mirarme en el espejo. Era increíble, pero con esos zapatos las piernas parecían aún más largas de lo que ya eran.

Cassandra arrugó la frente.

—¿De verdad es la primera vez que caminas con tacones?

La miré de soslayo.

—Sí, ¿por qué?

—Porque normalmente cuando una no tiene práctica parece un pato mareado.

Me imaginé la escena y casi solté una carcajada.

—Sí, no sé qué decirte. Tengo buen equilibrio. —En efecto, los fae teníamos equilibrio, y me alegraba mucho porque andar con tacones altos habría creado bastante inseguridad. Me eché el pelo sobre los hombros.

—¿Vamos?

La expresión escéptica se desvaneció del rostro de Cassandra.

—Claro, vamos a volver locos a unos cuantos chicos.

9

AIDEN

Cada minuto que pasaba parecía que la música sonaba más alta, pero pese a llevar sin duda como mínimo una hora por allí sin ver por ninguna parte a la fae, Aiden se negó a irse de la fiesta. Estaba convencido de que tarde o temprano aparecería. Era la gran ocasión, y no la iba a dejar escapar.

—Larguémonos —intentó convencerlo Celmar de que se fueran.

Aiden sacudió la cabeza.

—Querías venir a toda costa a esta fiesta —le recordó a su amigo.

Celmar puso cara de impaciencia.

—Eso fue antes de saber que íbamos a tratar con una fae. Aiden, todo esto no me gusta nada.

—Pero oíste a mi padre, ¿no? —repuso Aiden. El rey había dado orden de quedarse allí y averiguar cuál era el plan de la fae—. Esta fiesta es la mejor ocasión para hacerse una idea global sin llamar la atención y establecer los primeros contactos. Tanto para la fae como para nosotros.

—¿Y de verdad crees que va a venir?

—Claro, ¿tú no?

—Sí —gruñó Celmar—. Ese es el problema.

Aiden le dio un golpe en el costado.

—Vamos, relájate. Fuiste tú quien compró condones y alcohol nada más llegar. Relájate y disfruta de la fiesta.

—Aiden, el rey no te ha enviado a esta universidad para que te metas en situaciones de peligro. Eres el sucesor al trono de los draconis. No creerás que de verdad quiere que entables conversación con esa fae. Te han encomendado una misión, sí, pero eso no es motivo para actuar a la ligera.

—¿Quién está actuando a la ligera? —replicó Aiden, con el entrecejo fruncido.

Desde luego, en cierto modo Celmar llevaba razón. La guerra con los fae era más probable que nunca, y, llegado el momento, el rey quería sobre todo una cosa: que su sucesor al trono estuviera a salvo. Era el principal motivo por el que había enviado a Aiden y Sharni lejos del parque nacional de Connemara y les había puesto a cada uno un guardaespaldas al lado. Y solo por eso, su padre había separado a los hermanos. Nadie, ni mucho menos el rey, esperaba que apareciera una fae en Trinity College, pero era así.

—Estamos en una fiesta, aquí no me va a pasar nada —continuó Aiden—. ¿O crees que la fae me va a matar delante de todos los humanos? Si esa fuera su intención, lo habría hecho hace tiempo. En cambio, apenas se dignó a mirarme cuando llegó al campus. Está tramando algo, Celmar. Y mi misión es averiguar qué es.

Celmar soltó un gemido.

—Y yo estoy aquí para protegerte, ¿ya se te ha olvidado?

—¿Cómo se me va a olvidar si no paras de recordármelo?

Aiden se volvió hacia su amigo.

—Te entiendo, pero no puedes eximirme de mi responsabilidad. Soy el sucesor al trono de los dragones, y los fae me quieren a mí, no a ti. Sé cuidarme solo. Además, le llevo ventaja. Ella sabe que soy un dragón, pero cree que no tengo ni idea de quién es.

Celmar soltó aire.

—¿Y qué hago yo entonces?

—Diviértete de una vez. Ahora te libero de tus obligaciones.

—¿Quieres que te deje solo?

Aiden se lamentó.

—Sí, tarde o temprano tendrás que dejarme solo. A saber si la fae me dirigirá la palabra al vernos pegados todo el tiempo. Podría pensar que eres mi guardaespaldas, y no es lo que queremos, ¿no? —Mientras Celmar seguía clavado en el sitio, Aiden bebió un trago de cerveza y echó un vistazo a su alrededor. Cruzó la mirada con una chica de pelo castaño que no estaba nada mal. Llevaba unos tejanos, un top por encima de la cintura y unos zapatos altísimos, y fue directa a él.

—Eh, ¿te apetece bailar? —preguntó.

Aiden sonrió.

—Yo encantado, pero tengo novia. Puedes probar con mi amigo.

La morena se volvió con un pestañeo coqueto hacia Celmar.

—Bueno, ¿qué te parece? ¿Tú y yo?

Celmar se aclaró la garganta.

—Ah, eh... Es que... ¿Sabes? En realidad no bailo.

A la morena le costó disimular una mirada de escepticismo y desapareció de nuevo entre la multitud.

Aiden sacudió la cabeza.

—¿Qué ha sido eso?

—De verdad, no tengo ganas de bailar.

—Eso no importa. Tienes que adaptarte o llamaré a mi padre y le diré que te retire porque pones en peligro la misión. —Por supuesto, Aiden jamás haría eso, y Celmar lo sabía. Aun así, asintió.

—Está bien. A la próxima que me invite a bailar no la rechazaré. Te doy mi palabra. Pero, por favor, prométeme que vas a ser prudente. No sabemos cuántos fae deambulan por aquí.

—Cierto. Ese es el inconveniente de las gafas de sol.

—¿Preferirías ir todo el día con unas gafas normales en la nariz?

Aiden se encogió de hombros. Como en su forma humana siempre tenía la sensación de que no veía bien, seguramente no sería una mala opción.

—Siempre y cuando no tengan los cristales verdes o la montura dorada.

Celmar reprimió una carcajada.

—Los humanos lo llaman «retro», Aiden. Los modelos de la década de 1980 vuelven a estar de moda.

—Ya sé lo que es retro, Celmar. Muchas gracias.

—¿Crees que en su época, tu padre de verdad iba con estas gafas? —Celmar sonreía cada vez con más ganas.

Aiden le dio un golpe en el costado.

—Eh, que estás hablando del rey, cuidado con lo que dices.

Sin embargo, él tampoco pudo evitar sonreír al imaginar a su padre con las gafas de piloto. ¿Por qué no escogieron en ese momento algo más neutro como, por ejemplo, el anillo de los draconis? Todo el pueblo de los draconis llevaba un anillo como símbolo de pertenencia. Aiden miró el suyo, que lucía como una alianza en el dedo anular izquierdo. Era de oro macizo, con diamantes incrustados, y en el medio se veía una figura de dragón tallada en un granate. Quien abandonaba la comunidad perdía el derecho a llevar el anillo, para todos los demás era un signo de reconocimiento. Por eso Celmar también se había quitado el suyo. No lo podían identificar como dragón bajo ningún concepto.

No era que Aiden no lo comprendiera. La situación era arriesgada, y al rey no le entusiasmaba, ni mucho menos, pero ahora mismo no cabía la opción de mandar a su hijo de vuelta a casa. Aiden paseó la mirada por la enorme sala, por la multitud entregada al baile y al coqueteo, y entonces clavó los ojos en la barra. Ahí estaba, la fae. Sorbía un cóctel, acompañada de una pelirroja un poco más baja y con más curvas que ella.

—Mira por dónde, ¿quién tenemos ahí? Ya podemos empezar.

Celmar siguió la mirada de Aiden.

—No la mires así —murmuró Aiden.

—¿Por qué? Lo hacen todos los varones de alrededor. Llamaríamos la atención si no le hiciéramos caso.

—También es verdad.

Así que Aiden aprovechó la ocasión para estudiarla mejor. Para ser una fae, era muy guapa, aunque le costara admitirlo. Se había cambiado de ropa y llevaba un vestido rojo que resaltaba su figura, y los zapatos de tacón hacían parecer sus piernas aún más largas. El cabello le caía ondulado sobre los hombros. Ella lanzó una mirada furtiva hacia él, pero la mayor parte del tiempo los obviaba, a él y a Celmar. Aiden se quitó rápido las gafas y se las puso, para como mínimo echar un breve vistazo a través del cristal mágico.

—¿Qué haces? —preguntó Celmar—. Si se da cuenta...

—Pero no se ha fijado. —Aiden volvió a guardar las gafas—. La chica pelirroja de al lado solo es una chica pelirroja. No hay ni orejas puntiagudas ni aura de color.

—Bueno, igualmente —murmuró Celmar—. ¿Y ahora qué? ¿Vas a hablar con ella?

—Creo que tarde o temprano habrá que hacerlo. Seguro que no se va a arriesgar a dirigirme la palabra para no despertar mi desconfianza. Pero tampoco se lo voy a poner tan fácil. Ya veremos qué se le ocurre. —Aiden se cruzó de brazos y se apoyó en la pared.

Le repugnaba entrar en contacto de cualquier forma con la fae. Pese a no haber intercambiado aún una sola palabra con ella, ya la odiaba. Tal vez esa fae aún no hubiera cometido ningún crimen, pero su pueblo era culpable de que su madre no estuviera viva y su padre fuera rey. Sin los fae no habría sido un problema que su tío se hubiera enamorado en su momento de una bruja Murphy. Darragh jamás habría tenido que renunciar al trono, y Aiden ahora no estaría en esa situación. Como tantas otras veces en la vida, no tenía elección: haría lo que debía. Y lo haría, aunque esta vez le costara especialmente.

10
SHARNI

Era noche cerrada, y Niall y yo estábamos sobrevolando en círculos Lambay, una pequeña isla al noreste de Dublín de propiedad privada, y además zona protegida para las aves. Sin embargo, como éramos casi idénticos a las aves, solo que mucho más grandes y sin plumas, no tuve mala conciencia por tomarnos un descanso allí. Niall y yo estábamos hambrientos y cansados tras horas de recorrido. Habíamos salido volando poco antes de anochecer, siguiendo unas románticas rutas por el Atlántico y rodeado la mitad de la isla porque apenas había nubes en el cielo. Al día siguiente nos esperaba de nuevo un largo camino. Nuestro destino era Londres, y para eso teníamos que seguir volando por encima del mar y rodear tanto Gales como el sur de Inglaterra.

Estaba cansada, pero me molestó tener que hacer una pausa porque aún era de noche. Sin embargo, la isla era nuestra última opción. De lo contrario tal vez tendríamos que seguir volando hasta Inglaterra. Podría darse el caso de hacer otra pausa en una de las islas Scilly deshabitadas frente a Cornualles, pero no podíamos fiarnos de eso. Era finales de verano, había muchos turistas y la gente, sobre todo los enamorados, a veces hacían cosas raras, como por ejemplo

acampar en una isla remota, aunque estuviera prohibido. No quería tentar a la suerte.

—Tiene buena pinta —comentó Niall, y se dispuso a aterrizar.

La isla de Lambay parecía estar habitada solo en un lado. Por lo menos solo vi más construcciones junto al castillo. El resto de la isla parecía virgen. Seguí a Niall y aterrizamos justo en el acantilado de un prado que parecía no tener fin. Deseé tener luz para ver más detalles de aquel entorno sobrecogedor, pues era uno de los inconvenientes de viajar como dragones. Avanzábamos rápido, y era casi la sensación más bonita del mundo notar el viento bajo las alas, pero aunque siguiéramos las rutas por encima del mar, solo podíamos volar al anochecer o en plena noche para que no nos vieran los pasajeros de un avión o un barco. Me encantaría alzar el vuelo y explorar el mundo con luz. No era que no viéramos bien a oscuras, al contrario. Hacía siglos que vivíamos en cuevas y por lo general solo salíamos de noche, así que nuestros ojos se habían ido adaptando a la realidad de generación en generación. La deslumbrante luz del sol nos infligía casi dolor físico. Aun así, me encantaría contemplar el azul del mar y el verde de los prados a la luz del día desde el aire, sobre todo porque como dragones veíamos mucho mejor que en nuestra forma humana.

Niall se transformó delante de mis narices en un humano, también por precaución, y yo seguí su ejemplo. Tenía el pelo rubicundo, igual que yo. Por eso a veces nos tomaban por hermanos. En cambio, tenía los ojos marrones, y no verdes. Era un poco más bajo que la mayoría de dragones, pero eso no anulaba sus puntos fuertes. Lo había visto luchar muchas veces, había entrenado con él todavía más a menudo, y era muy bueno. No tenía el cuerpo atlético porque sí; también se lo trabajaba.

Ahora estábamos desnudos uno al lado del otro, al borde del acantilado, y contemplamos un momento el mar. A ninguno de los dos nos incomodaba estar desnudos. Nos habíamos visto así en multitud de ocasiones porque solíamos volar juntos. Antes de transformarnos,

normalmente nos quitábamos la ropa porque no sobreviviría a la transformación. Así que la desnudez era algo lógico, y no sentíamos vergüenza. De todos modos, el aspecto humano no correspondía a nuestra verdadera forma. Pese a que en ese momento no sentía ni pudor ni frío, al final agarré la mochila y me puse los tejanos y una camiseta. A fin de cuentas, cabía la posibilidad de que hubiera humanos cerca (según tenía entendido, en esa isla se podía pernoctar), y muchos de ellos no se tomaban la desnudez con tanta naturalidad como los dragones.

Niall también se puso unos tejanos y una camiseta, luego sacó los sándwiches de la mochila. Podíamos atarnos el equipaje a las patas con una goma elástica especial. Así sobrevivía también a la transformación.

Nos sentamos en la hierba, y Niall me dio mi ración. Desenvolví el sándwich con avidez y le di un mordisco. Volar era genial, pero se consumían un montón de calorías.

—¿Cómo estás? —preguntó él, después de saciar a medias el primer golpe de hambre.

Me encogí de hombros, con la mirada puesta en el mar. Bajo la luz de la luna se veía más tenebroso e imprevisible, pero eso no me daba miedo. Era una dragona: yo también podía ser tenebrosa e imprevisible si quería.

—Estoy enfadada —contesté al cabo de un rato a la pregunta de Niall.

—¿Con los fae?

—Claro que con los fae.

—¿Preferirías quedarte en casa?

—No es por la misión —lo interrumpí, porque me alegraba de ver otra cosa que no fuera el parque nacional de Connemara. En general, mi padre prefería tener a Aiden, y sobre todo a mí, cerca. El hecho de que me enviara a Inglaterra era un indicio de la gravedad de la situación. Necesitábamos con urgencia una prueba de que los draconis no

habíamos estado activos en Londres. Esperaba encontrarla—. ¿No te pone de los nervios? Quiero decir, los fae están a punto de obligarnos a ponernos aún más límites, y eso que apenas tenemos libertades ya. Mira alrededor. —Hice un gesto para abarcarlo todo—. ¿No te gustaría verlo a la luz del día?

—No quiero decir nada, pero mañana lo veremos a la luz del día. Antes tenemos que quedarnos en esta isla hasta que se ponga el sol.

Puse cara de desesperación.

—Desde el aire, me refiero. Eso, por una parte. Tener que pasar casi todo el día en forma humana es...

—Por una vez, no podemos culpar a los fae de eso. De hecho, yo me siento muy a gusto como humano. —Niall me dio un golpecito con el hombro—. Por cierto, tú te conviertes en un ejemplar precioso.

—Ay, para. En principio yo también me siento a gusto en mi forma humana, pero preferiría escoger con libertad. Me gustaría ser yo quien decida cuándo me transformo, y no verme obligada a hacerlo.

—Lo sé, pero así son las cosas, Sharni.

—¿Y por qué no podemos cambiarlo? ¿Luchar por nuestros derechos? Hubo un tiempo distinto, Niall. Somos dragones, por Voldragor. ¿Es que eso no significa nada?

Hubo un tiempo en que los dragones éramos temidos y podíamos movernos con libertad, hasta que los humanos inventaron la pólvora y las armas de fuego. Los dragones no teníamos nada que hacer contra esa fuerza destructora y nos retiramos. Durante siglos nos convertimos en un mito, en leyendas. Y eso que éramos mucho más fuertes, inteligentes y teníamos mayor capacidad de adaptación que los humanos. Estábamos antes que ellos en esta tierra, y seguiremos aquí después.

—Los humanos son mayoría en esta tierra, y mientras sigan existiendo...

—¿Desde cuándo te amoldas a todo? —le interrumpí, irritada.

Niall esbozó una media sonrisa.

—Desde que recibí formación de soldado. ¿Y qué hacemos ahora con tu mal humor?

Me encogí de hombros.

—Solo es que llevo demasiado tiempo sin comer y estoy cansada.

—Ten. —Me dio su último sándwich—. Cómetelo, mientras tanto voy a montar la tienda.

Se levantó, pero cuando estaba a medio movimiento, se transformó de repente. Me arrebató el sándwich de la mano de un golpe con la cola. Yo también noté las señales: el cosquilleo en la nuca, la adrenalina que empezaba a correr por mis venas desde ese momento, los ruidos que antes no estaban. Oí el batir de las alas que se acercaban y noté que se me rasgaba la piel. Mi cuerpo se expandía y la fuerza irrefrenable que me daba la sensación, junto con la adrenalina, de ser casi invencible.

Me di la vuelta rápido y me subió un rugido por la garganta cuando tres dragones aterrizaron frente a nosotros. ¿Eran dragones autónomos? Por lo menos saltaba a la vista que estaban enojados con nosotros. Fuera cual fuera su problema, no lo dirían hasta después de la lucha. No miré a Niall para acordar algo, porque me daba igual lo que opinara. Además, no quería perder tiempo. Los dragones tendrían pelea. Con mucho gusto, incluso, porque mi estado de ánimo era justo el adecuado.

A diferencia de Niall, no dudé mucho y me dediqué a la única hembra. Me abalancé sin previo aviso sobre la dragona, que no se lo esperaba. Por eso pude clavarle los dientes de lado en el cuello sin problema. Noté que un sabor metálico se expandía por la boca. La dragona no lo dejó pasar. Me apartó con toda su rabia. Conseguí elevarme en el aire justo a tiempo para no dar con la espalda en el suelo. Por el rabillo del ojo vi que Niall también había pasado al ataque, pero enseguida volví a concentrarme en mi contrincante. Era la primera regla: nunca te distraigas o, en el peor de los casos, lo pagarás con tu vida. Me acerqué a la dragona volando en picado, mientras ella

salía a la vez disparada hacia mí. Colisionamos en el aire, chocamos contra el suelo y nos precipitamos la una contra la otra varias veces de forma encarnizada antes de caer por el acantilado. La dragona quiso librarse de mis dientes y garras para huir volando, pero yo la sujetaba con firmeza. Era buena nadadora, y esperaba tener ventaja en el mar. Rompimos contra el agua fría y nos hundimos unos metros. Entonces la dragona se agarró bien a mí. ¿Qué estaba pasando? ¿Es que no sabía nadar? Tuve que defenderme con dientes y garras para liberarme de una vez. Luego subí disparada a la superficie. La dragona no me siguió y con solo unos cuantos aleteos volví a la isla para ayudar a Niall. Sin embargo, él ya había vencido a los otros dos dragones. Los tres estaban de pie en la hierba, en su forma humana, un signo de que la pelea había terminado. Entonces vi que no llevaban anillo, así que definitivamente eran autónomos. Aún en el aire, me transformé también. Unos segundos después aterricé en el suelo casi sin hacer ruido.

—¿Todo bien? —Niall me lanzó una breve mirada de soslayo.

—Estoy bien. No puedo decir lo mismo de vuestra amiga.

Los hombres se miraron. Niall resopló.

—Qué remedio. Pero uno de vosotros se queda aquí. Tenéis que contestarnos a unas cuantas preguntas.

Uno de los dos salió corriendo, se transformó durante el salto por encima del acantilado y se lanzó al abismo. No tardó mucho en volver con mi compañera de batalla, que había adoptado la forma de mujer hacía un rato. El dragón la dejó en el suelo con suavidad y volvió a transformarse. Observé en tensión cómo el segundo hombre se arrodillaba junto a la mujer y le daba unos golpecitos en la mejilla. Parecía inconsciente porque no se movía, pero de pronto levantó la cabeza y se puso a toser con fuerza. Un gran alivio se apoderó de mí. La muerte formaba parte de la batalla, pero mi intención no había sido matarla. No tenía motivos, solo había sido una manera de medir fuerzas. Y Niall y yo habíamos ganado.

Ahora que volvía a relajarme, observé con más detenimiento a nuestros contrincantes. Incluso en forma humana se les veía que habían renegado de los draconis. Llamaban demasiado la atención con su imagen. La mujer llevaba el pelo teñido de rosa, *piercing* en la nariz y en el ombligo, y tenía el cuerpo repleto de tatuajes. Los hombres también lucían tatuajes por todas partes y tenían el cráneo rapado. No dejaban pasar una pelea, se les notaba tanto en la forma humana como en la de dragón. Aun así, no era de extrañar que Niall y yo hubiéramos ganado. No éramos tan impulsivos, ni por asomo tan brutos, y eso era bueno, porque la impulsividad y la brutalidad nublaban la razón, de manera que uno reaccionaba sin complejos, pero también sin un plan. Y sobre todo, teníamos mejor formación que esos tres dragones. Lo sabía, pese a no conocerlos.

Me crucé de brazos.

—¿Qué hacéis aquí?

—¿Qué hacéis vosotros aquí? —repuso uno de los hombres—. Es nuestro coto.

Me salió un gruñido de la garganta, pero Niall intervino enseguida. No me gustaba admitirlo, pero sin duda se controlaba mejor que yo.

—Ya nos habéis molestado bastante, nos habéis estropeado la cena, en sentido estricto. —Niall desvió la mirada hacia el sándwich que había aterrizado en el lodo—. Así que: ¿qué os trae por la isla de Lambay? ¿Y hasta qué punto esto es vuestro coto?

—Solemos venir aquí a cazar walabíes —contestó la mujer, insolente.

—¿Walabíes? —pregunté con escepticismo. Sin embargo, no me mostré escéptica porque en Irlanda hubiera animales de la familia de los canguros que por lo general vivían en Australia—. ¿Lo decís en serio? Pero no podéis venir a cazar.

En aquel momento la mujer también se cruzó de brazos. Parecía recuperada del susto en el mar.

—¿Y por qué no?

Sacudí la cabeza.

—¿Por qué no? ¿De verdad tengo que explicároslo?

Niall respiró hondo.

—Estáis poniendo en peligro a toda vuestra especie, ¿no os queda claro? En esta isla viven humanos. Puede que no sean muchos, pero esta isla es propiedad de alguien, y a los dueños les llamará la atención que de repente cacen unos animales salvajes con regularidad.

—¿Y qué? —respondió uno de los hombres—. Como si se les fuera a ocurrir que los responsables son unos dragones.

—Esto es una isla, por Voldragor —les espeté a los tres—. ¿De dónde salen de repente los animales salvajes si hasta ahora no estaban? Además, hay cámaras de caza. Es lo primero que se utiliza cuando se caza de repente, así que volvéoslo a pensar.

—Los draconis no tenéis nada que decirnos —contestó la mujer—. Es lo bueno de ser independiente. Ya no tienes el deber de rendir cuentas al rey de los draconis.

Cerré los puños y apreté las mandíbulas para evitar provocar otra pelea.

—De hecho, ¿tenéis la más mínima idea de ante quién estáis? —Niall me lanzó una mirada severa antes de poder continuar. Me mordí la lengua. Tenía razón. No sería inteligente desvelar a los tres dragones autónomos que yo era la princesa—. ¿Por casualidad alguno de vosotros estuvo hace unas semanas en Londres? —cambié de tercio. Ya que teníamos la oportunidad de interrogar a los propios autónomos, teníamos que aprovecharla. De todos modos, los tres se limitaron a intercambiar una mirada molesta.

—Puede que nos hayamos apartado de los draconis, pero no por eso nos hemos trastornado, ni mucho menos —dijo uno de los hombres, y se acarició la calva.

—Ah, ¿no? Idos a paseo.

—Y a partir de ahora no os acerquéis a la isla de Lambay —añadió Niall—. Tal vez no sintáis ya lealtad hacia el rey, pero no por eso os va a permitir que hagáis lo que os venga en gana. Y ahora largaos de aquí.

Los tres se miraron y por un momento se plantearon si debían atacarnos de nuevo, pero luego decidieron no hacerlo. Se transformaron y desaparecieron en la oscuridad. Agarré mi mochila con un suspiro y saqué otros tejanos y una camiseta.

—Estupendo. Me temo que en Londres tendré que ir a comprar.

—Espera. —Niall se plantó frente a mí de repente antes de que pudiera vestirme, y me acarició la mejilla con ternura—. ¿Te duele?

Levanté la vista hacia el dedo, que tenía sangre pegada. La mía. Ni siquiera me había percatado de que la dragona me había dado con las garras en la cara.

—No pasa nada, Niall. —Le aparté la mano para vestirme.

—Te quedará una cicatriz, Sharni.

Me encogí de hombros.

—¿Y qué?

Niall tenía el cuerpo saturado de cicatrices: en los brazos y los hombros, incluso algunas en las piernas. Con el tiempo muchas se habían aclarado y solo se veían de cerca, pero una cicatriz larga le recorría la espalda, desde el omoplato derecho hasta el medio de la columna vertebral. Y eso que nunca había luchado en guerra. Muchos soldados odiaban sus cicatrices porque en teoría eran un símbolo de sus debilidades, pero yo no lo veía así. A decir verdad, siempre me habían dado un poco de envidia las cicatrices de Niall porque eran huellas de una vida emocionante.

—Por lo menos deberías limpiarte las heridas —comentó Niall, que también había sacado ropa nueva de la mochila.

Me pareció una exageración, ya que debía de ser poco más que un rasguño, pero Niall tenía más experiencia en ese sentido, así que decidí hacerle caso. Me senté en la hierba y saqué la bolsa con los vendajes de la mochila, además de un espejo. Observé un momento

el rasguño dentado y rojo que me atravesaba la mejilla desde poco más abajo del ojo izquierdo. Al parecer había tenido mucha suerte. No quería ni pensar en si la dragona me hubiera dado en el ojo. Por suerte ahora bastaba con desinfectar la herida con alcohol. En cuanto terminé, abrí el paquete de galletas que llevaba.

Niall se sentó a mi lado en la hierba y cogió una galleta cuando le pasé el paquete.

—¿Qué te parece? ¿Monto ya la tienda? —preguntó.

—¿Te parece sensato?

Por lo general, una pelea entre dragones terminaba cuando uno salía claro vencedor. Ningún dragón desafiaría al otro de nuevo directamente. Sin embargo, los autónomos no se atenían a ninguna regla, ni mucho menos a las que había impuesto el rey. Los veía capaces de volver al cabo de unas horas para atacarnos a traición estando dormidos, pues se habían enterado de que queríamos pasar la noche allí.

Por lo visto Niall opinaba lo mismo, porque suspiró.

No lo sé, pero ¿qué hacemos si no? Necesitamos una pausa urgente antes de seguir volando. Uno de nosotros tiene que hacer guardia. Si quieres, yo me encargo del primer turno.

Negué con la cabeza y me levanté.

—Tengo una idea mejor.

11

KAILEY

Me quedé impasible mientras dirigía la mirada como si nada hacia el príncipe de los dragones. El amigo de pelo rubio trigueño estaba a su lado. No había tardado mucho en encontrarlos en la fiesta, porque ni bailaban ni ligaban. En cambio, bebían sorbos de la cerveza y estaban enfrascados en una discusión, por lo menos hasta entonces. ¿De qué estarían hablando?

Aiden se apoyó en la pared y sonrió, luego me lanzó una mirada breve. Antes también me había mirado varias veces. ¿Se imaginaba quién era? No, era imposible. Llevaba la pulsera de piel que reforzaba mi *glamour*. Además, seguro que su reacción habría sido distinta si me hubiera descubierto. A fin de cuentas, era un dragón, y, por tanto, impulsivo. Tal vez había despertado su interés sin más. No era ni mucho menos el único en la sala, veía por todas partes pares de ojos clavados en mí.

Poco antes había observado cómo Aiden y su amigo habían dado calabazas a una morena. ¿Me recibiría también con un desplante si me acercara a él? En todo caso, no tenía previsto probarlo. Era demasiado arriesgado, pues tarde o temprano podría desconfiar. Por eso descarté también el plan de hablar primero con su amigo. Quería

llamar la atención, pero no como fae, sino como chica. En principio no me iba mal observar con lupa al amigo de Aiden y averiguar si era un guardaespaldas dragón o un humano normal, pero lo dejé para más adelante. Uno de ellos tenía que venir a hablarme. Si ellos eran los primeros en entablar contacto, el resto era la mitad de difícil.

—Esos dos son monos, ¿no? —preguntó Cassandra a mi lado, con la vista fija en el dragón y su amigo.

—Sí, muy monos —contesté, y miré de nuevo hacia Aiden, esta vez con actitud mucho más seductora. Con toda naturalidad, claro, como si ni siquiera me refiriera forzosamente a él.

—¿Crees que tengo opciones? —de pronto Cassandra sonaba cohibida.

La miré asombrada.

—¿Por qué no?

Se encogió de hombros.

—Bueno, sé que no soy tan guapa como tú, por ejemplo.

—Qué tontería —repuse—. Tienes unas curvas geniales. Eso es lo que les gusta a los chicos, ¿o no? Y una cara preciosa. A lo mejor podrías no... —Me interrumpí porque no quería herirla, aunque en principio deberían darme igual sus sentimientos. Tenía una misión, y encontrar una amiga no formaba parte de ella.

—¿Qué? —preguntó Cassandra.

—Esos tops y vestidos ceñidos... quizá no te favorecen del todo.

Torció el gesto.

—Tu vestido no me queda bien, ¿no?

—Yo no he dicho eso.

Me miró, vacilante.

—De acuerdo, puede que te quede demasiado justo, pero está bien de largo y el color te queda genial.

—Un gran consuelo —murmuró Cassandra—. ¿Cómo he podido pensar que tus vestidos me quedarían bien? Estás mucho más delgada que yo.

—Eh, de verdad que estás preciosa. Además, lo importante es que te sientas a gusto. Ahora ve con los chicos y diviértete un poco.

Le sonreí y volví a beber un trago de mi cóctel antes de dejar el vaso y abrirme paso entre la gente. Aquella noche tenía un propósito. Caminé hacia los dos dragones, por lo menos eso debía aparentar. En el último momento giré a la izquierda y fui hacia un chico que estaba a solo unos metros de ellos. No era de un atractivo arrollador, pero estaba a la distancia correcta de los dragones para que Aiden pudiera seguir observándome.

—Hola, ¿estás solo? —le pregunté.

—Con un amigo, pero ha ido a buscar algo de beber.

—¿Bailamos?

—Claro. —El chico dejó su botella de cerveza y me siguió a la pista de baile.

Me coloqué de manera que el príncipe de los dragones no tuviera más remedio que mirarme, fuera consciente o no. Vi de reojo que miraba hacia mí con las cejas levantadas. Esperaba que se llevara una decepción, pero no reaccionó de ninguna manera. Eso ya era un punto de partida.

—Oye, ¿cómo te llamas? —le dije a mi pareja de baile.

—Bruce.

—Hola, Bruce. Soy Kailey.

—Eres nueva, ¿no? No te había visto nunca en el campus, y seguro que me habría fijado.

Un momento, ¿qué estaba pasando? Cassandra marchaba directa hacia Aiden y su amigo. ¿Por qué no le había quitado la idea de la cabeza? Si se ponía a ligar con Aiden y él no la enviaba a freír espárragos como antes a la morena, desbarataría todos mis planes. Aunque...

—¿Kailey? —Bruce meneó una mano delante de mi cara.

—¿Qué? Sí, es verdad, soy nueva. Acabo de llegar. ¿Y tú?

—Es ya mi segundo año.

Sonreí, sin quitar el ojo de encima de los dragones o, mejor dicho, de Cassandra.

—Qué bien, así puedes contarme todo lo que necesito saber.

—También puedo enseñártelo. Una imagen dice más que mil palabras, ¿o cómo era?

Su mirada lo decía todo. Me costó mantener la sonrisa. Y eso que prefería que la gente fuera directa. Bruce era perfecto para mis intenciones, aunque no encajara en absoluto con mis gustos. Cassandra no había escogido a Aiden, sino a su amigo. Ya estaban coqueteando.

Bueno, tampoco me iba tan mal. Si mis esfuerzos no surtían efecto, aunque no lo creía, siempre podía entrar en contacto con los dragones a través de Cassandra. Por lo menos con su amigo, siempre y cuando no metiera la pata durante los minutos siguientes. Sin embargo, primero tenía que procurar no echarlo a perder yo. Me arrimé a Bruce, aunque la canción era demasiado rápida para eso. Él aprovechó la ocasión y me puso las manos en la cadera. Se lo permití porque era demasiado pronto para apartarlo de un empujón.

—¿Tienes novio, allí de donde seas? —quiso saber.

—¿Estaría bailando contigo entonces? —contesté con una coqueta caída de ojos.

Se encogió de hombros.

—Creo que sabes perfectamente lo que quieres, y vas a por ello.

—Me has calado. —Le guiñé el ojo.

Cassandra y el amigo de Aiden habían llegado ya a la pista de baile. Lo que faltaba. Cassandra y yo nos sonreímos un momento, luego volví a concentrarme en Bruce. Bailamos algunas canciones muy juntos. Aiden seguía junto a la pared, observando a Cassandra y su amigo. De vez en cuando me miraba también. Tenía que ir poco a poco.

—¿Tienes una habitación individual? —me preguntó Bruce en ese momento, tan pragmático.

—¿Hay habitaciones individuales en el campus? —La sorpresa era sincera. ¿Por qué mi tío no me había conseguido mi propia habitación? Habría sido más cómodo no tener siempre a alguien cerca. Pero bueno, puede que tarde o temprano Cassandra me resultara útil.

—Unas cuantas, pero no lo decía por eso. Por desgracia, yo tampoco conseguí ninguna.

—¿No me has dicho que tu amigo está aquí, en la fiesta?

—Sí. ¿Por qué lo dices?

—Bueno, si está aquí...

—¿...no está en nuestra habitación? —Bruce se rio, pero no sonó nada divertido—. En teoría, sí. En la práctica, esta noche la habitación es suya.

—Entiendo. —Había dado con el chico idóneo. ¿Es que todos los jóvenes humanos eran así de primitivos?

—¿Lo has hecho alguna vez en un coche?

—¿En un coche? —No tuve que fingir la expresión de enojo.

—Lo interpreto como un no. ¿Qué te parecería entonces que los dos...?

—¿Perdona? ¿Alguien ha dicho que quiera acostarme contigo? —le solté.

Ahora era Bruce el que parecía molesto.

—Eh, ¿a qué viene eso? Me has puesto cachondo, ¿y ahora quieres darme plantón?

Muy bien. No solo estaba desilusionado, estaba furioso conmigo.

—Primero vamos a ver si encajamos —dije, un poco más suave.

Bruce parecía un poco más calmado.

—¿Qué hay que ver? Además, ya sé la respuesta: si se encaja en la pista de baile, también se encaja en la cama, y hemos bailado bien juntos. ¿O no?

Me atrajo de nuevo hacia él, pero lo aparté de un empujón.

—No es no. ¡No quiero! —grité. Desde luego, mi reacción fue del todo exagerada, pero era necesario. Solo así atraería la atención de

los demás asistentes a la fiesta. Y funcionó. Aún no intervenía nadie, pero ya nos lanzaban miradas confusas.

—Oye, ¿tú estás bien de la cabeza? ¡Yo alucino! —La voz era fuerte y atronadora.

Yo, en cambio, hice que me temblara la voz. Así casi nadie me entendía, pero no importaba. ¿Cómo lo había dicho Bruce tan bien? Una imagen vale más que mil palabras. Cuánta razón tenía.

—Por favor, déjame en paz, no quiero.

—¿De repente? Hace un minuto no parabas de provocarme, y ahora...

—¡Déjala en paz! —Cassandra apareció a mi lado y me agarró del brazo.

Bruce se rio. Saltaba a la vista que tenía tan claro como yo que no representaba ningún peligro para él. Aun así, fue un gesto muy bonito salir al rescate enseguida, aunque fastidiara todo mi plan.

—Creo que será mejor que te vayas. —Ese era el amigo de Aiden. Se plantó de brazos cruzados delante de Bruce, con una mirada gélida.

Bruce levantó las manos a la defensiva.

—Que sí, que sí, me largo. Aunque no haya hecho nada malo. —Desapareció entre la multitud maldiciendo para sus adentros.

—¿Estás bien? —me preguntó Cassandra.

Asentí.

—Gracias, estoy bien. Solo se ha puesto un poco pesado.

El semblante del amigo de Aiden seguía impenetrable.

—Bueno, por cómo has bailado con él, en realidad no me extraña que se haya hecho ilusiones.

—Un momento, ¿qué quieres decir con eso? —le preguntó Cassandra, enfadada.

¡Vaya! Me sorprendió tanto la reacción de Cassandra como la de su acompañante, pero no podía arriesgarme a perder de nuevo el contacto con él, así que me apresuré a decir:

—No, no, tienes razón. Es culpa mía.

Cassandra soltó un bufido.

—Lo que me faltaba. Tienes derecho a cambiar de opinión en cualquier momento. Y quien no lo acepte, es un idiota. ¿O tú lo ves distinto? —Desafió con la mirada al amigo de Aiden. ¿Lo decía en serio? ¿Me estaba poniendo por delante de él?

Esta vez fue él quien levantó las manos a la defensiva.

—En absoluto. Voy a buscar algo de beber. Por cierto, me llamo Celmar.

—Kailey, gracias, eres muy amable.

Mientras él desaparecía en dirección a la barra, Cassandra me llevó de la pista de baile hasta donde antes estaban Aiden y Celmar. La dejé hacer, y me comporté como si estuviera muy afectada. En realidad, me preguntaba dónde estaba Aiden. Miré alrededor, pero no había rastro de él.

Solté un suspiro. ¿Todo ese número había sido en vano? Mi esperanza era que el príncipe de los dragones interviniera, y ahora no estaba. Ni siquiera me había enterado de cuándo se había ido. Yo quería despertar su instinto protector y entablar conversación después. Sí, por lo visto me había equivocado con él. Pero ¿qué esperaba? Era un dragón, y los dragones eran caprichosos.

12

AIDEN

—No esperabas volver a verme tan pronto, ¿eh? —dijo Sharni con una sonrisa.

—¿Estás bien? —Aiden bajó de un salto de su moto y corrió hacia su hermana. Examinó con inquietud la herida que le atravesaba la mejilla izquierda hasta justo debajo del ojo.

—Estoy bien —dijo.

La voz de Sharni sonaba firme y nada temblorosa, pero eso no significaba nada. Era fuerte y no le gustaba admitir delante de su hermano que estaba herida o tenía miedo. Su sinceridad de la última noche en el parque nacional de Connemara era toda una excepción. Esperaba que actuara con más cautela después de comprender que la situación era crítica. Ojalá sintiera un poco más de miedo, o por lo menos respeto, ante algunas cosas. Seguro que así se metería en bastantes menos apuros. Aun así, a Aiden le encantaba el estilo intrépido de Sharni, pero justo por eso también le preocupaba.

Cuando de pronto le sonó el móvil durante la fiesta y Sharni le contó al otro lado de la línea que unos autónomos les habían atacado a Niall y a ella en la isla de Lambay y necesitaban con urgencia un sitio donde dormir esa noche, salió de inmediato hacia Malahide, donde

habían aterrizado Sharni y Niall. Malahide estaba en el noreste de Dublín y tenía puerto, donde se podía pasar a la isla de Lambay. Aiden no había estado nunca, pero había oído hablar del lugar de veraneo y el castillo de Malahide.

En ese momento suspiró.

—Sharni, ¿cómo ha podido pasar? Creo que sois los únicos draconis a los que han atacado jamás en la isla de Lambay.

Sharni soltó un bufido. Volvía a ser la de antes. No quedaba ni rastro del ánimo melancólico del día anterior.

—Así cualquiera. Ni que los dragones viniéramos tanto por aquí.

En eso llevaba razón, pero no era lo importante.

—¿No os podríais haber evitado la pelea?

Sharni gimió.

—Estaba claro que iban a la greña.

—Ya, bueno, a lo mejor podríamos haber hablado con ellos —intervino Niall en la conversación.

—Pero así teníamos el efecto sorpresa de nuestra parte. Además, no puede ser que los dragones autónomos cacen walabíes en la isla de Lambay. ¿O no opinas lo mismo?

Aiden sacudió la cabeza. Por lo menos la isla no estaba en zona neutral, sino lo bastante al norte para pertenecer al territorio de los dragones. De lo contrario los autónomos les podrían haber causado aún más problemas.

—En absoluto, con ese comportamiento no solo ponéis en riesgo vuestra cabeza. ¿Creéis que van a volver?

—Yo apostaría a que sí —contestó Niall—. Tendríamos que poner vigilancia o como mínimo enviar patrullas con regularidad para alejarlos de la isla a largo plazo.

—Hablaré con padre —comentó Aiden—. Supongo que querrá saber qué ha pasado.

Sharni soltó otro gemido y murmuró:

—¿Cómo se me habrá ocurrido llamar a mi hermano?

Habló en voz baja, pero Aiden la entendió de todas maneras. Hizo caso omiso del comentario y dijo:

—Espero que nadie os haya visto volar.

—Hemos sido prudentes —respondió Niall—. Hemos aterrizado en la playa. Allí es noche cerrada y además no se veía ni un alma.

—Está bien, eso espero. —Aiden se puso el casco y agarró el segundo—. Uno de los dos tendrá que coger un taxi.

—No pasa nada. Lo hago yo —dijo Niall.

—Ah, no, yo cojo el taxi. —Sharni le puso a Niall el casco en la mano—. No tengo ninguna gana de oír los discursitos de mi hermano todo el trayecto sobre lo insensata que soy. Por cierto, podrías haber dicho antes que no te esperáramos y que cogiéramos un taxi. ¿Para qué ha servido que hayas venido expresamente?

Aiden se ahorró el comentario de que no podrían hablar durante el trayecto. En cambio, miró a Niall. Su hermana solo se ponía tan agresiva cuando no había comido lo suficiente.

—¿Tiene hambre?

Niall reprimió una sonrisa.

—Sí.

—Bueno, entonces la disculpo.

—Ella os está oyendo —refunfuñó Sharni, y sacó el móvil para llamar a una empresa de taxis.

Como era el día de la gran fiesta de bienvenida y en el campus hacía tiempo que no reinaba la calma, a Sharni y Niall no les había costado nada colarse en la residencia.

¿La fae estaría aún en la fiesta? Después Aiden se preguntó por qué no había propuesto desde un principio a Sharni y Niall que cogieran un taxi, aunque sabía la respuesta: estaba preocupado por su hermana, sobre todo tras su última conversación a solas, pero debería habérselo imaginado. Sharni sabía muy bien cuidarse sola. Además, tenía al lado a Niall, uno de los mejores soldados de los draconis. Aiden podría

haberse quedado en la fiesta porque le habría encantado ver cómo la fae se quitaba de encima de nuevo al pesado. De todos modos, en cierto modo se alegraba de haberle arruinado el plan. Era más que evidente que pretendía que él fuera su salvador. ¿Le habría dado el gusto y habría intervenido? No estaba seguro, y tampoco importaba ya.

Cuando Aiden abrió la puerta de su habitación, la encontró vacía y oscura. ¿Dónde se había metido Celmar? Su amigo se había enfadado bastante al enterarse de que Aiden se había largado de esa manera. Le había enviado varios mensajes, además de intentar llamarlo, pero Aiden solo le había escrito brevemente para decirle que no pasaba nada y no se preocupara.

Aiden encendió la luz y envió a Celmar un mensaje corto: «Estoy en nuestra habitación. Necesito tu ayuda».

—No hay mucho sitio —comentó Sharni, tras echar un vistazo al baño—. ¿Y aquí tenemos que dormir todos?

—Ya se nos ocurrirá algo —contestó Aiden, y fue a buscar a su escritorio el folleto de una pizzería que alguien había metido durante el día por debajo de la puerta—. ¿Salami? ¿Atún? ¿Jamón? ¿Qué *pizza* os apetece?

Sharni hizo un gesto indiferente.

—Da igual, solo que sea grande. ¿Te parece bien que me dé una ducha rápida? Tengo el pelo apelmazado del agua salada.

—Claro. —Aiden ya estaba marcando el número de la pizzería, que abría todo el día, y pidió una *pizza* familiar. Acababa de colgar cuando se abrió la puerta e irrumpió Celmar.

—No puedes largarte sin más —increpó a Aiden—. ¿Cómo quieres que te proteja así? —En ese momento se percató de que corría agua en el baño, y desvió la mirada hacia Niall—. ¿Qué está pasando aquí?

—El resumen: Sharni y Niall se han peleado con dragones autónomos en una isla cerca de aquí.

—¿Y han perdido? —preguntó Celmar.

Niall sonrió.

—¿Tengo pinta de que hayamos perdido?

—¿Entonces qué hacéis aquí? No es que no seáis bienvenidos...

—Pues suena a eso —gritó Sharni desde el baño, donde había parado el agua un momento—. Hola, Celmar.

—Hola, Sharni —le devolvió el saludo a gritos—. ¿Y? —Se volvió de nuevo hacia Niall.

—Queríamos hacer un alto en la isla de Lambay para seguir volando hacia Inglaterra la noche siguiente, cuando aparecieron los autónomos. Tras su derrota se retiraron, pero seguro que no nos van a dar tregua tan rápido. Ha sido idea de Sharni venir aquí.

—Tampoco has protestado —se oyó de inmediato desde el baño. Acto seguido volvió a encenderse la ducha.

—Entonces queréis pasar la noche aquí. —Celmar se acarició el pelo rubio oscuro.

—Les he dicho que no pasa nada —comentó Aiden, y echó un vistazo a la habitación. Por supuesto, había accedido. Sharni era su hermana y no iba a dejarla en la estacada. Sin embargo, no sabía cómo se iban a organizar. Alguien podía dormir en el suelo entre las camas, pero no había espacio suficiente para dos personas. Ni siquiera tenían mantas o almohadas.

—Claro, algo haremos —dijo entonces Celmar—. Sharni puede dormir en la cama conmigo.

—Ya te gustaría. —Abrió la puerta del baño de un empujón y se apoyó en el marco de la puerta. Tenía el pelo mojado, que le dejaba manchas de humedad en la camiseta, y tras ella afloraba el vapor. Olía a té verde y limón.

Celmar suspiró.

—A mí no me importaría, pero por desgracia se me acaba de ocurrir una idea mejor.

—¿De verdad crees que me va a dejar dormir en su habitación sin más? —preguntó Sharni cuando salieron con Aiden, Celmar y Niall

al pasillo del ala de dormitorios donde dormían las chicas—. No nos conocemos de nada.

—¿Y qué? —repuso Celmar, y se encogió de hombros—. Llevamos *pizza* y cerveza, ¿quién va a decir que no a eso? —Señaló con la barbilla a Niall y Aiden, que cargaban con un paquete de seis cervezas y la *pizza* familiar en una caja sobredimensionada—. Cassie no es nada complicada, créeme. No conozco a su compañera de habitación, pero no tendrá nada en contra. Además, Cassie es muy convincente.

—¿Sí? —preguntó Aiden. Apenas había podido conocer a la pelirroja antes de que desapareciera con Celmar en la pista de baile, pero «convincente» no era un adjetivo que habría asociado con ella. Le había parecido más bien tímida, pero tal vez se equivocaba.

—¡Y tanto! A mí tampoco me lo parecía. Pero cuando quiere algo, cambia la cosa.

Celmar llamó a la puerta, y al poco la abrió Cassandra. Ya iba en pijama. Al fondo, Aiden reconoció a su compañera de habitación, sentada en su cama también en pijama: Kailey.

Estuvo a punto de caérsele la *pizza*, y por un momento no pudo evitar clavar la mirada en la fae. Claro, las dos estaban juntas en la fiesta. Eso no implicaba automáticamente que también compartieran habitación, pero como mínimo cabía la posibilidad. ¿Por qué no lo había pensado antes? Demasiado tarde. Estaban delante de su puerta con *pizza* y cerveza, y como él no ocultaba su verdadera identidad con magia, ella sabía a quién tenía delante.

Aiden respiró hondo. De acuerdo, ¿qué más daba? De hecho, ya deberían haberse conocido en la fiesta, aunque su plan no incluía la presencia de Sharni. Tenía que pensar con rapidez cómo contarle la verdad sobre Kailey antes de que le ocurriera alguna tontería. Jamás permitiría que su hermana pasara la noche allí.

13

KAILEY

Justo estaba pensando en qué contarle a mi compañera de habitación para ponerme a buscar a escondidas a Aiden y Celmar cuando de pronto se plantaron los dos en nuestra puerta. Cassandra se levantó enseguida de un salto cuando llamaron a la puerta, pese a que las dos estábamos ya en pijama. Y ahí estaban: Aiden y Celmar. Parecían relajados, Aiden incluso sujetaba una enorme caja de *pizza* en las manos, que estuvo a punto de caer al suelo al verme en la cama. ¿Qué hacían aquí, y por qué reaccionaba de una forma tan rara al verme?

¿Qué estaba pasando? Llevaba toda la noche haciéndome la misma pregunta, después de la súbita desaparición de Aiden. Pasé el resto de la fiesta con Cassandra y Celmar, que por suerte no se molestaron por mi presencia. Aun así, Celmar estaba un poco raro, no paraba de mirar el móvil, enviar mensajes o intentar llamar a alguien. Lástima que no pude echar un vistazo casual a la pantalla. Se alejaba unos pasos cada vez que tenía que hablar por teléfono. Aun así, quienquiera que fuese la persona con la que quería hablar, no la localizaba. Sin duda era Aiden, porque Celmar, igual que yo, llevaba todo el tiempo pensando en dónde había ido el heredero del trono de los dragones. Al cabo de un rato llegó un mensaje y Celmar se largó enseguida,

como si le fuera la vida en ello. Deduje por su reacción que, o era muy buen amigo, o, en efecto, era el guardaespaldas dragón de Aiden.

Cassandra no se había enterado de nada, y solo le preocupaba que Celmar se hubiera ido por su culpa.

—¿Tú qué crees? ¿A dónde ha ido Celmar tan rápido? ¿Ha sido por mí? ¿He hecho algo mal? —me preguntó cuando volvimos a nuestra habitación.

Yo la tranquilicé, pero al mismo tiempo no podía quitarme de la cabeza la idea de que tal vez Aiden estaba en apuros. Y eso me enfadó muchísimo. Había recibido instrucciones claras: tenía que vigilar de cerca al príncipe de los dragones, averiguar más sobre él y sus intrigas, y había fracasado a la primera. No había conseguido ni que me hablara en la fiesta, ni me había enterado de adónde había ido.

¿Qué había pasado en ese rato? ¿Por qué estaban de repente Celmar y él en nuestra puerta? ¿Y por qué reaccionaba Aiden así al verme? No podía saber quién era yo porque llevaba la pulsera mágica día y noche en la muñeca.

Aiden y Celmar intercambiaron una mirada fugaz. Por tanto, el amigo de Aiden debía de estar implicado de alguna manera. Pronto los dos recobraron la compostura y parecían tan relajados como en la fiesta. Sin embargo, a mí no me engañaban. Pero ¿qué significaba esa reacción?

En ese momento me di cuenta de que Aiden y Celmar no estaban solos. Detrás de ellos había un chico y una chica. Él llevaba un paquete de seis cervezas bajo el brazo. Por lo demás no había nada en su persona que llamara la atención. Ninguno de los dos tenía un aura de colores ni nada que los delatara como dragones. Sin embargo, la chica lucía una herida en la mejilla izquierda aún reciente, como si hubiera sufrido un accidente, o hubiera participado en una pelea. El pelo rubicundo podría hacerles parecer hermanos, pero no lo eran. Lo sabía porque reconocí a la chica, era la hermana de Aiden: Sharni O'Rourke. También aparecía en una fotografía que me había

enseñado mi tío antes de partir. Era una draconi, y justo por eso estaba segura al noventa por ciento de que Celmar y el otro chico también tenían que ser dragones. Y ahora estaban en nuestra puerta, con cerveza y *pizza*.

Por lo general sabía controlarme mejor, pero en ese momento me quedé sentada recta como un palo, con el corazón acelerado. ¿De qué iba todo eso? ¿Qué estaba ocurriendo?

Solo Cassandra era del todo ajena a la situación.

—Eh, qué sorpresa. ¿Qué hacéis aquí?

—Hemos pensado en invitaros a una *pizza*. Antes has dicho que tenías hambre —respondió Celmar.

Cassandra arrugó la frente.

—Ah, ¿sí? Pero tienes razón, no me importaría comer algo, y la *pizza* siempre va bien. Pasad. —Se hizo a un lado para dejar sitio, mientras seguía parloteando imperturbable—. Soy Cassie, y esta es Kailey.

—Sharni y Niall —presentó Celmar a los dos nuevos—. Ah, ¿conocéis a Aiden? Compartimos habitación.

—Hola. —Alcé la mano para saludar y me senté con las piernas cruzadas para no parecer demasiado rígida. Aiden me cruzó la mirada, pero luego se volvió hacia su hermana y la agarró de la muñeca.

—¿Podemos hablar un momento?

Ella le apartó la mano.

—Ahora no. Tengo hambre, y ahora mismo no hay nada más importante que esa *pizza*.

Aiden tuvo que reprimir un gesto de impaciencia. Salvo él, los dragones parecían relajados, y Aiden también procuraba que no se le notara nada. Sin embargo, me habían instruido para percibir justo ese tipo de cosas: reacciones físicas contenidas, una respiración acelerada, una inquietud repentina... Algo lo estaba mortificando, pues antes de verme estaba tan tranquilo. Solo cabía una conclusión: sabía que yo era una fae. ¿Por qué si no iba a reaccionar así?

Con todo, Sharni y Niall no parecían saberlo, pues no me daba ni la más mínima sensación de que estuvieran al corriente de mi camuflaje. Niall repartió la cerveza mientras Sharni se abalanzaba hambrienta sobre la *pizza*. Los dos se sentaron conmigo, Aiden y Celmar se acomodaron en la cama de Cassandra. Se me fue calmando el pulso poco a poco. Todo aquello era de lo más surrealista. ¿De verdad Aiden lo sabía? ¿Por qué se presentaban los dragones aquí de pronto, y qué hacía su hermana en Dublín? ¿Estaba en apuros? ¿Aiden había desaparecido para ayudarla? Por lo menos la herida de la mejilla respaldaba esa teoría. No lograba olvidar todas esas preguntas, y eso que en realidad debería estar agradecida por entablar contacto por fin con Aiden. Pese a todo, no podía parar de preguntarme qué hacía allí. Parecía tan sorprendido como yo de verme. ¿O era pura casualidad? ¿Es que Celmar quería algo de Cassandra? Pero ¿por qué no había venido solo entonces? Pensé en si habíamos dicho delante de él que compartíamos habitación, pero no lo recordaba bien.

Bueno, en realidad daba lo mismo. Ahora los cuatro estaban aquí, y yo tenía que aprovecharlo. Mi misión de esa tarde o, mejor dicho, de esa noche, era averiguar qué hacía la hermana del sucesor del trono de los dragones en Dublín y quién conocía mi verdadera identidad de todos ellos.

Cogí un trozo de *pizza* y quité la loncha de salami antes de darle un mordisco. La mayoría de los fae éramos vegetarianos, aunque mi tío, con su predilección por la carne de unicornio, era una excepción.

—¿De qué os conocéis? —pregunté como si nada.

—Sharni y Niall son hermanos y parientes lejanos de Celmar. Fuimos todos juntos al colegio. —Aiden contestó como si disparara la respuesta con una pistola.

—Enseguida he sabido que sois hermanos —dijo Cassandra con la boca llena—. El pelo os delata. ¿De dónde sois? Yo de Inglaterra. De Ipswich.

—Del norte de Irlanda —contestó Aiden, que no dejaba hablar a los demás—. La gente no suele conocerlo.

«Qué bien no ser gente. Igual que tú, Aiden O'Rourke».

—Inténtalo. Soy bastante buena en geografía —lo desafié.

Él juntó un poquito las cejas. Apenas se notó, pero yo sí lo vi.

—Letterfrack.

—No lo había oído nunca —admitió Cassandra, a la que nadie hacía caso.

—Yo sí —dije—. ¿No está en el límite del parque nacional de Connemara?

Aiden asintió.

—Cierto. ¿Has estado alguna vez? —El tono era un tanto amenazador, como si supiera perfectamente que no podía ir al norte de Irlanda y salir impune.

—No, lástima. De momento no se ha dado, pero siempre he querido ir. La zona debe de ser bonita.

—Sí. ¿Y tú? ¿De dónde eres?

Tenía claro que tarde o temprano llegaría la pregunta. Cassandra sabía la verdad, había sido una estupidez, pero con suerte no se acordaría. Los dragones sabían que la sede central de los fae estaba en la península de Dingle, así que solo con mencionarla levantaría sospechas.

—La isla de Valentia —contesté. También era una isla, pero a unos cien kilómetros de la península de Dingle.

—¿De verdad? ¿No dijiste algo de una península? —Cassandra arrugó la frente.

Mierda, tenía mejor memoria de lo que pensaba, pero disimulé.

—Debes de haberte confundido.

Ella se encogió de hombros.

—Seguramente. Nunca se me quedan esas cosas.

—Valentia está unida con tierra firme por un puente. A lo mejor por eso te has confundido.

Cassandra cogió otro trozo de *pizza*.

—Será eso. En todo caso, es típico de mí. —Soltó una risita.

Miré a Aiden. No sabía muy bien si se lo había tragado. Su semblante era insondable. Sin duda habría sido un buen espía, aunque necesitaba práctica para ocultar sus reacciones físicas. Como sucesor al trono de los dragones, para él solo había una misión en su futuro: guiar a los draconis en el porvenir.

—¿También estudiáis aquí? —preguntó Cassandra a Sharni y Niall.

Sharni negó con la cabeza y se lamió la grasa de la *pizza* del pulgar.

—Solo hemos venido a hacer una visita breve. Mi hermano me regaló un viaje a Dublín por mi cumpleaños. El muy tonto se olvidó de reservar una habitación de hotel.

Aiden entabló contacto visual con su hermana y sacudió la cabeza en un gesto apenas perceptible.

—Típico de Niall, pero ya lo hemos arreglado —dijo haciendo énfasis.

—De hecho, los chicos habían pensado que Niall duerma con ellos en el suelo y yo con vosotras. ¿Os parece bien? —Agarró el último trozo de *pizza*.

Era increíble lo que podía llegar a zampar una persona tan delicada, pero en ese momento era el menor de mis problemas. Desvié la mirada de Sharni a Aiden, que apretaba las mandíbulas. ¿Sharni iba a pasar la noche allí? ¿En una habitación conmigo y con Cassandra? ¿De qué iba todo eso? ¿La aparición de Celmar y Aiden formaba parte del plan de alojar a Sharni con nosotras, después de sufrir evidentes problemas, cualesquiera que fueran? Tal vez no contaban con que precisamente yo fuera la compañera de habitación de Cassandra. Y de nuevo mi razonamiento me llevó a una conclusión: conocían mi identidad. De lo contrario, sobre todo la reacción de Aiden sería desmesurada. Al fin y al cabo, no nos conocíamos, y el hecho de haber

escogido otra pareja de baile en la fiesta y no a él no era una explicación plausible de su extraña conducta.

—Claro —accedió Cassandra de inmediato, sin hablarlo conmigo—. Podríamos juntar las camas.

—No hace falta, duermo en el suelo, pero muchas gracias. Eres muy amable. Celmar dijo enseguida que no tendrías ningún problema. —Sharni me miró—. ¿Y tú? ¿También te parece bien? No quiero molestar a nadie. Si hace falta, los chicos tendrán que amontonarse.

Mi sospecha se confirmó. Aiden y Celmar no sabían que yo compartía habitación con Cassandra, y Sharni no parecía tener ni idea de que yo era una fae. Estaba demasiado relajada, aunque solo fuera en ese momento. Seguro que Aiden se lo contaría en cuanto tuviera ocasión.

Muy bien, ¿y ahora qué? No quería pasar la noche en la misma habitación que Sharni. Ya tenía bastante con que hubiera cuatro dragones en el campus. Pero ¿con qué argumento me negaba? «¿No nos conocemos? ¿Hay poco espacio?». Cassandra ya había dejado claro que no veía ningún problema, y yo no podía llamar la atención. Tal vez Aiden conociera mi identidad, pero era imposible que tuviera la certeza absoluta, y no sería yo quien confirmara sus sospechas.

Me devané los sesos. ¿Por qué no, en realidad? Tal vez fuera una buena oportunidad para saber más de Sharni y los demás dragones. Pero ¿de verdad Aiden permitiría pasar la noche con una fae? Si intentara disuadirla, por lo menos sabría con certeza qué le pasaba.

—Me parece bien —dije al final, restándole importancia.

Aiden terminó la cerveza y se levantó.

—Voy a por provisiones. ¿Me acompañas un momento, Sharni?

¡Ja! Acababa de delatarse definitivamente. Así que sabía que yo era una fae. ¿Cómo demonios lo había averiguado? ¿El efecto de la pulsera no era lo bastante fuerte? Pero no tenía sentido, porque entonces Sharni también se habría dado cuenta.

—¿No puedes ir a buscarte solo la cerveza? —preguntó Sharni, irritada.

Celmar sonrió.

—Podría, pero supongo que es solo una excusa. A lo mejor quiere tirarte la caña sin que se entere tu hermano.

Sharni soltó un gemido y se levantó también de la cama.

—Está bien, si no hay más remedio...

De acuerdo, fuera lo que fuera lo que estuviera pasando, era de lo más raro.

Cuando los hermanos dragones salieron de la habitación, desaparecí en el baño, abrí el grifo y saqué el móvil que guardaba escondido en la pretina de los pantalones para llamar a mi tío. Damian nos había dado unos móviles ex profeso para esta misión, porque en Fairyland no necesitábamos esas cosas. Allí había otros recursos y vías para comunicarse, como por ejemplo palomas mensajeras, que en el mundo humano prácticamente se habían extinguido. Por lo demás, siempre ayudaban las búsquedas y las preguntas a la antigua. Fairyland no era tan grande como la Tierra, y eso tenía sus ventajas.

Era tarde, Damian seguro que dormía, y aun así contestó después del segundo tono.

—¿Cómo va todo? —Ni siquiera sonaba adormecido.

—He podido entablar contacto con la persona objetivo, que parece tener guardaespaldas aquí. No estoy segura, el aura está tapada, pero su actitud es protectora. Pero no te llamo por eso. La hermana de la persona objetivo está aquí, en Dublín, junto con un chico. No sé si también es de los suyos, pero apuesto a que sí. Con ellos serían cuatro.

Mi tío respiró hondo.

—¿Y estás segura de que es la princesa de los draconis?

—Al cien por cien. Tiene el aura tapada, pero la he reconocido por la fotografía que me enseñaste. —Se hizo el silencio en la línea,

y oí que Celmar soltaba una fuerte carcajada al lado. Por suerte, los demás no se habían enterado de la llamada. Para mí era demasiado arriesgado salir fuera. Por una parte, no quería despertar suspicacias de nadie; por otra, Aiden y su hermana estaban por ahí y bajo ningún concepto podían oírme. Nadie podía oírme, por eso evitaba por precaución decir nombres o utilizar palabras claves como «dragón» y «sucesor al trono».

—¿Qué hace ella en Dublín? ¿Por qué ha ido a buscar a su hermano? —me preguntó mi tío.

—No lo sé. Probablemente se ha visto implicada en una pelea. Por lo menos tenía una herida reciente en la mejilla izquierda, y su hermano antes ha desaparecido de repente sin dejar rastro. Al cabo de un rato han aparecido los cuatro delante de la puerta de mi habitación. Pero eso no es todo. La chica va a pasar esta noche en mi cuarto.

Había estado pensando un rato si contárselo a Damian. Si se oponía, no sabría cómo salir de la situación, pero no podía ni quería empezar mi misión para la reina de los fae con una mentira. Si es que seguía existiendo la misión, porque mi tío aún no sabía lo peor.

—¿Y qué has dicho tú?

—He accedido porque no quería que desconfiaran y porque he pensado que era una buena oportunidad para averiguar más sobre ella. Solo que no tengo ni idea de a qué responde todo esto. Su hermano tampoco parece muy entusiasmado.

—¿Por qué? ¿Sabe lo tuyo? —Mi tío sonaba neutral, pero los dos sabíamos que la respuesta decidiría mi futuro.

—Deduzco que sí —respondí con sinceridad—. Procura que no se le note, pero su actitud habla por sí sola.

Damian soltó un suspiro.

—Kailey, tu misión estaba clara. El sucesor al trono de los dragones no debía saber jamás que eres una fae.

—Lo sé, lo siento.

Ahora mi tío se enfadaría porque había fallado. La reina de los fae me había dado instrucciones claras: «Ponte a disposición del sucesor al trono. Lo más importante es que confíe en ti a ciegas. Jamás puede enterarse de que eres una fae con una misión». No hacía ni veinticuatro horas que Aiden y yo nos conocíamos, y ya había fracasado estrepitosamente.

Tragué saliva.

—¿La reina me va a retirar de la misión?

Damian no se precipitó a contestar, y cada vez tenía el corazón más acelerado. No podía hacerlo, no quería decepcionar ni a la reina, ni a mi tío ni a mí misma, y no estaba todo perdido, ni mucho menos. Aiden lo sabía, pero mientras no se enterara de que lo había descubierto, le llevaba ventaja.

—De momento, no, supongo —dijo Damian al final—. El sucesor al trono ya desconfía y está alerta. No servirá de nada enviar a otra persona a Trinity College. Quédate en tu puesto y sigue informándome. Te lo comunicaré si la reina tiene nuevas instrucciones.

—Lo siento —me disculpé de nuevo—. No tengo ni idea de cómo ha podido descubrir mi verdadera identidad. No me he quitado la pulsera, y he sido muy prudente. No me he delatado ni he hecho ninguna tontería. Antes de la fiesta todo era normal, pero cuando se ha plantado en mi habitación para alojar aquí a su hermana y me ha visto... parecía que se hubiera enterado de repente.

Mi tío suspiró.

—Magia, Kailey. Probablemente interviene la magia. Reforzaste tu *glamour* gracias a la magia de la pulsera, pero se puede anular. Es una forma de magia muy poco frecuente, pero existe. Debería habértelo dicho desde un principio, pero no esperaba que los dragones contaran con esos recursos. En este caso no es tu culpa, y la reina también lo verá así.

En ese momento solté yo un suspiro, aunque no fuera de alivio, pues pese a todo no debería haber fracasado.

—¿Y ahora qué?

—Continúa con la misión. Salva lo que se pueda. Confía en tu instinto, en tu intuición. A fin de cuentas, te has formado para eso. Pero dependes solo de ti misma, Kailey. En caso de problemas, no podemos ayudarte.

—Lo sé. Debería volver con los demás antes de que noten algo. —Ya llevaba mucho tiempo en el baño.

—De acuerdo. Indagaré y me pondré en contacto contigo si resulta que, en efecto, se ha producido una pelea entre dragones y fae cerca de Dublín. Mientras tanto, intenta sonsacar información. Es importante, Kailey, sobre todo ahora que tu camuflaje ha saltado por los aires. ¿Por qué está Sharni O'Rourke en Dublín? ¿Por qué ha ido a buscar a su hermano? ¿Qué planes tienen los dragones?

—Por supuesto, seguiré en ello.

Iba a descubrir qué hacía Sharni en Dublín. Tal vez Aiden hubiera destapado mi secreto, pero la misión no estaba perdida. Tenía que demostrar que valía la pena haberme enviado aquí.

14

AIDEN

—¿Es una fae? ¿Seguro? Pero si parecía muy normal. Bueno, a lo mejor un poco más distante que esa tal Cassie, pero ¿una fae? ¿De verdad?

Aiden no dijo nada. En cambio, sacó la funda de las gafas de su bolsa, que siempre llevaba encima. Nunca se sabía, pero tampoco quería correr riesgos innecesarios. Esas gafas eran muy inusuales, y por tanto valían una fortuna en el mercado negro del bazar de artefactos mágicos. Abrió la funda.

—Estoy completamente seguro, ¿de acuerdo?

Habían salido del edificio para que no los oyera nadie. A esas horas reinaba la calma, aunque aún se veía algún que otro estudiante por la calle. Con el claro de luna y las farolas, el ambiente en el campus resultaba agradable. Se había levantado un viento que traía el aroma del otoño: fresco, terrenal y un poco húmedo. El verano llegaba a su fin.

—No te sigo. ¿Qué tienen que ver las gafas con que Kailey sea una fae?

Aiden volvió a guardarse la funda. Cierto, su hermana no sabía la historia que había detrás. Él la había conocido el día anterior gracias a su padre.

—Con estas gafas de sol se puede ver el *glamour* reforzado de los fae. Me las dio nuestro padre.

—¿De verdad? Es genial, no sabía que se podía hacer. De todos modos, llaman un poco la atención, y por tanto no son muy prácticas, ¿no?

Aiden se encogió de hombros.

—Fue idea de Darragh. En la década de 1980 esas gafas eran el último grito.

—¿El tío Darragh? —murmuró Sharni, y Aiden se mordió la lengua—. ¿No vive en Londres?

¡Mierda, no debería haber mencionado su nombre! ¿Cómo salía ahora del atolladero?

—Tengo entendido que se ha mudado.

—Pero su última tarjeta para mi cumpleaños era de Londres, estoy segura. A lo mejor debería...

—No, olvídalo, Sharni.

—¿Qué pasa? —Arrugó la frente.

Aiden dudó, pero conocía a su hermana. Iría a buscar a Darragh si no le daba un motivo convincente para no hacerlo.

—De acuerdo, hay algo que deberías saber. —Y entonces le contó por qué su tío renunció al trono en su momento.

Pocas veces Sharni se quedaba sin palabras, pero aquel día sí.

—¿Ahora entiendes por qué debes alejarte del tío Darragh? Solo conseguiremos meternos en más líos si los fae se enteran.

—Como si los fae jugaran limpio.

—Sharni.

—Está bien, no haré ninguna visita a nuestro tío. Tampoco es que me muera de ganas, aunque me gustaría conocer a esa Isla. Al fin y al cabo, es el motivo por el que ahora tenemos que resolver el drama con los fae.

—No es cierto, y no deberías hablar así de Isla. No la conocemos. Si Darragh renunció al trono por ella, seguro que es muy maja.

Sharni puso los ojos en blanco.

—Esa no es la cuestión. Si nuestro tío fuera rey, todo esto sería problema suyo, por favor. ¿Crees que...?

—Volvamos al tema de verdad, ¿de acuerdo? No deberíamos estar fuera tanto tiempo.

Sharni se cruzó de brazos.

—Primero me gustaría saber cómo sabes tanto de nuestro tío de repente.

Aiden rechinó los dientes.

—Me lo contó padre cuando quiso hablar a solas conmigo. Tuve la misma idea que tú: quería pedir ayuda a nuestro tío. Solo por eso me lo explicó.

—Muy bien. —Hizo un gesto de desdén, pero vio que se sentía herida.

—Sharni... —Soltó un suspiro—. Sabes que padre no me prefiere a mí, ¿verdad? Te quiere igual que a mí, y te tiene la misma confianza. No lo dudes jamás.

—No lo dudo. Solo es que... Bah, da igual.

—No, no da igual. Dímelo.

—¿Por qué me hizo salir de la sala antes de encargarte la misión y hablarte del tío Darragh?

—Bueno, eres bastante impulsiva. Tu comentario sobre que los fae tampoco van a jugar limpio lo dice todo, ¿no? Sé sincera...

—Sí, puede ser —le interrumpió Sharni, y torció el gesto.

—Aun así, eso no tiene nada que ver con tu relación con papá. Te quiere y confía en ti a ciegas. Me lo ha dicho.

Aiden le acarició el brazo, y Sharni asintió.

—¿Todo bien?

—Todo bien.

—De acuerdo, entonces vamos a volver con Kailey. No quiero que...

—Es verdad, la fae. ¿Por qué no me has dicho desde el principio quién es? —volvió a interrumpir Sharni a su hermano.

—Mira, qué graciosa. No esperaba que Cassandra y Kailey compartieran habitación, y cuando lo comprendí era demasiado tarde. No podíamos largarnos con la *pizza* y la cerveza sin parecer unos tarados.

—¿Por qué no? Es una fae. Da igual lo que piense.

—Pues no.

En realidad, Aiden habría preferido irse. Le costó un mundo disimular sus sentimientos y sentarse a comer *pizza* con Kailey con toda la calma. Los fae cargaban con la muerte de su madre en la conciencia, aunque jamás se hubiera demostrado. Además, siempre les habían hecho la vida imposible, y lo que pretendían ahora era de una desfachatez insuperable. Querían forzar a su pueblo a librar una guerra por un motivo gratuito. Ojalá supiera qué había detrás en realidad.

Justo por eso recobró la compostura. En ese momento le resultaba casi imposible imaginar pasar más tiempo con Kailey, pero si le podía sacar información, estaba dispuesto a todo. Aun así, no resultaría fácil. ¿Estaba al corriente de los asuntos de gobierno de su pueblo? De hecho, los habían enviado a Dublín por ella, pero podría ser una simple marioneta de la reina de los fae y actuar según su voluntad, sin ser consciente de las consecuencias. En todo caso, Kailey lo detestaba tanto como él a ella, saltaba a la vista, aunque supiera controlar mejor sus sentimientos que él.

—No te has enterado de nada, ¿verdad? —preguntó Aiden a su hermana—. Quería hablar contigo antes de entrar en la habitación, y luego he hecho especial hincapié en que ya habíamos resuelto el problema de dónde dormir.

—Lo siento, tenía hambre.

Aiden sacudió la cabeza.

—¿Cómo se puede ser tan tragaldabas? Da igual, es así. Por lo menos ahora he entablado contacto con la fae. Padre quiere que la vigile y averigüe qué plan tiene.

—¿De verdad? —Sharni frunció el entrecejo—. Habría jurado que te enviaría de vuelta a casa de inmediato.

—La situación es grave, Sharni. Lo tienes claro, ¿verdad? Callahan es un traidor. Creemos que le está pasando a los fae información confidencial.

—¿Callahan?

Aiden asintió.

—Además de padre, tú y Celmar, era el único que sabía que me iba a Trinity College.

Sharni suspiró.

—¿Y de verdad crees que conseguirás información de Kailey? Sabe quién eres, si no has ocultado tu aura. Por cierto, vaya tontería, si quieres saber mi opinión.

Aiden levantó las cejas.

—¿Tú crees? ¿Y piensas que a Kailey le encargaron que me siguiera hasta esta universidad sin saber cómo era yo? Ni en sueños.

—También es verdad.

—Además, pese a todo sigo llevándole ventaja porque no tiene ni idea de que yo sé quién es en realidad.

Sharni puso los ojos en blanco.

—Demasiado complicado. ¿Y ahora qué? ¿Cómo puedo ayudar?

—Tú, mi querida hermana, piensa cómo vamos a salir de esta. No puedes dormir en la habitación de Kailey; bajo ningún concepto.

—¿Por qué no? Es la oportunidad...

—¡Ni hablar! —repitió Aiden con acritud, y un grupo de estudiantes que pasaban por su lado se volvieron hacia ellos con curiosidad—. Padre me cortaría la cabeza si se enterara.

—No tiene por qué saberlo.

—¡Sharni!

—Aiden, lo digo en serio. —Se cruzó de brazos—. Quiero aportar algo. ¿A ti te encomiendan una misión importante, y yo tengo que seguir hasta Inglaterra para reunir pruebas aburridas? Confía en mí, es la oportunidad para averiguar algo de las intenciones de los fae. A las chicas les gusta explicarse secretos. Haremos una fiesta

de pijamas, será divertido. A lo mejor me entero de más a través de Cassie. Me parece de fiar y un poco ingenua.

—No me gusta, Sharni. No sé si la fae sabe quién eres, pero sabe quién soy yo, y con eso basta para que desconfíe. ¿No te has fijado en su reacción? Es cierto que ha disimulado muy bien, pero tampoco me chupo el dedo.

—Tenía hambre —se defendió de nuevo Sharni—, y estoy cansada.

—Otro motivo para no dejarte sola con la fae. No eres en absoluto consciente del peligro.

Se vio un destello en los ojos verdes de Sharni.

—Puede que esté cansada y siga teniendo hambre, pero no soy tonta. Sé cuidar de mí misma muy bien, hermanito. Y, si hace falta, haré pedacitos a esa fae, ¿vale?

Aiden sabía que había perdido, pero no se dio por vencido.

—No, no vale. ¿Ya no recuerdas de qué hablamos anoche? Solo quiero que seas prudente.

—Soy prudente, Aiden, y sé que la fae no me hará nada; no en presencia de Cassandra. De lo contrario no me metería en su habitación. Y ahora, perdona. He visto una máquina dispensadora ahí detrás donde se pueden comprar barritas de chocolate.

15

SHARNI

Ya casi amanecía. Estaba tan agotada que la palabra «cansada» ya no era suficiente para describir mi estado. Los dragones íbamos a otro ritmo que los humanos y solíamos descansar durante el día, pero ahora era un poco distinto. Primero las horas de vuelo, luego la lucha contra los autónomos. Y, cuando los chicos se fueron, estuvimos hablando una eternidad. Tampoco sirvió de mucho. La fae no soltaba nada que fuera útil de alguna manera aparte de que, sobre todo, parloteaba Cassandra. Me urgía dormir un poco antes de seguir el viaje hasta Inglaterra al día siguiente. Sin embargo, algo, o mejor dicho, alguien, me lo impedía. La maldita fae.

Kailey estaba tumbada en su cama de tal manera que no le veía la cara, pero sí oía muy bien cómo saltaba de un pensamiento a otro. Era incapaz de conciliar el sueño y, mientras ella no lo hiciera, yo tampoco podía dormir, con lo cansada que estaba. Mi dragona interior me impedía dejarme llevar por el estado de somnolencia. No quería admitirlo, pero tal vez mi hermano llevara razón. Por lo menos la respiración de Cassie era regular, pues no quería que fuera testigo de lo que pretendía hacer a continuación.

Aparté la manta de un golpe, me levanté del suelo y me acerqué a la cama de Kailey, que estaba a solo dos pasos. Antes de poder agarrarla del brazo, ya me sujetaba la muñeca con la mano. Vaya, sí que tenía buenos reflejos, tuve que admitir con cierta envidia. Nos miramos fijamente.

Me solté, y no me costó mucho.

—Tú y yo, al baño, ahora —mascullé.

Salí, y Kailey tardó un rato en seguirme. En serio, pero ¿qué pensaba? ¿Que iba a atacarla? No la citaría en el baño más minúsculo de todos los tiempos, donde no tenía opción de transformarme.

Cerré la puerta de un golpe y encendí la luz.

—¿Qué quieres? —me preguntó Kailey, antes de poder decir nada. Se cruzó de brazos.

Muy bien. Quería ser diplomática, aunque no supiera muy bien cómo hacerlo exactamente, pero no hacía falta.

—No hay motivos para andarnos con rodeos. Tú sabes quién soy, y yo sé quién eres tú. Y, por mi parte, estoy hecha polvo. Así que, o lo resolvemos todo ya, o pactamos una tregua por lo menos esta noche. ¿Qué prefieres?

Se quedó perpleja, con los ojos clavados en mí y sin decir nada. Me dieron ganas de sonreír, pero pude reprimirme a tiempo, pues no habría contribuido a que confiara en mí y en mi oferta.

—De acuerdo —dijo al final.

—De acuerdo, ¿qué? —insistí por si acaso—. ¿Me vas a dejar dormir?

Kailey asintió. Le tendí la mano, y ella me dio un apretón, esta vez sin vacilaciones. Supe por instinto que mantendría su palabra.

—Entonces, ¿puedo ir un momento al lavabo, por favor?

—Un momento. —Una vez superado el primer susto, la fae volvió a cruzar los brazos. La idea era intimidarme, pero tuvo más bien el efecto contrario. De brazos cruzados no le resultaba tan fácil defenderse.

—¿Qué?

—Antes me gustaría hacerte unas preguntas.

—¿Y por qué iba a contestártelas?

—Porque estás cansada y quieres dormir, y ya hemos sobrepasado el punto de tener que ser amables la una con la otra. Así que si no quieres que te deje en la puerta...

Dejó la frase sin terminar, y puse cara de desesperación. Estupendo, ese no era el plan.

—¿Qué quieres saber? —Aún podía pensarme si iba a contestar.

—¿Por qué estás en Dublín?

Solté aire, tenía que llegar la pregunta.

—No tienes de qué preocuparte. Niall y yo no vamos a instalarnos aquí. Mañana ya te habrás librado de nosotros.

—Eso no responde a mi pregunta.

Solté un bufido.

—Es todo lo que necesitas saber. Y es una respuesta típica de fae, ¿no? —Los fae eran los maestros de eludir preguntas, pues la mayoría no sabía mentir. Pero ya había oído hablar de que algunos lo aprendían expresamente, y parecía que Kailey era una de ellos.

Entornó los ojos.

—¿Has participado en una pelea?

—No con los tuyos, si es lo que quieres saber.

Dejó de insistir, y en cambio preguntó:

—¿Por qué duermes esta noche en mi habitación?

Solté un suspiro.

—Ya estamos. En todo caso, no porque quiera matarte.

—Quiero una respuesta —insistió Kailey esta vez.

Suspiré de nuevo.

—Nada de eso estaba planeado. Niall y yo estábamos en apuros, y tuvimos que pensar rápido en algo. Nadie esperaba que Cassie compartiera habitación contigo. Es pura casualidad.

—¿Ah, sí? ¿Casualidad?

—Lo creas o no. Ahora de verdad me urge ir al lavabo, así que, si no quieres ver...

Kailey sacudió levemente la cabeza y salió del baño, dando un portazo más fuerte de lo necesario. Ojalá no despertase a Cassie.

Bien, por lo menos eso estaba claro. Ahora solo me quedaba pensar en cómo iba a explicarle a mi hermano que había perdido su supuesta ventaja. Eso de «no sabe que yo lo sé». Si no andaba errado, porque a mí no me había parecido nada sorprendida.

16

KAILEY

Valiente sí era, eso tenía que reconocerlo. ¿Qué pensaría el hermano de Sharni de que nos hubiera delatado a las dos, así, sin más?

En todo caso, perder mi ventaja era lo que más me molestaba. Aiden sabía que soy una fae, pero no que yo estaba al corriente. Seguro que lo consideraba su ventaja, y ahí podría incidir yo. Sin embargo, ahora se había ido al traste. Con toda seguridad Sharni le contaría a su hermano nuestra conversación. Tener ahora la certeza absoluta no era un consuelo, pues hacía tiempo que había entendido que Aiden sabía la verdad. Cuando su hermana y él volvieron al cabo de un cuarto de hora de salir con un paquete de seis cervezas y un montón de barritas de chocolate, aún estuve más segura. Por supuesto, le había desvelado mi identidad a su hermana. Había quedado más que claro por cómo me miraba ella después, aunque fuera con disimulo.

Me metí en la cama y, aunque Sharni y yo habíamos llegado a un acuerdo, no me calmaba. Estaba compartiendo la habitación con una dragona, y había otros tres dragones unas puertas más allá. Tal vez fuera la mejor guerrera elfa de Fairyland, pero la situación no me dejaba indiferente.

Sharni se durmió bastante rápido después de nuestra conversación en el baño, no como yo. Parecía confiar en mí, y me sorprendió. Sí, habíamos hecho un pacto, pero ¿por qué íbamos a respetarlo? Por otra parte, ¿por qué íbamos a matarnos la una a la otra, y encima en un campus de estudiantes con una compañera durmiendo? No había ningún motivo para hacerlo. A fin de cuentas, no estábamos en guerra. Todavía...

Al final se me fue ralentizando la respiración, y también me quedé dormida.

—¿Qué? ¿Cómo has dormido? —le preguntó Cassandra a nuestra invitada a la mañana siguiente. Estaba de un humor excelente.

Sharni, en cambio, había tenido un mal despertar.

—Poco —murmuró. Parecía tener ganas de arrancarle la cabeza de un mordisco a Cassandra. Llevaba el pelo rubio rojizo recogido en un moño, y lucía unas buenas ojeras. Se incorporó a duras penas.

No pude evitar sonreír. Así que ese era el aspecto de un dragón por la mañana. Desvié la mirada hacia el reloj, y salí de la cama de un salto.

—Si queremos desayunar, tenemos que darnos prisa. —Por la fiesta, el bufet estaba montado hasta las doce aproximadamente, pero aun así solo nos quedaba media hora.

—¿Entonces a qué estamos esperando? —Sharni se despertó de golpe. Se levantó también de un salto y pasó por mi lado para entrar en el baño antes que yo. Me apoyé de brazos cruzados en el escritorio en un gesto elocuente y miré a Cassandra, como si pudiera hacer algo. Ella se encogió de hombros y se disculpó con una sonrisa.

—No te preocupes, si hace falta comeremos algo en la ciudad. De todos modos, queríamos ir de compras. —Se cambió el pijama por unos tejanos cortos y una camiseta de color rosa cerdito.

La fulminé con la mirada y sacudí la cabeza: demasiado tarde. La puerta del baño se abrió, y apareció Sharni.

—¿Queréis ir a comprar ropa? —preguntó.

Cassandra asintió.

—Ese es el plan. Kailey necesita sin falta unas cuantas cosas.

—¿Puedo unirme?

—Claro. —Y de nuevo Cassandra decidió sin contar conmigo.

Solté un fuerte suspiro y me volví hacia Sharni.

—¿No dijiste anoche que Niall y tú querías continuar el viaje hoy?

—Sí, pero más tarde. Hasta el anochecer tengo tiempo. —Me guiñó el ojo y volvió a desaparecer en el baño.

En otras palabras: querían volar.

Bueno, así tendría ocasión de saber más sobre los dragones. Me interesaba sobremanera enterarme de adónde querían ir esa noche.

Los dragones macho ya estaban sentados en el comedor cuando llegamos. Olía a cerveza rancia, aunque no la ofrecían para desayunar, claro. Prefería no saber de dónde salía el olor.

La cantina estaba llena, pero para mi gran sorpresa, no había mucho ruido. Parecía que la mayoría de los estudiantes se acababan de caer de la cama y ni siquiera se habían peinado. Los dragones no eran una excepción. El pelo oscuro de Aiden se veía desgreñado, pero probablemente siempre tenía la misma pinta, ya fuera después de un trayecto en moto, de una fiesta o de un desayuno. ¿Se presentaría en clase también sin peinar? Para entonces mi tío ya me había informado de las asignaturas en las que se había matriculado Aiden, y yo había escogido las mismas: Lírica inglesa, Poetas y pensadores, Dramaturgia. Las actividades de ocio que había elegido también eran interesantes. Además de la esgrima, que era más común, quería participar en el grupo de teatro. De hecho, mi intención era fingir tener los mismos intereses que él, pero gracias a Sharni, el plan se había ido al traste. Aiden se daría cuenta enseguida de que era una estrategia para acercarme a él. Aun así, o justo por eso, no iba a esquivar al príncipe de los dragones, pues mi misión seguía intacta. Sin duda, en ese momento me parecía imposible cumplir las exigencias de la reina. ¿Cómo

iba a ganarme su confianza ahora? Yo tampoco confiaría jamás en él. Aún peor: ¿cómo iba a entablar una relación con él conociendo nuestras verdaderas identidades? Sin embargo, yo no era de las que se rendía. Tal vez consiguiera preparar juntos una presentación o interpretar a una pareja sobre el escenario. En todo caso, iba a pasar tiempo con él, quisiera o no, y suponía que su misión era parecida. Lo único era que no podía relajarme. Si era necesario, incordiaría a Aiden hasta que me diera por voluntad propia la información que quería solo para librarse de mí.

Después de que Cassandra, Sharni y yo hubiéramos ido a buscar algo de comer, nos dirigimos con las bandejas cargadas hasta la mesa de los chicos y nos sentamos con ellos. Aiden observó a su hermana como si quisiera cerciorarse de que no le habían tocado un pelo. «Está entera», me dieron ganas de decirle, pero me mordí la lengua. No era buena idea, mientras no supiera de la conversación que habíamos tenido Sharni y yo. No quería anticiparme, ni mucho menos solucionar todo eso delante de Cassandra.

—¿Qué tal? ¿Habéis dormido bien? —preguntó Celmar.

—Bastante bien, pero poco —contestó Sharni, que engulló las alubias como si llevara días sin comer.

Lo sé, me repetí, pero era increíble lo que Sharni era capaz de ingerir. ¿Cómo podía comer tanto y estar tan flaca? ¿Tantas calorías consumían los dragones?

Me quedé cortada. A primera vista sonaba banal, pero cualquier información sobre el enemigo podía ser valiosa. En caso de guerra. Si tuviéramos la oportunidad de matar de hambre a los dragones...

—Voy un momento a buscar un pudín antes de que recojan el bufet —dijo Sharni con la boca llena, y se levantó.

—Espera, te acompaño. —Aiden agarró el vaso vacío de zumo de naranja y me miró un momento antes de levantarse y seguir a su hermana.

Estaba a punto de saber la verdad.

17

SHARNI

—¿Qué? ¿Cómo ha ido? —me preguntó Aiden con voz ronca, mientras me seguía como un perrillo hasta el bufet.

Y qué bufet: podría acostumbrarme sin problema. En general, me gustaba bastante la universidad. Los edificios antiguos, el campus enorme, los estudiantes... El ambiente era genial y, salvo las habitaciones de la residencia, todo era muy grande. En el comedor padre podría celebrar sin problemas una sesión con sus consejeros, todos transformados en dragones. En un primer momento, el Dining Hall, su nombre oficial, parecía igual de grande que el gran salón de las películas de Harry Potter.

Sí, conocía las películas. Los dragones también veíamos la televisión a veces, cuando nos aburríamos; algo bastante frecuente, sobre todo, porque nuestro horario para salir era muy limitado. Pero eso era otro tema. En todo caso, en el comedor había principalmente filas de mesas largas, como en las películas. Las paredes estaban recubiertas de madera oscura hasta la mitad, el resto estaba pintado de blanco y se veían retratos colgados en marcos dorados. Había incluso una chimenea donde ahora, por ser aún septiembre, no ardía ningún fuego.

—¿Cómo ha ido el qué? —le devolví la pregunta—. ¿La noche? Ya lo has oído: demasiado corta.

Aiden puso cara de desesperación.

—¿Algún detalle más?

Detalles. Solté un bufido. Actuaba como si Kailey y yo hubiéramos pasado una noche de pasión juntas, aunque fuera imposible.

Cogí del pudín blanco y del negro porque era incapaz de decidirme. La mujer de detrás del cristal de plexiglás, que estaba a punto de recoger, parecía un poco nerviosa por haber osado ir a buscar algo más de comer en ese momento. «Oh, ¿eso es pudín rojo?».

—Sharni. —Aiden sonaba como mínimo igual de molesto que la mujer de la cantina.

—¿Qué quieres que te diga? —Lo miré de soslayo y comprobé que estaba inquieto. De niño ya se le dibujaba esa arruga en la frente cuando algo no le encajaba. Y eso que ni siquiera sabía lo que había ocurrido. Habría preferido no contárselo, pero no habría sido justo. Me iba ese mismo día, y él se quedaba con la fac.

—¿De verdad has podido dormir?

—Después de invitar a Kailey a pelear y que ella escogiera el sueño reparador, no hubo ningún problema.

—¿Que has hecho qué?

Aiden habló tan fuerte que además de los estudiantes de las mesas cercanas, Niall, Celmar y Kailey también se volvieron a mirarnos. Sabía de qué estábamos hablando. Su mirada era impenetrable, pero era más que evidente.

—Chist, no hace falta que se entere todo el mundo, ¿no? Además, tampoco es para tanto.

—¿Que no es para tanto? Hasta ahora llevaba ventaja, Sharni.

—Engáñate si quieres, hermanito, pero no deberías subestimar a la fae, porque hace tiempo que lo sabía. No le sorprendió en absoluto que le dijera a la cara que sabía quién era. Como mucho la dejó atónita mi sinceridad, pero no le sorprendió.

—¡Sharni!

—¿Qué?

—¡Por Dios! —Mi hermano levantó las manos en el aire—. ¿Tú piensas antes de actuar? No deberías haberlo hecho, de verdad. Tengo una misión. Padre quiere que vigile a la fae. ¿Cómo quieres que lo haga ahora? ¿Cómo voy a ganarme su confianza?

Me encogí de hombros. Tenía mala conciencia. Bueno, por lo menos, un poco. No era tarea fácil la que le esperaba ahora a mi hermano.

—Ya te he dicho que no le conté nada que no supiera hacía tiempo. Alégrate de que, gracias a mí, ya no actuarás basándote en una falsa seguridad. Tienes que desplegar todo tu encanto. No creo que sea tan difícil. Mira alrededor. Las chicas se mueren por ti. —En efecto, tanto mi hermano como yo atraíamos un montón de miradas, aunque también podía ser porque estábamos discutiendo delante de todo el mundo.

—Pero Kailey no es una chica —gruñó Aiden.

—Ah, ¿no? Puede que sea una fae, pero eso no significa que no tenga necesidades y sentimientos. Ahí es donde puedes y deberías atacar sin falta. —Levanté la bandeja y me di la vuelta dispuesta a irme, pero me volví de nuevo hacia mi hermano—. No te olvides de tu zumo, y tráeme uno.

La calle comercial más importante de Dublín, Grafton Street, empezaba justo en la universidad; así que no tuvimos que andar mucho. Quería evitar quemar más calorías de las necesarias, pues el desayuno había sido demasiado escaso por la falta de tiempo. Seguramente la empleada de la cantina en algún momento me habría prohibido coger más raciones, porque solo con pensar en cómo me miraba... En serio, ¿qué pensaba? ¿Que quería llenar mi nevera a costa de la universidad?

Pese a la tenue llovizna, Grafton Street estaba abarrotada. Claro, era domingo. No era claustrofóbica, pero la zona de tiendas me parecía

demasiado estrecha, sobre todo porque estaba atestada de gente. A eso se sumaban los edificios altos a ambos lados de distintos colores y estilos arquitectónicos. Si cundía el pánico allí, no querría estar cerca. Suerte que era una dragona y podía salir volando si hacía falta.

Pese a la muchedumbre me alegré de librarme un rato de mi hermano. No le había entusiasmado que quisiera ir de compras con Kailey y su compañera de habitación, pero me daba igual. Sabía cuidar sola de mí misma, y lo había demostrado la víspera.

La víspera. Aiden había hecho gala de un control excelente en el comedor, pero saltaba a la vista que estaba enfadado conmigo. Si hubiéramos estado solos, me habría largado. En realidad, yo no tenía ninguna culpa. Al contrario, incluso debería estarme agradecido. De todos modos, Kailey lo sabía y por tanto le llevaba ventaja, pero mi hermano no quería oírlo, claro.

—¿Qué necesitáis? —preguntó Cassie, que caminaba entre Kailey y yo como un amortiguador—. ¿Zapatos? ¿Ropa? ¿Lencería?

—De todo —contestamos Kailey y yo casi a la vez.

—Bueno, pues vamos. —Cassie se adelantó y se dirigió a la primera tienda que encontró.

—¿Qué? ¿Tu hermano se ha enfadado mucho? —me preguntó Kailey con una sonrisa taimada.

—En absoluto —mentí—. Incluso me ha dado las gracias porque ahora no le llevas ventaja. —Gruñó algo ininteligible, y ahora sonreí yo.

—¿Adónde vais ahora Niall y tú? —Procuró sonar despreocupada.

Me reí, la consideraba más sofisticada. Como si fuera a darle una respuesta: la información sobre el enemigo, aunque en un primer momento sonara del todo banal, siempre era muy valiosa. Tal vez no supiera mucho de táctica bélica, pero eso sí lo sabía.

—Buen intento, elfa. ¿Por qué iba a decírtelo? Ya no hace falta que seamos amables. Lo dijiste tú misma. Además, tampoco necesito ya un sitio donde pasar la noche. —Quise pasar de ella, pero me agarró

del brazo—. Suéltame —dije con un susurro amenazador. Pero no me hizo caso.

—Te propongo un trato, dragona: tú contestas a mis preguntas, y yo a las tuyas.

—¿Por qué iba a aceptarlo?

—Has podido dormir conmigo, ¿o no? Y he respetado nuestro pacto y no te he hecho nada. Habría sido muy fácil...

—Igual que yo —la interrumpí—. Diría que estamos en paz. Además, no me fío de ti. Te conozco...

—Ah, no, no me conoces.

—Por supuesto, eres una fae. —Me zafé de ella y le clavé el índice en la clavícula—. Sois todos iguales. Engañáis siempre que podéis.

Kailey me apartó la mano.

—Ya, ¿y los dragones sois mejores? No vuelvas a tocarme nunca, o te arrepentirás.

—¿De verdad crees que puedes ganarme? Por cierto, yo tampoco quiero que vuelvas a tocarme nunca tú. No tienes ni idea de lo que soy capaz.

—Lo mismo digo.

Le centellearon los ojos verdes, y sentí la tentación de abalanzarme sobre ella ahí mismo.

Por suerte, Cassie se volvió en ese momento hacia nosotras.

—¿Dónde os habíais metido?

18
KAILEY

Sharni estaba empezando a ponerme de los nervios. Era muy rebelde, y encima no le estaba sonsacando nada. Era cierto que mi primer intento no había sido muy sutil, pero ¿de qué otra manera podía hacerlo?

Con todo, casi fue más agotadora la ruta de compras. Cassandra se probó cinco vestidos distintos, uno incluso dos veces, para al final no llevarse ninguno. Y eso que yo podría haberle dicho al momento que esas prendas no le quedarían bien. Además, no paraba de pedirnos opinión, sin que le interesara de verdad: «¿Qué os parece? El corte no está mal, pero el color... El azul no me favorece, ¿no? No, tenéis razón, el color no me queda bien». Ni Sharni ni yo teníamos nada que aportar porque no nos dejaba tiempo para contestar.

Luego me tocó a mí y me di un pequeño respiro del gentío en el probador, pero sobre todo de Sharni y Cassandra. Ni siquiera me hacía falta probarme el vestido blanco. Enseguida tuve claro que me quedaría como un guante y resaltaría la piel bronceada que teníamos todos los fae. Sin embargo, resulta que entre los humanos no era habitual comprar ropa sin probársela antes y, a poder ser, tras comentar con las amigas hasta el último detalle.

Así que abrí a desgana la cortina de color crema para enseñarle a Cassandra mi vestido. Por lo menos, esa era mi intención. Posé la mirada a través de la fina rendija en Cassandra y Sharni, que estaban un poco más allá junto a una mesa estudiando unos jerséis de verano que no sentarían bien a ninguna de las dos. Había mucho alboroto porque la numerosa clientela abarrotaba los pasillos y hacía que el nivel de ruido fuera fenomenal. ¿Pero para qué me servía ser una fae? Teníamos un oído extraordinario cuando nos concentrábamos en algo. Puede que fuera un efecto colateral de tener las orejas puntiagudas. Por eso me enteré de qué hablaban las dos.

—¿Has dicho que eres de Inglaterra?

Agudicé el oído. Por el momento, Sharni solo había mostrado interés por una cosa: ella misma. ¿Por qué de repente preguntaba por Inglaterra?

—Sí, de Ipswich. —Cassandra agarró un jersey amarillo y lo desdobló.

—¿Está muy lejos de Londres?

—¿A qué te refieres con «lejos»? —Cassandra se encogió de hombros y por suerte volvió a doblar el jersey amarillo, pues le habría hecho parecer pálida. La moda no era un tema que nos preocupara mucho a los fae, pero conocíamos a los humanos y por tanto sabíamos ver si un corte o color sentaría bien a alguien, sobre todo los colores naturales—. En tren se tarda poco más de una hora de estación a estación —prosiguió Cassandra—. En coche son casi dos horas.

—Ah, ya. —Sharni sonaba decepcionada.

En ese momento sí que agucé bien el oído y me escondí de nuevo tras la cortina para que no se diera cuenta de que estaba escuchando.

—¿Por qué lo preguntas? No vivimos en Londres, pero vamos mucho. Mi padre trabaja para un bufete de abogados londinense. Resuelve muchos asuntos desde casa, pero aun así tiene que ir con

frecuencia a la capital. Entonces nos lleva a mi madre y a mí también a pasar el fin de semana. Vamos de compras, al cine o al teatro mientras él trabaja.

—Ah, ¿sí? —La voz de Sharni volvía a sonar mucho más entusiasta—. ¿Has estado alguna vez en Holland Park?

—Claro, ¿quién no? No es Hyde Park, pero es muy bonito. Además, el bufete de abogados de papá está bastante cerca de allí. Pero el parque ha estado cerrado una buena temporada tras un incidente en junio.

—¿De verdad?

—Sí, fue algo bastante gordo y de lo más misterioso. —El tono de Cassandra era casi de conjura.

—Qué emocionante. Cuéntame, me gustaría saber más.

Yo también. Lástima que en ese momento una señora mayor me cacareara al otro lado de la cortina.

—Oiga, ¿qué hace ahí dentro? Es domingo, esto está lleno y aquí hay por lo menos veinte mujeres esperando a probarse algo.

Respiré hondo, conté hasta cinco, pero no sirvió de nada. Esa gallina clueca me lo había estropeado todo. Aparté la cortina con ímpetu y fulminé a la mujer con la mirada.

—No estoy aquí sin hacer nada. Y aunque así fuera, ¿a usted qué le importa? Yo decido el tiempo que necesito para escoger un vestido u otro. Por cierto, no hace falta que se pruebe ese pingajo rojo. —Señalé la falda que sujetaba en la mano—. No hará que parezca más joven ni más delgada.

La mujer me miró boquiabierta, pero ya no me interesaba y desvié la mirada hacia mis compañeras de compras. La conversación entre ellas había terminado o se había interrumpido de momento. No veía a Cassandra, pero Sharni seguía junto a la mesa con los jerséis de verano. Estaba de brazos cruzados y me sonreía como si supiera perfectamente que antes estaba escuchando y se alegrara de que no me hubiera enterado de nada más.

Sin embargo, había oído suficiente. Tenía que haber un motivo para que Sharni mostrara tanto interés por Londres, y más concretamente por Holland Park, y yo iba a averiguar el porqué aun sin su ayuda.

Estaba sentada en un banco bajo un plátano. Desde ese lugar podía ver muy bien la residencia. El banco estaba húmedo, pero tal cosa no me molestaba. Aún hacía algo de calor, aunque el sol se había puesto unos minutos antes dejando una franja roja en el horizonte. El cielo se había abierto por la tarde, y la llovizna se había desplazado hacia el mar. Pero ya llegaban otras nubes, unos nubarrones muy oscuros.

Saqué el móvil del bolso para llamar a mi tío, pero sin quitar ojo a la entrada para que no se me escaparan los ladrones. Sabía que aún estaban en el edificio.

—¡Kailey! ¿Cómo estás?

—Eh, bien, gracias. Todo bien. —Estaba confusa por la pregunta personal. Tal vez sonara raro, pero mi tío solía ir directo al grano sin entretenerse con cháchara irrelevantes. Tampoco había tenido nunca motivos para preocuparse por mí. Me escamó que me preguntara ahora cómo estaba. ¿La reina de los fae quería ordenar mi regreso a Fairyland?

—Me alegro. ¿Has descubierto algo?

Me obligué a no seguir pensando en la pregunta anterior. Si hubiera algún problema, me lo diría.

—Creo que la chica dragona y su amigo quieren seguir volando esta noche hacia Inglaterra.

—¿Inglaterra? —Mi tío no sonaba muy sorprendido, y me extrañó—. ¿De dónde lo sacas?

—He oído que le preguntaba a mi compañera de habitación, pero no he podido seguir la conversación entera.

—¿Qué has oído?

—La chica dragona tiene mucho interés en Londres y un parque. Holland Park. Algo debió de pasar ahí en junio. No he podido averiguar nada más concreto.

—No hace falta, Kailey. Imagino de qué se trata.

—¿De verdad? —Agarré el teléfono con más fuerza.

—Sabes que no puedo decir nada, ¿no?

—Sí, claro.

Intenté relajarme. Damian no podía hablar de su trabajo, igual que yo no podía revelar a Sloan los detalles de mi misión. No era una cuestión de confianza, eran las reglas. Cuanto menos supieran los fae sobre los intereses de la reina, mejor. Yo ya estaba acostumbrada a no saber los pormenores, y por lo general tampoco insistía porque no era de mi incumbencia. Me parecía bien, lo aceptaba. No obstante, en este caso me preguntaba si tendría sentido recibir más información para saber a qué atenerme. Tenía una misión, y todo parecía relacionado de alguna manera.

Respiré hondo.

—Tío Damian, no quiero ser curiosa, pero tal vez lograría observar mejor si supiera de qué se trata exactamente.

Damian suspiró.

—Kailey, ya conoces las órdenes. Por desgracia, no puedo decirte más. Tú cuéntanos todo lo que te llame la atención.

—Entiendo.

—Hay algo más.

Se me aceleró el corazón por motivos inexplicables, como si supiera lo que se avecinaba.

—¿Sí?

—A la reina no le entusiasmó que tu tapadera saltara por los aires ya el primer día. Seguro que te lo imaginas.

—Entiendo —repetí. Damian guardó silencio, y yo en realidad no quería decir nada más, aunque llegó un momento en que no aguanté más—. ¿Quiere que vuelva a casa?

Damian no se precipitó en contestar.

—No, por un sencillo motivo: de todas maneras, la misión ya no es secreta. No serviría de nada enviar a Dublín a otro fae. El sucesor al trono de los dragones lo sabe y procederá con mucha cautela. Por lo pronto, mantente cerca. Pero aunque esta vez lo que ha ocurrido no sea directamente culpa tuya, no te puedes permitir ni un error más. ¿Entendido?

Me tragué las repentinas lágrimas de rabia. Damian estaba muy orgulloso de que me hubieran enviado a una misión con apenas dieciocho años. Yo me sentía orgullosa. ¿Y ahora?

—Reforzaste tu *glamour* gracias a la magia de la pulsera. Sin embargo, ese efecto se puede anular. Es una forma de magia muy poco frecuente, pero existe. Debería habértelo dicho desde un principio, pero no esperaba que los dragones contaran con esas opciones. En este caso no es tu culpa, y la reina también lo verá así.

Por lo visto, la opinión de mi tío no contaba. A la reina solo le importaba si había cumplido mi misión o no, y no lo había conseguido, aunque yo no fuera responsable de las circunstancias. Por lo menos me quedaba la opción de demostrarle que yo no era tan incompetente como debía de estar pensando.

—Sí, tío Damian. Ni un error más, te lo prometo.

—Bien.

—¿Ahora qué hacemos? ¿Intento seguir a la princesa de los dragones antes de concentrarme de nuevo en Aiden? ¿O impido que viajen a Inglaterra?

—Yo me encargo, Kailey. No hagas nada en ese sentido. Céntrate en tu misión.

En cuanto mi tío se negó, comprendí que me hubiera gustado otra respuesta. Necesitaba hacer algo. No podía ni plantearme renunciar ahora. De alguna manera iba a enderezar el timón.

—Mañana hablamos —dijo mi tío, y de esa manera puso fin a la conversación.

Guardé el móvil con un suspiro y me palpé el bolsillo interior de la chaqueta en busca del tarro con la libélula reina que me había llevado por si acaso. Además, llevaba una gorra oscura para fundirme aún más en la penumbra. A decir verdad, no es que esperara que mi tío me pidiera que siguiera a Sharni y a Niall, es que lo daba por hecho. Ya no tenía motivos para estar agazapada ahí fuera esperando a los dragones, especialmente ahora que empezaba a llover. Del cielo caían grandes goterones. Casi al mismo tiempo se abrió la puerta de la residencia y salieron los cuatro dragones. Sin mirar alrededor, caminaron hacia Parliament Square. Tal vez me equivocara, pero estaba bastante segura de que iban a por las motos. Al fin y al cabo, Sharni y Niall no podían transformarse en dragones y salir volando delante de todo el mundo. Aun así, esperaba que Aiden y su hermana se despidieran allí mismo. ¿Por qué los acompañaban Celmar y él? ¿Querían ir hacia la costa para que pudieran alzar el vuelo allí? ¿O había algo más? Me quedé sentada en el banco y los seguí con la mirada.

«Ni un error más». Se lo había prometido a mi tío. Y él me había dicho alto y claro que él se encargaría de Sharni, significara lo que significara eso. Pero yo intuía que era la oportunidad de resarcirme. Si había algo más, mi tío no podía actuar desde Fairyland con la suficiente celeridad, además de que yo debía estar cerca de Aiden. Esa era mi misión. Así que iba a seguirlo a él, no a Sharni.

Sin pensarlo más, me levanté del banco y seguí a los dragones a una distancia prudencial mientras me colocaba la gorra sobre el cabello rubio. Por la tarde, después de la ruta de compras, había alquilado una moto. La tenía aparcada cerca de las de Aiden y Celmar. Por supuesto, contaba con Puck, pero como estábamos en medio de la ciudad, tenía claro que tarde o temprano tendría que llevar a cabo la persecución por la vía normal. Nunca me había subido a una moto, pero no podía ser tan difícil.

Ya había llegado a Parliament Square, a la altura del comedor, pisando los talones a los dragones. Me paré, no quería correr por la

plaza vacía porque me habrían descubierto; de hecho, en ese momento Aiden se dio la vuelta. Me arrimé a la pared y vi un pequeño paso entre el comedor y la capilla. Me colé rápido y me vi en una especie de patio interior. Era un espacio minúsculo y de noche en él la oscuridad debía de ser absoluta. El suelo estaba cubierto de baldosas y había una especie de banco de piedra cubierto de musgo. ¿Un sarcófago? En el muro de enfrente se levantaba un altar techado y flanqueado por columnas con una placa de piedra gravada en el centro. ¿Qué era eso? ¿Un cementerio?

En ese momento tenía que darme prisa para no perder de vista a los dragones. Volví corriendo a Parliament Square. Ya no había rastro de los cuatro. Debían de haber salido del campus por la entrada principal, así que recorrí ese trecho a toda prisa y atravesé el portal de Regent House para salir a la calle. Para entonces los dragones iban por parejas en las motos. Esperé y observé cómo Aiden y Celmar salían a la calle desde la zona de aparcamiento del parque y desaparecían en dirección al norte. Luego corrí hasta mi moto, subí de un salto y salí disparada tras ellos después de calar el motor dos veces.

19

AIDEN

—Cuídate —le dijo Aiden a su hermana, y le dio un abrazo. Ella se lo devolvió unos segundos y luego lo apartó.

—Eh, he sobrevivido a la noche en la habitación de los elfos. Superaré un viaje a Londres.

Aiden le dio la mano a Niall, al tiempo que sacudía la cabeza.

—Entonces cuida tú de mi hermana, ¿de acuerdo?

Niall se quedó serio.

—Lo haré, confía en mí.

Aiden asintió. Por lo menos podía fiarse de Niall, pero vio en los ojos de Sharni que no estaba ni de lejos tan relajada como aparentaba.

—Será mejor que te cuides tú —le dijo a Aiden con una sonrisa burlona—. Esa fae, con sus orejas puntiagudas, no nació ayer. Hará todo lo posible por complicarte la vida.

—Gracias, hermanita, pero me las arreglaré —contestó Aiden—. Nos volveremos a ver en el parque nacional de Connemara.

Sharni y Niall se despidieron de Celmar; luego desaparecieron por el camino hacia la playa. Pronto sus siluetas se perdieron en las tinieblas; la noche de Malahide estaba bien oscura. Bajo la fuerte lluvia que no había caído durante el trayecto hasta allí, apenas se distinguía la

arena y el mar. Había farolas, pero la oscuridad también engullía su luz unos metros más allá. Aiden solo oía como las olas rompían con toda su furia en la playa.

Celmar y él esperaron unos minutos, pero Aiden perdió el rastro de Sharni y Niall en el cielo. Sintió una leve decepción, aunque debería alegrarse. Si él no los veía, tampoco los descubriría ningún humano. Hacía el tiempo perfecto para volar.

Aiden sintió un cosquilleo en los dedos. Su dragón interior se alteró, quería salir, notar el viento bajo las alas y explorar la zona desde el aire. No tendría ocasión de hacerlo en breve. ¿Podría correr el riesgo?

Quiso hablar con Celmar cuando se oyó el sonido de su móvil en plena noche. Lo sacó del bolsillo de la chaqueta de piel con un suspiro: era su padre. Qué típico. Como si le adivinara el pensamiento en la distancia y quisiera impedirle volar.

—Hola, papá. ¿Qué pasa?

Solo quería saber si ha ido bien la marcha de Sharni y Niall.

Aiden arrugó la frente. La voz de su padre sonaba rara, como tomada.

—Acaban de irse. ¿Va todo bien? ¿Es por Callahan?

Su padre suspiró.

—Todavía no me puedo creer que sea un traidor. Justo él. Es el más importante de mis consejeros, y quién sabe a quién habrá arrastrado consigo.

—¿Crees que hay más topos en nuestras filas?

—No solo lo creo, es que estoy bastante seguro. Aiden, solo tenemos unas gafas de sol que puedan destapar el *glamour* reforzado de los fae. En las otras universidades mi gente no ha descubierto a ninguno, pero cabe la posibilidad de que hayan reforzado su *glamour*, o de que no pueda fiarme de mi gente. Ojalá supiera cómo desenmascarar a los traidores. —Soltó un fuerte suspiro—. Da igual, ¿cómo te va a ti? ¿Has avanzado con tu fae?

Aiden pasó el móvil a la otra mano.

—Según se mire. Sharni nos ha delatado mutuamente. Veremos qué pasa, pero en todo caso me toca a mí.

—Tu hermana —se limitó a decir el rey, y Aiden casi oyó cómo sacudía la cabeza.

—Padre, hay algo que deberías saber. He tenido que contarle a Sharni lo de Darragh e Isla. Se le ocurrió la idea de visitarlo en Londres, y no vi otra forma de evitarlo.

—No pasa nada, Aiden. Es tu hermana, y tiene derecho a saberlo. ¿Cómo... cómo se lo ha tomado?

—Bastante bien, creo. Y le dejé claro que no se lo ocultaste por no confiar en ella.

—Gracias, Aiden.

Asintió, aunque su padre no lo veía, y se quedó un momento callado. Le pareció haber oído algo, pero no veía nada a oscuras con su vista humana. Luego miró a Celmar, pero este se encogió de hombros. Aiden respiró hondo y volvió a la conversación con su padre. No se libraba de la sensación de que algo lo afligía.

—¿Qué pasa, papá? Hay algo más, ¿no?

El rey suspiró de nuevo. Se tomó su tiempo antes de responder, como si estuviera sopesando si decir la verdad o no.

—A decir verdad, sí. He apostado a una pequeña tropa de soldados en la frontera con la zona de los fae. Están montando su campamento en zona neutral entre Limerick y el bosque de Murroe, cada noche en un sitio distinto. Pero dos de ellos siempre se quedan cerca de Milltown, en la península de Dingle, para echar un ojo cuando los fae pasan al mundo de los humanos.

Aiden soltó un grito ahogado.

—¿Eso no es una violación del pacto?

—Depende de lo estricto que sea uno con la situación. Nuestra gente está cerca de Milltown; es decir, en un plano puramente teórico, en territorio de los fae, pero no en Fairyland. Roza lo inaceptable,

lo sé, pero necesito información o los fae podrán hacer lo que les dé la gana y yo no me enteraré hasta que sea tarde.

—Conmigo no tienes por qué justificarte, padre. Eres el rey.

—Pero quiero que lo entiendas. Si un día aceptas el cetro, tienes que saber lo que está ocurriendo.

Aiden sintió que un escalofrío le recorría la espalda, y no por la intensa brisa que le llegaba desde el mar y corría junto a la ropa. Últimamente hablaban demasiado para su gusto de lo que pasaría si el rey no estuviera vivo. Estaban al borde de otra guerra con los fae; por tanto, era lógico, pero le daba miedo. No quería ni contemplar la opción de que su padre no sobreviviera a la guerra. Era joven y fuerte, pese a que durante los últimos tiempos parecía cansado y rendido, lo que tampoco era de extrañar, teniendo en cuenta el tiempo que llevaba debatiéndose sobre la cuestión de en quién podía confiar y en quién no de entre los suyos.

—Entiendo —dijo Aiden, escueto—. ¿Qué ha pasado?

Los soldados se comunican conmigo todos los días a una hora determinada para informarme. Ya han pasado unas horas desde la última llamada que acordamos, y no he tenido noticias. Lo que es peor: no los localizo. Debo suponer que han huido. O que se han pasado al otro bando y ahora trabajan para los fae, y por tanto para Callahan.

—No creo —repuso Aiden, y cruzó la mirada con Celmar, que lo miraba intrigado.

—Todo esto me está volviendo loco, Aiden. Ojalá supiera quién más me está engañando, además de Callahan. Pero tal vez me estoy volviendo paranoico.

Aiden se pasó la mano por el pelo. Si por lo menos su padre hubiera puesto a Callahan de patitas en la calle, pero el rey se negaba. Guardaba las apariencias para poder utilizar al consejero para sus propios fines en el momento adecuado.

—Confía en tus corazonadas; sueles tener un buen instinto. Además, dada la situación actual, no viene mal ser prudente.

—Yo también lo creo, por eso quería pedirte un favor. Ojalá tuviera otra solución, pero no la veo.

A Aiden se le aceleró el corazón: imaginó lo que se avecinaba.

—¿De qué se trata?

—¿Puedes ir con Celmar al interior a comprobar que va todo bien? Sé que es mucho pedir...

—Ya estamos de camino —aseguró Aiden. No le gustó nada el tono de desesperación de su padre, y quería ayudarle a toda costa. Por eso estaba dispuesto a entablar relaciones con Kailey, pese a que su instinto le decía que se mantuviera alejado de esa fae embustera.

El rey suspiró.

—Gracias, Aiden. Pero id solo a echar un vistazo, ¿entendido? No os metáis en ninguna pelea, y bajo ningún concepto entréis en territorio de los fae. Prométemelo. Solo tenéis que echar un vistazo al campamento que hay cerca de Limerick, nada más. Y si los fae os descubren, no uses tus habilidades en ningún caso. Identifícate como sucesor al trono de los draconis. Si aun así te atacan, equivaldría a una declaración de guerra. Los fae evitarán dar ese paso. Esta operación no debería ser peligrosa para nosotros, en teoría.

«En teoría» fueron las palabras decisivas. Con todo, Aiden no se echó atrás.

—Nos las apañaremos —dijo. De momento solo sabíamos que los fae querían una guerra, pero también, por lo menos en la misma medida, que fueran los dragones quienes la iniciaran. Esa era al menos la teoría, y Aiden esperaba que fuera cierta.

Celmar había intentado persuadir a Aiden de que se quedara en Malahide y por tanto en Dublín, pero este no se había dejado convencer. Era mejor ir los dos. Además, Celmar solo lo tendría crudo si de verdad había fae en la zona fronteriza. Y Aiden, como había dicho su padre, podía aducir que era el sucesor al trono de los draconis, y así con suerte evitar lo peor. Pese a todo, esperaba no encontrarse

con ningún fae y que en el campamento de los dragones no pasara nada. Tal vez se había alterado la cobertura por el tiempo, o había otro motivo plausible por el que los soldados no se hubieran puesto en contacto con el rey, tal y como habían acordado. Sin embargo, Aiden estaba bastante seguro de que, por desgracia, nada de eso sería cierto. No había problemas de cobertura, eso lo comprobó durante el vuelo, y seguro que los soldados no habían cambiado de bando. Solo quedaba una opción.

Ya habían llegado a su destino y volaban más lento. Era noche cerrada. Limerick formaba a lo lejos una mancha luminosa, pero no podían acercarse a la ciudad. Toda la operación era sumamente arriesgada. Por suerte, allí tampoco hacía muy buen tiempo. La lluvia intensa se había perdido cerca de las Slieve Bloom Mountains, pero lloviznaba, y el cielo seguía encapotado de nubes oscuras.

Aiden y Celmar volaban sobre todo a la altura de las nubes, de manera que la mayor parte de sus enormes cuerpos quedaba oculta. Solo sobresalían sus cabezas, mientras ambos planeaban codo con codo. Hasta entonces Aiden había podido reprimir la sensación de angustia que sentía en el pecho, pero cada vez le costaba más. Escudriñaba el suelo con los ojos en busca de indicios de un campamento montado o abandonado a toda prisa o de una batalla, y al mismo tiempo intentaba a la desesperada no pensar en que su madre estuvo muy cerca de allí, muerta en zona neutral, en la frontera con el territorio de los fae, con varias flechas clavadas en el corazón.

—¡Cuidado! —La voz de Celmar ya no era un susurro.

Aiden se paró en pleno vuelo sin apenas atreverse a respirar. Miró desconcertado a su guardaespaldas y siguió el movimiento apenas perceptible que hizo con la cabeza para señalar el suelo. Tenía buena vista, pero tuvo que mirar dos veces para ver las hojas y ramas quemadas. ¿Era un incendio forestal normal después del calor de los últimos días o había algo más detrás? Aiden siguió deslizándose sin hacer ruido y vio más puntos incendiados. El fuego no se había

propagado de forma regular, sino por lugares distintos, como si hubiera evitado un árbol para solo dos metros más allá incendiar el siguiente. Había arbustos enteros aplastados o arrancados y, cuando Aiden se fijó mejor, vio restos de tela carbonizada de color verde camuflaje, seguramente de una tienda. Tragó saliva. Ya no cabía duda: había habido una lucha. Después de iniciarse el fuego, debió de librarse una batalla entre dragones y fae. En una pelea contra humanos, los dragones jamás habrían adoptado su verdadera forma, por muchos traidores que hubiera. Aun así, cabía la posibilidad, por supuesto, de que los autónomos hubieran buscado pelea, pero Aiden lo dudaba. Quedaba la incógnita de si había supervivientes, pero aunque mirara con más detenimiento, no vio nada. Se aferró a la esperanza de que los dragones hubieran huido y aún no hubieran tenido ocasión de comunicarse con su padre. Con un poco de suerte, los soldados estarían ya de regreso al parque nacional de Connemara. Era totalmente factible teniendo en cuenta el tiempo transcurrido.

Aiden miró a Celmar. Si el combate no se había producido hace mucho, se planteaba otra pregunta: ¿los atacantes seguían estando cerca?

—¿Tú qué dices? —preguntó en un susurro—. ¿Volvemos o seguimos? —Tal vez en algún sitio había un dragón escondido con una herida de gravedad, en forma humana, y que por tanto no fuera tan fácil de localizar de lejos. En su forma humana, los dragones eran los maestros del camuflaje, pues les iba la vida en ello.

Celmar negó con la cabeza.

—Nos vamos, ya.

Sin embargo, antes de que terminara la frase la primera flecha atravesó la noche.

«De acuerdo, mantén la calma», pensó Aiden mientras sentía el martilleo del corazón en el pecho.

—Tú cógeme, ¿eh? —Salió disparado hacia arriba sin esperar respuesta de Celmar, mientras otras flechas salían disparadas hacia ellos.

—¿Qué demonios pretendes? ¿Te has cansado de vivir? Ni lo sueñes, Aiden.

El tono de Celmar era de irritación y advertencia, pero Aiden no le hizo caso. A él tampoco le entusiasmaba la idea, pero no le quedaba elección. Además, así hacía una señal a los fae de que llegaban en son de paz. Dudaba de que fueran a fumarse la pipa de la paz con él, pero por lo menos tenía que intentarlo.

Cuando voló a la altura suficiente sobre Celmar, se transformó y adoptó su forma humana. Se precipitó unos metros en el abismo y aterrizó con agilidad entre las alas de Celmar, con una pierna estirada y la otra doblada. Se incorporó rápido y levantó los dos brazos. Así se convertía en un blanco extraordinario, pero también era como mejor se dejaba ver.

—Venimos en son de paz, no hay motivos para atacarnos. Soy Aiden O'Rourke, sucesor al trono de los draconis. Por favor, deponed las armas, estamos en zona neutral.

Una flecha pasó rozando justo la cabeza de Aiden, y vio aparecer a los atacantes en la oscuridad: media docena de fae sobre unas libélulas enormes, todos armados con arcos y flechas.

—Un plan perfecto, compañero —masculló Celmar—. Nos vamos, ya.

Aiden lo entendió incluso en su forma humana.

—Espera —ordenó, luego se dirigió de nuevo a los fae en un tono bastante más alto—. ¡Soy el sucesor al trono de los draconis! Por favor, parad ahora mismo todos...

No pudo seguir porque les cayó encima una lluvia de flechas. Maldita sea, ¿por qué no le hacían caso los fae? Con sus actos estaban firmando una declaración de guerra, y saltaba a la vista que les daba igual.

Aiden saltó al vacío por encima de la cabeza de Celmar.

20

KAILEY

Por un momento tuve algo de mala conciencia por no haber acatado la orden de mi tío, pero luego dejé a un lado ese sentimiento. No me había prohibido explícitamente seguir a los dragones. Además, ahora solo pisaba los talones a Aiden, no a Sharni. Por tanto, lo que estaba haciendo no podía estar mal. Damian, con suerte, opinaría lo mismo.

Mantuve la distancia suficiente mientras seguía a los dragones en plena noche montada en Puck, la justa para poder distinguirlos en el horizonte. Todo lo demás entrañaba un riesgo demasiado alto. No podían verme de ningún modo, ni mucho menos reconocerme. Por eso, además de la hora, me había tapado la cara con una mascarilla negra, para fundirme aún mejor con la oscuridad.

Irlanda quedó atrás y, cuanto más nos alejábamos de Dublín y Malahide, más me preguntaba qué pretendían los dragones. Cuando al final llegamos a la zona fronteriza, cerca de Limerick, por fin los dragones bajaron el ritmo. Yo también frené a Puck. ¿Qué hacían Aiden y Celmar allí, tan cerca de la frontera con el territorio fae? Si había fae cerca y veían a dos dragones... A fin de cuentas, a Aiden no se le notaba que fuera el sucesor al trono, y en su forma verdadera

no podía comunicarse con nosotros. ¿Por qué corrían ese riesgo? ¿Qué había pasado?

La idea todavía no se había desvanecido cuando oí un ruido muy conocido: el de flechas atravesando la noche. Sin pensarlo dos veces, apreté las piernas en los flancos de Puck para azuzar a la libélula reina. A lo lejos avisté a Aiden, de pie, sin ropa y en su forma humana sobre el lomo escamoso de Celmar, y frente a ellos media docena de fae armados sobre libélulas reina. Estaba desconcertada. ¿Por qué Aiden se había transformado en humano? Parecía estar diciendo algo, pero a esa distancia no entendía ni una palabra pese a mi buen oído. De repente, Aiden se precipitó al abismo. Desapareció de mi vista un momento, para al cabo de un segundo elevarse de nuevo en forma de dragón escamado de color burdeos con unos potentes aleteos y colocarse en el aire junto a la figura gris de dragón de Celmar.

Las fae lanzaban sus flechas a los dos mientras Aiden se transformaba. Me retiré de nuevo y decidí primero mantenerme al margen. Seis fae contra dos dragones no deberían tener problemas, y no quería renunciar en vano a mi tapadera. Hacía tiempo que Aiden sabía quién era, pero si combatía contra él ya no tendría opción de ganarme su confianza. Además, mi tío no podía enterarse de que estaba allí.

Con todo, la situación no me resultaba del todo cómoda. ¿Por qué mi gente atacaba a los dragones?

Celmar se defendió con fuego de los atacantes, pero igual que yo, uno de los fae era transformador de fuego. Sin embargo, los dragones no cejaban. Sacudí la cabeza. Si se enviaba a una tropa entera de fae, siempre había como mínimo un transformador de fuego. No es que me molestara precisamente, pero me sorprendía que, después de tantos siglos, los dragones aún no lo hubieran pillado.

Los fae veíamos a través del humo sin esfuerzo. Varias flechas se clavaron en el lomo de Celmar. No era un ataque letal, pero sí doloroso. Otra falló su objetivo. ¡No, le dio a Aiden! Él rugió y abrió las fauces. Madre mía, lo consideraba más inteligente, pero entonces

vi que no escupía un fuego naranja incandescente: de la boca salían disparadas llamaradas de azul cristalino. No desprendían calor. En cambio, el frío me caló en el cuerpo.

¿Fuego helado? Entonces, ¿de verdad existían dragones que escupían llamas heladas? Los demás fae también estaban atónitos. Dos cayeron de sus libélulas reina. Uno se precipitó al vacío y su grito resonó en la noche. El otro logró agarrarse, hasta que le llegaron las llamas de Celmar. Tuvo que soltarse, pero por suerte antes de caer, lo atrapó otro de los fae con su libélula reina.

Celmar buscaba ya la confrontación directa. Volaba serpenteando hacia los fae que quedaban y los atacaba con la cola o las garras, mientras Aiden soltaba fuego helado sin cesar. Los cinco fae siguieron lanzando flechas a los dragones, pero como al mismo tiempo tenían que ponerse a cubierto y Celmar se les estaba acercando demasiado, eran poco eficaces. Las flechas servían en la lucha a distancia, y Celmar lo aprovechó sin piedad. Así, aquello no acabaría bien para mi gente. No me quedaba más remedio: tenía que intervenir si no quería presenciar cómo morían todos.

Apreté las piernas contra los flancos de Puck y saqué la espada. Me lancé en picado hacia Celmar y le di en el costado con la espada. Casi me daba pena, pues no tenía motivos para atacarlo, pero estaba aniquilando a los míos. Tenía que ayudarlos.

Durante mi intervención, al menos uno de los fae logró ganar distancia y disparar flechas precisas, algo que habría sido mucho más fácil si Celmar no hubiera estado fuera de sí. Sin la menor consideración, de pronto se revolvía como un salvaje: su cola parecía estar en todas partes y estuvo a punto de derribar a un fae de su libélula. Le lancé una de mis espadas para que se defendiera mejor.

Aiden tampoco se cansaba de soltar su fuego helado sin que nadie pudiera impedírselo. Yo lo había intentado, pero las llamas azules no se transformaban en humo. Aun así, decidí dedicarme primero a él, mientras los demás mantenían más o menos a raya a Celmar.

Uno de los fae se percató de mis intenciones cuando cambié de rumbo y me dirigí hacia Aiden. Me cubrió la espalda con flechas para que Aiden no pudiera atacarme sin parar con su fuego helado. Cuando llegué hasta él, por detrás para que no me alcanzaran las llamas azules, le clavé la espada en la cola. Por lo menos no era un golpe mortal. No sabía qué había en juego, por lo que debía ser prudente. Yo solo quería debilitar a los dragones —o, en el mejor de los casos, forzar su retirada— y proteger a mi gente. De alguna manera teníamos que salir ilesos de la situación. Aiden era el sucesor al trono de los draconis. Si moría, las consecuencias eran imponderables. Eso no podía pasar; por lo menos, no quería asumir yo esa responsabilidad.

Aiden rugió. Por lo visto el ataque lo había cogido desprevenido, y se revolvió hacia mí con sorprendente rapidez. Logré esquivar justo a tiempo las llamas heladas. Lancé la espada a lo alto para darle la vuelta y la atrapé con la mano izquierda al tiempo que la lanzaba con el mismo impulso contra las fauces de Aiden. Luego me volví hacia Puck mientras Aiden se lamía las heridas. Ya había hecho suficiente, no quería que el combate tuviera un fin mortal. Aiden me dejó ir, pese a que le habría resultado muy fácil seguirme. No lo había herido de gravedad.

Entretanto, Celmar había recibido el impacto de varias flechas, pero seguía aguantando bien contra los fae. Sin embargo, igual que Aiden, ya no estaba al cien por cien. Yo ya me había percatado de ello. Impulsado por la rabia, Celmar se había defendido con todo lo que tenía, y ahora mostraba una actitud bien distinta. Aiden y él no parecían tener intención de matar a nadie. Lo único que querían era que no los matasen a ellos.

Estaba sopesando qué hacer para poner fin a la pelea cuando Celmar se defendió de nuevo con una llamarada y emprendió la retirada en el humo. Se acercó a toda prisa a Aiden, y los dos desaparecieron en la oscuridad, seguidos de algunas flechas.

Respiré aliviada y me volví un momento hacia los fae. Para entonces volvían a ser seis, por lo visto el fae caído se había salvado. Los demás también parecían sanos y salvos. Habría preferido largarme enseguida, pero uno de los fae tenía mi espada, y corría el peligro de que Damian la reconociera.

Por un momento coqueteé con la idea de pedir a los fae que no dijeran a la reina ni a sus consejeros, sobre todo a mi tío, que había estado allí. Sin embargo, sabía que no podía exigírselo. Por un lado, así me delataba del todo, y por otro tampoco serviría de nada. Si algo caracterizaba a los fae, era la lealtad a la corona.

Esperé el momento adecuado, salí disparada hacia los fae, les arrebaté la espada y emprendí la retirada. Mi gente salió tras de mí, totalmente sorprendida, pero no me dejé atrapar.

El corazón me latía acelerado cuando volví con Puck de noche a Dublín. Ya estaba a la altura de las Slieve Bloom Mountains, que me habría encantado ver a la luz del día. Había incluso una cascada cuyo murmullo oía a lo lejos. Era muy improbable que alguien me siguiera en ese momento, si es que los fae habían ido tras de mí. Aun así, no bajé el ritmo. Solo esperaba que nadie me hubiera reconocido.

¿Qué acababa de pasar? No paraba de hacerme esa pregunta. Aiden y Celmar no se encontraban en territorio de los fae. Estaban cerca de la frontera, sí, pero no en nuestro reino. ¿Por qué se había llegado al combate entonces? Se me escapaban unos segundos decisivos en los que debía de haber ocurrido algo importante. ¿Los dragones habían buscado pelea? A decir verdad, no me lo imaginaba. Cuando llegué yo, ya volaban flechas por el aire, y en ese momento Aiden aún tenía forma humana. Pese a todo, había ayudado a los fae. Formaban parte de mi pueblo, y no había tiempo para preguntas. Si los dragones y los fae se enfrentaban, no me hacía falta pensar a qué bando me unía. Pero no me había sentido a gusto atacando sin motivo a los dragones, pues no había recibido la orden correspondiente de la

reina de los fae. Por eso tampoco me disgustaba que Aiden y Celmar hubieran logrado huir. Al fin y al cabo, no tenía órdenes de matar a Aiden. Si él hubiera muerto en combate, y además de mi mano, dadas las circunstancias habría estropeado algo mucho más importante que mi misión. No conocía los planes de la reina de los fae, y esa falta de información podría haber provocado una guerra. ¿Y si el sentido del ataque era impedir que los dragones husmearan por allí? ¿Qué hacían si no tan cerca de la frontera?

Me sonó el móvil. Pese a mi buen oído casi se me pasó por alto de tan ensimismada como estaba en mis pensamientos. Ralenticé un poco el vuelo para sacarlo del bolsillo de la chaqueta. Cuando vi que era Damian, dudé un momento, pero no podía obviarlo. Eso haría que desconfiara. Con suerte, mi mal presentimiento no era cierto y no llamaba porque supiera lo que había ocurrido. Podía ser que quisiera felicitarme por mi cumpleaños. Ya quedaba poco para la medianoche, como indicaba el móvil, y entonces tendría oficialmente dieciocho años.

Respiré hondo e inspiré aire húmedo antes de afrontar la conversación.

—Tío Damian, hola.

—¿Dónde estás? —El tono no era de mucho entusiasmo.

Tragué saliva y con la presión de las piernas hice que Puck redujera aún más la velocidad de vuelo. Damian no podía oír bajo ningún concepto ruido de vuelos o cualquier otro que resultara sospechoso, pues era evidente que no era una llamada de cumpleaños.

—En el campus, mi compañera de habitación y yo acabamos de brindar. ¿Por qué lo preguntas? —Ya mientras le decía la mentira supe que era un error.

—¡No me mientas! —se enojó Damian—. Me han dicho que los fae destinados cerca de la frontera han recibido la ayuda inesperada de un fae o, mejor dicho, de una fae. La silueta y los movimientos eran sin duda femeninos, y la fae era una luchadora extraordinaria con la espada. ¡Solo puedes haber sido tú!

—Lo siento, no quería mentirte —dije en voz baja, pero mi tío me interrumpió antes de poder disculparme bien por la mentira.

—¿A qué viene esto, Kailey? ¿No te dejé muy claro que no siguieras a los dragones? ¿No puedes permitirte ningún error, y tú vas y desobedeces mis órdenes? ¿En qué estás pensando?

Mi mala conciencia desapareció, y me encogí de hombros. No cabía duda de que había estado mal mentir a mi tío, pero no me arrepentía de nada más.

—Lo siento, tío Damian, pero no he hecho nada malo. Me prohibiste seguir a Sharni, y no lo he hecho. He seguido a Aiden, lo que, por cierto, es mi misión porque tengo que estar cerca de él, si no me equivoco. Me dio mala espina, y confié en mi instinto. Eso fue justo lo que me aconsejaste, ¿te acuerdas? Y es evidente que no andaba muy desencaminada porque se ha producido un combate entre el sucesor al trono de los dragones, su guardaespaldas y unos cuantos fae. Cuando he visto que los nuestros podían ser derrotados, los he apoyado, nada más. Si estuvo mal, lo siento, como he dicho. —Probablemente estaba siendo injusta e impertinente, pero me daba igual. No iba a asumir ningún otro error que no hubiera cometido.

Mi tío se quedó callado un rato y, cuanto más duraba el silencio, más me incomodaba yo. Cerré los ojos. Esperaba que no siguiera furioso conmigo. No me parecía justo cómo me trataba, pero tampoco quería que Damian y yo discutiéramos o estuviéramos enfadados. Siempre habíamos tenido buena relación, y no tenía por qué estropearse por culpa de esa misión. Nunca le había mentido, y tampoco sabía muy bien por qué lo había hecho, pues en realidad no había nada que objetar a mi comportamiento.

—Lo siento, de verdad. Debería haberte preguntado antes si te parecía bien que siguiera a Aiden. La próxima vez lo haré, tienes mi palabra.

Damian suspiró.

—No pasa nada, Kailey. Yo tampoco quería abroncarte. Es que... no deberías meterte sin saber de qué va. Al sucesor del trono de los dragones no le puede pasar nada, y es mejor no dar más motivos a la reina para pensar mal de ti. Eres una guerrera excepcional, puedes llegar muy lejos, y no quiero que eches a perder todo lo que has conseguido con tanto esfuerzo. ¿Lo entiendes?

—Por supuesto que lo entiendo.

Era otra mentira: no entendía ni una palabra. ¿Por qué habían atacado a Aiden los fae, si no podía pasarle nada? ¿No sabían quién era? ¿Habían actuado por cuenta propia? Pero las consecuencias serían graves. Nadie de nuestro pueblo correría ese riesgo a propósito. Por mucho que ansiara respuestas, no me atrevía a insistir, lo que en el fondo era absurdo. ¿Cómo podía ser que no fuera capaz de plantear esas preguntas?

—No he desobedecido tus órdenes a conciencia, y me gustaría disculparme por no haber dicho la verdad desde el principio —continué—. Supongo que me dio miedo que te enfadaras conmigo.

—No pasa nada —repitió Damian.

—Hay algo más que deberías saber. —Por fin tuve ocasión de informar a Damian de mi descubrimiento. Esperaba así despertar una actitud conciliadora—. El príncipe de los dragones no escupe fuego normal y corriente, sino fuego helado.

—¿Fuego helado? ¿Estás segura?

—Del todo. Lo he visto con mis propios ojos.

—Entonces no es una leyenda. Es inaudito, totalmente inaudito. Seguro que a la reina le interesa. —Tras una breve pausa, añadió—: Gracias, Kailey. Procura volver a Dublín. Mañana empieza la universidad, y deberías estar durmiendo. —Colgó sin darme opción a contestar.

Sentí una gran decepción cuando guardé el móvil y obligué a Puck a volar más rápido. Esperaba una reacción más vehemente, pues un dragón que escupía llamas de hielo era más que insólito. Entre los fae

se contaban historias antiguas según las cuales hace decenas de miles de años existían dragones con esa capacidad. En teoría eran los causantes de las glaciaciones. Sin embargo, esas historias se consideraban solo leyendas que nuestros antepasados usaban para explicar por qué medio mundo había acabado cubierto de hielo a un ritmo lento, pero constante. Era evidente que no eran leyendas, y para semejante hallazgo Damian se había mostrado bastante comedido. Bien era cierto que no era su estilo perder los papeles por algo, pero igualmente...

Sin embargo, no era el único detonante de mi decepción. Mi tío nunca se olvidaba de mi cumpleaños, y al principio de nuestra conversación se lo había puesto en bandeja. Pero sí, nunca le había mentido. Estábamos en paz, pero la sensación desagradable persistía. ¿Por qué no me había felicitado? ¿De verdad no se había acordado? ¿O era más probable que, en contra de lo que afirmaba, siguiera furioso conmigo? Me habría encantado preguntarle por qué estaban los fae cerca de la frontera, pero no me había atrevido. No era propio de mí. Siempre había podido decírselo todo a mi tío, hacer todo tipo de preguntas, aunque no pudiera contestarlas todas. Ahora me daba miedo que se lo tomara mal si quería saber por qué los fae habían iniciado un combate con los dragones.

Apoyé la cabeza en el punto donde estaría el cuello de Puck si tuviera cuello.

—*Happy birthday*, Kailey —me dije en voz baja.

21

SHARNI

—Estamos de verdad en Londres. ¿No es una locura? —Miré por la ventana, maravillada.

Tras el largo vuelo, tenía un hambre de lobos, y Niall no me había llevado a un restaurante cualquiera; había escogido uno muy especial. El local de la planta cuarenta de la Heron Tower era muy elegante, con mucho cristal, cómodos tresillos de piel y, sobre todo, unas vistas fantásticas de la ciudad. Como era primera hora de la mañana, nos habían dado la mejor mesa con vistas directas al Gherkin, un edificio de ciento ochenta metros de altura que parecía un cohete de colores. Al fondo vi el Támesis y la Tower Bridge.

—Una locura total. —Niall se metió un trozo de gofre en la boca con una sonrisa.

—Perdona, seguro que sueno como una niña pequeña el día de Navidad.

Niall seguía sonriendo.

—¿Y qué? Me gusta que te emociones tanto con algo. —Clavó el tenedor de nuevo en el gofre con frutas del bosque, helado de vainilla y azúcar glas. Yo, en cambio, había elegido la típica variante inglesa: muslo de pollo con huevo y sirope sobre un gofre dulce.

—No sé cómo puedes comer eso a primera hora de la mañana —comentó Niall.

—También desayuno *black pudding*. —Era una especie de morcilla hecha sobre todo de sangre de cerdo y copos de avena, y que se solía condimentar con menta.

—Tampoco me gusta, y mucho menos para desayunar.

—No sabes lo que te pierdes —repuse con la boca llena. La comida era casi mejor que las vistas—. Ten, prueba. —Le ofrecí a Niall un tenedor lleno, pero él se apartó.

—No, gracias, me quedo con mi versión dulce.

Puse los ojos en blanco.

—No me puedo creer que seas irlandés.

—Soy de Irlanda, no de Loquilandia.

—Muy gracioso.

Una pareja mayor entró en el restaurante en las alturas de Londres arrastrando a un terrier escocés. Pese a que estaban bastante lejos, el perro de pelaje negro nos miró y soltó unos ladridos agudos. Parecía percibir quiénes éramos por instinto o gracias al olfato. Suspiré y me metí el último bocado en la boca, me bebí el zumo de naranja y miré por la ventana antes de volverme por fin hacia Niall.

—Deberíamos ir a Holland Park, ¿no crees? Aún debe de estar relativamente vacío.

Niall asintió y se limpió con una servilleta el azúcar glas de la boca.

—Sí, deberíamos; para eso hemos venido.

Pagamos, salimos del restaurante y al poco rato subimos al metro en la parada de Liverpool Street. Me habría encantado no viajar bajo tierra y ver más Londres (Hyde Park, Big Ben, Covent Garden), pero eso tendría que esperar hasta haber cumplido nuestra misión.

Ocho paradas después, en Notting Hill Gate, bajamos y caminamos unos minutos hasta llegar a Holland Park. Acababan de abrirlo. Por lo visto éramos los primeros en visitarlo. Entramos en el parque a través de una verja alta de hierro forjado y miramos alrededor.

Tardamos unos minutos en encontrar el jardín de estilo japonés que había visto en las fotografías del emisario de los fae. Se trataba del Jardín de Kioto, en medio de Holland Park. Allí era donde en teoría se habían avistado dragones a finales de junio. Ahora el Jardín de Kioto no se veía ni de lejos asolado como en las imágenes. La pasarela que cruzaba el estanque estaba arreglada, igual que las esculturas de piedra en el agua poco profunda, en la que volvían a nadar los peces con toda tranquilidad. Los árboles y arbustos ya no estaban arrancados, derribados o pelados. Los habían replantado. La vegetación medraba en todo su esplendor y ya se teñía de los colores del otoño: amarillo, naranja, rojo y marrón, pero aún se veía mucho verde. Se oía el murmullo del agua de la cascada, y un pavo real correteaba cerca de nosotros. Nos observó con suspicacia, como si quisiera preguntarnos por qué lo molestábamos a esas horas de la mañana. Cuando nos acercamos, se puso a chillar, ahuecó las plumas y salió corriendo: también había reconocido lo que éramos. Se apagó incluso el gorjeo de los pájaros, solo se oía el ruido lejano de motores. Por suerte, los humanos no tenían el mismo instinto que los animales.

Salvo por el pavo real irritado, el Jardín de Kioto era idílico, y hasta el tiempo acompañaba. Hacía un poco de frío, y una ligera neblina pendía sobre Londres, pero no llovía. A primera vista, nada recordaba a la devastación que se había producido allí dos meses antes.

—¡Mierda! —murmuré—. Hemos llegado tarde.

—A ver, poco a poco —comentó Niall—. ¿Qué te llamó la atención en la imagen del emisario de los fae?

—Los arbustos arrancados, ramas rotas, árboles carbonizados y una gran parte de la hierba quemada. Era del todo factible que un dragón hubiera pasado por aquí. En cualquier caso, alguien se había enfadado bastante aquí y había incendiado algunas cosas.

Niall no contestó, se limitó a estudiar el entorno. Se agachó en el suelo para observar la hierba e inspeccionó cada arbusto.

—Ven aquí —dijo al final, mientras examinaba la flora con más atención.

Me coloqué debajo de la cascada en la pasarela que cruzaba el estanque y, cuando iba a acercarme a Niall, los vi: cuatro fae. Ni siquiera se habían molestado en reforzar el *glamour*. Maldita sea, ¿y ahora qué? Se me aceleró el corazón. Me entraron ganas de abalanzarme sobre ellos sin más y borrarles esa sonrisa descarada de la cara, pero no veía opción de atacarlos con mi verdadera silueta. Era muy pronto, seguramente estábamos solos en el parque, pero aun así era arriesgado. Seguro que aquella noche de junio tampoco había nadie en el parque, y se supone que alguien vio un dragón. Si cometíamos una imprudencia, solo nos metería en más aprietos. Lo más probable era que por eso estuvieran los fae allí: para provocarnos y buscar más problemas. O para impedir que encontráramos pruebas de nuestra inocencia. Pero no iba a darles ese gusto. No iba a salir corriendo, eso seguro. Sentí que la ira se apoderaba de mí y me daba la energía y la fuerza necesarias para enfrentarme a los fae también en forma humana.

De pronto vi a Niall a mi lado. No sabía cómo había llegado hasta mí tan rápido y con tanto sigilo. Los fae también empezaron a moverse y se acercaron a nosotros. Dos iban armados con arcos y flechas; los otros dos sacaron dos cuchillos de los cinturones, que se convirtieron en espadas. No paraban de menearlas como si fueran ninjas arrogantes. Niall hurgó en la mochila y me dio un cuchillo, que por desgracia no se transformó en algo más grande. Lo miré de reojo sin decir nada.

—¿En serio?

—Lo siento, los dragones solemos fiarnos de otros recursos.

Sacudí la cabeza. Menos mal que había tomado precauciones. Antes de partir, Celmar me había provisto de algunos objetos útiles. Me quité la mochila y vacié el contenido en el suelo. Aparecieron estrellas arrojadizas, granadas, porras y una pistola eléctrica. Esta vez fue Niall quien me miró de soslayo.

—¿En serio?

—Luego me lo agradeces. —Escogí unas cuantas armas y empujé el resto hacia Niall.

Los fae se habían posicionado al otro lado del estanque, y nos desafiaban con la mirada. Como si obedecieran a una señal invisible, salieron corriendo en parejas hacia nosotros. Activé una granada y la lancé hacia los fae, al tiempo que esquivaba en el último momento la lluvia de flechas. Por desgracia, la granada no acertó en su objetivo. El segundo fae la catapultó con la hoja de la espada hacia atrás, donde aterrizó en la hierba y explotó con un gran estruendo. Saltaron por los aires briznas de hierba y piedrecitas.

Los fae eran rápidos y ágiles. Ni siquiera en mi forma de dragona serían un enemigo fácil, pero no me dejé intimidar. Tal vez no podía transformarme y no disponía más que de unas miserables armas humanas, pero estaba furiosa; muy, muy furiosa.

Las fae me habían alcanzado y me atacaban con las espadas, mientras sus compañeros varones se mantenían lejos con los arcos y me disparaban flechas. Ni siquiera me permití albergar la esperanza de que la lluvia de flechas parara por sí sola. Los fae tenían capacidades mágicas, por eso estaba bastante segura de que no se les iban a terminar las flechas. No me quedaba más remedio que esquivarlas sin cesar o escabullirme entre las puntas afiladas. Una flecha estuvo a punto de darme, la oí pasar junto a mi oreja. Al mismo tiempo una fae casi me alcanzó con la espada. «De acuerdo, ya basta». Corrí en zigzag hacia el fae del arco y las flechas y le di tal patada que cayó hacia atrás en el estanque. Pese a que en realidad no tenía tiempo para eso, le quité el seguro a una segunda granada y se la lancé. La fae que me había seguido cogió impulso con las espadas y me hirió en el brazo. Mientras la granada impactaba y una fontana de agua salía disparada por los aires, lancé con el brazo ileso una estrella arrojadiza hacia su torso. La esquivó, y aproveché esos valiosos segundos para desarmarla por un lado. Le di una patada en el brazo,

y la espada que sujetaba planeó hasta el suelo. Antes de llegar, volví a dar un puntapié, esta vez en la empuñadura. El arma salió volando de nuevo, giró en el aire y logré atraparla para acto seguido detener el siguiente ataque. El choque de las espadas resonó en la mañana, interrumpido por la explosión de otra granada que Niall había lanzado. La fae volvió a darme en el brazo, casi en el mismo punto que antes. Me sobresalté, descuidé la defensa una fracción de segundo. La fae aprovechó la ocasión para volver a tomar impulso con la espada. La hoja me alcanzó por tercera vez, ahora en la cadera, y se me resbaló la espada de la mano. Me incliné hacia delante entre jadeos. La espada de la fae me rozó el cuello al tiempo que esta me daba una patada. Perdí el equilibrio, caí hacia atrás y acabé en el suelo. Me salió otro jadeo cuando me quedé sin aire un momento. La fae no perdió el tiempo y continuó con el ataque. Por un instante la necesidad de transformarme era tan fuerte que me salió un gruñido sobrehumano. La fae retrocedió. Saltaba a la vista que también esperaba la transformación, y me concedió así unos segundos preciosos.

La espada quedaba fuera de mi alcance, así que rodé a un lado y evité por poco acabar en el estanque. Me levanté de un salto, saqué la pistola eléctrica del bolsillo del pantalón y le di a la fae un empujón después de quitarle la espada de la mano. Tembló antes de caer de rodillas, desorientada por un momento. Con la mirada busqué a Niall, que se estaba acercando a mí. También había eliminado a sus dos atacantes. Uno colgaba de la rama de un árbol: a saber cómo había llegado hasta allí. El otro flotaba junto al mío en el agua boca abajo.

—Una coordinación perfecta —dije.

—Ay, pero te han dado bien.

Niall quiso ver mi herida, pero lo aparté de un empujón porque la fae estaba volviendo en sí. Ordené a Niall con la cabeza que recogiera las dos espadas, y lo hizo. Mientras tanto, le coloqué a la fae un cuchillo en la carótida.

—¿A qué viene esto? —espeté—. ¿Qué pretendéis? ¿Nos forzáis a entrar en guerra atribuyéndonos un ataque de dragones en Londres, y luego queréis evitar que encontremos pruebas de nuestra inocencia? —La fae no contestó, se limitó a conservar su sonrisa bobalicona. Le di una bofetada en toda la cara—. ¡Que hables! —No obtuve respuesta. Le di a la fae una segunda descarga eléctrica. Retrocedió con un gemido. Antes de volver a darle con toda la rabia, Niall me agarró del brazo.

—Sharni —dijo, y sacudió la cabeza.

Respiré hondo y me obligué a calmarme. Estaba hecha un basilisco y me daban ganas de atacar a la fae hasta que diera su último suspiro. Sin embargo, sabía que Niall llevaba razón. No estaba bien. Una cosa era defenderse y matar en un combate, pero ya había terminado.

Miré alrededor. El Jardín de Kioto no tenía tanta mala pinta como a finales de junio, sobre todo porque no se había desatado un incendio, pero el ataque había dejado huella. Las granadas habían abierto agujeros en la hierba, aunque seguro que se podían arreglar con relativa celeridad. Los fragmentos de las explosiones eran harina de otro costal, pero lo principal es que no había ningún indicio de actividad de dragones. En todo caso, las flechas en las plantas no apuntaban a los draconis.

Se oyeron sirenas de fondo, así que, en efecto, alguien había oído algo.

—Larguémonos —dijo Niall.

Recogimos nuestras cosas a toda prisa. Niall corrió al sitio junto a la cascada desde donde me había llamado cuando aparecieron los fae de repente. Luego salimos corriendo, mientras las sirenas cada vez se oían más fuertes.

22

KAILEY

Sonó el despertador y me arrancó de un sueño extraño. Lo apagué y me hundí de nuevo en la almohada. Estupendo, ahora encima soñaba con los dragones. La mente se me fue a la noche anterior, pero no tenía ganas de ocuparme otra vez de eso.

Abrí la manta y agarré el móvil para encenderlo. La cama de Cassandra estaba vacía. Se oía correr el agua en el baño. Cuando entré a hurtadillas en la habitación por la noche estaba a oscuras, y ella ya estaba dormida.

Vi en el móvil que me habían entrado dos mensajes nuevos. Uno era de mi tío. Fue el primero que abrí.

«Hola, Kailey. Perdona que no te felicitara. No era mi intención. ¡Te deseo lo mejor en este nuevo año de vida! La reina también me trasmite sus felicitaciones.

Saludos, Damian».

Me dio un vuelco el corazón. ¿Hasta la reina me felicitaba? Entonces no estaba todo perdido. Seguro que Damian había olvidado mi cumpleaños por los nervios, por la mentira y la discusión. Le di las gracias y le dije que se lo agradeciera también a la reina. Luego abrí el segundo mensaje que había escrito mi hermano esa mañana

de madrugada, también desde el móvil de Damian. Apareció una tarjeta de cumpleaños virtual, y una voz chillona que sonaba a Mickey Mouse puesto de helio, felicitándome a gritos por mi cumpleaños.

Sí, en Fairyland también conocíamos a Mickey Mouse. Por una parte, al prepararnos para nuestras misiones en el mundo humano no pasábamos de largo ante los personajes de Disney, por supuesto. Por otra, por nuestro quinto cumpleaños Damian nos regaló a mi hermano y a mí un Mickey y una Minnie de peluche, que había comprado para nosotros en el mundo humano. A Sloan y a mí nos pareció de lo más fascinante en aquel momento.

La voz de Mickey Mouse gritó en la habitación, y paré el mensaje enseguida. Qué bien que Sloan pensara en mí por mi cumpleaños. No me lo esperaba.

—¿Es tu cumpleaños? —Cassandra estaba en la puerta abierta del baño. Cuando asentí, corrió hacia mí, me levantó y me dio un abrazo, una sensación poco común—. ¡Feliz cumpleaños! ¿Cuántos cumples? ¿Dieciocho? ¿Diecinueve?

—Dieciocho.

—¡Ah! —Cassandra chilló, sonaba un poco como la voz de Mickey Mouse e la tarjeta de cumpleaños—. *Sweet eighteen*. ¿Qué planes tienes para hoy?

Hice un gesto para restarle importancia.

—En realidad, nada especial. —Los fae no solíamos celebrar grandes fiestas de cumpleaños. Además, ¿con quién iba a celebrarlo?

Cassandra no opinaba lo mismo.

—Por fin eres mayor de edad. No puedes obviarlo, tenemos que celebrarlo. No te preocupes, ya se me ocurrirá algo…

Levanté las cejas, pero no protesté. Ya conocía lo suficiente a Cassandra para saber que no iba a cambiar nada. Intentar disuadirla era solo malgastar tiempo y energía.

—¿Vienes a desayunar? —preguntó entonces.

—Dame cinco minutos.

Desaparecí en el baño, pues tras la pelea del día anterior necesitaba una ducha urgente. Habría preferido hacerlo por la noche, pero no quise despertar a Cassandra. Seguro que solo se le habrían ocurrido preguntas inoportunas. Era muy curiosa, una cualidad que no me gustaba y podía traerme problemas si no iba con cuidado. Si husmeaba en mi armario y descubría a Puck... Seguía enfadada con Damian por no haberme conseguido una habitación individual. Aun así, debía admitir que a veces Cassandra era muy útil; sin querer, pero eso daba igual. Lo principal era que me echaba una mano y no me lo estropeaba todo, y ya sospechaba a quién iba a invitar a mi fiesta de cumpleaños espontánea.

Tenía que encontrar un escondite mejor para Puck. Un oscuro armario ropero no era sitio para una libélula reina. Por suerte, además de ser curiosa, era una ingenua. Jamás en la vida se le ocurriría que pudieran existir seres como los fae.

Cuando entramos en el Dining Hall, busqué por instinto a Aiden y Celmar con la mirada, y no era nada fácil. Estaba abarrotado, y el nivel de ruido era atronador. Todo el mundo parecía motivado y de buen humor por empezar el nuevo semestre, pero sabía por Damian que eso pronto cambiaría. Al principio los humanos siempre sentían motivación, pero muchos la perdían rápido. Los fae éramos distintos. Cuando queríamos algo, luchábamos hasta el final para conseguirlo.

Por fin vi a los dos dragones sentados en la misma mesa que la última vez. Cassandra y yo fuimos a buscar algo de comer. Luego ella se dirigió directamente a la mesa de Aiden y Celmar. No se lo impedí, tenía una misión que cumplir.

—Buenos días —saludó Cassandra en tono de júbilo.

Aiden y Celmar se limitaron a asentir, como si hubieran estado toda la noche de fiesta y hubiera bebido demasiado alcohol. Debían de haber salido muy mal parados del combate. No era de extrañar,

los dos habían recibido el impacto de algunas flechas y golpes de espada, aunque no se les veían lesiones ni heridas. Solo vi un rasguño rojizo en la comisura de los labios de la derecha de Aiden, como si se hubiera rascado sin querer. ¿Era autocuración?

—¿Va todo bien? —preguntó Cassandra.

—Ha sido una noche larga —aclaró Celmar con la boca llena.

—Ah, ¿sí? ¿Me he perdido algo? Kailey también volvió tarde.

Crucé la mirada con Aiden y la aguanté un rato hasta que miré a Cassandra. ¿Se había enterado? Pero si estaba dormida cuando me acosté.

—Solo salí un momento de la habitación para hablar por teléfono con mi tío, no quería molestarte. Es una tradición —inventé rápido una excusa.

Se le iluminó la cara.

—Ah, ya entiendo. Es que hoy es el cumpleaños de Kailey.

Si esperaba que Aiden y Celmar mostraran el mismo entusiasmo que ella, se equivocaba. Me felicitaron con un murmullo, pero siguieron en su mundo. Me alegraba de haberlos seguido la noche anterior. Así por lo menos no me extrañaba que se comportaran de una forma tan rara.

No quedó claro si Cassandra no se dio cuenta o no hizo caso, pero siguió haciendo planes tan contenta.

—Pensaba que podíamos ir a un *pub* en Temple Bar. ¿Qué os parece? Solo se cumplen dieciocho una vez. Si Kailey puede beber Guinness oficialmente, tenemos que aprovecharlo. Vosotros también tenéis dieciocho, ¿no?

Al principio Aiden y Celmar la miraron con las cejas levantadas, luego se miraron como si a Cassandra le faltara un tornillo. No pude evitar reír, y enseguida lo disimulé con un ataque de tos.

—Me encantaría ir, pero no tengo tiempo. —Celmar se metió un último trozo de salchicha en la boca, cogió los platos vacíos que se acumulaban en la mesa y se levantó.

—¿Y tú qué dices? —le preguntó Cassandra a Aiden—. ¿También nos vas a dejar colgadas?

—¿Cómo iba a hacerlo? —Consiguió incluso esbozar una leve sonrisa—. ¿A las siete? ¿Las ocho?

—¿Qué tal las siete y media? —contestó Cassandra—. Quedamos en el campanario.

—Ahí estaré. —Aiden recogió también su plato vacío y siguió a Celmar hacia la salida del comedor.

23

AIDEN

—¿De verdad vas a ir a esa pseudofiesta de cumpleaños? —preguntó Celmar.

Aiden se encogió de hombros.

—¿Por qué no? Quiero saber qué se trae entre manos la fae, y para eso tengo que pasar tiempo con ella. Esta noche es una buena ocasión.

Celmar soltó un bufido.

—A mí todo esto me sigue pareciendo sospechoso. Sabe que eres un dragón, y tú sabes que ella es una fae. Sois enemigos por naturaleza. ¿Cómo demonios vas a abordarlo? Jamás te dará información, como tampoco tú a ella. No funcionará, amigo mío. La misión está condenada al fracaso desde el principio.

—Agradéceselo a mi hermana —murmuró Aiden, pero Celmar no se dejó enredar.

—Es una tontería, y lo sabes. Sean cuales sean las circunstancias, es y sigue siendo una idea de bombero.

—Lo que tú digas, pero ella tiene el mismo problema.

De hecho, tal vez la fae estaba incluso en peor situación que él porque la habían enviado en una misión. Aiden no sabía en qué

consistía, pero su deducción era que debía vigilarlo. ¿Por qué si no se le pegaba todo el rato desde su primer encuentro? Aiden reprimió un suspiro. Celmar llevaba razón. Todo aquello estaba condenado al fracaso. Jamás confiaría en la fae. Entonces, ¿cómo iba a conseguir que le diera información? Y encima en Limerick había hecho justo lo que su padre le había ordenado no hacer: revelar a la fae que contaba con el fuego helado. Al rey no le había hecho mucha gracia, aunque comprendía que a Aiden no le había quedado otro remedio para salvar la vida. Aun así... Le empezaba a costar mucho encontrar la motivación suficiente y, para colmo, Celmar no las tenía todas consigo. Pero bueno, Aiden no tenía elección, y por algún sitio y por tanto en algún momento tenía que empezar con Kailey.

Celmar se puso serio.

—¿Has pensado en que anoche Kailey participó en todo el lío?

Aiden asintió. Al principio descartó la idea, pues el combate había tenido lugar cerca de Limerick. Estaba a doscientos kilómetros de Dublín y, aun pudiendo volar, no estaba precisamente a la vuelta de la esquina, y Kailey no volaba. ¿Cómo había llegado hasta allí? A no ser que también tuviera una de esas libélulas monstruosas como los demás fae. Además, recordaba muy bien haberse sentido observado en Malahide. Y luego el comentario de Cassandra de que su compañera de habitación había llegado tarde... Kailey había dado una explicación, pero bien podía ser una mentira. Algunos fae sabían mentir, y ella debía de haber recibido una buena formación, de lo contrario no la habrían enviado con él.

—¿Y? —preguntó Celmar.

—¿Y qué? Puede que sí, o puede que no. No lo sabemos y ahora mismo no tenemos manera de averiguarlo.

—Podrías preguntárselo. Si contesta, ella puede hacerte una pregunta, y al revés.

Aiden reflexionó.

—No es ninguna tontería. Lo tendré en cuenta.

—Era broma. —Celmar levantó los brazos al cielo—. Te pediría que seas prudente, maldita sea, pero me rindo. Nos vemos luego.

—Espera. —Aiden lo retuvo antes de que pudiera largarse—. ¿De verdad no vas a venir al *pub*? ¿Y Cassie? Pensaba que habíais hecho buenas migas.

—Buenas migas. —Celmar se encogió de hombros—. Yo no lo diría así. Es simpática, pero de verdad que no tengo tiempo. El rey me ha hecho un encargo.

Aiden arrugó la frente.

—Ah, ¿sí? ¿Y de qué se trata?

—Los fae nos han autorizado a trasladar a nuestros caídos cerca de la zona fronteriza y llevarlos a casa. Yo me encargo de organizarlo todo porque tu padre quiere a un hombre de confianza. —Celmar se rascó el cuello—. Mira, no puedo estar en dos sitios a la vez, Aiden. De verdad que preferiría que no...

Aiden sacudió la cabeza.

—Ni hablar, ya he dicho que sí. Además, tienes que acostumbrarte a la idea de fiarte de mí y dejarme solo con la fae. Tarde o temprano no tendrás elección.

—Si por mí fuera... Por lo menos ándate con ojo, ¿de acuerdo? —Celmar le dio una palmada en el hombro y desapareció entre la multitud.

Qué sorpresa: por lo visto la fae y él se habían matriculado en las mismas asignaturas. Aiden se preguntó por qué le sorprendía que Kailey apareciera por la tarde en el grupo de teatro. Aparte del profesor, era la última; todos los demás llevaban ya unos minutos esperando en la gran sala, donde olía a tela polvorienta y maquillaje teatral. Aiden estaba sentado en el borde del escenario cuando Kailey cruzó la puerta a toda prisa y fue directa hacia él. Encima eso. No tenía ganas de discutir con ella. Sentía el cansancio como si fuera plomo en los huesos. Aún no se había acostumbrado al nuevo ritmo: estar

despierto de día y dormir por la noche. Se acostaba tarde demasiados días, y encima el combate de la víspera.

—Pero bueno, ¿aquí también? —Se sentó en la silla de tijera al lado de Aiden. Durante las clases aún no había tenido ocasión de hacerlo, y no iba a dejar escapar la oportunidad.

Aiden procuró no fruncir el entrecejo. Hasta entonces ella siempre había sido muy seca. Ese era el comentario más relajado que le había oído. Era evidente que había cambiado de táctica. Celmar tenía razón, tenía que andarse con cuidado.

—Eso parece —murmuró él.

Antes de poder entablar una conversación de verdad, Sheldon Riley entró en la sala a paso ligero, con un montón de libros y carpetas bajo el brazo. Era un chico joven y alto, con una barba castaña y un bigote retorcido que le daban un aire intelectual.

—Soy Sheldon Riley, director de este grupo de teatro. Hola a todos —se presentó.

La mayoría de estudiantes ya lo conocía, pues muchos, como Aiden y Kailey, estaban en su clase de Literatura inglesa. También la chica que en ese momento dijo con voz aflautada:

—Hola, señor Riley. —Tenía pinta de estar a punto de asistir a una fiesta elegante. El cabello ondulado y las uñas pintadas de rojo, la piel bronceada y el maquillaje exagerado ya eran tela. Pero encima llevaba un vestido tan minúsculo que no resultaba para nada adecuado. Sí, Sharni también tenía el armario lleno de vestidos cortos, pero había aprendido que en el mundo de los humanos no se llevaba algo así en el día a día. Hasta Kailey había escogido unos tejanos y una camiseta.

—Hola, Amber —saludó el docente a la rubia—. Veo que estáis algunos de mi clase de literatura, me alegro mucho, claro. Bueno, he pensado que debemos presentarnos brevemente. ¿Quiénes sois, y por qué queréis participar en el grupo de teatro? Como os imaginaréis, la literatura es mi pasión. Me encantan los textos modernos y clásicos, en inglés o en otros idiomas. Mis autores preferidos son

William Shakespeare y Alexandre Dumas. Como yo no poseo un gran talento para la interpretación, pronto descarté hacer carrera como actor y me hice profesor. Hace ya cinco años que dirijo este grupo de teatro. —Miró al grupo—. Bueno, ¿quién quiere empezar? ¿Amber?

Amber se pavoneó como si el señor Riley le hubiera nombrado la mejor de la clase.

—Hola, soy Amber. En realidad, voy a la universidad en Londres, pero estoy haciendo un semestre de intercambio en Dublín. Desde que leí que Collin Farrell era irlandés quise conocer la isla verde, y desde que vi a Vanessa Hudgens en *High School Musical* quiero ser actriz. Me encantan los libros y ya he leído algún que otro clásico, pero mi saga literaria favorita es la de *Crepúsculo*.

Aiden puso cara de desconcierto. *Crepúsculo* no le sonaba de nada. Sharni le había hablado de la saga, pero no le hizo caso. Sin embargo, la reacción de los demás hablaba por sí sola.

El señor Riley carraspeó.

—En cualquier caso, es una historia de mucho éxito. Muy bien, ¿queréis ser los siguientes? —Miró a Aiden y Kailey.

Aiden asintió.

—Me llamo Aiden y soy de Irlanda del Norte. Hasta ahora he recibido clases privadas, así que la universidad es mi última oportunidad para tomar un poco de aire académico. No tengo ambiciones de actor porque mi futuro profesional está claro. Un día seguiré los pasos de mi padre, y por eso disfruto probando cosas y viendo qué me agrada. Me gustan los libros y las historias, y por eso pensé que este grupo de teatro era perfecto para mí.

Cuando terminó, se percató de que Kailey tenía los ojos clavados en él. No pretendía ser tan sincero. Resistió el impulso de agachar la cabeza, y le lanzó una mirada desafiante. Sin apartar la vista, empezó a presentarse también.

—Hola, soy Kailey. Me he criado prácticamente en el campo y quería venir a la gran ciudad, pero en el fondo me pasa como a Aiden.

Mi vida está bastante predeterminada. Otras personas toman decisiones por mí. Es bonito probar algo nuevo, sin instrucciones. —Había bajado la voz, el tono era más reflexivo, como si en ese momento ella misma hubiera comprendido algo. Hizo una pausa y miró de nuevo a Aiden antes de dirigirse al señor Riley—. El poco tiempo libre que tengo me gusta pasarlo con un buen libro en plena naturaleza, y el arte dramático siempre me ha fascinado, por eso creo que este es mi sitio.

Mientras los demás se presentaban, Aiden se preguntó qué parte se había inventado la fae y cuál era cierta en su historia. Había sonado creíble, y sus ojos también trasmitían franqueza, aunque no significaba nada. Aunque Kailey no fuera de las fae que sabían mentir, no demostraba que dijera la verdad. Los fae eran sobre todo los maestros de la manipulación y de encontrar las palabras adecuadas. En todo caso, a Aiden no le parecía tan fuera de lugar que los fae tampoco tuvieran mucho margen a la hora de definir su futuro. Según tenía entendido, vivían solos como los dragones y no como los magos, por ejemplo, entre humanos.

—Bien —dijo el señor Riley cuando terminó la ronda de presentaciones—. Entonces pasamos a la obra que vamos a estudiar este semestre. Os voy a hacer dos propuestas porque me gusta la idea de que podáis escoger. La primera obra es *El sueño de una noche de verano* de Shakespeare. No hace falta que os cuente mucho del contenido. Va de nobles, amantes, elfos y hadas y de todo tipo de líos.

Aiden miró de soslayo a Kailey, mientras el señor Riley resumía el contenido con palabras clave. Ella ni siquiera pestañeó. Sabía controlar sus sentimientos muy bien. Si no supiera que era una fae...

—O escogéis *Los tres mosqueteros* de Dumas —prosiguió el señor Riley—. En este caso también deberíais conocer la trama. En principio va de D'Artagnan, que quiere formar parte de los mosqueteros a toda costa, pero la historia tiene mucho más que ofrecer, entre otras cosas, varias intrigas. *El sueño de una noche de verano*

de Shakespeare respondería a la clásica historia de amor casi cómica con muchos posibles enredos. *Los tres mosqueteros* sería otra cosa. La podríamos escenificar con mucha acción. ¿Qué os parece? —Miró al grupo—. ¿Sueño de una noche de verano o mosqueteros? Vamos a votar, decide la mayoría.

La mayoría de chicas preferían a Shakespeare, mientras que los chicos tendían por unanimidad a los mosqueteros. Kailey no era una excepción, también votó por *El sueño de una noche de verano.*

—Empate —dijo el señor Riley después de contar—. Pero Aiden todavía no ha votado. ¿Qué prefieres, Aiden? Tu voto decide.

Aiden lo pensó un momento. Estaba bastante seguro de que Kailey prefería la historia de acción y solo había elegido la historia de amor porque le podía ser más útil. En *El sueño de una noche de verano* había algunas parejas que formar, y Aiden no podía imaginarse interpretando a una pareja con la fae. Solo de pensarlo... tuvo que reprimir un escalofrío. Sí, tal vez necesitaba información, pero no la quería a cualquier precio. En primer lugar, Kailey tenía una misión, fuera cual fuera, y no quería ponérselo fácil. Pese a que le habría encantado ver a Kailey interpretando a la reina de los elfos, al final dijo:

—Voto por *Los tres mosqueteros.*

A su lado, Kailey soltó un leve gemido.

24
KAILEY

—¿Dónde se ha metido? —Cassandra miró alrededor—. Me daba la impresión de que Aiden iba a ser puntual.

—¿Sí? —No pude reprimir el comentario, y lo subrayé mirando el reloj. Eran las siete y treinta y tres. Cualquiera lo consideraría puntual—. El grupo de teatro ha durado bastante —añadí cuando Cassandra me lanzó una mirada elocuente. Se le daba muy bien.

Yo no había tenido tiempo de cambiarme. Me quité deprisa los pantalones y la camiseta, me puse un vestido de lentejuelas de color verde esmeralda y sombra de ojos siguiendo un truco sencillo que me había enseñado Cassandra, quien poco después me sacó a rastras de la habitación para ir al campanario. Observé un momento con más atención la torre, el conocido símbolo de la universidad en la entrada principal al campus: abajo cuadrada, arriba redonda. Encima de la cúpula se alzaba una linterna y, sobre ella, una cruz. Era una torre bonita, igual que todos los demás edificios de la universidad, aunque, desde el punto de vista de una fae, les faltaba un poco de color. Según les diera la luz, iban del beige al gris.

—¿Crees que de verdad Celmar no tiene tiempo? —Cassandra sonaba pensativa, casi un poco decepcionada.

—Seguro que viene —contesté, pues no creía que el guardaespaldas de verdad fuera a dejar solo a su protegido.

—Bueno, eso espero. Lástima que Sharni y Niall ya no estén aquí. Cuantos más, mejor.

No dije nada. No tenía muchas ganas de celebrar mi cumpleaños con una manada de dragones, pero no podía soltárselo a Cassandra, igual que el motivo por el que Sharni no me caía bien. Cassandra era de ese tipo de personas que parecía entenderse con todo el mundo, y Sharni y ella se habían llevado bien desde el principio.

—¿Qué piensas de Aiden? —continuó.

La miré con la frente arrugada. ¿Era una pregunta trampa? La veía muy capaz de querer emparejarnos a Aiden y a mí. Un escalofrío me recorrió la espalda. No, por favor, ya tenía bastante con pasar tiempo con él.

—¿A qué te refieres? —contesté con hipocresía.

—Bueno, ¿te parece simpático? ¿Te parece bien que le haya invitado?

Reprimí un gesto de negación con la cabeza. La pregunta llegaba un poco tarde.

—Claro, me da buena impresión. —Tampoco en ese momento podía decir la verdad.

—Me gusta oír eso —se oyó de pronto la voz de Aiden por detrás.

Di un respingo, pero no del susto. ¿Cómo se había acercado con tanto sigilo? Por mucho que luciera su aspecto humano, era un maldito dragón que en su auténtica forma seguro que pesaba unos cuantos quintales. Ligero no sería el adjetivo que asociaría a su pueblo. Aun así, casi me sorprendió más que viniera solo: no se veía a Celmar por ninguna parte.

—Por fin. Ya pensábamos que no vendrías.

—Habla por ti —murmuré.

Aiden me miró con cara de sorpresa.

—Yo cumplo mi palabra. Cuando digo algo, lo hago.

—¿Estás insinuando algo? —pregunté a la defensiva. No sabía de dónde salía esa rabia repentina, pero las constantes indirectas me ponían de los nervios—. Yo nunca he roto una promesa. También cumplo mi palabra. —Era cierto.

—Ah, ¿sí?

Nos fulminamos con la mirada, hasta que Cassandra se entrometió, en sentido estricto.

—Eh, pero ¿qué os pasa? Haced el favor de trataros bien. Hoy es el cumpleaños de Kailey. Y ahora venid.

Se adelantó. Atravesamos Parliament Square, salimos del campus por la entrada de Regent House y caminamos en dirección a Temple Bar. Fuimos a pie porque el barrio estaba a solo unos minutos junto al Liffey. Aún no había estado nunca, pero había oído hablar de la zona. El barrio bohemio era famoso, y a mí me fascinó a primera vista. Pese a que por allí deambulaba mucha gente, y era entre semana, la zona trasmitía autenticidad con sus adoquines, callejuelas y numerosos pubs. No solo había vida en los bares, también en la calle. Los fumadores charlaban en grupitos y en cada esquina había músicos callejeros. Cuando presté atención incluso reconocí una canción de Ed Sheeran y el otro cantante, ese... ese... Bah, daba igual. ¿A quién le interesaba?

Cassandra fue directa a un *pub* llamado Temple Bar, como el barrio. El edificio era maravilloso. Ya lo había visto en fotografías documentándome un poco sobre Dublín antes de viajar a la capital. La casa estaba pintada por debajo de un rojo intenso, el letrero con el nombre era dorado y todos los demás elementos, negros. El *pub* tenía muchas ventanas y de la cornisa de la primera planta de ladrillo visto colgaban numerosas plantas.

Cassandra abrió la puerta. Dentro se oía música y retazos de conversaciones a un volumen demencial. Noté en la nariz el aroma ahumado del *whisky*; olía como si hubiera un incendio en algún sitio. Seguimos a Cassandra y nos paramos un momento en la puerta.

El interior del Temple Bar también era impresionante, y estaba hasta la bandera, tanto de personas como de cachivaches. No sabía hacia dónde mirar primero. Sentía los ojos sobrepasados por falta de costumbre a una imagen como esa. Por todas partes colgaban cuadros, en el techo se agitaban numerosos banderines y la barra estaba hasta arriba de todo tipo de botellas y vasos. En el escenario actuaba una banda que tocaba música irlandesa tradicional. Ya me había hecho a la idea de tener que irnos porque no parecía que hubiera ninguna mesa libre cuando Cassandra se acercó a la barra y habló con una chica joven que estaba sirviendo pintas. Resulta que había hecho una reserva, y en cierto modo me alegré. La mujer señaló hacia una mesa en un rincón y volvió a las bebidas. Nos abrimos paso entre la jauría y nos sentamos.

—¿Habíais estado antes aquí? —preguntó Cassandra.

Tenía que hablar alto para que la entendiéramos. No comprendía cómo podía charlar la gente con semejante alboroto. Era ensordecedor, pero el ambiente era genial. Me sentía a gusto, pese al ruido y la cantidad de gente... y la compañía de un dragón. Jamás habría pensado que diría eso.

Los dos respondimos negando con la cabeza a la pregunta de Cassandra.

—Es la primera vez que estoy en Dublín, y hasta ahora no había tenido tiempo de ver más —contestó Aiden.

—Yo igual —dije.

—Tenéis que hacer una ruta turística sin falta. En Dublín hay muchas cosas que ver.

Miré a Aiden, que se encogió de hombros.

—Claro, ¿por qué no?

—Voy a pedir algo de beber. ¿Guinness? —Cassandra ya estaba de pie. Asentimos, y se abrió paso hacia la barra.

Lancé otra mirada a Aiden. Él también me miró, pero no dijo nada ni reaccionó de ninguna otra manera. Me fijé en que el arañazo de la

comisura de los labios había desaparecido del todo. Por lo visto los dragones sí tenían poderes de autocuración.

Me recliné en la silla y procuré sonreír.

—Bueno, pues aquí estamos. —Una vez más, no hubo reacción—. ¿Qué te parece la universidad de momento? —Las charlas superficiales no eran lo mío, pero de alguna manera tenía que forzar al dragón a hablar conmigo. Pensé en las palabras de mi tío. «Eres una guerrera excepcional, puedes llegar muy lejos, y no quiero que eches a perder todo lo que has conseguido con tanto esfuerzo». Si lograba que el dragón confiara en mí, aun sabiendo hacía tiempo quién era yo..., la reina jamás volvería a dudar de mí, y no me libraría de encargos y misiones.

—La universidad está bastante bien. Los profesores son simpáticos, y las asignaturas interesantes —contestó Aiden al fin—. Aunque me preguntaba... ¿Me estás acosando, o es casualidad que de momento tengamos todas las asignaturas en común?

Me mordí la lengua para no meter la pata. Cómo odiaba tantas pullas y tanto andarse con rodeos. ¿Por qué no me decía a la cara lo que pensaba? ¿O quería provocarme? ¿El objetivo de todo aquello era que perdiera el control y me sincerara? ¿Que pusiera las cartas sobre la mesa? Sabíamos la verdad el uno del otro, pero ninguno de los dos lo había dicho en voz alta de momento, y no tenía intención de hacerlo.

—Me hace gracia que lo digas. Yo me preguntaba lo mismo. —Esbocé una sonrisa coqueta.

Aiden se reclinó también en la silla y se cruzó de brazos.

—¿Qué te parece el grupo de teatro? Ya tengo ganas de representar los mosqueteros. Es algo distinto que interpretar siempre los mismos clásicos.

Estaba claro que quería sacarme de mis casillas, pero tendría que esforzarse más, aunque sí que me había molestado que prefiriera los mosqueteros al sueño de verano. Había visto claramente cómo sopesaba bien su decisión. De todos modos, era error mío esperar otra

cosa. Aiden era un dragón calculador, y desde pequeños nos inculcaban: «¡No confíes nunca en un dragón!».

—Sí, seguro que será genial —dije, empalagosa—. Tengo muchas ganas de ver qué papeles nos asigna Riley. ¿Tienes alguna preferencia?

—No estaría mal ser uno de los mosqueteros. —Aiden sonrió de repente, era una imagen poco habitual—. Y a ti seguro que te dan el papel de Milady de Winter.

Levanté las cejas. ¿Aiden conocía *Los tres mosqueteros*? El señor Riley había repartido los textos tras hacer un breve resumen de la trama, pero muy por encima. Teníamos que leerlo para el día siguiente y pensar qué papel nos gustaría interpretar. Aún no había tenido tiempo de estudiar mejor el texto, pero tampoco hacía falta. Por supuesto que conocía el libro. Era cierto que, en el poco tiempo libre del que disponía, disfrutaba leyendo en la naturaleza, y sobre todo me gustaban los clásicos. Incluso podía sacarles más jugo a los mosqueteros que al sueño de verano, pese a ser fan de Shakespeare. Tal vez en este caso fuera por la dudosa representación que hace Shakespeare de los elfos; además, los mosqueteros tenían bastante más que ofrecer. Me gustaban las numerosas intrigas que al final confluían hasta formar un gran todo. Había votado por el sueño de verano porque una obra sobre el amor me ofrecía más posibilidades de acercarme al dragón. Milady de Winter de los mosqueteros era un personaje bastante astuto, y por lo menos tenía una escena amorosa con D'Artagnan.

En ese momento yo tampoco pude reprimir una sonrisa. Aiden quería hacerme enfadar, pero en realidad no me iba nada mal que él interpretara a D'Artagnan y yo a Milady de Winter. Pensé en quién había en el grupo de teatro, pero estaba segura de que no tendría mucha competencia.

—¿Por qué no? —repuse—. Me gustan los papeles con carácter.

Aiden se llevó una sorpresa. Volvió a poner el semblante serio, y se inclinó más hacia mí, con los antebrazos apoyados en la mesa.

—¿Qué es cierto de lo que has contado antes de ti misma?

—Prácticamente todo —respondí sin dudar. El motivo de mi estancia en Dublín no era que quería respirar el ambiente de la gran ciudad. Aiden lo sabía tan bien como yo. La verdad es que nunca lo había visto tan claro: hasta ahora yo nunca había decidido sobre mi vida. Pero no por eso me gustaba menos. Al contrario: estaba justo donde siempre había querido llegar, aunque imaginaba una primera misión más sencilla—. ¿Y tú? ¿Has sido sincero?

Aiden asintió.

—Sí.

Tampoco esperaba otra respuesta, pero me preguntaba hasta qué punto le disgustaba su vida. Había sonado casi como si no le entusiasmara la idea de ser algún día el rey de los draconis. Me sorprendió porque los dragones siempre perseguían poder y más poder, y ¿en qué posición se ostentaba más poder que en el trono? Yo no aspiraba a ser reina de los fae. Prefería combatir en primera línea. Pero tampoco me negaría si alguien me ofreciera la corona algún día. Al fin y al cabo, como dirigente una puede hacer lo que quiera, y en el caso de los fae, la corona funciona de manera distinta a, por ejemplo, la de los dragones. El sucesor al trono no se decide por nacimiento, hay que demostrar la valía y merecer el puesto.

Cassandra volvió con tres pintas de Guinness en brazos. Las dejó en la mesa, y de todos los vasos se derramó un poco de cerveza. Luego se dejó caer con un suspiro en la silla a mi lado.

—Ahora viene la comida.

—Muy bien, me muero de hambre —dijo Aiden.

Pensé en su hermana, que tenía un buen saque. Estaba segura de que los dragones necesitaban mucho alimento para tener energía suficiente. Solo de pensar en la cantidad de platos vacíos que habían quedado en la mesa del desayuno esa mañana en el comedor... Sí, Aiden y Celmar habían pasado una noche dura, habían luchado contra unos cuantos fae para luego volar varios centenares de kilómetros

de regreso, pero seguro que hoy Aiden no se había transformado. ¿Cuándo iba a hacerlo? Habíamos pasado casi todo el día juntos. Eso confirmaba que, incluso en su forma humana, los dragones consumían una enorme cantidad de calorías.

—¿Cómo está Sharni? ¿Ha llegado bien a Londres? —Me interesaba qué hacía la princesa de los dragones en la capital inglesa. Damian había dicho que no era de mi incumbencia, pero yo seguía teniendo la sensación de que debería tener una visión de conjunto de la situación.

—Sí, os manda saludos.

—Qué maja. —Cassandra sonrió—. Es fantástica, me cae bien. ¿Vendrá de visita de nuevo cuando vuelva? Puede volver a dormir con nosotras.

Aiden me dedicó una mirada divertida, pero no dije nada pese a no tener muchas ganas de pasar otra noche con una dragona al lado.

—Eres muy amable, se lo diré. Seguro que le gusta la idea, porque también le caéis bien.

«Sí, sí, seguro».

—Genial, entonces haremos una fiesta de pijamas. Será divertido. —Cassandra me dio un golpe en el costado.

—¡Yupi!

25
AIDEN

—¿Qué es esto? —preguntó Kailey, antes de que pudiera hacerlo Aiden.

La camarera acababa de dejar la comida. Además de tener una pinta rara, el olor era extraño; por no hablar de que nadie se saciaría con una ración tan pequeña.

—Son ostras. —El tono de Cassandra oscilaba entre la disculpa y la decepción—. La especialidad de la casa. He pensado que por el cumpleaños de Kailey tenía que ser algo especial. ¿No os gusta el marisco?

—No —contestaron Kailey y Aiden casi al mismo tiempo. Aiden nunca había probado las ostras, pero solo con el aspecto y el olor se convenció de que no eran de su gusto.

—Bueno, pues más para mí —dijo Cassandra, y cogió una mitad del molusco.

—Lo siento, soy vegetariana. —Kailey sonó sincera, como si de verdad le diera lástima.

—¿Eres vegetariana? —Aiden se sorprendió. Pese a que la noche de la *pizza* había sacado el salami, no le llamó la atención. Los fae tenían un vínculo con la naturaleza, en ese sentido no era de extrañar

que no comieran animales, pero también era un pueblo guerrero. Y para Aiden lo bélico siempre iba por delante de lo natural.

—Sí —contestó Kailey tras vacilar un momento. Saltaba a la vista que le molestaba haber dado esa información tan a la ligera.

Aiden la observó un momento. El vestido de lentejuelas color esmeralda le sentaba bien, pero le daba un aire algo cursi. En su muñeca izquierda se bamboleaba una pulsera de cuero marrón. Kailey no llevaba nunca joyas, pero esa pulsera no se la quitaba nunca. Así que Aiden dedujo que le servía para ocultar su verdadera identidad. ¿Acaso temía que llegaran más dragones a Dublín?

Aiden se levantó de la silla.

—Voy a pedir un sándwich. ¿Quieres uno? ¿Con queso o algo así?

Kailey dudó de nuevo mientras se preguntaba si Aiden quería envenenarla, pero luego asintió.

—Sí, eres muy amable.

—Sí, lo soy. —¿Por qué no? ¿Iba negarse a pedirle algo de comer solo por ser una fae? Sería absurdo.

Se metió entre la multitud para hacer el pedido, pero no volvió enseguida a la mesa. Kailey y Cassandra estaban charlando y seguro que se las arreglarían un rato sin él, así que se abrió paso hasta la calle. Tampoco es que allí hubiera calma, porque el anochecer había atraído aún a más gente al barrio, pero por lo menos había menos ruido que en el interior del *pub*.

Aiden respiró hondo el aire fresco y se alejó unos pasos de la entrada del *pub*. Luego sacó el móvil para llamar a su hermana. Ella le había escrito un mensaje diciendo que había llegado bien a Londres, pero aun así quería preguntarle cómo estaba. Tardó un rato en atender la llamada.

—Estaba a punto de colgar. ¿Dónde estás? El ruido de fondo en el caso de Sharni era casi tan fuerte como en el *pub* del que había huido.

—En un *pub*. Estamos comiendo *fish and chips*. Está muy rico, te lo recomiendo de verdad.

—¿Quieres que llame después? —le preguntó Aiden.

—Qué tontería. Ya me he comido una ración, y aún tardará en llegar la segunda. ¿Tú todo bien?

—Sí. También estamos en un *pub*, celebrando el cumpleaños de Kailey.

—¿El cumpleaños de Kailey? —A Aiden le pareció que su hermana fruncía el entrecejo—. ¿Cómo has acabado ahí?

—Buena pregunta. Cassandra lo ha organizado todo y me ha invitado. He pensado que sería una buena ocasión para acercarme a Kailey.

—¿Acercarte? —Sharni soltó una risita, y acto seguido Aiden se lamentó.

—Ya sabes a lo que me refiero. Si la rehúyo, será difícil enterarme de qué pretende.

—Y ahora te aburres —aseguró Sharni.

—Para nada. Estoy esperando la comida. Solo quería saber un momento cómo estabas. —Aiden se apoyó en la pared de un edificio enfrente del *pub*, en diagonal, sin perder de vista la entrada por si salía Kailey o Cassandra a buscarlo. La puerta no paraba de abrirse, pero de momento no parecía que nadie lo echara de menos.

—Bueno, pues felicita a Kailey de mi parte y de Niall.

Aiden hizo caso omiso de su comentario y le preguntó:

—¿Ya habéis conseguido algo?

Sharni sonó seria cuando contestó:

—Depende de cómo se mire. Niall y yo hemos estado esta mañana en Holland Park para echar un vistazo. Adivina lo que ha pasado.

Aiden tuvo un mal presentimiento.

—No me digas que os habéis encontrado a algún fae.

—Exacto, incluso nos estaban esperando y se abalanzaron sobre nosotros. A saber cómo se enteraron de que Niall y yo estábamos en Londres. Tal vez estaban vigilando el parque desde que ese maldito emisario de la reina de los fae se nos presentó en Connemara y nos puso entre la espada y la pared. También cabe la posibilidad de que

Kailey haya revelado algo. Ya te digo yo que esos malditos fae tienen muy buen oído, así que ándate con mucho cuidado con lo que sueltas cerca de ella.

—Podrías haberte aplicado el cuento tú misma.

—Muy gracioso, hermanito.

—¿Cómo puede haberse enterado Kailey de vuestra misión? No le hablaste de Londres, ¿no?

—Claro que no, no soy tonta, aunque a veces lo creas.

—Bueno, le dijiste a Kailey que yo conocía su verdadera identidad, así que no me parece tan descabellado.

Sharni soltó un gemido.

—Dios mío, no pararás nunca de insistir en eso, ¿verdad? Lo siento, ¿me oyes? Además, para que lo sepas: hice a Cassandra unas cuentas preguntas sobre Londres y el Holland Park. La fae debió de enterarse de alguna manera y se lo explicó a los suyos.

Aiden soltó un sonoro suspiro.

—¿Sirvió de algo, por lo menos?

—No del todo. Cassandra había leído en la prensa sobre las actividades de dragones en Holland Park, pero no supo decirme más. O no quiso.

Aiden arrugó la frente.

—¿A qué te refieres? ¿Te da la sensación de que sabe algo más?

—En realidad no, pero es que no sé qué pensar de ella. Es muy simpática, pero ¿cómo puede ser tan ingenua? ¿Las chicas humanas siempre son así?

—Ni idea, no conozco a muchas —comentó Aiden—. ¿Entonces estás bien?

—Claro, solo han sido unos cuantos rasguños. Lástima que los fae no tuvieran tanta suerte.

—Me gustaría poder decir lo mismo —murmuró Aiden.

—¿Qué quieres decir? —Su hermana trasmitía una seriedad poco común.

—¿Papá no te ha contado nada? —Aiden se aseguró de que no hubiera nadie escuchando antes de contárselo a Sharni—. Anoche Celmar y yo estuvimos cerca de Limerick para que papá supiera que todo iba bien por allí. Había destinado soldados a la zona para vigilar la frontera con el territorio de los fae, pero de pronto perdió el contacto con ellos, y papá se temió lo peor.

—¿Y? —preguntó Sharni.

—Tenía razón: los soldados han huido. Seguro que a estas alturas ya habrán vuelto algunos al parque nacional de Connemara, pero el resto... Celmar está ahora mismo de camino a la zona fronteriza para trasladar a los caídos. Ayer no pudimos hacer nada. Nos atacaron unos cuantos fae.

—¿Perdona? ¡Malditos fae!

—Y que lo digas. Tuvimos suerte de salir casi ilesos de allí. Faltó muy poco; nos tenían atrapados.

—¡Cómo odio al pueblo de los elfos! —masculló Sharni—. He cambiado de opinión, no felicites a Kailey de mi parte.

Pese a la gravedad de la situación, Aiden no pudo evitar sonreír. Se planteó un momento si decirle a su hermana que probablemente Kailey había participado en el combate de la víspera, pero como de momento tampoco tenía pruebas incontestables, lo dejó pasar. Además, ¿qué cambiaría? Kailey era solo problema suyo.

—Por cierto, por lo visto le causaste una buena impresión a Cassandra. Te ha invitado a volver a dormir en su habitación cuando vuelvas de Londres.

Sharni soltó un bufido.

—Si antes puedo ahogar a Kailey en el Liffey, encantada. Puedes decírselo así a las dos.

—Vale, eso seguro que no lo voy a hacer. —Aiden se pasó el teléfono a la otra mano. Probablemente hacía ya un rato que habían servido los sándwiches y le rugía el estómago, pero no tenía prisa por volver a entrar—. ¿Y ahora qué? —dijo—. ¿Entonces

no sacasteis más que unos cuantos rasguños de vuestra visita a Holland Park?

—Yo no lo diría así —contestó Sharni con la boca llena. Ya le habían servido la segunda ración de *fish and chips*—. El Jardín de Kioto de Holland Park, donde se supone que vieron a los dragones hace dos meses, estaba como nuevo. De hecho, los fae tardaron tanto en venir a vernos a propósito. El que nos estuvieran acechando confirma esa teoría. Querían evitar que encontráramos pruebas. ¿Por qué si no iban a atacarnos?

«Son fae, no necesitan motivos para ser mezquinos y traicioneros». Sin embargo, Aiden se tragó el comentario. Había aprendido a conservar la objetividad, como cabe esperar de un futuro rey. Así que, en cambio, dijo:

—Eso desmentirá a los fae.

—Lo sé. Por suerte, Niall ha encontrado un sitio donde la tierra tenía una luz rara. Hemos podido extraer una muestra y se la hemos enviado a papá por correo exprés. Ahora toca esperar, porque no hemos podido averiguar nada más de momento. Mañana queremos preguntar en la redacción del periódico si nos dan el nombre de la persona que vio a los dragones. Fue un borracho, así que tampoco me hago muchas ilusiones.

—No suena nada mal —dijo Aiden. Por lo menos su hermana avanzaba, no como él, que parecía estar clavado en el sitio. Entonces se le ocurrió una idea espontánea. ¿Por qué no? Con un poco de suerte podía funcionar.

—¿Y ahora vuelves a celebrar el cumpleaños? —En la voz de Sharni había un matiz burlón.

—Sí, y se me ha ocurrido una idea para hacer que Kailey hable.

—¿Qué idea?

—Alcohol, hermanita. Alcohol.

Aiden colgó y guardó el móvil mientras volvía a entrar en el *pub* y se dirigía a la mesa. Lo envolvieron el aire viciado y la música fuerte,

pero ya no le resultaba molesto ni enervante. ¿Cómo no se le había ocurrido antes? Bajo los efectos del alcohol, la gente se volvía agresiva, divertida, sentimental, o parlanchina. Aiden no sabía cómo reaccionaban los fae ni cuánto alcohol aguantaban, pero valía la pena intentarlo. Y la fiesta de cumpleaños de Kailey en el *pub* era la ocasión perfecta para probarlo. ¿Qué tenía que perder? En el peor de los casos, el alcohol no le haría efecto. No corría peligro de que lo tumbara bebiendo porque los dragones aguantaban bastante gracias a su rápido metabolismo.

Cuando Aiden pasó por la barra, se fijó en que en el *pub* había una gran variedad de *whiskys*; de hecho, el Temple Bar incluso destilaba su propia marca. Perfecto. Aiden pidió tres *whiskys* de quince años del *pub* y se llevó los vasos en forma de tulipán a la mesa. Kailey prácticamente ya se había comido el sándwich, que hacía tiempo que había llegado, como esperaba. Lo miró con escepticismo cuando les dejó a Cassandra y a ella un vaso a cada una.

—*¿Whisky?*

—*Whisky.* Es algo muy especial, destilado expresamente con motivo del 175.º aniversario del Temple Bar. Por tu cumpleaños, solo lo mejor. —Aiden se acomodó en su silla y levantó el vaso con una sonrisa.

—Qué majo. —Cassandra olió el *whisky* antes de brindar con Aiden.

Al final Kailey también se unió. Los tres bebieron un trago.

Aiden cogió su sándwich de ternera irlandesa.

—¿Qué? ¿Exageraba con mi promesa? —preguntó, aunque en realidad no tenía ni idea de *whisky*. No sabía si el caso de Kailey era distinto, pues, como de costumbre, no dejaba ver sus cartas.

—No está mal. —Fue lo único que dijo.

—No está nada mal —coincidió Cassandra—. El *whisky* no suele ser lo mío porque no soporto el sabor ahumado, pero este sabe bien. Como a cítricos.

Aiden le dio un mordisco al sándwich con una media sonrisa.

—No se tarda tanto en elegir un *whisky*, ¿no?

De nuevo eludió una pregunta haciendo otra, pero eso ya se lo sabía él. Se había criado con una hermana que no siempre era fácil de tratar.

—¿Has visto la selección de la barra?

—Sí. —Kailey se metió en la boca el último trozo de sándwich y se reclinó en la silla—. ¿Entre cuáles dudabas? Yo, personalmente, me habría decantado por el *whisky* de doce años de la casa. Es casi igual de añejo que el de quince, pero cuesta una mínima parte.

«Así que los fae entienden de *whisky*. ¿Quién iba a decirlo?». En ese caso, Aiden no estaba seguro de si su plan iba a funcionar. Por lo menos era un buen punto de partida para entablar conversación.

—Como he dicho antes, para tu cumpleaños solo lo mejor, pero me dejo convencer con gusto de que el de doce años también vale. ¿Qué te parece? Mi regalo de cumpleaños es invitarte a una degustación de los mejores *whiskys* del *pub*. No he podido comprar otro regalo con las prisas. Además, no conozco tus gustos. —Le guiñó el ojo y le aguantó la mirada penetrante. No era una incauta, seguramente hacía rato que había adivinado cuál era mi plan. Aun así, asintió.

—Muy bien, me apunto.

Perfecto. Ahora solo tenía que vigilar que ella no volviera las tornas, pues por lo que la conocía, tenía sus propios planes.

—¿Tú qué dices, Cassie?

Cassandra torció el gesto.

—Como he dicho, el *whisky* no es lo mío, pero no diré que no a un cóctel.

—Una degustación de *whisky* y un cóctel, marchando. ¿Alguna preferencia?

—Que sea dulce —contestó Cassandra.

—Apuntado. —Aiden le dio otro mordisco a su sándwich y se levantó para ir a pedir y buscar algo más de comer. Antes de empezar una especie de concurso de beber, necesitaba llenar el estómago con algo más que un miserable sándwich.

—¿Cuál es vuestro color preferido? —preguntó Cassandra—. El mío es el amarillo.

—El verde en todas sus variantes —contestó Kailey—. Mi preferido es el verde de un suave prado.

—El rosa —fue la respuesta de Aiden, y las chicas se rieron—. ¿Por qué no? Entonces el azul. El azul marino, si queréis saber la respuesta exacta.

Aiden bebió un trago de *whisky*. Se estaba divirtiendo de verdad. ¿Quién lo iba a decir? De momento no había averiguado nada, pero el plan estaba más o menos encauzado. Kailey estaba más relajada de lo normal, hablaba más y no se lo tomaba todo al pie de la letra. Si esa noche tenía la oportunidad de pasar unos minutos con ella a solas, tal vez le sacaba alguna información útil.

—¿Y vuestra música preferida? —siguió preguntando Cassandra—. Sin duda los Jonas Brothers. Me encantaban ya de pequeña y me alegro mucho de que se hayan vuelto a juntar.

—A mí me gusta la música irlandesa como la que están tocando en el *pub*.

—A mí también —le dio la razón Aiden a Kailey. En gran parte se debía a que apenas conocía otras tendencias musicales. No tenía ni idea de lo que escuchaban los humanos. Los dragones eran más bien tradicionales en ese sentido.

—¿Y vuestro libro preferido? A mí me encanta *Harry Potter* y la saga *Crespúsculo*. No me obliguéis a escoger. —Cassandra se rio.

—*¿Crespúsculo?* —repitió Aiden, pues era la segunda vez que oía hablar de la serie de libros ese mismo día. Por lo visto era un imprescindible. *Harry Potter* incluso le sonaba de algo porque a Sharni

también le gustaban los libros. Quizá debería haber prestado más atención cuando le hablaba de *Crepúsculo.*

Cassandra abrió los ojos de par en par.

—¿No conoces la saga *Crepúsculo*? Hasta los chicos se han enterado con tanto bombo, quisieran o no. La serie fue todo un éxito hace unos años. Incluso hicieron una película con Robert Pattinson. —Empezaron a brillarle los ojos—. Va de vampiros, luego se suman hombres lobo. Una chica normal se enamora perdidamente de un vampiro. Hay una historia triangular, muy de drama adolescente y, por supuesto, un final feliz. Ay, la historia es tan bonita...

—De verdad, ¿cómo puede ser que no conozcas la saga *Crepúsculo*? —Kailey escondió la sonrisa tras el vaso de *whisky.*

—¿Eres del equipo Edward o del equipo Jacob? —quiso saber Cassandra.

Kailey vaciló un momento.

—Eh... Jacob, sin duda.

Aiden sacudió la cabeza, sonriente. Estaba bastante seguro de que, igual que él, Kailey no tenía ni idea de los libros ni de la trama, pero Cassandra no parecía darse cuenta de nada.

—Buena elección. Yo estoy totalmente a favor de Edward, aunque Jacob tiene un cuerpo espectacular. Debo admitirlo sin envidias. Pero bueno, es un lobo, y por tanto de sangre caliente. —Le dio un golpe en el costado a Kailey.

Aiden y Kailey intercambiaron una mirada, mientras Cassandra apenas lograba dominar la risa. El último cóctel había sido demasiado. Aiden deseó que la reacción de Kailey al alcohol fuera por lo menos un poco parecida a la de Cassandra.

—¿No queréis ir a dar una vuelta? —preguntó Kailey—. Seguro que el aire fresco nos sienta bien.

Aiden asintió y empujó la silla hacia atrás.

—Primero voy a buscar un vaso de agua para Cassie.

—Gracias. —Kailey sonó sincera.

—Espera —gritó Cassandra, pese a que Aiden acababa de levantarse—. ¿Cuál es vuestro libro preferido? Estoy muy intrigada.

—*Los tres mosqueteros* —contestaron Kailey y Aiden casi a la vez.

Él meneó la cabeza, divertido, y se fue a la barra. Aun así, oyó que Cassandra decía:

—Ay, tenéis muchas cosas en común. Qué monos.

26
AIDEN

Caminaron sin rumbo por el barrio, al final acabaron en el Liffey y cruzaron el río por el Ha'Penny Bridge. Se pararon unos minutos en el célebre puente, que estaba bastante concurrido pese a las horas que eran. La gente se paraba alrededor y se hacía muchas fotos. Aiden debía admitir que el reflejo de las luces en el río era precioso. Le gustaba el silencio del parque nacional de Connemara, la naturaleza casi virgen, pero poco a poco empezaba a verle la gracia a la capital irlandesa.

A Kailey le ocurría algo parecido. Estaba junto a la barandilla del puente hinchado y miraba con asombro alrededor, como si nunca hubiera visto algo semejante. Puede que incluso fuera cierto.

Pese a que ya llevaban un rato andando, Cassandra seguía hablando de la saga *Crepúsculo*. A esas alturas Aiden y Kailey casi habían descubierto la trama completa de las cuatro novelas. En ese momento parloteaba de los vampiros, que la fascinaban.

—¿No sería genial enamorarse de un vampiro? Es tan romántico.

—Total —no pudo evitar decir Aiden, mientras seguían andando y exploraban Dublín al otro lado del Liffey. Acabaron en una calle comercial, flanqueada por numerosas tiendas—. Tener un novio que

deba contenerse todo el rato para que no te conviertas en su siguiente comida me parece de lo más romántico.

—Ay, qué dices. —Cassandra le dio un golpe en el costado—. Estás muy equivocado. Y vivieron felices y comieron perdices. ¿Tiene que ser un final feliz si necesariamente uno debe morir? ¿Al final incluso los dos? Enamorarse de un vampiro y convertirse en vampira por él, eso es el amor eterno.

—¿Es necesario que sea un vampiro? —preguntó Aiden—. Los hombres lobo me caen mucho más simpáticos. Además, los vampiros son seres fríos. En las noches gélidas de invierno nos gusta acurrucarnos en unos brazos cálidos, ¿no?

—Bueno, yo tampoco cojo frío tan rápido —comentó Kailey.

—Además, los arrumacos están sobrevalorados —añadió Cassandra—. Al fin y al cabo, hay otras maneras de calentarse. —Cassandra y Kailey se rieron; Aiden, en cambio, sacudió la cabeza.

—Pues a mí la idea de un vampiro no me parece ni romántica ni sexy.

—¿De verdad? ¿Qué seres de fábula prefieres entonces? —inquirió Cassandra.

—Ni idea. ¿Qué te parecen los dragones, por ejemplo? —De acuerdo, sin duda el alcohol estaba hablando por él, de lo contrario jamás habría dicho eso.

Kailey levantó las cejas.

—Sí, claro, los dragones son conocidos por su pasión.

—¿Por qué no? Los dragones escupen fuego. En ese sentido me los imagino muy apasionados —dijo Cassandra.

Aiden desafió a Kailey con una mirada de «¿Ves?», pero la fae no se dejó convencer tan fácilmente.

—Pero los dragones también están sedientos de poder. Tienen fama de ser brutales y de solo tener en cuenta su beneficio. Ahí es fácil imaginar cómo será todo. A quien le guste... Yo prefiero los vampiros fríos.

Aiden notó que la ira se apoderaba de él.

—¿Sedientos de poder y brutales? ¿Quién se comporta aquí de forma más cruel?

Aiden y Kailey se pusieron agresivos hasta que Cassandra intervino por segunda vez esa noche. Por suerte, gracias al alcohol no se enteraba de dónde radicaba el problema.

—Eh, no os peléis. Ha sido una noche divertida hasta ahora.

No le faltaba razón. Había sido una noche sorprendentemente entretenida, pero Aiden odiaba que lo encasillaran y odiaba los prejuicios. Kailey ni siquiera se esforzaba en conocerlo mejor.

—Deberíamos volver, es tarde —dijo Aiden. Hasta entonces ni había pensado en la hora ni en que al día siguiente tenía que estar pronto en clase, pero ya no tenía ganas de pasar otra noche en vela por una fae caprichosa.

—Eh, viejo cascarrabias —le dijo Cassandra, aunque no tuviera ni idea de qué quería decir—. Ahora no te hagas el enano ofendido, ¿eh? ¿A quién le importa la hora? ¿Por qué no vamos a bailar o algo así?

—Id vosotras a bailar, no os cortéis por mí —dijo Aiden.

—¿Vas a dejar solas a dos chicas monas en la oscuridad de la gran ciudad? —preguntó Cassandra—. ¿Entonces quién nos protegerá?

—Creo que podéis cuidar muy bien de vosotras mismas, ¿no? —Aiden sonrió a Cassandra y luego miró a conciencia a Kailey.

Kailey se mordió el labio.

—Cassie tiene razón. Puede que no del todo en lo de ir a bailar, y menos en lo de protegernos, pero sí. No deberíamos discutir.

—Pues no digas cosas que no son verdad. Yo no digo que seas pérfida, intrigante y egoísta.

—Ahora sí.

¿Eran imaginaciones suyas, o Kailey sonaba herida de verdad?

Cassandra soltó un gemido.

—Ya estáis otra vez. Ahora daos un beso o, por mí, la mano y sigamos. Tengo hambre. Me gustaría comer algo más antes de volver al

campus. Allí hasta el desayuno solo hay barritas de chocolate. No me malinterpretéis. Me encanta el chocolate, pero yo tengo que cuidar un poco la línea. No como otras...

—A mí tampoco me importaría comer algo —dijo Aiden en tono conciliador. Lo hizo sobre todo por Cassandra. Además, era cierto, tenía hambre.

—Entonces volvemos hacia Temple Bar, ¿no? —propuso Kailey—. Seguro que ahí conseguimos algo para llevar.

—Pues vamos —anunció Cassandra, que por suerte no insistió en el beso de la paz.

Dieron media vuelta y recorrieron la calle comercial con las tiendas bien iluminadas de nuevo hacia Ha'Penny Bridge, pero no llegaron muy lejos. De un oscuro callejón salió de pronto un grupo que los superaba claramente en número: diez chicos. Aiden supo enseguida que buscaban bronca y, en efecto, les cortaron el paso a los tres a propósito. Uno de ellos, que parecía el cabecilla, sonrió con arrogancia y observó a las chicas como si quisiera desnudarlas con la mirada. Llevaba el pelo oscuro peinado hacia atrás, un chaleco tejano y vaqueros con agujeros.

Dio un paso adelante, de manera que se separó del grupo, que le quedó en la espalda.

—Pero bueno, mira quién viene por aquí. ¿Dos chicas tan guapas en la calle a estas horas? Deberíais vigilar por dónde vais de noche.

—Puede que no te hayas fijado, pero las chicas no están solas, y ahora dejadnos pasar —repuso Aiden con calma.

El cabecilla no se dignó ni a mirarlo, como si Aiden no supusiera ni el más mínimo peligro para él.

—No hablaba contigo. Lárgate antes de que te convierta en comida para peces. ¿O es que quieres mirar? —Miró a sus amigos, que soltaron una carcajada sucia.

Aiden sintió un arrebato de rabia. Cassandra se había acercado a él, la empujó hacia atrás y se colocó frente al chico. Cerró los puños para evitar abalanzarse a la primera de cambio.

—No me gusta repetirme, pero con vosotros voy a hacer una excepción porque parece que sois un poco duros de mollera. Largaos antes de que os arrepintáis.

El del pelo moreno se rio de nuevo.

—¿En serio? ¿Vas a hacerte el gran héroe para impresionar a las chicas? Tú mismo, si crees que quieren verte con la nariz rota.

Aiden notó un cosquilleo bajo la piel. El dragón que habitaba en su interior quería salir sin falta, ni siquiera para aplastarlos, algo que como dragón le resultaría fácil, sino para darles un buen susto. Emanaban un repugnante olor a cerveza y licor, así que en el mejor de los casos, luego considerarían la transformación de Aiden una pesadilla colectiva. Sin embargo, no era una opción, y no solo por Cassandra, que estaba totalmente aterrada.

Por suerte, en su forma humana Aiden tampoco tenía de qué preocuparse, podía enfrentarse a esos idiotas sin problema. Antes de poder dar un golpe, Kailey se puso a su lado. Se miraron un momento.

—¿Cinco tú, cinco yo? —preguntó Kailey.

—Encantado, a no ser que no quieras mancharte las manos.

—Sí, claro, ¿por qué te ibas a divertir tú solo? —Kailey sonrió, y le apareció un hoyuelo en la mejilla izquierda en el que Aiden no se había fijado nunca.

—Pero ¿qué mierda...? —soltó el cabecilla, pues Aiden ya le había dado un puñetazo en la cara.

El chico retrocedió dando tumbos, y acto seguido los demás se abalanzaron sobre Aiden. Por lo visto no consideraban a Kailey una amenaza. Aiden esquivaba puños agachándose y eludía patadas, mientras repartía golpes y puntapiés. No tuvo tiempo de pensar en si la fae cumpliría su promesa, como había asegurado en el campanario, y tampoco hacía falta. En efecto, Kailey corrió a ayudarlo. Agarró a dos chicos que intentaban pegar a Aiden, cada uno con una mano, y los apartó con tanta fuerza que perdieron el equilibrio y se cayeron. Luego pasó a otros dos.

Aiden sabía que Kailey luchaba bien, no dejaba de ser una fae, pero aun así no esperaba que fuera tan fuerte.

—¡Madre mía! —oyó gritar a Cassandra por detrás.

Achacó el comentario al miedo o la sorpresa cuando se dio cuenta de que los tres atacantes sacaban navajas de los bolsillos de los pantalones. ¡Mierda! En su formación le dijeron que a los humanos, y sobre todo los jóvenes violentos, les gustaba utilizar armas en las peleas; armas de tiro y sobre todo navajas o algo parecido. Aun así, lo cogió desprevenido porque no esperaba que varios tipos lo atacaran a la vez con testigos delante. En su forma de dragón, una navaja sencilla no podía más que clavarse a medias en la capa de escamas para herirle. Como humano, tenía que andarse con cuidado.

Se dio la vuelta con destreza y esquivó el primer navajazo. La segunda hoja casi le alcanza, pero puedo esquivarla, al igual que los siguientes embates. Antes de que los tres chicos pudieran atacarlo de nuevo, Aiden se dejó caer al suelo. Tomó impulso con una pierna y los derribó por los pies. Estaba a punto de ponerse de pie de un salto cuando otro chico sacó una navaja. Aiden rodó a un lado justo a tiempo, cuando el agresor número cinco se abalanzó sobre él con una navaja. Estaba perdido. Ya no le quedaban más opciones de esquivarlo, y entonces apareció Kailey por detrás del muchacho. La fae le dio una patada en la espalda, este se tambaleó hacia delante y aterrizó a medias sobre Aiden. La navaja cayó al suelo con un ruido, y Kailey la apartó con el pie.

—Gracias. —Aiden se puso en pie de nuevo con rapidez.

—De nada, eres de los míos.

Se colocó un mechón rubio sobre el hombro en un gesto coqueto, se dio la vuelta y le dio una patada al siguiente tipo, que salió volando hacia atrás sin que ella perdiera ni un ápice el equilibrio. Aiden la miró un momento, luego se dedicó de nuevo a sus contrincantes. Odiaba atacar a alguien que ya estaba en el suelo, pero esta vez hizo una excepción. Esos chicos eran escoria, no merecían nada mejor.

Repartió unos cuantos puñetazos bien dados y despachó a los que querían incorporarse para devolverlos enseguida al asfalto. Los atacantes fueron perdiendo fuelle hasta que al final dejaron de oponer resistencia y se rindieron.

Kailey se acercó a Aiden y levantó la mano. Él se la chocó sin pensar. Fue una sensación rara y al mismo tiempo agradable, en cierto modo.

—No está mal —comentó Kailey.

—Nada mal. —A Aiden se le dibujó una media sonrisa en las comisuras de los labios, luego se volvió hacia el cabecilla de la banda, que se había rendido el primero—. La próxima vez no saldréis tan bien parados, acordaos. Y ahora, largo de aquí.

Cassandra corrió haciendo eslalon entre los cuerpos de los chicos del suelo para llegar a Kailey y Aiden.

—¡Ha sido espectacular! ¿Dónde habéis aprendido eso?

27
SHARNI

Niall tuvo que desplegar todos sus encantos para sonsacarle a la periodista del *Official Post* el nombre del testigo borracho que decía haber visto a los dragones en Londres o, mejor dicho, en Holland Park. Después de coquetear con ella, incluso nos reveló dónde era más probable que lo encontráramos porque, además de estar ebrio, era un vagabundo. El lugar estaba cerca de Holland Park, en la estación de metro Notting Hill Gate. Allí le gustaba instalarse a Timothy Stern y sacar a los lugareños y turistas dinero para alcohol y comida.

Niall y yo llevábamos desde la mañana deambulando cerca de la parada de metro, vigilando a los vagabundos que encajaban con la descripción de la periodista: no muy alto, flaco, con una gabardina ajada de color verde oscuro, el pelo entre rubio y moreno, sin afeitar, pero sin barba. Además, siempre llevaba encima una bolsa de Marks & Spencer, que también había vivido tiempos mejores.

Ya por la tarde, seguía sin haber rastro de Timothy Stern. Nos habíamos cruzado con un montón de personas sin techo, muchos con gabardina o bolsa, pero ninguno encajaba con todos los detalles.

Me desesperé cuando me fijé en un mendigo equipado con gabardina y bolsa, pero que no era nuestro testigo. Ni la gabardina era de color verde oscuro, ni la bolsa de Marks & Spencer.

—Esto no sirve de nada. Con todo lo que podríamos hacer de mientras... —Me habría encantado ir a ver por fin algunos sitios turísticos de Londres: el Big Ben, la Torre o la Abadía de Westminster y, desde luego, el Palacio de Buckingham, pues me moría de curiosidad por ver cómo vivía una familia real en el mundo de los humanos. Podríamos haber ido de compras o a comer algo. Cualquier cosa antes que deambular por ahí durante horas y contemplar vagabundos.

—¿Tienes hambre? —preguntó Niall.

Mi estómago rugió como si respondiera a una señal, pese a que hacía como mínimo dos horas que rugía.

—¿Tú qué crees?

Niall asintió.

—Yo también comería algo. Vamos a buscar algo rápido.

Solté un bufido.

—Sí, claro, para que justo en ese momento nos perdamos a nuestro testigo y mañana tengamos que pasarnos todo el día dando vueltas por aquí. No, gracias.

Niall reprimió una sonrisa. No sabía por qué siempre le hacía tanta gracia que me pusiera de un humor de perros cuando tenía hambre.

—No seas tan pesimista, Sharni. Aquí hay restaurantes y puestos callejeros por todas partes, y tampoco irá mal echar un vistazo por ahí. La periodista no dijo que Timothy Stern se pasara todo el día aquí quieto en la parada. Ya sabes, algunas personas tienen prisa por no perder el metro, mientras que la gente que quiere ir a comprar algo de comer...

—De acuerdo, me has convencido —le interrumpí—. Pero yo me quedo esperando en la puerta. No tengo ganas de que se nos escape nuestro testigo.

—Suena bien el plan.

Solo tuvimos que andar unos pasos hasta un restaurante de comida rápida, donde Niall compró hamburguesas, patatas fritas y refresco de cola mientras yo, como había prometido, vigilaba fuera en la calle.

Engullí la hamburguesa en un pispás, luego saqué las patatas fritas de la bolsa de papel marrón y me las metí una detrás de otra en la boca, mientras caminábamos por Notting Hill Gate hasta llegar a la avenida de Holland Park, donde se veían menos tiendas y restaurantes en la calle. Iba a proponer a Niall dar la vuelta cuando de una tienda de revistas americanas salió un hombre que encajaba con la descripción. El color del pelo era indefinido, la gabardina verde oscura y llevaba una bolsa de Marks & Spencer. Sujetaba una botella de cerveza en la mano y quiso pasar por nuestro lado en dirección a Notting Hill Gate. Me interpuse en su camino.

—¿Timothy Stern?

—Ese soy yo. ¿Quién pregunta?

No podía creer que lo hubiéramos encontrado por fin. Me entraron ganas de lanzarme a su cuello, aunque solo de pensarlo me estremecí. Tenía pinta de no haberse duchado hacía días, y así olía también. Además, apestaba a cerveza. Estupendo, esperaba que recordara la noche de dos meses antes.

—Hola, soy Sharni, y este es Niall. ¿Tiene un momento? Nos gustaría preguntarle algo.

—Ah, ¿sí? —Arrugó la frente, era un gesto de plena concentración dirigida a mis patatas fritas.

—¿Quiere? —le pregunté, mientras reprimía un suspiro.

Se le iluminó la cara, y casi me arrancó la caja de la mano.

—Y tanto. ¿De qué se trata, entonces?

—De los dragones que vio hace dos meses en Holland Park —retomó el hilo Niall.

—Muy fuerte ¿verdad?

—¿Podría explicarnos qué pasó aquella noche?

—¿Son de la prensa? —les devolvió la pregunta el vagabundo mientras comía—. Mirad, yo no hablo con periodistas, y mucho menos gratis.

Me mordí el labio. ¿No le bastaba con comerse mis patatas?

—No somos periodistas. Somos dragones que...

Niall soltó una carcajada.

—Quiere decir que somos aficionados a los dragones y estamos investigando para un trabajo de la universidad. Sería genial que nos contara lo que vio esa noche. Le compensaremos, por supuesto.

—Bueno, en ese caso... —Timothy se metió otra patata en la boca y siguió con la boca llena—. Fue una noche de junio, si no recuerdo mal. Era bastante tarde. En todo caso ya había oscurecido. Acababa de encontrar un sitio para dormir cuando oí los gritos. Sonaban inhumanos, horripilantes. Pensé en acudir a la policía, pero ¿quién iba a creer a un vagabundo borracho?

—¿Qué hizo entonces? —inquirió Niall.

—Intenté dormir. Pensé que el grito era producto de mi imaginación.

—Pero no era así, ¿verdad? —insistí.

Timothy asintió.

—De repente apareció un dragón en Holland Park. Salió de la nada y se paró en medio del parque. Desapareció de mi vista, pero a intervalos irregulares lo volví a ver en el aire. Hasta que al final resonó en la noche un último chillido desgarrador, y luego se impuso la calma.

Niall y yo intercambiamos una mirada.

—¿El dragón escupía fuego? —preguntó Niall.

—Vaya que si escupía fuego: ¡no paraba! —Timothy aplastó la caja ya vacía y me la devolvió. Luego se enjuagó con cerveza—. La luz de las llamas era abrasadora, muy amarilla.

Reprimí el impulso de tirar al suelo la caja de patatas fritas.

—¿Amarilla?

Timothy asintió de nuevo.

—¿Y luego?

—Después todo quedó en calma, hasta que llegaron corriendo los bomberos. El humo se alzaba sobre el parque, así que alguien debió de llamar. En esta zona vive bastante gente. Es un barrio caro, ya te digo. Seguramente estaban cagados por si el fuego llegaba a las casas. Sí, es la ventaja de no tener un techo.

—¿Tiene idea de por qué escupía fuego el dragón? —volvió Niall al tema.

Timothy se encogió de hombros.

—No tuve ocasión de preguntar. —Soltó una risita—. Pero ahora que lo pienso, parecía que estuviera buscando algo o a alguien y luchando contra eso.

De acuerdo, ahora sí que estaba del todo confusa. ¿Era un autónomo buscando pelea con los fae? De todos modos, podría ser que los fae lo tuvieran todo planeado para ponernos justo en esa situación. A los malditos fae les encantaba provocar. Pero ¿por qué en Londres? ¿Por qué no en Dublín? Además, no tenía sentido que un autónomo siguiera a un fae hasta Inglaterra.

—¿Cómo era el dragón? —seguí preguntando. No esperaba reconocerlo a partir de la descripción, pues aunque durante los últimos siglos habíamos reducido bastante el número, seguíamos siendo suficientes para que fuera imposible recordar a todos nuestros congéneres. Aun así, nunca se sabía.

—Pues como un dragón: grande, con una cola larga. Era realmente enorme, os lo digo.

¿En qué momento habíamos pasado a tutearnos? Con todo, me irritaba mucho más lo vago de la descripción.

—¿Podría ser un poco más concreto? ¿Color, pinchos, cuernos? ¿Las alas eran lisas o no?

El vagabundo me miró como si saliera de otro planeta.

—Eh... Bueno, tenía unas escamas brillantes, pero no sabría decirle el color con exactitud. Era entre el azul y el verde. Estaba oscuro, y la mayoría del tiempo solo lo oía, no lo veía. Tenía púas en la cola.

Miré a Niall. Como cabía esperar, no nos aportaba nada.

—Bueno, se me ocurre otra cosa. —Timothy soltó otra risita—. Seguro que a la periodista también le habría interesado. Creo que tenía dos cabezas.

Desvié con rapidez la mirada de nuevo hacia Timothy.

—¿Dos cabezas? ¿Seguro?

—Al cien por cien, no veía doble. Yo nunca veo doble. Bueno, de vez en cuando, cuando bebo aguardiente de trigo, pero no era el caso ese día.

—Dos cabezas —repetí en tono triunfal, y miré de nuevo a Niall, que también parecía satisfecho. Sin duda no era ni un draconi ni un autónomo. Los dragones jamás teníamos dos cabezas. Me quité un peso de encima, con eso salíamos del apuro. No sabía con exactitud qué había sucedido esa noche de junio, pero ahora tenía la absoluta certeza de que no podía ser un dragón de verdad—. En caso de duda, ¿estaría dispuesto a hacer una declaración formal? —me volví de nuevo hacia Timothy.

—¿Declarar? ¿Por qué tendría que declarar?

Buena pregunta, hacía tiempo que había preparado una respuesta.

—Seré sincera. No somos estudiantes, somos del seguro y estamos intentando averiguar quién debe hacerse cargo de los daños en Holland Park.

—Ah, entiendo. ¿Y qué tengo que hacer exactamente? ¿Hay pasta de por medio?

—Por supuesto —contestó Niall. Sacó un billete de veinte libras del bolsillo del pantalón y se lo dio al indigente—. Esto es por sus esfuerzos. Vendremos a verle para la declaración. ¿Lo encontraremos mañana o pasado mañana aquí?

—Claro, como muy tarde al mediodía siempre estoy aquí. ¡Hasta luego! —Dobló el billete, se lo guardó en el bolsillo de la gabardina y desapareció calle abajo.

—El de Holland Park no era uno de los nuestros —le dije a Niall cuando nuestro testigo no podía oírnos.

—Lo sé. —Niall lucía una sonrisa de oreja a oreja, parecía igual de aliviado que yo.

—¿Y ahora qué?

—Ahora te voy a comprar otras patatas fritas y un helado para celebrarlo, y vas a llamar a tu padre. Él también se llevará una alegría.

28
KAILEY

Los fae estábamos acostumbrados a levantarnos pronto y dormir poco. Aun así, durante las últimas noches había dormido bastante menos de lo habitual, y eso hacía mella. Estaba cansada y tenía ojeras que, gracias a los trucos de maquillaje de Cassandra, aún se podían disimular.

Me había ganado de sobra que me explicara sus trucos. Se había pasado casi toda la noche roncando por el alcohol en sangre, y por tanto había contribuido a que no pudiera pegar ojo. No me importaba el canto de los grillos o el murmullo del mar, pero no estaba acostumbrada a los ronquidos porque Sloan y Damian no roncaban. En Fairyland tenía habitación propia, pero la casa era pequeña. Me habría enterado si mi hermano o mi tío hicieran ruidos por la noche.

Al amanecer desistí de intentar dormir un poco más y me levanté para ponerme con el guion, es decir, con el papel de Milady de Winter. Esperaba poder recitarlo; si el señor Riley no lo tenía previsto, lo convencería para hacerlo.

Procuré que no se me notara el cansancio al entrar por la tarde en la gran sala dominada por un intenso olor a maquillaje teatral y telones polvorientos. Aiden ya había llegado, y estaba de un humor

excelente. Llevaba todo el día muy contento, más de lo habitual, pero hasta yo debía admitir que había sido una noche agradable, y eso que no me lo esperaba. Se me dibujó una media sonrisa en el rostro. ¿Quién me iba a decir que celebraría mis dieciocho con un dragón? Si me lo hubieran dicho unos días antes, me habría reído. Ni siquiera el altercado imprevisto con los gamberros fastidió el ambiente, al contrario. Cómo habíamos peleado Aiden y yo... Me sentó bien, y no me lo esperaba. ¿Qué significaba eso para el futuro? Solo porque formáramos un buen equipo no éramos amigos, ni mucho menos, y seguro que Aiden opinaba lo mismo, aunque ahora me saludara con la mano. Solo había una explicación plausible para su conducta: o estaba siguiendo un plan y ya se veía en la recta final, o había pasado algo.

Fui directa hacia Aiden y me senté a su lado en el escenario.

—¿Cómo es que hoy lo ves todo de color de rosa?

—¿Por ti? —Me sonrió.

—Sí, claro. Por mí. —Solté un bufido. Tampoco podía esperar una respuesta sensata, ni mucho menos sincera.

—He hablado por teléfono con mi hermana, y tenía buenas noticias. Nada más —repuso Aiden.

Lo miré sorprendida. No había dado detalles, tampoco los esperaba, pero sí una respuesta útil.

—Me alegro por ti —dije, pues me daba la sensación de que tenía que contestar algo.

—Ah, ¿sí?

No pude evitar reírme.

—Ni idea, si te soy sincera. Si me contaras de qué va exactamente...

—Buen intento, Kailey. —Me guiñó el ojo.

Hoy era imposible sacar a Aiden de sus casillas. Sharni debía de haber descubierto en Londres algo maravilloso que sin duda afectaba también a mi pueblo. Tenía que contárselo sin falta a Damian, puede que él le encontrara un sentido.

Me detuve en mi razonamiento cuando asomó la mala conciencia. Aiden no me lo había contado para que yo fuera corriendo a explicárselo a mi tío. La cuestión era: ¿qué otra cosa podía hacer? Le debía lealtad única y exclusivamente a los fae, no a los dragones. Mi misión era espiar a Aiden, y solo porque nos lo hubiéramos pasado bien la noche interior no significaba que hubiera cambiado algo.

El señor Riley entró en la sala con paso acelerado como el día anterior.

—Bueno, vamos allá —dijo, y dejó caer en el suelo la cartera con un ruido sordo—. Tenemos mucho que hacer, me gustaría repartir hoy los papeles.

—A mí me gustaría interpretar a Constance —exclamó enseguida la rubia que había hecho el ridículo el día anterior delante de todos.

El señor Riley asintió.

—Bien. ¿Has pensado en una escena para hacer una pequeña representación?

Ella ya hojeaba la obra.

—Claro. ¿Empiezo ya, señor Ripley?

—Cuando quieras. Kailey, Aiden, ¿podéis bajar del escenario, por favor, para que Amber pueda recitar? Y luego me gustaría que todos pensarais mientras tanto y escogierais una escena para vuestro papel preferido. Luego repartiré los papeles.

—¿Cuál de los tres mosqueteros vas a interpretar? —le pregunté a Aiden, mientras cogíamos las bolsas y nos acercábamos a la ventana para montar ahí nuestro campamento.

—Ya lo verás —contestó él. Esta vez no me contó nada más.

—¿Qué pasa? ¿Te has enterado de alguna novedad?

Mi tío fue directo al grano sin preguntarme cómo estaba. Además de ser un rasgo de su personalidad, era típico de los fae. Nuestro servicio era lo primordial, la misión, no nosotros como personas. Siempre había sido así. No estaba acostumbrada a otra

cosa. Cuando Damian me preguntó cómo estaba en nuestra última conversación por teléfono, hasta me descolocó. Sin embargo, sin saber por qué de pronto me molestaba esa actitud productiva. Pensé en no contarle las novedades a mi tío por despecho, qué tontería. «Ni lo pienses, Kailey».

Miré un momento por encima del hombro para asegurarme de que Aiden no estaba a la vista ni podía oírme. Paseé la mirada por los preciosos edificios antiguos de piedra clara, las vastas superficies de césped y la multitud de estudiantes con libros bajo el brazo o carteras al hombro. Los dos dragones no estaban.

Unos minutos antes, Aiden y yo estábamos en el grupo de teatro y nos habían asignado nuestros papeles. Como era de esperar, yo iba a interpretar a Milady de Winter y Aiden, a D'Artagnan. Solo de pensarlo se me levantaba el ánimo; Aiden, en cambio, no estaba tan contento. Quería el papel de uno de los mosqueteros, pero en ningún caso el de D'Artagnan. Como conocía la obra, sabía igual que yo que nuestros personajes compartían una escena amorosa. Athos era el favorito de Aiden, pero se habría conformado igual con Porthos o Aramis. Al final, el señor Riley le había dado el papel de D'Artagnan porque el dragón, contra todo pronóstico, había hecho la mejor actuación con diferencia. O tal vez porque era muy bueno en esgrima. Todos los chicos que querían interpretar a un mosquetero habían tenido que demostrar su habilidad con la espada.

—¿Kailey? —perseveró Damian.

—Sigo aquí, perdona. Me he distraído un momento.

—¿Va todo bien?

Me dio un vuelco el corazón, y las comisuras de los labios dibujaron una sonrisa al oír que me preguntaba cómo estaba. Significaba mucho para mí que a mi tío no solo le interesaran mis avances, sino también yo como fae. El mundo humano, la misión, el trato con los dragones..., todo era nuevo para mí, y sentaba bien tener a alguien de confianza.

—Claro, todo bien. El dragón celebró conmigo ayer mi cumpleaños, y nos han asignado los papeles para la obra de teatro de Navidad, así que tenemos que interactuar sí o sí.

—Pero ya sabes que en invierno habrás vuelto a casa, ¿no? —comentó Damian—. Puede que haya otra misión, pero en ningún caso seguirás en la universidad en Dublín.

—Sí, claro. No lo he olvidado —repuse con la voz tomada. Lo cierto era que se le había pasado por un instante. Nunca habían concretado el tiempo que duraría la misión, pero era cuestión de días, como mucho semanas, no meses. Ahora me daba pena el señor Riley. Era simpático y se tomaba muy en serio su función de director del grupo de teatro.

—¿Kailey? —insistió Damian. No parecía convencido.

—Ya te he dicho que lo sé. Solo quería contarte mis avances. —Me paré al lado del roble y miré de nuevo alrededor. No había ni rastro de Aiden o Celmar, como antes—. El dragón me ha contado algo. Hoy ha hablado por teléfono con su hermana en Londres, que por lo visto tenía buenas noticias.

—¿Sabes de qué se trata?

—No, no he podido enterarme.

—Bueno, no pasa nada. Genial, Kailey, un trabajo excelente. Seguro que eso nos ayuda a avanzar bastante.

Sentí orgullo, pero al mismo tiempo estaba desconcertada. Cualquier información podía ser importante, pero me preguntaba en qué sentido lo era esa. Tampoco había averiguado mucho. Allí estaba pasando algo, mientras yo me movía a ciegas. No me gustaba. Me mordí la lengua para no volver a pedir detalles a Damian. De todos modos, no me iba a dar una respuesta, y al final solo conseguía que se enfadara conmigo. Yo quería evitarlo a toda costa, ahora que por fin había hecho algo bien.

—¿Tienes más encargos para mí? —le pregunté en cambio.

—De momento no, mantente en tu puesto. La reina estará muy contenta con tu trabajo, seguro. —Tras una breve pausa, añadió—:

Me alegro de que hayas reconducido la situación. Si te soy sincero, me preocupaba un poco que no estuvieras a la altura de la misión.

—Sí lo estoy, tío Damian. Puedes confiar en mí.

—Lástima que no tenga que ver con la confianza, sino con los resultados.

Ya, los resultados eran lo primordial en Fairyland.

—¿Cómo está Sloan? —le pregunté.

—Tu hermano está bien, le va estupendamente.

—¿Y lo demás?

—¿Puede ser que sientas añoranza? —Oí la media sonrisa en el tono de Damian.

—Tonterías, no echo de menos nada. Solo quiero asegurarme de que todo vaya bien en Fairyland. Aquí, en el mundo humano, no me entero de nada.

—Esa es la gracia del asunto, Kailey. Y sí, todo va bien. ¿Hay algo más que te inquiete?

—No, todo marcha bien. Llámame si la reina tiene otra misión para mí. —Colgué antes de que lo hiciera Damian.

29
AIDEN

Sonó el móvil cuando Aiden estaba a punto de entrar en el aula. Por tanto, dio media vuelta, se abrió paso entre unos cuantos estudiantes que llegaban tras él y se colocó en un lateral, junto a una ventana, antes de atender la llamada. Al otro lado de la línea contestó su padre.

—Buenos días, papá. ¿Pasa algo?

—Me alegro de que te preocupes, pero no solo te llamo cuando hay problemas. ¿Te has enterado de la buena noticia?

—Sí. Sharni me lo contó ayer mismo, noticias frescas.

—Muy bien, entonces puedo ir directo al grano. El emisario de los fae ha anunciado su visita en breve, llegará en cualquier momento. Entre tanto hemos podido examinar las muestras de tierra que tu hermana y Niall nos enviaron desde Londres.

—Espera un momento.

Aiden volvió a recorrer el pasillo por el que acababa de llegar. Ya podía olvidarse de las clases del día, pero no importaba. Tampoco estaba allí para sacarse un título que de todos modos no le serviría de nada como futuro rey de los draconis. El motivo por el que se alejó del aula era Kailey. Era una fae, y era bien sabido que los fae

tenían buen oído. No podía enterarse bajo ningún concepto de lo que estaba hablando con su padre. De momento no la había visto, pero seguro que estaba por ahí cerca o aparecería en cualquier momento. La asignatura también figuraba en su plan de estudios.

Iba a contracorriente, pues los demás alumnos tenían prisa. Solo les quedaba un minuto para llegar puntuales, por eso no avanzaba al ritmo que quería.

—¿Qué pasa? —le preguntó su padre.

—Nada, solo que no quiero testigos de nuestra conversación.

—Entiendo. Será mejor que vayas a tu habitación.

—Estoy en ello —contestó Aiden, cuando estuvo a punto de chocar con el señor Riley, que también caminaba deprisa por el pasillo.

—Vaya. —El docente pudo evitar por los pelos que se le cayeran al suelo los libros que llevaba bajo el brazo—. Aiden, me alegro de verte. Pero ¿no vas en dirección contraria? Estás en mi asignatura.

—Una emergencia familiar, lo siento. Voy a por mis cosas.

Aiden siguió andando.

—¿Nos vemos luego en el ensayo? —le gritó el señor Riley por detrás.

—Creo que sí —le respondió Aiden a voces, y continuó presuroso.

Aún no podía creer que el señor Riley le hubiera asignado justo el papel de D'Artagnan. Pero bueno, superaría una pequeña escena amorosa con la fae. Mientras no tuvieran que fingir ser pareja de verdad...

—Parece que te has adaptado bien —comentó su padre al otro lado de la línea.

—Si quieres decirlo así. —«Adaptarse» no era la palabra que utilizaría él.

Aiden abrió la puerta de un empujón y salió del campus. Lo recibió el aire fresco, y en el cielo se agolpaban las nubes. Seguro que más tarde llovería. Escudriñó rápido el entorno, pero no vio a la fae por ningún sitio. De hecho, el campus estaba bastante vacío. Las primeras

clases ya habían comenzado, y los estudiantes que no empezaban sus asignaturas hasta más tarde no habían salido con ese tiempo nada veraniego.

—De acuerdo —le dijo Aiden a su padre—, puedes hablar.

—Como he dicho, hemos examinado las muestras de tierra. A Niall no le falló el instinto: la tierra estaba impregnada de sodio.

—¿Sodio? —Aiden arrugó la frente—. ¿Qué significa eso?

—Todavía no puedo decírtelo con exactitud —contestó su padre—. Pero el sodio explica las llamas de color amarillo que expulsaba el dragón según el testigo.

—Eso es bueno. Otra prueba de que quien hizo de las suyas en Londres no fue un dragón de verdad.

—Correcto. Esperemos que el emisario de los fae opine lo mismo y nos deje en paz para que el tema desaparezca de una vez de la mesa. Ahora ya ni siquiera me gusta que Sharni y tú no estéis cerca. Me daba miedo que corrierais un peligro innecesario.

Aiden sacudió la cabeza, aunque su padre no pudiera verlo.

—Qué tontería. Sharni sabe cuidar de sí misma, como yo. Además, tiene a Niall. Y en cuanto a la fae: me las apaño con ella.

Su padre no dijo nada, y en cambio preguntó:

—¿Ya estás en tu habitación?

—Ya no queda mucho. —Aiden aceleró el paso.

—Bien. Me gustaría conectar contigo y tu hermana por videoconferencia, a poder ser antes de que llegue el emisario de los fae. A decir verdad, no sé qué quiere de nosotros, pues de momento no hemos hablado a los fae de las pruebas. Lo retomaremos ahora, claro. Seguro que Damian Ainsley tiene unas cuantas preguntas que solo pueden contestar Sharni y Niall, y me gustaría tenerte conmigo en calidad de sucesor al trono.

Aiden tragó saliva. Desde que había cumplido los dieciocho, su padre lo incluía a menudo en asuntos oficiales para introducirlo y presentarlo. Últimamente ya no se trataba solo de aprender la conducta

correcta como rey, sino de qué pasaría si los fae no retiraran su amenaza y llegaran a la guerra, en la que su padre podía morir. Solo por eso Aiden tenía que saber muy bien lo que se había hablado con los fae y qué pactos se habían alcanzado.

Abrió la puerta de la residencia con tanto ímpetu que chocó contra la pared. Subió los peldaños de la escalera de dos en dos y corrió por el pasillo hasta llegar a la puerta de su habitación.

—Bueno, ya estoy —dijo un poco sin aliento cuando por fin estuvo protegido por sus cuatro paredes.

Celmar estaba tumbado en la cama, con las manos cruzadas en la nuca y los auriculares en los oídos. La música estaba tan alta que hasta Aiden oía cada tono. Celmar no se dio cuenta de que ya no estaba solo hasta que lanzó su mochila al rincón y abrió la puerta de su armario para sacar la capa color burdeos y ponérsela. Celmar se sentó y se quitó los auriculares de los oídos.

—¡Tío, qué susto! ¿Hace falta?

Aiden no contestó, se dirigió al escritorio y se dejó caer en la silla para abrir el portátil.

—¿No estás solo? —preguntó su padre.

—Celmar está aquí. ¿Quieres que se vaya?

—Sí, por favor, pero no tiene nada que ver con él. Confío en él. Si no, no te lo habría asignado como guardaespaldas. Pero esto son asuntos de gobierno.

—Claro, lo entenderá.

—¿Qué entenderé? —De nuevo Celmar no obtuvo respuesta.

—Bien, entonces ahora nos vemos. Recibirás un enlace por correo electrónico para que puedas participar en la reunión.

—Entendido. —Aiden puso fin a la llamada y dejó el móvil a un lado, al tiempo que abría el programa de correo en el portátil.

—¿Qué pasa? —inquirió Celmar.

El mensaje de correo electrónico aún no había llegado, así que Aiden se volvió hacia su amigo y guardaespaldas.

—Era mi padre. El emisario de los fae ha anunciado su visita. Tengo que estar presente en la conversación.

—Ah, entiendo. Otra vez los fae. ¿Qué se les ha ocurrido esta vez para fastidiar a nuestro pueblo?

—Mi padre no lo sabe, todo ha sido muy precipitado. Pero tarde o temprano saldrán en la conversación las pruebas que mi hermana y Niall han encontrado y nos exculpan. Mi padre espera zanjar el tema hoy de una vez por todas.

—Sí, claro, y yo peso menos que un ratón en mi forma de dragón. —Celmar se levantó de la cama con un bufido y se puso la chaqueta, que esta vez estaba en su sitio, colgada de un gancho de la puerta.

—¿Crees que los fae encontrarán contrargumentos para considerar nulas las pruebas de Sharni? —Mientras formulaba la pregunta, Aiden ya sabía la respuesta. Se vino abajo. Por supuesto, eran los fae. Eran mezquinos y pérfidos, su palabra no era de fiar. Si querían guerra, encontrarían la manera de provocarla.

—Tú mismo —dijo Celmar, y abrió la puerta—. Entonces te dejo solo.

—Lo siento... —empezó a decir Aiden.

Sin embargo, Celmar meneó la cabeza.

—No digas tonterías, lo entiendo.

—¿De verdad? Sabes que no es nada personal, ¿no? Mi padre confía en ti. Yo confío en ti.

—Sí, lo sé. No pasa nada, Aiden. Mi única función es protegerte y velar por tu seguridad. Los asuntos de gobierno no me incumben y, si te soy sincero, tampoco me interesan. O digamos que no lo suficiente para querer estar presente. Luego si quieres puedes explicarme los puntos más importantes; si insistes, claro.

Aiden sacudió la cabeza con una sonrisa.

—Queda claro.

—Bien, entonces voy a buscar un café. Esa cosa no sabe tan mal aquí. Hasta luego.

Aiden volvió a abrir el portátil y actualizó de nuevo su correo electrónico. Ya había llegado la invitación a la reunión. Mientras hacía clic en el enlace, en su fuero interno deseó que Celmar se equivocara y sus prejuicios hacia los fae no fueran más que eso: prejuicios. Los elfos tenían que creerles. Los dragones no tenían nada que ver con el incidente en Londres, y ahora incluso podían demostrarlo. A los fae tampoco les resultaría fácil aportar argumentos en contra, sobre todo, porque no habían tenido tiempo para preparar la conversación. Era una ventaja, y los dragones tenían que aprovecharla.

30
AIDEN

Aiden dio un respingo cuando vio a su padre en el portátil. Tenía las mejillas chupadas, y estaba tan pálido que parecía que se fuera a desmayar de un momento a otro.

—¿Te encuentras bien, papá? —preguntó Sharni antes de que lo hiciera él. En la pantalla de Aiden aparecía en una ventana en la parte superior derecha en una esquina.

—Claro que me encuentro bien. —El rey contestó con una sonrisa—. Estoy un poco pálido, ¿verdad? Será la preocupación, además de la falta de aire fresco. Últimamente apenas he ido a dar una vuelta volando. Pero espero que eso cambie hoy.

Aiden no hizo ningún comentario ni siguió insistiendo. Se preguntaba si el estado de su padre de verdad solo se podía achacar al agotamiento, pero no quería abordar el tema en grupo, donde todos lo oían. Aiden solo veía un pequeño fragmento de la sala del trono, no sabía quién más había junto a su padre. Después de todo lo que había pasado no creía que estuviera ninguno de los consejeros, pero a saber. A fin de cuentas, seguía siendo un secreto que Callahan fuera un traidor.

Aiden reprimió una palabrota. Callahan, por supuesto. ¿Por qué no lo había pensado antes? Lo más probable es que ese malnacido

hubiera informado a los fae sobre las pruebas. Así perdían su ventaja, y los fae lo tenían en su bando. Aunque ¿podría ser que su padre no se lo hubiera contado a Callahan? Eran cosas de las que tarde o temprano se enterarían los fae. La cuestión era solo cuándo y cómo. Seguro que su padre no sacrificaría esa ventaja a la ligera.

Aiden se estaba planteando cómo hablar de ello con su padre sin ser demasiado claro cuando la voz de un vigilante anunció de fondo:

—Su Majestad, el emisario de los fae, Damian Ainsley, le ruega audiencia.

—Hacedle pasar —contestó el rey, que también llevaba el traje real y las insignias.

Aiden se sorprendió al ver que hasta Sharni se había puesto la capa de color verde esmeralda. Era para ocasiones oficiales como esa, pero no esperaba que su hermana se hubiera llevado la capa a Londres.

Se oyeron unos pasos pesados de fondo, y al poco se vio a Damian Ainsley que se paraba frente al trono y amagaba una reverencia. Como la última vez, llevaba botas y una chaqueta de piel de tonos marrones.

—Rey Roarke. Muchas gracias por recibirme de nuevo.

El rey, que se había puesto en pie para saludar como correspondía al emisario de los fae, se hundió de nuevo en el trono.

—¿Qué os trae hoy por el parque nacional de Connemara?

Damian Ainsley fue directo al grano.

—Es por las pruebas que se supone que exculpan a su pueblo. Ya sabe, sobre la actividad de dragones en verano en Londres.

Aiden soltó un sonoro suspiro. Así que era cierto, los fae ya estaban al corriente de los hallazgos de Sharni y Niall. La cuestión era quién estaba detrás: el rey no pudo disimular su sorpresa, por tanto, él no se lo había contado a sus consejeros. ¿Callahan lo había escuchado a escondidas? ¿Había otro infiltrado, como intuía su padre?

—¿Puedo preguntar cómo lo habéis sabido? —Pese a todo, el tono del rey era comedido.

Damian se hizo también el sorprendido.

—¿Es que no debería saberlo? He dado por hecho que mandó buscar las pruebas para volver a hablar de nuestro pacto.

Aiden pensó que era una forma hábil de eludir la pregunta, como solo sabían hacer los fae... y Kailey.

—Por supuesto. ¿Estáis al corriente? —preguntó el rey.

—Creo que sí, pero la reina tiene algunas preguntas al respeto.

El rey lo invitó a continuar con un gesto.

—Empecemos por el metal alcalino encontrado en el parque, y las dos cabezas que se supone que tenía el dragón. ¿De qué manera demuestran esos detalles que el ataque de dragones de Londres no fue obra de vuestros draconis o de un dragón autónomo?

Aiden cerró los puños en un intento de controlar la gestualidad. Celmar llevaba razón, debería haberlo sabido. Solo por haber pasado una noche bastante agradable con Kailey y apalear a esos chicos cerca de Temple Bar en equipo, bien compenetrados, no significaba que los fae fueran de fiar.

El padre de Aiden mantuvo la calma, como de costumbre.

—Seguro que sabéis que el sodio tiñe de amarillo una llama. El testigo que mi hija y su acompañante han encontrado ha declarado que el dragón de Holland Park escupía llamas amarillas. Pero el fuego de los draconis no es amarillo, y nunca tenemos dos cabezas.

Como la última vez, Damian sacó su aparato negro que parecía un mando a distancia. Apretó un botón, y a su lado apareció una imagen en el aire. Se veía a Niall dando un billete de veinte libras a un hombre no muy alto con una gabardina de color verde oscuro.

—¿Os referís a este testigo? —El tono de Damian era cordial.

—¿Qué insinúa ahora? —preguntó Sharni, irritada.

Aiden supuso que habían colocado un lienzo en la sala del trono donde se trasmitía su imagen y la de Sharni. En todo caso, Damian giró la cabeza con una sonrisa a un lado, de manera que Aiden le vio toda la cara y no solo el perfil.

Se estremeció. El emisario de los fae tenía el pelo rubio, los ojos verdes y un hoyuelo en la mejilla izquierda, además de ser bastante corpulento y estar en forma. Aiden pensó automáticamente en Kailey: pelo rubio, ojos verdes, el hoyuelo de la mejilla izquierda que le había llamado la atención cuando lucharon juntos. El parecido entre los dos era imposible de obviar. Solo había visto a Damian una vez, pero cuando conoció a Kailey debería haber reconocido el parentesco.

Notó un sabor amargo en la boca, y cerró de nuevo los puños. Kailey. El día antes le había contado, ingenuo, que su hermana le había dado una buena noticia. Lo más probable era que hubiera corrido a contárselo a Damian, que encima seguramente era su padre. Y él había aprovechado la ocasión, por supuesto, para seguir indagando. Aunque de un modo u otro los fae tenían que estar observando a su hermana y a Niall, de algún sitio habían sacado las imágenes del interrogatorio al testigo. Aun así, no debería haber cometido la estupidez de contarle algo a Kailey.

Damian no hizo caso del reproche de Sharni.

—¿Por qué le habéis dado dinero al testigo?

—¿Porque si no, no habría hablado con nosotros? —repuso Sharni, impertinente.

—Pero también se podría deducir que lo habéis sobornado.

—¿Sobornado? ¿Con veinte libras? —Sharni se rio, pero no sonó nada divertida—. Así es como funciona ahora, sobre todo con los vagabundos. ¿No ha visto nunca una serie policiaca?

—No —contestó Damian con aspereza.

—El testigo está dispuesto a declarar ante ustedes —añadió Sharni, un poco más tranquila—. Dadnos un poco de tiempo, y os pondré al hombre frente a la cámara para que podáis hablar con él.

Damian se volvió de nuevo hacia el rey.

—Me temo que debo rechazar la oferta en nombre de la reina de los fae. Seguro que haríais lo mismo en mi situación, ¿verdad, rey Roarke? Veis...

—Si os soy sincero, no entiendo del todo cuál es el problema —interrumpió el rey al emisario con una brusquedad inusitada—. El hombre con quien han hablado mi hija y su acompañante es un testigo oficial. Hizo la misma declaración en un periódico londinense y ante la policía. Solo así os enterasteis de que hace dos meses hubo un dragón activo en Londres.

—Es cierto —admitió Damian—. Pero el testigo estaba borracho. ¿Hasta qué punto podemos fiarnos de su palabra?

—Tampoco entiendo esa objeción —insistió el rey—. El testigo es de fiar para dar fe de que ha visto un dragón. Pero cuando dice que el dragón tenía dos cabezas y escupía llamas amarillas, estaba demasiado borracho. ¿Me equivoco?

—Porque en este caso son detalles. Estaba oscuro, y tal vez las llamas solo parecían amarillas. El sodio que recogieron la princesa Sharni y su acompañante en Holland Park no sirve como prueba. No solo se utiliza para teñir llamas de amarillo. Es un elemento común, presente en muchos minerales en el suelo —añadió Damian—. Y en cuanto a las dos cabezas..., me han dicho que los borrachos a veces ven doble.

Sharni levantó los brazos.

—¡Esto es increíble! ¿Cómo se atreve...?

—¡Sharni! —intervino el rey—. Entiendo tu disgusto, pero tenemos que ser objetivos.

Damian asintió.

—Gracias, rey Roarke.

—Al fin y al cabo, hay que mantener las formas, ¿verdad? —comentó el rey—. Aun así, me pregunto por qué os lo tomasteis en serio cuando el borracho declaró que un dragón había estado en Holland Park. Eso también podía ser fruto de su imaginación. Tal vez vio a un pavo real. El testigo describió a un dragón azul o verde. Un pavo real también luce esos colores, profiere unos gritos estremecedores y vuela. No muy alto ni muy lejos, pero puede elevarse en el aire.

—Pero un pavo real no escupe fuego, y jamás habría causado semejantes estragos en Holland Park. Lo siento, pero son hechos incontestables.

Aiden se mordió la lengua, pero no pudo contenerse más.

—Puede que el parque ya se hubiera incendiado, y el borracho mezclara cosas que no tenían ninguna relación. Y en cuanto a la devastación —dijo con firmeza—, no olvidéis que en Londres también hay vandalismo. No tiene por qué estar relacionado con un dragón. Vandalismo, se produce un incendio, un pavo real se salva en el aire... Un borracho también puede confundirlo un poco, ¿no le parece?

Damian lo miró con las cejas levantadas, pero no dijo nada. Saltaba a la vista que le sorprendía que el sucesor al trono se dirigiera a él con tanta crudeza.

—Por cierto, en Holland Park cuatro fae nos atacaron a mí y a mi acompañante —Sharni hizo especial hincapié en la última palabra— antes de que pudiéramos siquiera buscar pruebas de nuestra inocencia. Si además tenemos en cuenta que dejasteis pasar dos meses enteros antes de soltar las acusaciones...

—Dos de los fae están muertos, si se me permite —le interrumpió Damian.

Sharni soltó un bufido.

—Defensa propia, ¿le suena de algo? ¿O debo dejar que me maten solo por estar en un parque público?

El rey se aclaró la garganta.

—No les falta razón a la princesa ni al sucesor al trono. Os presentáis con todo tipo de acusaciones y nos exigís que os demostremos que no estábamos activos en Londres. ¿Y si sois vosotros los que nos demostráis que somos los responsables de los daños provocados en Londres? Además, el que atacaran a mi hija, la princesa, sin motivo y encima en terreno neutral, fue un acto de guerra. Mi hijo, el sucesor al trono, también fue atacado por vuestra gente cerca de Limerick, sin

motivo y en terreno neutral. También tuvimos que lamentar varias bajas en un combate previo del todo innecesario.

—¿No os comuniqué de parte de la reina en nuestra conversación anterior, cuando hablábamos del traslado de los dragones caídos, que fue un lamentable malentendido? Disculpe si se me olvidó. Mi más profundo pésame por los suyos, rey Roarke.

—Eso ya lo dijisteis, pero vuestra reina jamás aceptaría semejante malentendido, ¿verdad? Yo, en cambio, estoy dispuesto a dejar pasar los ataques si a cambio estáis dispuestos a retirar las acusaciones contra mí y mi pueblo.

Damian guardó silencio un momento.

—Me parece justo, pero no tengo autorización para decidirlo solo. Primero tendré que comentarlo con la reina.

—Pues hacedlo. Hemos entregado pruebas. Ahora sois vosotros los que tenéis una semana.

El rey hizo un gesto con la mano para dejar claro que daba por terminada la conversación. Damian hizo una reverencia antes de abandonar la sala a paso ligero. No parecía tan descontento con el resultado de la audiencia como esperaba Aiden, y eso lo desconcertó. Todo aquello era cada vez más confuso.

—Por favor, ¿nos dejáis solos? —rogó el rey—. Me gustaría hablar a solas con mis hijos.

Aiden no vio que nadie abandonara la sala del trono, pero oyó pasos. Luego su padre se puso en pie. Agarró el portátil, la imagen tembló un momento y se le vio de frente, no de lado.

—¿Qué te pasa, Aiden? —le preguntó su padre sin rodeos.

—Lo siento si he dicho alguna inconveniencia —se disculpó Aiden.

El rey sacudió la cabeza.

—No es por eso, pero no te reconozco. Tú nunca perdías el control. Justo por eso eres un excelente sucesor al trono.

Aiden se cruzó de brazos.

—Creo que Damian Ainsley es el padre de la fae enviada a Trinity College por mí.

—¿Kailey? —preguntó Sharni, sorprendida—. ¿Estás seguro?

—Bastante. Tienen el mismo pelo y color de ojos, un hoyuelo justo en el mismo sitio, los mismos rasgos de la cara; el parecido es evidente.

—Ya. —El rey se rascó la barbilla—. No es algo fuera de lo común que la reina de los fae envíe a la hija de un emisario a una misión. De todos modos, tiene más habilidades de las que suponíamos. Sé prudente a partir de ahora con lo que le dices, Aiden.

—Lo sé —gruñó—. Me temo que es culpa mía que Damian ya estuviera al corriente. Ayer mencioné delante de Kailey que Sharni tenía buenas noticias. No sabía los detalles ni pudo grabar las imágenes de Niall y el vagabundo, pero igualmente no debería haber sido tan incauto.

Su padre cerró los ojos un instante y se pasó la mano por la cara.

—Entiendo. ¿Y qué te hizo ser tan incauto?

—Yo... —Aiden se detuvo. Buena pregunta. ¿Por qué le había dado a Kailey una respuesta sincera, cuando estaba claro que solo buscaba información? Ni él lo sabía. Había pasado una noche agradable con ella, estaba de buen humor y se dejó llevar por la sensación que le había embargado tras luchar juntos. A decir verdad, tampoco fue premeditado lo de desvelarle ese minúsculo detalle. Olvidó un instante que eran enemigos, pero no le iba a volver a pasar. En manos del enemigo, toda mínima información era muy valiosa. No podía olvidarlo jamás. Se encogió de hombros.

—Lo siento, no fui con cuidado. No volverá a pasar.

—Eso espero —contestó su padre—. No me malinterpretes. Todo el mundo comete errores, pero este puede costarte la vida. Si crees que puedes confiar en la chica, sería distinto.

—Un momento —les interrumpió Sharni—. El propio Aiden ha dicho que Kailey no sabía los detalles, pero Damian sí. Por tanto, tiene que contar con otra fuente.

—Aun así, no debería haberle dicho nada. —Aiden se planteó si Kailey no había corrido a contárselo a Damian, pero se prohibió pensarlo y apretó las mandíbulas. Sea como fuere, era una fae. No solo tenía que andarse con cuidado con lo que le decía, tampoco podía cometer el error de confiar en ella. Su padre llevaba razón: podía costarle la vida—. Papá, ¿puede ser que...?

—Para —exclamó el rey antes de que pudiera terminar la pregunta—. No le he hablado a ninguno de mis consejeros ni a nadie más de las pruebas. Ni siquiera el científico que examinó la muestra de tierra sabía dónde se encontró.

—Qué raro —murmuró Aiden—. ¿Quizás un micrófono oculto? En todo caso, tienes que ser muy prudente, padre. No tienes buen aspecto.

El rey quiso restarle importancia con un gesto.

—Ya te he dicho que solo estoy un poco cansado. —Se volvió hacia Sharni—. La reina de los fae seguro que no nos dejará tranquilos tan fácilmente. Estoy bastante seguro de que encontrará alguna prueba gratuita contra nosotros, y una excusa de por qué el ataque que sufriste en Holland Park no fue un acto de guerra. También encontrará una explicación para el incidente con Aiden en Limerick que nos obligue de una forma u otra a ir a la guerra.

—¿Por qué le has dado esa opción? —preguntó Sharni.

—Porque estaba furioso. —El rey esbozó una media sonrisa—. Tal vez habría sido mejor dejarlo pasar, pero así hemos ganado algo de tiempo. ¿Sabes lo que eso significa para ti, Sharni?

Ella asintió.

—Encontraré una prueba irrefutable de nuestra inocencia, padre. Te lo prometo. Y también tengo ya una idea de cómo hacerlo. —Se despidió, y Aiden se quedó solo con su padre en la videoconferencia.

—¿Qué se le habrá ocurrido? —se preguntó Aiden.

Su padre se encogió de hombros.

—A estas alturas me parece todo bien mientras logremos evitar esta guerra. ¿Aiden?

—¿Sí, papá?

—Ve con cuidado. No subestimes a la fae.

—No lo haré si tú también te cuidas.

—No te preocupes, Aiden, estoy bien. Entonces...

—Espera —dijo Aiden cuando su padre quiso poner fin a la conexión—. ¿No sería mejor que volviera a casa? Aquí en Dublín no hago más que perder el tiempo. De todos modos no voy a sacarle nada a la fae. —Al contrario, en el peor de los casos cometería otro error.

El rey negó con la cabeza.

—Agradezco mucho tu ayuda, pero de todos modos aquí ahora mismo no puedes hacer nada. Además, me da la sensación de que estás mejor en Dublín. Tú ten los ojos y los oídos bien abiertos.

Su padre le sonrió de nuevo. Luego la conexión se interrumpió definitivamente. Con un suspiro, Aiden cerró el programa y luego, el portátil. Miró el reloj. Ya no valía la pena ir a la clase de Literatura inglesa. En cambio, se dejó caer boca arriba en la cama. Ojalá supiera cómo ayudar a su padre. Estaba preocupado de verdad, aunque su padre no parara de asegurar que todo iba bien.

Aiden cruzó los brazos en la nuca y miró al techo. Aún sentía que la rabia hacia Kailey invadía su cuerpo. Pensaba que algo había cambiado entre ellos, aunque no supiera definirlo. Solo se había dejado engatusar. Ella perseguía su objetivo con frialdad, mientras que él lo había perdido de vista, aunque solo fuera un momento.

Le seguía atormentando una pregunta: ¿Por qué, por Voldragor, se sentía como si Kailey le hubiera engañado? Era culpa suya haber creído que podía llegar a cierta amistad con la fae. Los fae habían asesinado a su madre, querían obligar a su pueblo a ir a la guerra. Kailey no era distinta ni mejor que los demás, no podía volver a olvidarlo jamás.

31

KAILEY

—¿No podemos ensayar primero la escena del combate? —Aiden se cruzó de bazos.

—Yo preferiría que hicierais primero la escena amorosa —repuso el señor Riley—. Tenéis que congeniar. El público tiene que deducir que sentís algo el uno por el otro.

Aiden soltó un bufido.

—¿Por qué? D'Artagnan y Milady de Winter no son una auténtica pareja. Él solo quiere sexo, y ella ni siquiera sabe que se acuesta con él.

Reprimí el impulso de darle un golpe a Aiden en el pecho. ¿Qué mosca le había picado? Se comportaba como si yo tuviera un herpes. Comprendía que no se muriera de ganas de besarme: éramos enemigos naturales. Yo tampoco tenía ganas, pero desde la noche que habíamos pasado en el *pub* creía que... Sí, en realidad, ¿qué me creía? ¿Que habíamos estrechado lazos? «No seas ridícula, Kailey». Eso no iba a suceder, en absoluto. Solo de pensarlo... Aun así, pensaba que había cambiado algo entre nosotros, que por fin mi objetivo estaba al alcance de la mano. Bueno, pues me equivocaba. Aiden estaba dejando bastante claro que no tenía ninguna gana de interpretar a una

pareja conmigo. Era obvio que en ese momento ni siquiera quería compartir escenario conmigo. Era casi vergonzoso.

—Eso no es correcto, Aiden. —El señor Riley se acercó al escenario dando zancadas—. Puede que tu valoración sea cierta respecto de su primer encuentro, pero en el segundo D'Artagnan tiene una certeza absoluta sobre sus sentimientos. Dumas habla incluso de amor idólatra.

Aiden resopló de nuevo.

—Pobre tonto. Pese a saber que Milady solo está jugando con él, D'Artagnan se enamora de ella.

—Eso pasa con el amor —dijo el señor Riley, impasible, y se puso a filosofar: sobre Romeo y Julieta, Elizabeth y el señor Darcy, Bella y Edward.

Un escalofrío me recorrió la espalda. Miré a Aiden, que esquivó mi mirada. ¿Podría ser que...? No, imposible. Seguro que el dragón no se había enamorado de mí. Era absurdo, y Aiden no se comportaba como si lo estuviera. Aun así, persistía la sensación de que en ese momento se identificaba con D'Artagnan. Algo había ocurrido. Pero ¿qué?

Para demostrarle que por lo menos en ese momento no era su enemiga, y también para que fuera un poco menos bochornoso para mí, salí al rescate. Cuando el señor Riley terminó su digresión sobre las grandes parejas de nuestros tiempos, dije:

—Pero D'Artagnan y Milady tienen más escenas en las que se lanzan pullas que en las que se quieren, ¿no?

—Eso —me secundó Aiden—. Además, primero deberíamos ver si Kailey sabe manejar una espada. Si no, sería mejor asignarle otro papel, ¿no?

La rabia corría por mis venas, y esta vez no la contuve. ¡Será idiota! Si tenía un problema conmigo, podía decirlo sin más y no resolverlo sobre el escenario.

—Manejo muy bien el puñal, muchas gracias —repliqué, y fulminé a Aiden con la mirada.

—Tienes razón, Kailey. En el texto original Milady utiliza un puñal, pero yo os daría una espada a Aiden y a ti para que la escena del combate sea más potente —intervino el señor Riley, que se acarició la barba con un suspiro—. Bueno, hoy ensayaremos las dos, tanto la escena amorosa como la del combate a continuación. ¿Entendido? Vosotros decidís por dónde queréis empezar.

Aiden puso los ojos en blanco.

—Está bien, acabemos con esto. ¿Empezamos por la segunda escena amorosa entre los dos?

—Perfecto. No os preocupéis por el texto. Ahora mismo no tiene que encajar a la perfección, ni tampoco los detalles. Nos saltamos el coito y la conversación sobre la venganza del verdadero amado de Milady, y después del beso pasamos directamente a la confesión y luego al combate, ¿de acuerdo? En principio se trata solo de trasmitir los sentimientos adecuados. —El señor Riley se colocó entre nosotros y nos puso una mano en el hombro—. Lo conseguiréis; creo en vosotros.

Salió del escenario, y Aiden y yo nos colocamos en posición. Se hizo un silencio sepulcral en la sala; las conversaciones cesaron, y todos se volvieron hacia el escenario, donde Aiden y yo estábamos a punto de besarnos. Sentí otro escalofrío en la espalda. Entendía muy bien a Aiden. Yo tenía tan pocas ganas como él de que me metiera la lengua hasta el cuello, pero tenía una misión que cumplir. Mi objetivo era que Aiden confiara en mí y, si cabía la posibilidad de conseguirlo con un beso, no iba a amedrentarme por eso. Tampoco intervenían verdaderos sentimientos, aunque al señor Riley le encantaría verlo.

Respiré hondo antes de fingir que abría la puerta a Aiden, alias D'Artagnan, y lo invitaba a pasar. Después de poner tanta distancia antes, no esperaba que interpretara bien su papel, pero lo hizo. Me estrechó entre sus brazos con ímpetu, tal y como figuraba en la obra, y me miró un momento a los ojos antes de inclinarme hacia atrás y colocar su boca sobre la mía al perfecto estilo de Hollywood.

Pese a todo, durante una fracción de segundo pensé en no devolverle el beso o hacerlo a medias, pero no pude. Ya no. El señor Riley esperaba más de nosotros y, si Aiden se empleaba a fondo, yo también debía hacerlo. No podía arriesgarme a que le dieran mi papel a otra persona, así que le rodeé el cuello con los brazos, abrí un poco los labios y le devolví el beso. Aiden lo notó, dudó un momento, pero luego siguió besándome.

La sensación no estuvo nada mal, aunque me costara admitirlo. No era una hoja en blanco, pero tampoco tenía mucha experiencia porque mi formación siempre había sido más importante que conocer a alguien, pero ese beso... era agradable, por lo menos eso podía decirlo.

Esperaba de todo: mal aliento, labios ásperos, demasiada lengua, pero Aiden lo hacía bien. ¿El beso de un dragón no debería darme asco? Sin embargo, no era así, en absoluto, y eso me desconcertaba y me ponía furiosa.

Aiden también estaba confuso. Lo noté, y su mirada lo decía todo cuando nos separamos. ¿Acaso no le había parecido tan repugnante como esperaba? Sin embargo, el triunfo que debería sentir no asomaba en ese momento.

De hecho, en aquel momento Aiden tenía que confesar como D'Artagnan, pero se calló. Yo volví antes a mi papel y pregunté:

—¿Una confesión?

Aiden asintió y recitó su texto. Con muchos titubeos confesó a Milady que la primera vez se había hecho pasar por su amante para seducirla. Por fin pude pegarle en el pecho. Como en ese momento no estábamos en una cama de la que poder saltar, retrocedí unos pasos. Aiden me siguió y me agarró por el torso. Me zafé de él. En ese momento tenía que rasgarse el camisón que llevaría sobre el escenario como Milady de Winter, y descubrir un tatuaje oculto en mi piel, y Aiden se me quedó mirando desconcertado.

—¡Ja, desgraciado! —dije—. Me has delatado como un cobarde. Es más, ¡ahora sabes mi secreto y debes morir!

Agarré la espada y me abalancé sobre Aiden, que parecía atemorizado, como indicaba el guion, hasta que buscó a tientas su espada por detrás. El ruido de las hojas chocando inundó la gran sala. Esperaba que Aiden aprovechara la escena del combate para desafiarme, pero para mi sorpresa, no lo hizo. Se mantuvo todo el tiempo en su papel como un actor profesional. Luchamos en igualdad de condiciones, como se nos pedía, pero no pude evitar demostrarle que no podía subestimarme: con la izquierda manejaba el arma igual de bien que con la derecha, pues contra los dragones luchaba con las dos. De modo que lancé al aire la espada, que dio una vuelta sobre sí misma, y la atrapé con la mano izquierda al tiempo que paraba el brazo de Aiden con el brazo derecho para que no pudiera seguir atacándome. El costado quedó desprotegido. Bingo: en un combate de verdad lo tendría. No pude reprimir una sonrisa, pero Aiden se detuvo un instante fugaz y clavó la mirada en mí. Vi un brillo de ira en sus ojos, y luego me atacó de nuevo. Noté la diferencia enseguida: la pelea fingida se volvió seria. Aiden ya no me regaló nada y dio paso al desafío, pero conmigo había dado en hueso. Paré su ataque, le devolví el golpe. Para entonces utilizábamos el escenario entero y cada uno procuraba arrinconar al otro. Vi por el rabillo del ojo que los demás estudiantes miraban perplejos. ¿También advertían la diferencia, o solo les sorprendía que Aiden y yo manejáramos tan bien la espada? Me daba igual. Resistí los embistes de Aiden y se los devolví, aunque no sabía muy bien qué haría si tuviera ocasión de embestirle con un arma auténtica. ¿Lo haría? ¿Lo haría Aiden? De todos modos, no pretendía darle la oportunidad, con o sin accesorios. Sentía una rabia igual de intensa de la que despertaba yo en él. Estaba enfadada porque él estaba enojado conmigo. Me atacaba y se comportaba como un amante despechado, pese a que nunca había fingido nada ante él.

Porque el beso me había gustado.

Tras conseguir parar otro golpe, logré esquivar a Aiden con un giro y colocarme en el otro lado. En realidad, pretendía desarmarlo

con aquella maniobra, pero Aiden era bueno, demasiado. Me cambió el sitio sin problema, y de nuevo colisionaron las espadas.

El señor Riley subió corriendo al escenario. Lo vi de reojo justo a tiempo. Bajé la espada tras una breve duda, igual que Aiden. A los dos nos costaba respirar.

—Excelente, de verdad, excelente —dijo el señor Riley, y aplaudió. Los demás se sumaron al aplauso—. Os ha salido de maravilla. Diría que os merecéis una pequeña pausa. Amber, ¿seguimos con tu escena?

A Aiden no le hizo falta que le insistiera en la pausa. Mientras yo aún me preguntaba si el señor Riley advertía o tal vez incluso sabía que nuestro falso combate había sido más que eso, Aiden tiró su espada al sofá raído que había junto al borde del escenario y pasó a toda prisa por mi lado. Yo también dejé a un lado la espada, sonreí un momento al señor Riley, que me observaba con evidente disimulo, y seguí a Aiden.

Me costó alcanzarlo, pero no quería pedirle que parara. No mientras pudieran oírnos. Nadie debía enterarse de que habíamos librado una auténtica batalla sobre el escenario, aunque ni yo sabía muy bien por qué en realidad. ¿Por herir sus sentimientos? ¿Orgullo? ¿O porque éramos enemigos y nada más?

—Aiden —grité cuando ya estábamos en el pasillo.

No se detuvo, continuó a paso de carrera, pero no permití que se escabullera. Quería saber qué ocurría. ¿Por qué estaba tan furioso de repente?

Abrió de un empujón la puerta que daba al campus. Llovía, pero eso no impidió que Aiden siguiera andando. Aceleré el paso y por fin conseguí agarrarle de la manga de la camiseta azul. Apartó el brazo, pero no echó a correr, sino que se volvió hacia mí.

—¿Qué quieres de mí? —me rugió.

—¿Que qué quiero de ti? No quiero nada de ti, pero sí que me gustaría saber qué te ha pasado de repente. —Veía que la cabeza le

iba a toda velocidad pensando si contestar algo o seguir caminando. Al final decidió responder.

—¿De verdad quieres saberlo? —Se cruzó de brazos.

—Sí, por favor. Suéltalo. —Yo también me crucé de brazos.

Aiden clavó los ojos en mí. Su mirada trasmitía una rabia infinita. Dio un paso adelante, pero yo no retrocedí. No iba a intimidarme. No me daban miedo los dragones, ni mucho menos él.

—Eras tú, ¿verdad? Admítelo —me dijo casi a gritos. ¿De qué demonios hablaba? Siguió antes de que pudiera preguntárselo—. La fae enmascarada que apareció de pronto cuando nos atacaron a Celmar y a mí cerca de Limerick. Eras tú.

El tono era de rabia, pero noté otra cosa: decepción. Quise evitar su mirada penetrante, pero equivaldría a una confesión, y yo no había hecho nada mal. ¿Entonces por qué sentía remordimientos? Tragué saliva, y la decepción le llegó ya a los ojos. En ese momento entendí lo que acababa de pasar en el escenario: debía de haberme reconocido en mi estilo de lucha o en una maniobra concreta.

Quiso apartarse, negando con la cabeza, pero se detuvo cuando levanté los brazos.

—Está bien, lo admito. Era yo.

—Lo sabía. Y eso que debías tener claro que los dragones éramos Celmar y yo.

Se coló un matiz de desdén en la voz de Aiden, y mi rabia hacia él fue en aumento.

—Baja de tu pedestal de una vez. ¿Qué esperabas? ¿Que me pusiera de tu parte? Cuando llegué, llevabais ya un buen rato luchando con los fae. Por supuesto que corrí a ayudar a los míos.

—Pero no tenías ni idea de qué iba, ¿verdad? Es bastante estúpido decantarse por un bando sin saber por qué se pelean. Para qué luchan.

Solté un bufido.

—No me digas que en mi lugar habrías tomado otra decisión y me habrías ayudado a mí, en vez de a los tuyos. Además, según tú,

¿qué debería haber hecho? ¿Presentarme con educación? Ya te he dicho que llevabais rato peleando. ¿Cómo iba a averiguar qué había pasado? Además, la pregunta sobra. Vosotros sois dragones, nosotros fae. —Entonces, ¿por qué me sentí mal por apoyar a mi gente? ¿Y por qué me dijo mi tío que al sucesor al trono de los dragones no podía pasarle nada bajo ningún concepto?

—Ya, ¿y eso es motivo suficiente para matarse mutuamente? —Aiden se apartó, sacudiendo la cabeza, pero se volvió de nuevo hacia mí sin alejarse ni un paso—. Grité varias veces a tu gente que era el sucesor al trono de los draconis, incluso me mostré en mi forma humana, pese a que era un peligro. Estábamos en terreno neutral, y no había ningún motivo para luchar. También lo mencioné. Pero los fae no quisieron escucharme: buscaban el combate.

No pronuncié ni una sola palabra y evoqué de nuevo la escena en mi memoria. Estaba oscuro y olía a humo. Oí de lejos volar las flechas en el aire. Cuando comprendí la situación, dos dragones adultos contra seis fae, salí al rescate. No me sentí del todo a gusto con la situación; la lucha no me parecía correcta y, si daba crédito a lo que decía Aiden, por lo visto no estaba justificada. Recordé a Aiden intentando decir algo a los fae, en versión humana, en pleno ataque, lo que enseguida me resultó extraño. No me explicaba la situación. En todo caso, era cierto que los fae no le hicieron caso y siguieron atacando, pese a que a Aiden no podía ocurrirle nada.

¿Qué sentido y finalidad tenía aquella operación? No paraba de plantearme esa pregunta. Bajé los hombros y depuse la actitud beligerante.

Aiden asintió.

—Sabes que estuvo mal. No deberían habernos atacado. Solo por el hecho de que tú seas una fae y yo un dragón no tenemos por qué aniquilarnos. No estamos en guerra. Por lo menos todavía no.

Tragué saliva de nuevo.

—¿Qué quieres decir?

—No te hagas la tonta. Como si no supieras lo que trama tu pueblo. Quieren forzarnos a ir a la guerra, por lo que sea, y tú estás ayudando a tu padre. Muchas gracias por ir corriendo a contárselo cuando me sinceré contigo ayer.

—¿Mi padre? —pregunté, confusa.

Aiden no me dejó hablar.

—¿Sabes? Después de la noche en Temple Bar pensaba que... que... —Se interrumpió. Unas gotas de lluvia le cayeron del pelo oscuro y le rodaron por la cara. Tenía la camiseta mojada pegada al pecho, de manera que se le dibujaban con claridad los músculos de debajo—. Bah, da igual. Es culpa mía. Los fae mataron a mi madre. ¿Cómo se me ocurrió que tú serías distinta? —Dio media vuelta y se encaminó a la residencia.

—¡Aiden, espera!

Pero él no se dio la vuelta ni se detuvo. Esta vez no lo seguí.

32
KAILEY

Cerré la puerta de mi habitación y me apoyé en ella, de espaldas y con los ojos cerrados. ¿Qué acababa de pasar? ¿Por qué me sentía tan mal?

¿Y por qué no podía parar de plantearme una y otra vez la misma pregunta: por qué habían atacado los fae a Aiden y Celmar sin razón? Creía a Aiden cuando decía que no había habido un motivo para la lucha. Su rabia era auténtica, maldita sea.

Me perseguían las palabras de Aiden: «Como si no supieras lo que trama tu pueblo. Quieren forzarnos a ir a la guerra, por lo que sea, y tú estás ayudando a tu padre». Había barajado mil posibilidades para iniciar un ataque, pero ninguna tenía sentido. Esta, en cambio, sí: los fae querían provocar a los dragones, y así forzar un conflicto. Me preguntaba si un ataque sin motivo no equivalía ya a una declaración de guerra...

Para entonces tenía claro a quién se refería Aiden con mi padre: había conocido a Damian. No estaba fuera de lugar, al fin y al cabo, Damian trabajaba de emisario de los fae, y Aiden era el futuro rey de los draconis. Le había contado que la hermana de Aiden tenía buenas noticias en Londres, y Damian debía de habérselo dicho a los

dragones. Tenía que ser eso. Aiden había dado por hecho, por nuestro parecido, que Damian era mi padre. ¿Cómo iba a imaginar que no tenía padres? ¿Que los habían matado los dragones? No sabíamos casi nada el uno del otro. Recordé lo que había observado en Fairyland, en casa: los herreros habían aumentado la fabricación de armas, y había más soldados que ya recibían una formación más intensa de la habitual. ¿Podría ser que Aiden tuviera razón? ¿Fairyland se estaba preparando para otra guerra contra los dragones? ¿Y yo me había convertido sin saberlo en una herramienta para lograrlo?

Me aparté de la puerta y sacudí la cabeza. ¿A qué venía todo eso? No había motivos para indagar ni afligirse, no había hecho nada mal. Aiden y yo estábamos en bandos distintos, y me daba igual lo que pensara o cómo le afectara todo aquello. En vez de sentirme mal, debería dar saltos de alegría. No nos unía ni una amistad ni nada profundo. Aun así, saltaba a la vista que no me equivocaba, y que ahora me veía como algo más que una enemiga. De ahí su reacción. Justo por ahí debía atacar yo. Ahora no podía relajarme. No era propio de mí dudar o cuestionar las órdenes de la reina. Tenía una misión, y por fin me acercaba a mi objetivo. Si la reina quería desatar una guerra con los dragones, sus motivos tendría.

Frustrada, me quité la camiseta mojada. Debería dejarlo ahí, lo sabía, pero no podía. No podía parar de darle vueltas. ¿Por qué quería la reina entrar en guerra con los dragones? Era absurdo. La última contienda duró una eternidad, se cobró muchas vidas y al final no condujo a nada. ¿Por qué iba a querer nadie volver a provocar semejante situación?

—¿Qué, a ti también te ha pillado la lluvia? —Cassandra salió del baño envuelta en una toalla. Qué raro, no me había fijado en la puerta del baño cerrada.

Noté en la nariz el horrible olor de su gel de ducha: pomelo artificial. En Fairyland mezclábamos nosotros los ingredientes de limpieza para que todo emanara el aroma que conocíamos de la naturaleza,

pero ese engendro que compraban los humanos... fue como una sacudida.

—Pues lo parece —comentó Cassandra, y desvió la mirada hacia la puerta, donde se había formado un charco de agua de lluvia en el suelo.

—Vaya. Perdona, ahora lo limpio —dije, mientras seguía desvistiéndome hasta quedar en ropa interior, y fui a buscar ropa seca al armario.

—No te estreses, no te lo pregunto por eso. ¿Te apetece un té, o tienes que volver ya al grupo de teatro?

Eché un vistazo al despertador que había en el alféizar, donde además se veían tres limones. No es que fuera supersticiosa, pero tampoco vendría mal un poco de suerte.

Había olvidado por completo el grupo de teatro. Tras la discusión con Aiden, había corrido enseguida a mi habitación para guarecerme de la lluvia, y de todos modos no creía que el señor Riley contara con que volviéramos.

—Me tomaré una taza con gusto. —Me puse los tejanos limpios y el jersey azul, y me dejé caer en mi cama.

Cassandra se acercó al escritorio, donde había montado una miniteteria. Desapareció un momento con el hervidor en el baño, luego lo dejó de nuevo en la mesa y lo enchufó. Mientras el agua burbujeaba cada vez más fuerte, sacó unos calcetines de lana con rayas de colores del armario y se los puso. Luego preparó dos tazas, me dejó una en el alféizar y se sentó con la segunda en su cama con las piernas cruzadas.

Me escudriñó con la mirada.

—¿Qué te atormenta?

¿Ya me conocía tan bien? No sabía cómo tomármelo, además de que no podía responderle con sinceridad. Los humanos no tenían ni idea de que existían seres sobrenaturales, y así debía seguir. Aunque tal vez hubiera sido útil oír la opinión de alguien externo.

—Todo —respondí al final con vaguedad, y se me ocurrió una idea. Tal vez Cassandra sí podía ayudarme a ordenar un poco las ideas sin tener que contarle nada—. Oye, hace unos días, en el centro comercial. Sharni te preguntó por lo que sucedió en el Holland Park de Londres, ¿verdad?

Cassandra me miró sorprendida.

—¿Te enteraste? ¿No estabas en el probador?

Me encogí de hombros.

—Sí, es que tengo buen oído.

Era un don y una maldición a la vez. Como ser humano corriente jamás habría sido capaz de oír la conversación, pero también oía las moscas en la pared. Aunque las moscas no me molestaban tanto como los ronquidos, por ejemplo.

—Pues tienes que tener un oído buenísimo.

Me encogí de hombros de nuevo.

—Puede ser. En fin, ¿puedes contarme más? Me perdí la parte emocionante.

Bebió un trago de té, pese a que aún debía de estar muy caliente, y se inclinó un poco hacia delante en un gesto dramático.

—Agárrate, se dice que vieron un dragón en Holland Park.

Ya me lo esperaba. Me recosté en la pared sin decir nada.

—¿Un dragón en Londres? ¿Estás segura?

—Por supuesto, sé lo que he leído. En la prensa londinense no se hablaba de otra cosa. Si te soy sincera, yo no me lo creo, aunque sería una pasada. El testigo que dice haber visto el dragón era un borracho y seguramente se lo imaginó. La explicación seguro que es muy sencilla. Alguien armó un follón en el parque, por lo que fuera. Seguro que hubo mucho alcohol y un incendio, porque medio Jardín de Kioto está chamuscado.

—¿El Jardín de Kioto?

Cassandra asintió.

—Un jardín casi japonés del parque.

—Entiendo. Es una historia genial. —Seguro que soné distraída. «Actividad de dragones en Londres». ¿De verdad era eso factible?— ¿Cuándo había sucedido exactamente? —Yo tenía junio en mente, pero era imposible, porque ya estábamos a principios de septiembre.

—En junio.

—¿Junio? —Negué con la cabeza. No encajaba de ninguna manera. ¿Y por qué no había sabido nada de eso hasta entonces?

Cassandra asintió de nuevo.

—A mediados o finales de junio. El Holland Park estuvo cerrado una temporada, pero ya lo han vuelto a abrir. Por suerte. Mi padre trabaja cerca de allí en un bufete de abogados y, cuando está en Londres por trabajo, le gusta ir al Holland Park durante la pausa. Está bien, porque mi padre pasa poco tiempo al aire libre, ¿sabes?

—Ya, eso pasa a veces con los padres —dije, poco ocurrente. Me costaba seguir concentrada en lo que decía Cassandra porque las ideas daban vueltas en mi cabeza.

El hecho de que los fae o los dragones estuvieran fuera de sus respectivos territorios a largo plazo fuera de Irlanda era una infracción clara del pacto. A los fae les pertenecía el sur de Irlanda; a los dragones, el norte. En principio la zona neutral estaba abierta a todo el mundo, pero todo lo demás era tabú. ¿De verdad los dragones habían sido tan tontos para volar a Inglaterra e incendiar un parque allí? ¿Por qué? ¿Por qué iban a hacerlo? No tenía ningún sentido. ¿Y qué consecuencias tendría esa acción? Tenía claro que no lo sabía con exactitud. ¿Estaba prohibido?

De algo sí estaba segura ahora: Sharni y Niall debieron de viajar a Inglaterra por eso. Sharni había mostrado un gran interés por algo sucedido dos meses antes. De todos modos, la pregunta era: ¿por qué le interesaba tanto? Si los dragones habían estado en Londres, ella ya debería estar al corriente de todos los detalles.

¿Y qué papel tenían los fae en todo eso? Aiden había dicho que mi pueblo quería forzar a los dragones a ir a la guerra. ¿La actividad

de dragones en Londres y la supuesta guerra guardaban alguna relación? Pero ¿por qué entonces viajaba Sharni a Inglaterra? Era la segunda en la línea sucesoria al trono de los draconis. Si los fae de verdad querían guerra, Sharni estaría mejor en el parque nacional de Connemara, con los suyos y dentro de su territorio. Aiden también, por cierto. Nunca lo había pensado, pero ahora me importunaba la siguiente pregunta: ¿qué hacía Aiden en Dublín? ¿Estaba aquí por mí? No podía ser, era yo la que estaba aquí por él.

Agarré mi taza con un suspiro. No entendía nada. ¿Debería llamar a mi tío y planteárselo? Ahora que había averiguado fragmentos, tal vez me explicara los vínculos. Bebí un trago largo de té y volví a dejar la taza. No, seguro que no me lo contaría. Me consolaría de nuevo con la excusa de que nada de eso era de mi incumbencia, y solo debía ejecutar órdenes.

Órdenes. Reprimí un bufido. Como si fuera a ir indagando si Damian me dijera la verdad. No, no hacía falta que le hablara de eso a mi tío. Solo me quedaba Aiden, pero ¿cómo iba a sonsacarle información? Llevaba días intentándolo, sin mucho éxito. Antes me había hecho varios reproches, daba por hecho que yo estaba al corriente. ¿Podría empezar por ahí?

—¿Me sigues escuchando? —Cassandra hizo gestos en el aire con la mano.

Ups.

—Si te soy sincera, no. Lo siento. —Me disculpé con una sonrisa.

Puso los ojos en blanco.

—Bueno, por lo menos eres sincera.

Sincera. Esa palabra resonó en mi cabeza y me dio una idea muy fácil para tirar de la lengua a Aiden. Puede que hasta me contara más cosas.

33

KAILEY

—¡Tú! —Aiden puso cara de impaciencia—. ¿Qué quieres?

—¿Una ofrenda de paz? —Levanté el paquete de seis refrescos de cola y la caja de *pizza*, que emanaba un olor delicioso.

—Gracias, no tengo hambre. —Aiden quiso cerrarme la puerta en las narices.

—Siento haber hablado a mi tío de tu conversación por teléfono con Sharni —me apresuré a decir.

—Me da igual. —Mis palabras no surtieron efecto. Aiden se paró y volvió a abrir un poco la puerta—. ¿Tu tío?

Asentí. Gracias a la conversación con Cassandra tenía una cosa clara: pese a buscar respuestas, quería seguir cumpliendo mi misión. Estaba más cerca de mi objetivo, pero si no quería «perder» a Aiden después de nuestra discusión, tenía que darle algo de información. Solo así podría generarse una confianza mutua. Un toma y daca. No iba a revelarle nada que pudiera utilizar contra mí, pero algo tenía que contarle si quería que confiara en mí. Damian lo entendería.

Tenía una charla pendiente con él. No me gustaba que mi tío utilizara enseguida contra los dragones cosas que le había contado yo acerca de ellos. Echaba a perder todo lo que habíamos construido

con tanto esfuerzo. Tenía que darme tiempo, la confianza había que ganársela. Solo llevaba unos días en Dublín, y Aiden y yo ya estábamos a matar. ¿Qué esperaba mi tío de mí? No era una bruja, era una fae. Como no podía recurrir a hechizos, debía ser paciente si quería información.

—Correcto, es mi tío —aclaré—. Mis padres fallecieron, murieron en un ataque de dragones. Damian me crio. —Le di de nuevo la caja de *pizza*, con la esperanza de que Aiden no pudiera resistirse al olor—. Bueno, ¿qué dices?

Dudó, pero luego abrió la puerta y me dejó pasar. Eché un vistazo alrededor. La habitación de los dragones no era muy distinta de la que compartíamos Cassandra y yo: había dos camas individuales a cada lado, un armario, un escritorio y una puerta que daba al baño. Sin embargo, todo estaba más desordenado que en la nuestra, culpa de Celmar. En su mitad del cuarto había ropa y libros esparcidos por el suelo y por la cama, como si hubiera estado buscando algo. Pero, en vez de poner orden en el caos, estaba tumbado en la cama con los brazos cruzados en la nuca, escuchando una música con demasiados graves. Al verme se sentó, y un libro cayó al suelo con los demás con un ruido sordo. No se molestó en recogerlo, solo se quitó los auriculares y me observó con franca desaprobación. El juego del escondite también había terminado para él.

—*Pizza*, ¿eh?

—Eso parece. ¿Quieres un trozo? —Habría preferido mucho más estar a solas con Aiden, en lugar de con dos dragones. Ya tenía bastante con tener que ganarme la confianza de un dragón, pero ya no se podía cambiar. Celmar era el guardaespaldas de Aiden. No nos iba a dejar solos, salvo que Aiden se lo pidiera.

Para mi sorpresa, eso fue justo lo que hizo.

—¿Nos dejas solos?

Celmar parecía como mínimo igual de sorprendido que yo, aunque en ese momento no reaccioné, no como él.

—¿En serio?

Aiden asintió.

—Me las arreglaré.

En principio debería preguntarme qué pretendía Aiden al enviar fuera a su guardaespaldas, pero me daba igual. Así sería más fácil la partida, era lo único que importaba. Todo lo demás era irrelevante. Aiden no iba a atacarme. Si ese fuera su objetivo, lo habría hecho hace tiempo.

Celmar se puso en pie y cogió la chaqueta de cuero, que estaba en el suelo. Antes de dejarnos a solas, se plantó delante de mí con toda su envergadura.

—Si le tocas un pelo a Aiden, será mejor que te vayas muy lejos con tu ropa de poliéster inflamable, ¿entendido?

No esperó mi respuesta, pasó como una exhalación hacia la puerta. Antes de atravesarla, grité su nombre y él se volvió hacia mí. Le lancé una lata de cola que había separado del paquete de seis y él la cazó sin problema.

—¿Unas provisiones? Por cierto, Cassandra está en nuestra habitación, si la estás buscando.

Miró de nuevo a Aiden, pero se calló los comentarios y cerró la puerta tras de sí. Muy bien, un problema menos.

Aiden recogió las cosas de Celmar y nos sentamos en el suelo, delante de su cama. Le di una cola y cogí yo otra, mientras abría la caja de *pizza*.

—¿Salami? —Se le levantaron las cejas—. Pensaba que eras vegetariana.

¿Se había fijado?

—Sí, pero no podía traer una de berenjena y setas como ofrenda de paz. Además, el salami lo puedo quitar.

Aiden sacó el embutido de un trozo de *pizza*, se metió las rodajas en la boca, luego me dio el trozo y cogió uno él.

—¿Sois vegetarianos por naturaleza?

La pregunta planteada como por azar me demostró que había entendido el mecanismo. Tenía igual de claro que yo que debía contarle algo de mí si no quería que todo acabara en un callejón sin salida, y lo iba a aprovechar sin piedad. Aun así, yo jugaba con mejores cartas. Por una parte, controlaba lo que le contaba y, por otra, no interfería mi corazón. El suyo, en cambio... Tenía que haber un motivo para ponerse tan furioso por el asunto de mi tío y el combate cerca de Limerick. Si no me fallaba la intuición, la causa era que ya no le era del todo indiferente. Cómo me había besado, su reacción de después... Sentí un cosquilleo en el estómago. Cada vez estaba más cerca de mi objetivo. Si ahora era hábil...

—La mayoría de nosotros sí, pero hay excepciones. A mi tío, por ejemplo, le gusta comer carne de unicornio.

—¿Carne de unicornio? —Aiden se estremeció.

¿Le sorprendía?

—¿Por qué? ¿Qué coméis los dragones? ¿No sois carnívoros?

Él se encogió de hombros.

—Sí, claro, pero ¿carne de unicornio? Ni siquiera sabría de dónde sacarla. ¿Debería saberlo como sucesor al trono?

Esbozó una leve sonrisa. Eso me gustaba de él, de alguna manera. Siempre estaba tan obstinado y serio, pero esa sonrisa... Tal vez le hacía parecer más joven, pero también más desenfadado, encantador y, sí, debía admitirlo, más atractivo.

—Un punto para ti.

—¿Has estado alguna vez en el bazar de artefactos mágicos de Mountshannon? Ahí se consigue esa carne, incluso ya cocinada.

—Nunca he estado. —Aiden cogió otro trozo de *pizza*.

—¿De verdad? Aunque debo reconocer que yo solo he estado una vez. —Un pequeño dato a cambio de uno más valioso, con suerte.

—En general, no salgo mucho. Esa es casi la primera vez que... —interrumpió la frase.

Me senté un poco más inclinada para verlo mejor.

—¿La primera vez que estás fuera de casa? A mí me pasa lo mismo.

—Ah, ¿sí? —Me observó durante un rato, pero luego apartó la mirada y se dedicó de nuevo a la *pizza*—. Es probable que pienses que, siendo un dragón, es fácil largarse de casa, ¿eh? No es cierto, en absoluto. Para empezar, soy el sucesor al trono, así que siempre estoy bajo estricta vigilancia. Por otra parte, nadie sabe de nuestra existencia. No podemos volar por la zona cuando nos venga en gana. Solo en Connemara estamos más o menos exentos de peligro al mostrarnos en nuestra verdadera forma. Pero incluso ahí solo podemos salir a oscuras, y hay sitios que evitamos. Y ahora queréis... —Sacudió la cabeza y lanzó el trozo de *pizza* mordido a la caja.

Algo le había quitado el apetito del todo. Noté que estaba a punto de averiguar por fin algo más. Dejé a un lado los remordimientos que acechaban en mi interior por no creer a mi tío cuando me decía que todo aquello no era de mi incumbencia. Si quería sonsacar a Aiden información importante, necesitaba saber qué había en juego. Dado que Damian se negaba a explicármelo, tenía que tomar medidas que de lo contrario jamás se me habrían ocurrido.

—¿Qué? —pregunté con calma.

Aiden soltó un bufido.

—No finjas que no lo sabes. No me lo trago.

—¿Qué tienes que perder? Si, según tú, de todos modos ya lo sé, puedes contármelo.

Aiden dudó, pero yo sabía que ya lo tenía, y al final empezó a hablar.

—Es que no me parece justo, ¿no lo entiendes? Quiero decir, vivís en un mundo paralelo al de los humanos y no tenéis absolutamente nada que temer si investigan sobre vuestra existencia. No hace falta que os escondáis. En cambio, nosotros... ¿Te haces una idea de lo que es estar encerrado todo el día en la forma humana en un sistema de cuevas? Y ahora encima queréis disputarnos una tercera parte

de nuestro hogar por un motivo que no se sostiene. Explícamelo, por favor.

Parpadeé, tragué saliva. ¿Eso era lo que pretendía la reina de los fae? ¿Quería una parte del parque nacional de Connemara para nuestro pueblo? Pero ¿por qué? Vivíamos en la península de Dingle, en el sudoeste de Irlanda. Además de estar muy alejado geográficamente, el paisaje era muy distinto. Nuestro pueblo jamás se sentiría a gusto en Connemara. Yo nunca había estado, pero las imágenes que había visto bastaban para saberlo.

—No puedo explicártelo —dije a media voz.

Aiden me miró anonadado.

—De verdad no tenías ni idea de lo que tramaba tu pueblo, ¿no?

Respiré hondo y al final asentí. Tal vez fuera la vía correcta. Quizá confiara en mí si supiera que no tenía nada que ver con los planes de mi tío y la reina. Por lo menos en teoría, pues era partícipe sin saber qué había detrás en realidad.

—Es cierto, no tengo ni idea. Le he preguntado a mi tío varias veces qué está pasando, pero no consigo respuestas.

Aiden sacudió la cabeza.

—Y obedeces sus órdenes igualmente, sin hacer preguntas. Como una marioneta.

Apreté las mandíbulas. Si había algo que odiaba era que me llamaran marioneta. Aiden había metido el dedo en la llaga, pues yo detestaba tanto como él que me utilizaran. Lo absurdo era, en una misión de la reina de los fae, no saber de qué iba y ejecutar cada encargo siguiendo las órdenes. Nunca lo había puesto en duda, ¿por qué ahora sí? ¿El príncipe de los dragones era una influencia más importante de lo que quería admitir? ¿O ni siquiera era por él?

—Dime qué hay detrás en realidad —le rogué a Aiden, aunque supiera que quizá fuera un error saber toda la verdad—. Así puedo decidir en qué bando quiero estar.

Aiden soltó un bufido.

—¿Cómo quieres que sepa qué hay detrás? Eso deberías preguntárselo a tu tío.

Puse los ojos en blanco.

—Entonces dime por lo menos lo que sabes. ¿Qué tienes que perder?

Aiden dudó de nuevo, y volvió a hablar.

—En junio se registró actividad de dragones en Londres. Tu tío se presentó hace unos días, nos cargó con el mochuelo de ese incidente y amenazó con sanciones. Nos planteó un dilema: podíamos aceptar las exigencias de la reina de los fae o ir a la guerra. No queremos una guerra, pero tampoco estamos dispuestos a aceptar las sanciones cuando no tenemos nada que ver con el asunto de Londres.

¿Los dragones no tenían nada que ver con las actividades de dragones de Londres? Miré a Aiden a los ojos para averiguar si mentía, pero por mucho que lo intenté no supe interpretarlo. Parecía frustrado, sí, pero a esas alturas ya sabía que era buen actor.

—¿Por eso está Sharni en Londres?

Aiden asintió.

—Encontró pruebas de nuestra inocencia, pero tu tío expuso varios motivos por los que en teoría esas pruebas no eran válidas.

Eso explicaba por qué Aiden se había puesto hecho una furia antes conmigo, y en cierto modo hasta lo entendía.

—Solo le dije a mi tío que Sharni tenía buenas noticias. No sabía nada de las pruebas. De verdad que no es cosa mía.

Aiden sonrió compasivo, casi con condescendencia.

—Te lo crees de verdad, ¿no?

—No soy una marioneta, ¿queda claro?

Se encogió de hombros.

—Lo que tú digas.

Dejé a un lado la lata de cola con un suspiro y procuré mantener la calma pese a la rabia que sentía.

—Aiden, esto no nos lleva a ninguna parte.

—Ah, ¿no? ¿Y qué nos ayudaría?

Buena pregunta.

—Por ejemplo, podrías contarme qué tipo de pruebas encontró Sharni.

—Podría, ¿eh? ¿Y qué saco yo?

¡Madre mía, pero qué testarudo era ese dragón! Se me escapó un gemido.

—Puede que no me creas, pero yo tampoco quiero que estalle una guerra entre nuestros pueblos. —Eso no era mentira.

—Lo que tú digas —repitió.

Me dieron ganas de gritar.

—Aiden, ¿a qué viene eso? Damian hace tiempo que está al corriente, así que puedes revelarme los detalles.

Él soltó también un lamento.

—Si te hace feliz. El dragón de Holland Park tenía dos cabezas y además escupía fuego amarillo. Mi hermana encontró en la tierra restos de un metal alcalino.

—Es verdad que es un poco flojo.

Aiden levantó los brazos.

—Ya te he dicho que no serviría de nada.

Quiso levantarse, pero yo tiré de él de nuevo hacia el suelo.

—Perdona, no soy experta en dragones. Tienes que explicármelo mejor.

Aiden puso cara de desesperación, pero me hizo caso.

—Los dragones, seamos draconis o autónomos, no escupimos fuego amarillo ni tenemos dos cabezas. Nunca, y eso lo sabe tu tío y la reina de los fae.

—Entiendo. ¿Y con qué argumento rechazó mi tío las pruebas?

—Dijo que el testigo estaba borracho, por eso probablemente veía doble, y que el sodio no solo se utiliza para teñir llamas.

Arrugué la frente. Los argumentos para rechazar las pruebas también me parecían inconsistentes. Si el testigo borracho veía doble,

¿por qué solo le pasaba con la cabeza y no con toda la bestia? Además, puede que el sodio fuera un elemento frecuente, pero no estaba en cualquier rincón.

—¿Quién podría entonces estar detrás de las actividades de dragones en Londres, si de verdad tu pueblo no ha tenido nada que ver?

Aiden se acarició el pelo con un suspiro.

—Si lo supiéramos, avanzaríamos bastante.

—Entiendo. Puede que sea una pregunta absurda, pero ¿por qué acudió a vosotros mi tío hace unos días si todo pasó en junio?

—Bingo, esa es la pregunta correcta. Creemos que primero los fae querían destruir todas las pruebas. Tuvieron que reconstruir el Jardín de Kioto, ahora parece nuevo. Ya no hay indicios de la devastación, así que es difícil sacar algo sobre el incidente de hace dos meses. Por cierto, los fae de Holland Park estaban esperando a mi hermana. La atacaron antes de que ella tuviera oportunidad de inspeccionarlo mejor. Eso respalda la teoría de la destrucción de pruebas, ¿no te parece?

Me ahorré los comentarios y pregunté:

—¿Y cuáles son las sanciones? ¿La reina de los fae quiere una parte de vuestro territorio?

—Entre otras cosas. Quiere justo la zona del sur, en total un tercio del parque nacional. Como los humanos están sobre todo en el norte, ya no nos quedaría mucha tierra.

Asentí, distraída. Poco a poco iba entendiendo por qué los dragones no querían aceptar las sanciones. Apenas tendrían ocasión de mostrarse en su auténtica forma, por no hablar de hacer incursiones, en el sentido más estricto de la palabra. Sin embargo, la mayoría de mis preguntas quedaron sin respuesta. Suponiendo que creyera a Aiden, que ningún dragón había estado en Londres, ¿quién o qué había causado estragos entonces en Holland Park? ¿Y cómo podía el testigo ver a un dragón?

Pese a todo, para mí la pregunta más importante seguía siendo la misma: ¿por qué quería la reina de los fae provocar una guerra a toda

costa? ¿Era eso lo que quería, o se me escapaba algo? Bebí un trago de cola y miré de nuevo a Aiden, que me observaba con atención.

—¿Puedo hacerte otra pregunta? ¿Por qué estás en Dublín?

Dudó, y al final dijo:

—Porque mi padre quería ponerme a salvo.

No estaba segura de si creerle. Intuía que me estaba ocultando algo. Además, no entendía por qué iba a estar más seguro apartado de los demás dragones y solo que en el parque nacional de Connemara. Sí, tenía un guardaespaldas al lado, pero aun así... Sin embargo, no insistí.

—¿Me dijiste que tu madre falleció? —pregunté, en cambio.

—Asesinada por los fae, aunque jamás dieron con el culpable.

—¿Entonces cómo puedes estar tan seguro?

—Fueron varias flechas en el corazón. ¿Te basta como respuesta?

Asentí, con el corazón compungido. Nuestros padres murieron en manos del enemigo.

—¿Y a tus padres los mataron los dragones? —Sonaba incrédulo y al mismo tiempo trasmitía una ternura inusitada, como si de verdad lo lamentara.

—Correcto, pero hace una eternidad. No hablemos de eso. —No me gustaba recordar ese día, el peor de mi vida. Aunque a decir verdad, tampoco sabía mucho sobre la muerte de mis padres. Damian me había ahorrado los detalles crueles, y yo nunca había preguntado.

—Aun así, lo siento.

Vi en los ojos de Aiden que lo decía con toda franqueza. Me sostuvo la mirada hasta que la aparté.

—Gracias, Aiden. Yo también lo siento por tu madre.

Asintió.

—¿Puedo hacerte otra pregunta, Kailey?

—Claro. —Esperaba no arrepentirme.

—¿Por qué estás tú aquí?

Fue raro, pero no pude evitar sonreír.

—Tengo que sacarte información —contesté con sinceridad, pues seguro que de todos modos Aiden ya lo había deducido.

En lugar de devolverme la sonrisa, soltó un leve suspiro.

—¿Y qué, lo has conseguido?

Me encogí de hombros. Ojalá lo supiera. Por lo menos no era la información que Damian esperaba. No sabía qué hacer con lo que acababa de averiguar. Me confundía, más que arrojar luz en la oscuridad.

Tal vez había llegado el momento de hablar a las claras con mi tío.

34

SHARNI

—¿Estás segura de que no pasa nada si vamos a ver a tu tío? —me reprendió Niall—. ¿No dijo Aiden que nos alejáramos de él?

—Sí —admití, y seguí adelante.

Estaba oscuro. Hacía tiempo que se había puesto el sol, y la luna se ocultaba tras las nubes. Había farolas, pero estaban en la calle y no en los jardines traseros de las casas. Aun así, andábamos a hurtadillas para que no nos vieran. En mi fuero interno esperaba pasar desapercibida. Era una buena zona. Mi tío vivía en Greenwich. Seguro que los vecinos nos tomarían por ladrones y llamarían a la policía. De hecho, en principio ese era el menor de nuestros problemas: si hacía falta, podíamos largarnos y volverlo a intentar al día siguiente. Pero si los fae nos veían allí...

—¿Por qué hacemos todo esto? —preguntó Niall—. ¿No te parece que luego tendremos aún más problemas?

Tiré de Niall para que se colocara detrás de un saúco que necesitaba una poda, pero que nos ofrecía amparo.

—Claro que esta visita podría meternos en apuros, pero francamente: ¿de verdad puede ir a peor?

Niall no se lo pensó mucho y asintió.

—Sí que puede empeorar. Imagínate que los fae se enteran de esto. Tu tío está casado con una bruja Murphy. Apenas lo conoces y debemos alejarnos de él por un motivo.

Un perro ladró en la casa en cuyo jardín estábamos en ese momento. Se me aceleró el corazón, acerqué a Niall a mí y nos arrimamos más a la sombra del saúco. Niall me rodeó con los brazos y me dio la sensación de que me protegía de todo, aunque no siempre opináramos lo mismo. Agucé el oído, pero no se oía nada más que el ladrido, no se encendió ninguna luz en la casa y al final el perro también calló.

Esperé un momento antes de contestar a Niall:

—Ya lo sé.

—Bien, pues vámonos. No me siento muy a gusto con todo esto. —Niall me agarró de la mano—. Los fae interpretarán nuestra visita a tu tío como una razón para ir a la guerra. Tenemos más que perder que ganar, Sharni. Lo tienes claro, ¿no? Y, con la suerte que tenemos, seguro que nos pillan. Los fae nos van pisando los talones todo el tiempo. Hay muchas probabilidades de que nos estén acechando aquí, o por lo menos observando. Y si vuelven a grabar esas estupendas imágenes de nosotros, tendrán pruebas de que hemos estado aquí, y ya no tendremos excusa.

Retiré la mano de la de Niall.

—No tan deprisa. Es verdad lo que dices, no te lo negaré. Aun así, Darragh es nuestra mejor opción. Créeme, no me muero de ganas de pedirle ayuda, pero es un dragón y vive en Londres. ¿No crees que tuvo que enterarse del ataque de dragones en junio? Puede que incluso haya iniciado sus pesquisas. Tal vez él sea la prueba que necesitamos.

—Ya, pero ¿de qué valen las pruebas si los fae declaran la guerra a nuestro pueblo porque nos las ha proporcionado Darragh?

Solté un lamento.

—Niall, estás pasando por alto un hecho importante: los fae nos van a declarar la guerra igualmente porque es lo que quieren, y por eso encontrarán un motivo para justificarla. Ya sea nuestra visita a mi tío u otra cosa. Pero por lo menos, con la ayuda de mi tío, existe la posibilidad de mantener la paz. El fin justifica los medios y, aunque nos pillaran, podemos exculparnos con el apoyo del clan Murphy. Seguro que las brujas no quieren esta guerra, como nosotros, los dragones.

Sin embargo, Niall sacudió la cabeza.

—Si los fae quieren esta guerra a toda costa, como dices, no aceptarán ninguna argumentación. Desde su punto de vista, no se nos ha perdido nada aquí. Punto.

—Ya lo veremos. Pero si no hacemos nada, vamos directos al matadero, porque en este caso hace tiempo que hemos perdido.

Niall guardó silencio un momento, antes de asentir.

—Bien, es decisión tuya, Sharni. Solo me gustaría que pensaras en algo más; si de verdad tu tío tiene material que prueba nuestra inocencia, ¿por qué no se lo ha comunicado a tu padre?

Tragué saliva. Yo también me había hecho esa misma pregunta. Mi tío no abandonó a la familia sin motivo. La bruja era más importante para él que el futuro de su pueblo, que su propia familia, y lo más probable era que eso no hubiera cambiado. Aun así, había que intentarlo.

—Hay un montón de posibles causas como, por ejemplo, que haya pensado lo mismo que tú. Además, no puede saber que estamos en apuros ni que los fae nos han puesto entre la espada y la pared. ¿Por qué iba a correr ese riesgo? A fin de cuentas, sabemos dónde encontrarlo si tenemos alguna consulta.

Me mordí los labios. Costaba creer que precisamente yo tuviera que defender a Darragh con tanta vehemencia, pero surtió efecto. Niall no dijo nada más. Me conocía lo suficiente para ver que había perdido, así que seguimos avanzando con sigilo. Con suerte estaría en lo cierto y todo aquello habría merecido la pena. De verdad no

me cabía en la cabeza que mi tío no se hubiera enterado de nada de la actividad de dragones en Holland Park. Cassandra había dicho que la prensa de Londres no hablaba de otra cosa que no fueran esos misteriosos incidentes. No se le podía haber escapado a Darragh, y seguro que se había fijado, aunque ya no le interesara su pueblo. Seguía siendo un dragón. No era tan fácil dejar de serlo. Además, si no hubiera conocido a esa bruja, sería el rey de los draconis. El destino de nuestro pueblo estaría en sus manos. Eso tenía que significar algo, maldita sea.

Papá no hablaba mucho de su hermano mayor y, cuando lo hacía, no sonaba en absoluto frustrado ni iracundo. No habían discutido, aunque me costara entenderlo. Por eso mismo esperaba que Darragh nos ayudara, si podía.

Por fin llegamos al amplio jardín que pertenecía a su finca. Por un momento se me aceleró el corazón, me asaltó la duda. ¿Y si me equivocaba? ¿Y si Darragh no podía ayudarnos, o no quería? Descarté esas opciones. Era demasiado tarde para retroceder. Si de verdad los fae nos estaban observando y haciendo fotos de prueba, jamás nos creerían si decíamos que nos habíamos ido con las manos vacías. Así que valía la pena correr ese riesgo.

Niall y yo nos escondimos detrás de un frondoso roble. Desde ahí recorrí el terreno con la mirada y, aun a oscuras, reconocí algunos contornos. La casa de ladrillo con las ventanas blancas con cuarterones, tras algunas de las cuales aún había luz, lucía típicamente inglesa y el jardín estaba muy cuidado. Había numerosos rosales y matas de hortensias, y también algunos árboles, pero una gran parte era una superficie de césped. Me estaba planteando cómo cruzarlo sin que nos vieran, cuando vi un columpio en un manzano y un tobogán que quedaba medio escondido por el árbol. ¿Mi tío tenía hijos? ¿Por qué papá nunca lo había mencionado? ¿O es que él tampoco tenía ni idea? Mi tío escribía tarjetas por los cumpleaños y festividades, pero así no se intercambiaba información importante.

No sabía prácticamente nada de él, ni tenía muchas ganas de que eso cambiara.

—¿Y cómo llegamos ahora a la casa? —Me sacó Niall de mis pensamientos—. No podemos llamar a la puerta.

—Pensaba espiar primero por la ventana. Ya se nos ocurrirá algo. —Y algo se nos tenía que ocurrir, porque no había ido hasta allí para nada. Si hacía falta, llamaríamos sin más al cristal.

Niall se encogió de hombros.

—Como quieras. Es tu tío.

Aguzamos el oído un momento más en el silencio y observamos nuestro entorno directo antes de atrevernos a salir de nuestro escondrijo. No llegamos muy lejos, porque nada más apartarnos del roble vi por el rabillo del ojo que aparecía de la nada de repente una figura detrás de Niall y le doblaba el brazo en la espalda.

—Ni un paso más —masculló una voz.

35

KAILEY

Estaba oscuro, hacía frío y seguía lloviendo, aunque la lluvia torrencial se había convertido en llovizna. Aun así, me quedé fuera en vez de irme a la habitación pensando que el aire fresco me ayudaría a aclarar las ideas. En Fairyland, mi hogar, me gustaba sentarme junto a los acantilados a reflexionar, pero aunque Dublín también estaba junto al mar, en ese momento el agua estaba demasiado lejos.

Repasaba una y otra vez mentalmente mi conversación con Aiden, pero no tenía sentido. Si quería saber lo que estaba ocurriendo, no tenía elección: tenía que llamar a mi tío.

Para no calarme hasta los huesos, me cobijé bajo un árbol antes de sacar el móvil y marcar el número de Damian. Como casi siempre últimamente, ya era tarde, pero eso no me detuvo. Era importante.

—¿Qué pasa? —me preguntó mi tío cuando atendió tras unos pocos tonos.

—¿Averiguaste cuáles eran las noticias de Sharni? ¿Y luego trasmitiste esa información directamente a los dragones? —Yo también fui al grano.

—Eh, sí, podríamos decirlo así —repuso mi tío, molesto—. La reina quería ver tus resultados. Mandó seguir indagando para confrontar a los dragones con el resultado. ¿Por qué lo preguntas?

—Eso no va así, tío Damian. Quieres que el príncipe de los dragones me tenga confianza. ¿Cómo voy a conseguirlo si utilizas la información que tengo de él en su contra a la primera de cambio?

—¿Cómo te atreves a hablarme así? —En el tono de Damian había de pronto un rastro de ira—. Por cierto, estás en Dublín para eso: para recabar información y hacerte una idea de la situación.

Pero ¿para qué? Tenía la pregunta en la punta de la lengua, pero me la tragué. Era demasiado pronto.

—Soy consciente, pero tienes que darme algo de tiempo. Aiden estaba hecho una furia conmigo. Me ha costado mucho...

—¿Que él estaba furioso contigo? —La rabia había desaparecido de la voz de Damian, y de pronto sonaba triunfal—. Es una magnífica señal, Kailey. Me habría preocupado que mostrara desinterés, pero si el príncipe de los dragones se enfadó contigo, es obvio que no le eres indiferente. Parece que vas por muy buen camino.

—Exacto. —Sentí orgullo, pero con un regusto amargo—. Lo siento, tío Damian, tienes que responderme a unas cuantas preguntas. Aiden me expuso unas cuantas cosas de las que no supe qué pensar.

—¿Y cuáles eran?

—Es por la actividad de dragones en Holland Park y todo lo relacionado con eso. Las pruebas que encontró Sharni y que no queréis aceptar. Las sanciones que amenazan a los draconis por algo que no han hecho.

—¿Cómo sabes que los draconis no fueron los causantes del caos en Holland Park? —preguntó mi tío—. ¿Porque te lo ha dicho su sucesor al trono?

Tragué saliva.

—También, pero no solo por eso. ¿Por qué fue Sharni a Londres? Es una operación peligrosa, y es la princesa. Seguro que había otro

draconi para encargarse de esa misión. ¿Y por qué habéis esperado dos meses en ir a buscar a los dragones? Además, hay pruebas de que no fueron ellos...

—Pruebas inadmisibles, por desgracia —me interrumpió mi tío.

Sabía que en ese momento era mejor cerrar el pico, pero mi boca no obedeció. Quería respuestas de una vez, y sobre todo transparencia.

—Las pruebas no son mucho mejores ni peores que los motivos para rechazarlas.

Damian suspiró en lugar de enfadarse, y en realidad era lo que esperaba.

—Kailey... ¿Te parece justo acusarme y bombardearme con reproches? —No sonaba enojado, sino casi triste—. Sigo órdenes de la reina igual que tú, no lo olvides.

Tragué saliva de nuevo. Llevaba razón, había perdido el control y hablaba llevada por la rabia, en lugar de ir paso por paso y explicárselo todo con calma y serenidad. Esperaba no haber metido mucho la pata.

—Es cierto. Lo siento, tío Damian, me gustaría disculparme. Es que... estoy confusa. Soy yo quien hace las preguntas todo el tiempo...

—Pues lo siento, pero no te corresponde. Si la reina se entera, los dos tendremos problemas, porque no puedo darte respuestas.

—Lo sé —continué con calma—. Pero ahora Aiden me cuenta esas cosas que no nos dejan en buen lugar a los fae. ¿Qué quieres que piense?

Damian también conservó la calma.

—Es un dragón, y los dragones no tienen en mucha estima a los fae. Igual que nosotros, los fae, no tenemos una opinión positiva de los dragones. ¿Me equivoco?

—Tienes razón, desde luego.

—Es así, forma parte de nuestra naturaleza. ¿No crees que el dragón te contaría cualquier cosa con tal de atraerte hacia su bando?

—Sonaba sincero y franco —repuse en voz baja.

Mi tío se rio, compasivo.

—Por supuesto, Kailey. Los dragones también pueden ser encantadores con tal de conseguir su propósito. Me has dicho que se enfadó contigo, pero es probable que solo lo fingiera para apelar a tu mala conciencia y poder influir en ti. ¿Lo has pensado?

Agaché la mirada y le di una patada a una piedra con el zapato. De nuevo tuve que darle la razón a Damian. Aiden era buen actor, lo había visto con mis propios ojos. Interpretaba a D'Artagnan como si nada. ¿Por qué iba a costarle ponerme una venda en los ojos? ¡Maldita sea!

—Lo siento, tío Damian —repetí—. De corazón.

—Lo sé, Kailey. Tienes que entender que estamos en una situación delicada. La forma en la que procedamos a continuación determinará todo nuestro futuro. Tienes que escoger un bando, y no puedes dudar, de lo contrario te moverás como una veleta al viento de aquí para allá, y a cualquiera le resultará fácil jugar contigo. ¿Lo entiendes? Con tus constantes dudas no haces más que volverte vulnerable para ambos bandos. Si la reina se entera, te retirará en el acto, y ni tú ni yo queremos eso.

—Estoy de parte de los fae —dije—. De tu parte.

—¿Estás segura, Kailey? Como he dicho, no podemos permitirnos dudas. Hay mucho en juego, mucho. Puedes opinar distinto, ¿por qué no? Todo el mundo tiene derecho. Pero tienes que pensártelo muy bien antes de creer todo lo que cuentas, y no puedes cambiar de opinión sin cesar. Además, tienes que ser consciente de las consecuencias, si discrepas.

—Estoy segura. Estoy de parte de los fae —repetí con más firmeza. ¿Cómo había podido creer ni por un segundo que Aiden decía la verdad y no estaba jugando conmigo? Al fin y al cabo, yo también lo hacía con él.

—Una vez aclarado esto, puedes hacerme preguntas. Pero solamente voy a hacer una excepción en este caso especial. Eres mi

sobrina, y me gustaría que confiaras en mí. Ahora mismo cualquiera puede llenarte la cabeza de pájaros, y eso puede ser peligroso para todos.

Respiré hondo. Por un momento me planteé retractarme para demostrarle a Damian que mi apoyo era incondicional, pero no pude. Era mi oportunidad, y no iba a recuperarla tan rápido.

—Solo me gustaría saber una cosa: ¿la reina de los fae quiere forzar otra guerra con los dragones?

—No quiere que le tomen el pelo. No tiene por qué terminar en guerra, pero sabes muy bien que muchos en la población de ambos bandos abogan por eso.

—¿Entonces los dragones quieren una guerra? —Contuve la respiración.

—Eso parece, ¿no? Solo podemos intentar interpretar bien las señales. La situación apunta a que los draconis quieren provocar a nuestra reina.

Se me aceleró el corazón.

—¿Por qué?

Damian suspiró.

—No te sé decir, Kailey. Quizá puedes preguntárselo al príncipe de los dragones, aunque antes deberías estar segura de si puedes y quieres confiar en él. A lo mejor se han tomado mal que hayamos abordado el tema de Holland Park.

—¿Puedo preguntar por qué no lo hicisteis hasta pasados dos meses?

—Estás haciendo más de una pregunta —contestó mi tío con una media sonrisa en la voz—. Necesitábamos estar seguros del todo. Las falsas acusaciones podían desembocar rápido en un gran conflicto. Ya sabes lo delicada que es la paz entre los fae y los dragones desde hace años. Una palabra en falso y todo salta por los aires. Supongo que, pese a todo, nos precipitamos. De lo contrario ahora no estaríamos en esta situación.

—Supongamos que de verdad hubiera dragones activos en Holland Park. ¿Por qué sería tan grave? Aparte de un parque devastado y un borracho que cree haber visto un dragón, no parece que haya ocurrido nada más.

—A nosotros no nos importa mucho que vean a un dragón, y Holland Park también nos da igual, con franqueza. El problema es que hubiera un dragón activo en Londres. Parece que los dragones quieran ampliar su territorio, y eso está prohibido, como sabes. La reina de los fae no puede ni quiere permitirlo, ni siquiera por mantener la paz.

—Entonces, si el dragón no se hubiera transformado, ¿no habría ningún problema? —insistí.

—Mientras la reina de los fae no se hubiera enterado de nada... Ya ves que es un asunto de lo más espinoso.

—Entiendo. —Esperé un momento porque un grupo de estudiantes pasó entre risas junto al árbol bajo el cual me cobijaba—. De hecho, ¿Sharni puede estar en Londres o es una infracción de las reglas?

Mi tío respiró, pero no sonaba nervioso.

—Es un tema complicado porque las reglas no siempre están formuladas con claridad. Según tenemos entendido, no está en la ciudad para ampliar el territorio de los dragones, sino para encontrar pruebas de que no estuvieron activos en Londres en junio. Si su intención es evitar una guerra, no hay ningún problema. Además, en principio los dos bandos tienen permiso para viajar al mundo de los humanos por lo menos un tiempo breve. Ahora mismo tú tampoco estás en Fairyland, ¿no? De todos modos, lo habitual es que cada pueblo informe al otro para que no haya malentendidos.

—¿Y si el dragón de junio solo estaba de viaje? —planteé en voz baja.

—La reina de los fae no lo cree, porque se mostró en su auténtica figura y actuó con agresividad. Además, no hubo aviso de ese viaje.

Cerré los ojos y me di un masaje entre las cejas. Todo era muy complicado, un infierno, me alegraba de no ser sucesora al trono. No envidiaba a Aiden, que un día tendría que lidiar con esas cosas.

—Pero si queremos evitar la guerra a toda costa, ¿por qué no aceptamos las pruebas que encontró Sharni?

Damian suspiró.

—Porque todas se pueden impugnar, por desgracia. ¿Dos cabezas y llamas amarillas? Por favor, Kailey. La reina teme que los dragones nos tomen el pelo si les deja pasar esto. Créeme, me encantaría que la princesa de los dragones encontrara pruebas de la inocencia de los dragones, pero deben ser irrefutables.

—Entiendo. —Sin embargo, no quedaba todo aclarado, ni mucho menos. Por ejemplo, ¿por qué buscaba Sharni pruebas de la inocencia de los draconis, si tanto deseaban esa guerra? ¿Era una maniobra de distracción? ¿O los consejeros de la reina de los fae estaban interpretando mal la situación y los dragones no querían una guerra? De todos modos, seguramente Damian no podía contestarme a esa pregunta, y no quería ponerlo de los nervios. Tenía razón, debían confiar en la reina, como siempre había hecho. No había motivos para dudar de sus decisiones.

—¿Quieres saber algo más? —insistió Damian.

—No. No, con eso basta. Muchas gracias por tu franqueza.

—Bien. Espero que ya no tengas dudas sobre tu misión. Lo principal para ti, como siempre, es ganarte la confianza del sucesor al trono de los dragones.

—No te preocupes, lo sé —me apresuré a contestar—. El dragón me ha confundido porque me he tragado su historia. No volverá a pasar.

—Bien —repitió Damian, y suspiró—. ¿Tienes más información para mí o solo tu conversación con el dragón sobre los fae?

Noté que se me acaloraban las mejillas. Qué boba había sido, qué tonta, por haber entrado en el juego de Aiden. Era un error de

principiante que jamás podía volver a cometer. Solo cabía esperar que Damian no hablara del tema con la reina, de lo contrario perdería el trabajo y mi carrera pendería de un hilo. Solo me quedaría tal vez ser jardinera o entrar de aprendiza de un herrero, pero para la reina habría caído en desgracia. Jamás volvería a enviarme a una misión.

—De hecho, he conseguido unos cuantos datos interesantes —me apresuré a decir para dejarle claro de qué bando estaba—. El dragón estaba bastante enfadado con que se les disputara una tercera parte de su territorio, y se desfogó sobre el poco espacio que tenían, tanto en el parque nacional como en el sistema de cuevas donde se alojan. Sonaba como si detestaran estar encerrados todo el día sin poder mostrarse en su auténtica forma a su antojo.

—Eso respaldaría la teoría de que quieren ampliar su territorio.

«Pero ¿por qué habían escogido Londres?», me pasó por la cabeza. Londres era una ciudad muy poblada donde los dragones tendrían problemas incluso por la noche para transformarse y hacer una salida. Sin embargo, me mordí la lengua. «Nada de dudar más, Kailey». A saber qué planeaban los dragones. Tal vez el ataque de Holland Park era solo una distracción y su objetivo era otro.

—Puede ser. Como te he dicho, Aiden estaba bastante frustrado. Mencionó que no salía mucho, y además aseguró que estaba en Dublín porque su padre quería que estuviera a salvo. Pero me dio la sensación de que me ocultaba algo.

Mi tío hizo un sonido de aprobación, y me pregunté de nuevo cómo se me había ocurrido dudar de mi misión.

—¿Algo más? —preguntó.

—La madre de Aiden murió en manos de los fae —solté, aunque no sabía muy bien con qué finalidad.

Damian se quedó callado un rato. Cuando por fin volvió a decir algo, no tenía nada que ver con la muerte de la madre de Aiden.

—Bien, Kailey, sigue en ello. Si entras en el juego de los dragones, puede que te enteres de más. De mucho más.

Notaba la ropa rígida cuando volví hacia la residencia. Sin embargo, lo peor era que me pesaban los huesos como si fueran de plomo. Era tarde, y estaba cansada. Además, tenía ese inusual caos de sentimientos... Aunque era culpa mía. Creer a un dragón, en serio. Solté un bufido. Aun así, Damian tampoco estaba del todo exento de culpa. Le había pedido información varias veces y le había insinuado que no estaría mal tener una idea de la situación. Si hubiera tenido antes los datos, Aiden no habría podido sacar provecho de mis dudas.

Sacudí la cabeza. Las dudas eran solo cosa mía, no podía achacárselas a nadie más. Tenía que centrarme y no podía permitir bajo ningún concepto que volviera a suceder algo así, de lo contrario pondría en juego todo mi futuro.

Abrí la puerta de la habitación y, cuando me estaba preguntando si mi compañera ya dormía, vi que Cassandra y Celmar se separaban. Levanté las cejas, perpleja. ¿De verdad Celmar había venido a hacer compañía a Cassandra? Entonces me di cuenta de la cara de culpables que tenían los dos. Las sábanas revueltas, el pelo desgreñado, y Celmar llevaba la camisa de cuadros metida en los tejanos solo por un lado: la situación era bastante clara. Me apoyé en el marco de la puerta con una media sonrisa. Cassandra y Celmar, ¿quién lo iba a decir? Aunque en la fiesta ya estaba claro que había un interés mutuo.

Celmar se pasó la mano por el pelo.

—Supongo que mi habitación ya está libre otra vez. Ya era hora. Tengo que acostarme ya. Eh... —Se volvió hacia Cassandra y se toqueteó de nuevo el pelo.

—Felices sueños. Nos vemos. —Atravesó la habitación y pasó por mi lado sin dignarse a mirarme.

Cerré la puerta y observé un momento a Cassandra. Ella esquivó mi mirada. ¿Le resultaba incómodo?

—¿Todo bien? —pregunté.

—Genial. —Me dedicó una sonrisa rápida, luego se levantó a alisar la sábana.

—No tienes de qué avergonzarte. Celmar... es bastante guapo. —Aunque no fuera en absoluto mi tipo, y no era solo porque le corriera sangre de dragón por las venas.

Cassandra meneó la cabeza.

—No debería haber pasado. No sé en qué estaba pensando.

Fruncí el entrecejo.

—¿Por qué te desespera tanto? Solo ha sido un beso. O sea... —¿Había pasado algo más entre ellos? No es que fuera de mi incumbencia, pero Celmar era un dragón y, aunque Cassandra no fuera amiga mía, me preguntaba cómo debería tomarme una relación entre los dos. Me gustaría advertirla, pero ¿cómo iba a hacerlo sin desvelar demasiado?

Me devolvió la mirada con los ojos abiertos de par en par.

—¿Qué? No, Dios, esa sí que sería buena. Solo ha sido un beso, y no volverá a pasar. —Se puso el jersey con gesto decidido.

La observé un momento, pero no dijo nada más, así que yo también me cambié la ropa mojada por un pijama.

36

SHARNI

—Ni un paso más o te rompo los brazos —le repitió la voz a Niall.

Me di la vuelta sin dudar. Al mismo tiempo, Niall intentó liberarse, pero no tenía opciones contra el hombre que le había retorcido el brazo en la espalda. Además de superarle en altura, era más corpulento y fuerte. Los músculos se tensaron bajo el polo oscuro.

Se oyó un ruido feo cuando el hombre apretó con más fuerza. Niall soltó un gemido.

¡Hijo de su madre! Saqué un cuchillo del bolsillo de la chaqueta con ímpetu, y entonces posé la mirada en el rostro del hombre. Dudé. Los rasgos marcados, el cabello y los ojos oscuros... Me sonaba de algo, y en ese momento me di cuenta también de que no teníamos a un humano delante. Era un dragón.

—Yo en tu lugar lo dejaría —gruñó.

Bajé el cuchillo sin hacer nada.

—¿Tío Darragh?

—¿Tío Darragh? —Me buscó con los ojos entornados. Seguía tenso y dispuesto a atacarme en cualquier momento cuando de pronto advirtió el parecido a la familia. Todos los O'Rourke teníamos la misma nariz, por desgracia.

—¿Sharni? Por Voldragor, ¿de verdad eres tú?

Soltó a Niall, con los ojos desorbitados aún clavados en mí. Niall puso cierta distancia con mi tío y procuró volver a sentir todas sus extremidades. Se le escapó un quejido, y tenía el rostro desfigurado por el dolor.

Me planté a su lado, por si Darragh quería abalanzarse sobre nosotros de nuevo. Nunca sobraban las precauciones.

—¿Todo bien, Niall?

—Me temo que me ha roto el brazo.

Miré a mi tío furiosa. Tuvo la decencia de poner cara de compungido.

—Lo siento, te he avisado. —Volvió a mirarme—. ¿Qué hacéis aquí? ¿Sabe tu padre que estáis de visita?

Antes de poder contestar, una mujer se acercó corriendo por el césped. Era menuda y delicada, en comparación con mi tío parecía casi frágil. La melena castaña ondeaba tras ella, y se había puesto un chal amplio a toda prisa sobre los hombros para protegerse del viento frío. Debajo llevaba un vestido de color azul claro, y caminaba descalza. Formaban una extraña pareja.

—¿Qué ha pasado? —preguntó con un evidente acento irlandés.

Darragh soltó un leve suspiro.

—Os presento: nuestra sobrina Sharni. Sharni, tu tía Isla.

—¿Nuestra... sobrina?

Me observaba con sus ojos azules, y yo también la miraba fijamente. No la conocía, solo la había visto en una fotografía. ¿Así que era mi tía Isla, la bruja del clan Murphy? ¿Por ella había abandonado mi tío a la familia? Tuve que admitir a regañadientes que era muy guapa. Seguro que volvió loco a mi tío con su belleza.

Ella fue la primera en apartar la vista y se me tiró al cuello de súbito como si nos conociéramos desde siempre.

—¡Sharni, Dios mío! ¿Va todo bien, estáis bien?

Retrocedí un paso cuando me soltó.

—Según se mire. Mi amigo Niall se ha roto el brazo. —Ese no era el motivo de nuestra presencia allí, pero todo lo demás precisaba de una explicación más extensa.

—Ay, Darragh —dijo Isla con un suspiro.

Mi tío hizo un gesto a la defensiva.

—Eh, los he avisado a los dos. ¿Por qué deambuláis por ahí a escondidas en plena noche?

Tenía en la punta de la lengua una respuesta insolente, pero Isla se me adelantó.

—Por el mismo motivo por el que deberíamos entrar rápido. —Recorrió el entorno con la mirada; por suerte, no le llamó la atención nada raro—. Venid, seguro que no os irá mal un té, y me gustaría ver mejor el brazo de Niall.

—Yo necesito algo más fuerte que un té —murmuró mi tío.

En la mesa de centro de madera había una tetera, cuatro tazas con sus platillos, todo de porcelana fina con florecillas, y una botella de *whisky*. Connemara Peated Single Malt. ¿Nostalgia? Estuve a punto de hacer la pregunta, pero me contuve.

Darragh y yo estábamos sentados cada uno en una butaca, mientras Isla examinaba en el sofá a Niall, que se había quitado la camiseta con mucho dolor.

—Tu cuerpo empieza a curarse solo, por eso no podemos llevarte a un hospital —le estaba diciendo Isla—. Puedo hacerte un vendaje de hierbas para mitigar el dolor y acelerar la curación; por lo demás, solo cabe esperar. Un día, máximo dos, y volverás a ser el de antes, pero hasta entonces tienes que tener el brazo en reposo.

—¿Dónde vivís? —preguntó mi tío—. ¿Tenéis alojamiento aquí?

No disimulaba que quería deshacerse de nosotros lo antes posible, y tampoco esperaba otra cosa. Lo miré a los ojos.

—No te preocupes, tenemos un hotel en la City.

Isla sacudió la cabeza.

—No podéis volver ahí. El riesgo de que os vean los fae es muy alto. Además, Niall necesita reposo absoluto, sobre todo esta noche. Os quedáis aquí. Ahora mismo os preparo el cuarto de invitados, pero antes voy a buscar las hierbas.

—No hace falta, de verdad —le grité por detrás, pues Isla ya estaba saliendo del salón.

—No hay más que hablar —la oí decir desde el pasillo.

Miré de soslayo a mi tío, pero él me evitó y guardó silencio. Concentrado, bebió un sorbo de *whisky* de la taza de té vacía. No solo el aroma ahumado me provocaba nauseas. Me mordí los labios para no preguntar por qué quería perdernos de vista, pues ya sabía la respuesta: la familia no significaba nada para él. En cambio, agarré mi taza y eché otro vistazo al salón. La casa de mis tíos era el típico *cottage* inglés, aunque solo había visto una parte de la planta baja: muebles que a simple vista no conjuntaban, una chimenea abierta, una librería. En todas las superficies libres había flores, lámparas, marcos o alguna fruslería. Pese a que la casa parecía a rebosar y me preguntaba cómo podía mi tío, siendo dragón, sentirse a gusto allí, toda ella trasmitía un ambiente extremadamente acogedor. Justo ese aire hogareño hizo que me invadiera la rabia. ¿Por qué él podía llevar una vida normal lejos de los fae, mientras papá, Aiden y yo teníamos que luchar por la paz?

Posé la mirada sobre las imágenes colocadas en la repisa de la chimenea y colgadas en las paredes. Aparecían Isla, Darragh y dos niñas que en cada fotografía eran más mayores. Al final se sumaba un niño pequeño que no podía tener más de tres años.

—¿Tenéis hijos? —pregunté con frialdad, después de beber un trago de té y volver a dejar la taza. Se oyó el tintineo de la porcelana.

—Dos niñas, Chloe y Olivia. Ya tenemos nuestro primer nieto. Barry cumplió tres años en verano.

El tono de mi tío adoptó un deje cariñoso al hablar de sus niños, y de nuevo me enfurecí. ¿Cómo se atrevía a hablar así en mi presencia de su nueva familia, mientras la antigua le daba igual?

—¿Cómo está Roarke? —Isla volvió al salón con un cubo en una mano y unos vendajes en la otra. Con ella llegó el aroma a salvia y manzanilla, tomillo y ortiga.

Darragh se hacía el desinteresado, pero noté que estaba ansioso por oír la respuesta. Solté un bufido, pero antes de poder decir nada, mi tío se inclinó hacia delante en su butaca y me miró a los ojos.

—¿Qué ocurre, Sharni?

—¿Que qué pasa? ¿En serio me lo preguntas? Papá no está bien, ¿de acuerdo? Nada bien. No quiere que Aiden y yo lo sepamos, pero no somos tontos. Es lógico, con todo lo que está pasando alrededor ahora mismo, y es culpa tuya. Si no hubieras abandonado a tu familia, ahora sería problema tuyo, y no de papá.

—Sharni —me reprendió Niall.

Demasiado tarde. Hablaba la rabia, aunque tal vez no fuera lo más sensato si quería que Darragh nos ayudara.

—Pero es cierto. Tú estás aquí sentado, en tu bonito *cottage*, lejos de todo, mientras yo siento verdadera preocupación por la salud de papá. Y no solo eso: si de verdad se llega a la guerra, los fae harán todo lo posible por matarlo. No es justo.

Isla y Darragh intercambiaron una mirada.

—Tienes razón, Sharni, no es justo. —El tono de Isla era suave. Sumergió la gasa en el cubo con agua y hierbas, y luego lo usó como apósito para vendar el brazo de Niall—. Cuéntanos qué ha pasado.

Su actitud amable no hacía más que enfurecerme más, y mi tío se limitaba a quedarse ahí sentado y esquivar mi mirada. Me sentía tentada a levantarme e irme. Darragh no quería ayudarme, lo había dejado más que claro, y además Isla no tenía ni idea de esas cosas. Ella había permitido que se produjera un cisma en mi familia.

—Es por los fae —dijo Niall, antes de que pudiera ponerme en pie—. Están presionando a la familia real y quieren forzarnos a los draconis a ir a la guerra por todos los medios.

Yo permanecí en silencio, y él siguió hablándoles sobre las conversaciones con el emisario de los fae, la actividad de dragones en Londres que nos habían atribuido y las pruebas que habíamos encontrado, pero que los fae no reconocían. Al final intervine y les revelé la existencia de traidores entre los consejeros de papá y de Kailey, lo que le estaba complicando la vida a Aiden en Dublín.

Isla e incluso Darragh nos escucharon con atención sin interrumpirnos ni hacer preguntas. Cuando terminamos, Darragh se levantó. Desconcertada, lo vi caminar de un lado a otro del salón, aunque me sorprendió que no volcara ni una mesita ni chocara contra un jarrón. ¿Acaso nuestro destino no le era indiferente?

—¡Los malditos fae! —Se pasó la mano por la cara en un gesto desesperado y me recordó a mi padre—. Primero convierten nuestra vida en un infierno, se encargan de que tengamos que vivir lejos de nuestras familias, y ahora quieren instigar a una guerra por una causa que no se sostiene. Ha llegado el momento de pararles los pies.

—Cálmate —dijo Isla.

—No quiero calmarme. Sharni lleva toda la razón. También es asunto mío. De hecho, ahora sería yo el rey de los draconis y no Roarke. Es mi hermano; debe saber que le apoyo. Al fin y al cabo, no nos separamos peleados. Fue culpa única y exclusivamente de los fae que yo tuviera que abandonar a mi familia. De lo contrario jamás habrían aceptado que viviéramos juntos. —Dedicó una mirada amorosa a Isla, que le respondió con el mismo cariño—. Pero ya basta. Hasta aquí hemos llegado.

—Si te inmiscuyes ahora solo conseguirás empeorarlo, Darragh. No te lo tomes a mal, Sharni. Yo también quiero ayudaros.

No fui capaz de contestar. Me quedé sentada en mi butaca intentando comprender lo que ocurría alrededor.

—Sharni y yo lo entendemos —salió al paso Niall—. En ningún caso debemos dar más motivos de guerra a los fae. Tampoco hemos venido a eso, sino por la actividad de dragones en Holland Park.

Sharni y yo deberíamos encontrar pruebas sólidas que los fae no puedan rechazar.

—La actividad de dragones. —Mi tío se dejó caer de nuevo en la butaca, volvió a servirse *whisky* en la taza de té y se lo bebió de un trago—. La prensa no habló de otra cosa durante días. Ya me temía que podría haber problemas con los fae, pero como han pasado unas semanas sin saber nada de vosotros... —Se encogió de hombros y me miró con tristeza.

Esta vez fui yo quien le esquivó la mirada, me sentía mal.

—Lo siento, no quería ser injusta. Pensaba...

—¿... que me dabais igual? —Darragh soltó un suspiro que lo decía todo—. No tienes por qué disculparte, Sharni. Te entiendo. Ya tienes dieciocho años, y en todos estos años solo nos hemos visto una vez. No fue por decisión mía: no había más remedio en aras de la paz. En principio no podía ni enviaros tarjetas por los cumpleaños o en Navidad. Isla las embrujó para que los externos no vieran que eran mías. Pero ¿cómo ibas a saber todo esto? Le pedí a Roarke que no os lo contara. Consideré que era lo mejor porque pensaba que os resultaría más fácil si estabais enfadados conmigo.

Tragué saliva.

—Papá nos ha contado lo que pasó. Aunque se lo explicó a Aiden y, como siempre, mi hermano no fue capaz de cerrar el pico. —Quise reír y no pude.

—No pasa nada, Sharni. Te entiendo. Yo en tu lugar también estaría furibundo. Seguro que no conoces todos los detalles, y me encantaría hablar de eso más tarde, pero antes tenemos que pensar qué pasos vamos a dar a continuación.

Tenía razón. Me encantaría oír lo que me quería contar, pero tenía que esperar. Me incliné hacia delante en el sillón.

—¿Cómo explicas todo esto? ¿Tienes idea de lo que pasó en Holland Park?

Mi tío suspiró, y yo perdí toda esperanza.

—Intenté averiguarlo. Nada. Ni siquiera encontré al testigo ocular como vosotros, pues debía actuar con mucha discreción. De todos modos, no estoy seguro de que no fueran dragones de verdad. Las dos cabezas y el fuego amarillo hablan por sí solo, pero ¿son pruebas? Lo siento, de verdad. Ojalá pudiera ayudaros.

No pude disimular mi frustración.

—¡Qué fastidio! Esperaba que por lo menos tuvieras una teoría.

Darragh estiró los hombros.

—No pierdas la esperanza, Sharni. Tienes mucho de tu padre, y ese no es ni su estilo ni el tuyo. Alguna prueba encontraremos...

Negué con la cabeza.

—Es demasiado peligroso. Niall y yo lo haremos solos. Isla y tú tenéis que manteneros al margen. Ya hemos corrido riesgo suficiente viniendo aquí, aunque no me arrepiento. Ha sido bonito verte, y me alegro mucho de conocerte, Isla. —Los dos me dedicaron una cálida sonrisa, y yo se la devolví—. Espero no haberos metido en apuros con nuestra visita. Solo esperaba que supierais algo que nos fuera de ayuda.

De pronto la sonrisa se desvaneció del rostro de Isla. Ya había vendado el brazo a Niall, y se estaba secando las manos en una toalla. Parecía pensativa, casi ausente.

Darragh arrugó la frente.

—Tú sabes algo, Isla, ¿me equivoco?

Se retorció las manos, sin apenas atreverse a alzar la vista.

—Tengo una idea.

Se me aceleró el corazón, Niall y yo intercambiamos una mirada. ¿Y si nuestra visita no había sido en vano?

Darragh también se acercó al borde de su butaca.

—¿Tienes una idea? ¿Por qué no has dicho nada?

Isla apretó los labios y cerró los ojos un momento.

—Lo siento, de corazón. Nos ha costado mucho construirnos una nueva vida y alejarnos de todo. Si intervenimos ahora... Me da

miedo. Por ti, por nuestras hijas y nuestro nieto. Pero... —Sacudió la cabeza con tristeza, le brillaban los ojos por las lágrimas—. Ha sido egoísta por mi parte, lo sé. Es una cuestión de familia.

—Vamos, Isla. —Darragh se puso en pie, se acercó a su mujer y le puso un brazo sobre los hombros—. Créeme, te entiendo, pero si de verdad esto acaba en guerra, ya no podremos mantenernos al margen. A la larga, no.

—Lo sé. —Apoyó la cabeza en su hombro.

Darragh le acarició el cabello y le dio un beso en la sien, y ese gesto contenía tanto amor que por primera vez comprendí por qué mi tío había abandonado a la familia y le había dejado la responsabilidad a mi padre. Se querían por encima de todo. Se notaba cada vez que respiraban.

—No me gustaría que nuestras hijas y nuestro nieto vivieran en un mundo donde los fae están en guerra con mi pueblo —prosiguió Darragh—. Si tienes una teoría, tienes que explicárnosla.

Isla asintió, pero necesitaba un momento antes de hablar. Se volvió hacia mí y Niall.

—¿Os suenan los Morgan y los Merlín?

—¿Los clanes de brujos naturales de aquí, de Londres?

Hice memoria. Durante la última guerra los Merlín habían sido aliados de los dragones, y los Morgan habían apoyado a los fae. No sabía mucho más sobre los dos clanes de brujos, pero aun así sentí un escalofrío por la espalda. ¿Guardaban alguna relación con las actuales intrigas de los fae?

—Los Morgan y los Merlín son unos de los clanes más poderosos de Londres. Hasta hace poco reinaba entre ellos una paz igual de frágil que entre vosotros y los fae, pero durante las últimas semanas los clanes han entrado en guerra de repente. Es por una profecía ancestral del propio Merlín, protagonizada por una niña: Caroline. Nos llevaría demasiado tiempo contároslo todo, y ni yo mismo sé todos los detalles. Sin embargo, puedo deciros que los

metales alcalinos influyen en la magia. Los cazadores de brujos, los llamados maleficarios, emplearon hace muchos siglos sal común en las quemas de brujas para que las víctimas no pudieran utilizar la magia y librarse del fuego. Además, se puede invocar a un dragón con magia. Y es bastante común que esos dragones tengan dos cabezas.

Abrí los ojos de par en par.

—¿Crees que los clanes de brujos invocaron a un dragón durante su pelea?

Isla asintió.

—Fue más que una pelea, pero sí. Eso creo. ¿Y no has dicho que vuestro testigo estaba borracho? —Esta vez asentí yo, y a Isla se le dibujó una sonrisa pícara en el rostro.

—Es interesante, porque resulta que solo los niños y los borrachos pueden ver los dragones fruto de un conjuro.

Sentí un gran alivio. Lancé una mirada triunfal a Niall, que levantó una mano a la defensiva.

—Sí, tenías razón. ¿Es lo que querías oír? Sin duda ha valido la pena venir, aunque podría haberme ahorrado el brazo roto.

Me levanté con ímpetu. Si la teoría de Isla era cierta y los clanes estaban dispuestos a hacer una declaración, los fae ya no tendrían nada contra nosotros y con suerte la guerra quedaría descartada.

—¿Dónde viven los Merlín o los Morgan?

—Un momento, jovencita, ¿has visto qué hora es?

Seguí la mirada de Darragh hacia el anticuado reloj de estación que había colgado encima de la chimenea. Ya era casi la una de la madrugada. Maldita sea, sería de lo más inapropiado presentarse ante los clanes a esas horas. Pese a que el objetivo era evitar una guerra, la situación no era tan urgente como para justificar una visita a esas horas, y necesitábamos sin falta la ayuda de los clanes. No quería correr el riesgo de disgustarles.

—¡Maldición! —Me dejé caer de nuevo en la butaca, frustrada.

—Puedes ponerte en marcha mañana mismo. Tengo entendido que George Merlín es madrugador. —Isla esbozó una media sonrisa, luego respiró hondo—. Muy bien, ya sé qué vamos a hacer ahora: vamos a llamar a Roarke.

Vi que mi tío tragaba saliva, pero tras una breve duda, asintió.

—Sí, seguro que querrá saber lo que trama su hija.

37
KAILEY

Me desperté sobresaltada por un zumbido. Miré el despertador, que no me habría roto el sueño con tan poca delicadeza. Faltaba media hora para que sonara. Entonces me di cuenta de que era mi móvil el que emitía el sonido. Con cada zumbido avanzaba un poco más hacia el borde del alféizar. Lo agarré y contesté a la llamada de Damian, mientras entraba en el baño. Por una parte, Cassandra dormía y no quería despertarla y, por otra, mi conversación con Damian era secreta, fuera lo que fuera lo que quisiera decirme.

¿Por qué llamaba tan pronto si habíamos hablado la noche anterior? Un mal presentimiento se apoderó de mí. ¿Lo había estropeado todo definitivamente? ¿La reina quería retirarme de la misión? Tal vez Damian le había comentado mis dudas. Al fin y al cabo, no me había prometido no decir nada de mi «fallo», y no me pareció correcto pedírselo.

Cerré la puerta del baño sin hacer ruido, y procuré contener los nervios en el tono cuando lo saludé con un «buenos días».

—Buenos días, Kailey.

Me quedé helada. No era Damian. Era una voz de mujer que había oído muy rara vez y aun así reconocí en el acto. Esperaba cualquier

cosa menos eso. Se me aceleró el corazón. ¿Quería pedirme cuentas por mis dudas?

—Su Majestad. —Sentí la tentación de hacer una reverencia o inclinarme, lo que habría sido ridículo porque la reina ni siquiera me veía.

—Tu tío me ha explicado que te va bien. Me alegro. A fin de cuentas es tu primera misión.

—Muchas gracias, Su Majestad. Sí, va bien. Damian y yo estamos contentos. —Me sentí aliviada al ver que mi tío no había informado a la reina de mis dudas, pero mantuve la cautela. ¿Por qué me llamaba en persona? ¿Qué quería de mí, y mi tío lo sabía? ¡Damian! De pronto se apoderó de mí una sensación desagradable. ¿Por qué no lo había pensado antes?—. ¿Mi tío está bien?

—No te llamo por eso, pero sí, está bien.

—Disculpad.

—No pasa nada. Tu instinto no te engaña porque, en efecto, anoche pasó algo. Hubo un gran incendio en la frontera del norte con nuestro territorio, cerca de Limerick. El fuego afectó a nuestra embajada.

¿Un incendio en las inmediaciones de Limerick? El combate entre Aiden y yo también tuvo lugar cerca de allí. ¿Desde cuándo ese lugar se había convertido en el centro neurálgico de las rencillas entre los fae y los dragones?

—¿Puedo preguntar si los dragones están detrás del incendio?

—¿Quién si no? Seguramente fue una maniobra de distracción, pues hicieron falta horas para llegar a controlar el fuego. Kailey, ¿te suena de algo el parque nacional del Burren?

—Por supuesto, Su Majestad. —Se me tensó todo el cuerpo, y tuve un mal augurio.

Hacía tiempo que los dragones querían adueñarse del Burren. Abarca solo la mitad de superficie que el parque nacional de Connemara y no linda directamente con él, pero es de fácil acceso

para los dragones por mar, y les procuraría más espacio. Es un paisaje lunar con extensas formaciones rocosas, y está atravesado por un sistema cavernario. Por eso, en principio, es perfecto para los dragones. El problema es su ubicación: está situado al oeste de Irlanda, no muy lejos del lugar del incendio, en zona neutral. Tanto los dragones como los fae tenemos prohibido abrir nuevo territorio sin motivo ni acuerdo.

—Los draconis han ocupado el parque. No es de extrañar. Solo era cuestión de tiempo.

Me mordí la lengua para no hacer preguntas ni comentarios. Los dragones habían escogido un momento de lo más absurdo. A esas alturas la situación se había agravado hasta tal punto que una mala palabra podía destruir la paz. Pese a todo, por lo visto a los dragones no les importaban las consecuencias. ¿Acaso sí querían la guerra?

—Mis consejeros opinan que debemos intervenir —continuó la reina—. No me gusta la idea, pero no podemos dejar pasar esto a los dragones. De lo contrario, creerán que pueden hacer lo que les venga en gana.

—¿Nuestros pueblos están en guerra? —Se me escapó la pregunta.

—Nuestras tropas han rodeado el Burren, pero los dragones no han atacado. Dadas las circunstancias, aún podríamos evitar el estallido. Pero para eso tenemos que tomar medidas drásticas, y ahí es donde entras tú en juego, Kailey.

Se me aceleró el corazón. Por fin la reina tenía otro encargo para mí, incluso de suma importancia, pues sonaba como si fuera decisivo para que se instaurase la guerra o la paz. Fuera cual fuera mi cometido, esta vez no habría dudas ni preguntas.

—Encantada, Su Majestad. ¿Cómo puedo ayudar?

—Tienes que matar al sucesor al trono de los dragones.

38

SHARNI

La propiedad del clan Merlín parecía salida de una película de miedo: piedra gris, muchas ventanitas con parteluces, miradores y torres, y los muros parcialmente cubiertos de hiedra. En el jardín delantero había dos esculturas de piedra en forma de león, una en cada lado del camino que conducía a la entrada principal. Aunque tampoco se podía hablar propiamente de jardín. El terreno era más bien un parque, que seguro se extendía por la parte trasera de la casa. «Una finca así en las afueras de la ciudad sería perfecta para nosotros, los dragones. Si no estuvieran todos esos humanos...».

Cuando me planté en la entrada y llamé, eran ya las ocho; una hora muy decente. La noche había sido breve, pero no sentía cansancio, al contrario. De esa visita dependía el futuro de mi pueblo.

«¿Por qué no abría nadie?». Intenté calmarme pensando que en un edificio de semejantes dimensiones pasaba un buen rato hasta que por fin alguien llegara a la puerta. En todo caso, no contemplaba la posibilidad de que no hubiera nadie. Seguro que tenían mayordomo o algún otro empleado, o por lo menos un jardinero o una persona encargada de la limpieza.

Por fin se oyeron pasos, y un joven que parecía un poco mayor que yo abrió la puerta. Lo observé detenidamente, aunque probablemente eso era de mala educación: tenía el pelo rubio oscuro, era alto y estaba en buena forma, aunque podía mejorar mucho aún.

Él también me miró de arriba abajo con las cejas levantadas.

—No queremos comprar nada —dijo, e hizo el amago de cerrarme la puerta en las narices.

¿Qué problema tenía? Paré la puerta con agilidad y reprimí una media sonrisa al ver que empujaba con todas sus fuerzas la madera pesada. Parecía estar empleando la magia, por lo menos la cara de transfiguración parecida a la que había puesto Isla al embrujarme para ser invisible para los fae en mi incursión hasta allí. Luego abrió la puerta con brusquedad. ¿La había hecho más ligera? A juzgar por su cara, había esperado que yo diera un traspié. No me moví del sitio.

—Llévame a ver a George Merlín.

El tipo me escudriñó de nuevo con la mirada. Luego se cruzó de brazos y se apoyó en el marco de la puerta.

—Oye, caperucita verde. El gran maestro ya no recibe a más vagabundos este siglo. Prueba la próxima vez.

Lo miré atónita. Tuvo el descaro de sonreír con insolencia. Se creía muy gracioso. «Espera, ya te daré yo... No, Sharni, piensa», me recompuse. ¿Qué sería más efectivo? ¿Una exhibición de mis habilidades o la educación? En el fondo sabía la respuesta. Ante todo, necesitábamos la ayuda del clan. Así que no sería de gran ayuda ponerse a jugar con fuego con ese chico. ¿Y si probara con lágrimas? No, sería mejor reservarlo para casos peores. Pero aun así le di un deje lastimero a la voz.

—Es urgente, de verdad. Necesito la ayuda de George Merlín. Él es nuestra única esperanza. —El chico no se lo esperaba; me miró anonadado. Estupendo, ahora no podía aflojar. Me saqué el anillo del dedo y se lo di al aspirante a portero—. Por favor, dale este anillo a tu jefe y pregúntale si me recibe.

Se oían voces y fuertes carcajadas de fondo. Por lo menos no había despertado a nadie. Mientras tanto, mi interlocutor observaba intrigado el anillo. A los legos en la materia siempre les parecía un poco ostentoso, pesaba más de lo que parecía a simple vista porque era de oro macizo. Estaba decorado con multitud de pequeños diamantes, y en el medio había una figura de dragón, en mi caso tallado en una esmeralda.

Retrocedí un paso.

—Por favor, ve ya. Es urgente. Esperaré fuera. —Dicho esto, cerré la puerta.

Reprimí un suspiro. Ojalá volviera. Quería recuperar el anillo. Lo necesitaba por si durante el viaje de regreso volvía a toparme con fae o dragones autónomos. Y eso era más que probable. No me hacía ilusiones.

39

AIDEN

—¡Aiden, despierta! —Alguien lo sacudió por los hombros—. ¿Cómo se puede tener un sueño tan profundo? Hace unos cinco minutos que te está sonando el móvil.

Aiden abrió solo un ojo y agarró el móvil que le pasó Celmar casi en un gesto de reprobación.

—¿Sí? —contestó, mientras reprimía un bostezo.

—Voy a buscar café. —Celmar, que pese a que era temprano ya iba en tejanos y camiseta, desapareció de la habitación.

Al otro lado de la línea dijo el rey:

—¡Aiden, gracias a Voldragor! Llevo toda la mañana intentando localizaros a ti y a tu hermana.

Aiden se incorporó con brusquedad: se había desvelado de golpe.

—¿Qué ha pasado?

—Han enviado a los Flechas de la Reina a Londres para matar a tu hermana.

—¿Que qué? —Aiden saltó de la cama y se acercó a la ventana. En el borde se dio cuenta de que ya había salido el sol, pero se ocultaba tras las nubes—. ¿Cómo está Sharni? ¿Todo bien?

—Eso espero. Todavía no he podido localizarla, pero no tiene por qué significar nada. Esta noche ha estado en casa de tu tío y, según Darragh, ahora mismo está con los Merlín.

—De acuerdo, parece que me he perdido unas cuantas cosas. ¿Es un problema que Sharni estuviera en casa de Darragh?

—No, de hecho, Isla nos ha dado una pista decisiva. Parece que el clan de los Morgan o de los Merlín creó con magia el dragón de Holland Park. Solo espero que Sharni esté hablando con los clanes y por eso no conteste al teléfono.

Las ideas se agolpaban en la mente de Aiden, y no estaba seguro de cuál expresar primero en voz alta. Apoyó la frente en el frío cristal de la ventana.

—Si es cierto y los clanes estuvieran dispuestos a confirmarlo...

—Ya veremos hasta qué punto nos sirve de algo ahora. Pese a todo, eso espero.

—¿A qué te refieres? ¿Habrá consecuencias porque Sharni estuvo en casa de Darragh e Isla? —Esperaba que no les acarreara más complicaciones, ya tenían más que suficientes.

—Parece que de momento los fae no saben nada. Tal vez podamos mantener en secreto la visita de Sharni en Greenwich. Pero, a decir verdad, ya no importa, pues ahora mismo primero tenemos que ocuparnos de otros asuntos. Tu hermana.

Aiden notó la boca seca.

—¿Y si Sharni no se pone al teléfono porque los fae la han atrapado?

Su padre calló un momento.

—Como he dicho, Darragh la envió a hablar con los clanes. Isla le hizo un hechizo que la volvía invisible. Con los magos no funciona ese truco, pero con los dragones y los fae surte efecto. Así que hay opciones de que nadie la haya visto.

—¿Y si no? —La voz de Aiden era ya apenas un susurro. No quería ni imaginar cuál era la alternativa.

—Mejor no pensar en eso, Aiden. Las pruebas de nuestra inocencia, las posibles consecuencias de que Sharni estuviera en casa de Darragh... Eso ya no importa. Lo más importante es vuestra seguridad. En cuanto pongamos fin a la conversación volveré a intentar localizar a Sharni. Si hace falta llamaré a George Merlín en persona. Por lo pronto, tu hermana debe ponerse a salvo en casa de Darragh. Isla y él la protegerán.

—¿Y los Murphy? —preguntó Aiden—. Ya es hora de ponerlos al corriente, ¿no crees?

—Sí, opino igual. Hablaré con Isla. A lo mejor ella puede informar a su familia. Me parece la mejor vía.

Aiden asintió. Era un primer paso. Con suerte, el clan Murphy intervendría antes de que los fae pudieran hacer algo a su hermana o a cualquier otro que fuera importante para ellos. Procuró poner orden en sus ideas.

—¿Cómo sabes que han enviado a los Flechas de la Reina a por Sharni?

—Tengo mis fuentes.

—¿Tus fuentes? —Aiden apoyó la espalda en el alféizar.

—Eso es. Confía en mí. De momento no puedo decirte más.

Aiden arrugó la frente. ¿Acaso su padre tenía a un espía entre los fae, igual que ellos tenían a un espía en el bando de los dragones? Dudó, pero no quería dejarlo pasar.

—Padre, ¿no crees que ha llegado el momento de contármelo todo? La situación es crítica. Si... —«Te pasa algo». Dudó de nuevo, pues no quería decirlo de manera tan clara, para no ser agorero. Ya tenían bastante con que su hermana corriera un gran peligro en ese momento—. Si pasara algo más, debería saber quién está de nuestra parte y quién no, ¿no?

Su padre se lo pensó un rato.

—Tal vez tengas razón. Está bien, te contaré todo lo que necesites saber en cuanto llegues. Por teléfono es demasiado arriesgado.

Aiden se acercó a la cama y se dejó caer en ella.

—¿Y cuándo será eso? No quiero apretar, pero...

—Te vuelves a casa —le interrumpió el rey—. Cuanto antes, porque tu misión ya no es importante. Puede que ni siquiera fuera buena idea enviarte a Dublín y dejarte con esa fae cerca.

Aiden tragó saliva.

—¿También me han enviado un equipo de asesinos?

—No lo sé, y no permitiré que lleguemos a eso. Ya no estás seguro en Dublín, así que recoge tus cosas. Pero sé prudente. Esta noche ha habido un incendio cerca de la frontera con el territorio de los fae.

—¿Otro combate entre nuestra gente y los fae?

Su padre soltó un bufido muy impropio de un rey.

—Ojalá. La embajada de los fae ardió en llamas, y ahora quieren atribuirnos a nosotros el incendio, igual que con las actividades de dragones en Londres.

—¿En serio? ¡Malditos fae!

—Eso no es lo peor, ni mucho menos, Aiden. Los fae han aprovechado el incidente para ocupar el Burren. Dicen que nosotros hemos provocado el incendio para adueñarnos del parque, y se nos han adelantado para evitarlo, en teoría.

Aiden cerró los ojos e intentó reprimir otra maldición, sin éxito.

—¿Pero qué es lo que quieren? ¡Maldita sea! A los fae les encantan los ríos y valles, las flores y los árboles, y no los paisajes áridos.

—Lo sé, Aiden, lo sé. Seguro que a los fae no les interesa el territorio. Es solo para forzarnos a tomar una decisión.

—Eso no cambia nada, ¿no? —preguntó Aiden, frustrado—. Aunque Sharni haya encontrado al fin pruebas de nuestra inocencia, no cambiará absolutamente nada.

El rey suspiró.

—Me temo que no. Aun así, no nos irá mal tener la prueba para los Murphy. Ya sabes cómo son los fae. Pueden llegar a ser muy encantadores y convincentes, si hace falta. A saber qué as se guardan

en la manga contra nosotros. La reina de los fae busca provocarnos. Lo ha demostrado sin lugar a dudas.

—¿Has enviado tropas al Burren?

—De momento no, aunque Callahan me lo ha recomendado encarecidamente.

Aiden soltó un bufido.

—Por supuesto. No entiendo por qué no has decapitado hace tiempo a ese alto consejero. O por lo menos, porque no lo has expulsado.

—Es complicado, Aiden. En ese sentido llevamos ventaja porque sabemos que nos traiciona. Podemos aprovecharlo. Tenemos que ser astutos.

—Bueno, yo diría que ya hemos perdido esa oportunidad.

—No es cierto, todavía podemos dar información falsa a los fae.

—De todos modos, a estas alturas la guerra parece inevitable, ¿o pretendes dejar pasar todo esto a los fae?

El rey suspiró de nuevo.

—No sé qué deberíamos hacer, francamente. Al principio me decantaba por dejar que todo se asentara con la esperanza de que en algún momento los fae comprendieran que no queremos que nos fuercen a librar una guerra. Pero ahora...

—No habría servido de nada. Por lo visto los fae quieren esta guerra a toda costa. No van a ceder. Ahora la han tomado con Sharni, y puede que incluso conmigo.

—Lo sé, y hace tiempo que el pueblo pide una revancha. Ha corrido la voz del asunto del incendio, pese a mis intentos de mantenerlo en secreto.

—Callahan —murmuró Aiden.

—No te diría que no. Instiga al pueblo, pues la mayoría quieren que contraataquemos. Pero sabes tan bien como yo que no podemos iniciar esta guerra. Los fae nos tendrían en sus manos, y eso no puede ocurrir bajo ningún concepto.

Aiden respiró hondo.

—Entonces iniciarán ellos la guerra. O, peor: seguirán así hasta que pase algo que no podamos pasar por alto. ¿O seguirás eludiendo el conflicto cuando hayan matado a Sharni?

—Aiden, por favor.

—No, papá. Tienes que planteártelo, porque los fae no van a parar, al contrario.

—Estaremos preparados. Está en juego la seguridad de mi pueblo. Por supuesto, llevamos tiempo preparándonos para una batalla, y soy consciente de que no vamos a salir indemnes. Sin embargo, la contienda se cobraría muchas vidas, y no estoy dispuesto a eso. No quiero una guerra, Aiden.

—Yo tampoco, papá, pero tampoco quiero sacrificar la vida de Sharni. —«Ni la mía». Aiden se dejó caer hacia atrás sobre el colchón—. Nos estamos quedando sin alternativas.

—Lo sé, por eso tengo un plan. Pero para eso necesito tu ayuda.

—Lo que necesites.

—Bien. ¿Qué opinión te merece Kailey?

—¿Kailey?

—Sí, Kailey. ¿Qué piensas de la fae? ¿Crees que nos odia a los dragones tanto como hace unos días, antes de conocerte?

—Dudo que su opinión sobre los dragones haya cambiado por mí, pero me hace gracia que me lo preguntes. De hecho, anoche estuve charlando un buen rato con ella, y me dio la impresión de que no sabe lo que trama su pueblo de fondo.

—¿Puede ser que solo estuviera fingiendo, como si no supiera nada para caerte más simpática o incluso para que te compadecieras de ella?

Aiden reprimió un suspiro. Claro que cabía esa posibilidad. Kailey le había sonsacado información durante la charla haciéndose la corderita inocente, y justo por eso seguía en Dublín, según sus propias palabras: para conseguir información. Lo había reconocido sin tapujos. Aun así..., no quería creer que solo lo hubiera utilizado para sus

propios fines. ¿Era un ingenuo? ¿Era su instinto? Pensó en el beso que se habían dado sobre el escenario. Seguro que a ella le había venido bien para sus planes. Pero esa intimidad forzosa no la había dejado del todo fría, tampoco a él. No le gustaba admitirlo, pero la sensación había sido mejor de lo que esperaba. Y notó que a Kailey le ocurría lo mismo.

—Es probable que tenga dudas sobre lo que está haciendo aquí, pero también puedo equivocarme. Kailey es difícil de calar. Puede que por una vez fuera sincera conmigo, o puede que no. Pero ¿qué importa si tengo que volver a casa enseguida?

—Tienes que traer a Kailey.

Aiden volvió a incorporarse de un respingo.

—¿Tengo que secuestrar a Kailey? ¿De verdad crees que así vas a evitar un enfrentamiento? Los fae interpretarán el secuestro como una causa de guerra, y con razón.

—Calma, Aiden, no he dicho que secuestres a la chica. No debe pasarle nada, bajo ningún concepto, ¿queda claro? Prométemelo.

—De acuerdo —dijo Aiden a desgana—. Si te digo la verdad, ya no entiendo nada.

El rey respiró profundamente.

—Lo entenderás. Como te he dicho, tengo un plan, y te contaré todos los detalles en cuanto estés aquí. Habla con Kailey. Convéncela de que somos inocentes. Puedes hacerlo, confío en ti, y ella también. Sé tú mismo, sin más.

—¿Y luego? ¿Qué pretendes hacer cuando estemos en el parque nacional de Connemara?

—Si Kailey está de nuestra parte, puede ayudarnos a convencer a su tío de nuestra inocencia. Esperemos que la reina de los fae haga caso a Damian Ainsley.

Aiden asintió, pensativo.

—Entiendo, no es mala idea. ¿Y qué hago si Kailey no me sigue el juego?

—Lo hará. Puedes convencerla, Aiden. Lo sé.

—Está bien. —Aiden no estaba seguro de si realmente podía, pues Kailey era muy testaruda. No obstante, como tampoco tenía una idea mejor, se tragó la réplica que tenía en la punta de la lengua.

—Lo conseguirás, Aiden. ¡Pero ándate con ojo! Como te he dicho, no sabemos si alguien va a por ti.

—Seré prudente, prometido, y ahora será mejor que llames a Sharni para advertirla.

Cuando Aiden colgó, le vino un pensamiento del que ya no podía librarse: ¿y si de verdad estaba en la lista de objetivos de los fae y era Kailey la que había recibido el encargo de matarlo?

40

KAILEY

Abrí de un empujón la puerta del edificio contiguo y recorrí todo el pasillo. Cuanto más me acercaba al aula, más gente había, y eso que aún quedaba tiempo para la primera clase. Me paré y estiré el cuello. No vi a Aiden por ninguna parte. Vaya, ¿dónde se había metido? Vuelta atrás. Me giré y choqué con Amber, del grupo de teatro, que se había parado con otras dos chicas en medio del pasillo a charlar.

—Lo siento —murmuré, y reprimí la palabrota que tenía en la punta de la lengua. ¿De dónde salían todos esos estudiantes exaltados que lo obstruían todo? Se reunían en grupitos, entre risas, engullían el desayuno preparado a toda prisa o pasan por mi lado apurados. ¿Por qué justo hoy? Por lo general, la mayoría esperaba hasta el último timbre.

Salí al campus para intentarlo de nuevo en la cantina. Era el primer sitio donde había buscado a Aiden por la mañana. Tal vez ahora tendría suerte. Los dragones eran de buen comer y solían estar hasta el último minuto en el comedor.

Eché un vistazo al cielo, donde se acumulaban unas nubes claras, no de lluvia. Parecía que iba a ser un día bonito. Necesitaba encontrar a Aiden antes de que saliera el sol y empezaran a corretear

estudiantes por todas partes. O de que Aiden desapareciera en la clase de Literatura inglesa. En cuanto se sentara en el aula, no me resultaría tan fácil sacarlo. No podía decirle: «¿Vienes un momento conmigo? Tengo que matarte, lo siento mucho». Además, no quería que nadie viera que nos íbamos juntos. Una vez hecho, volvería de inmediato a Fairyland, y seguro que los dragones no llamarían a la policía humana, pero aun así no quería testigos. Por último, le había prometido a la reina llevar a cabo mi nueva misión con rapidez. ¿Para qué dilatarlo? Al final solo conseguiría que se me volviera a meter algo en la cabeza, pero tenía que ser así: yo sacrificaba una vida de dragón para salvar otras muchas. Era justo.

Cuando la reina en persona me comunicó que debía matar a Aiden para recuperar el equilibrio entre los fae y los draconis, al principio dudé, pese a haberme propuesto no volver a titubear. Tuve que hacer acopio de todas mis fuerzas para no hacer preguntas, pese a que unas cuantas me pesaban en el corazón. La más importante era: ¿por qué me llamaba ella? ¿Por qué no había recibido el encargo de mi tío? ¿Estaba al corriente de mi nueva misión? Tras el incidente de Limerick me había dicho que no podía pasarle nada al sucesor al trono...

Por suerte, la reina fue comprensiva y al cabo de un rato aclaró el silencio:

—Seguro que te estarás preguntando de qué sirve asesinar al sucesor al trono de los dragones para mantener la paz.

—A decir verdad, sí, pero sé que no me corresponde plantear dudas, Su Majestad.

—Una respuesta perfecta. Necesitamos dejar claro a los dragones que no toleramos su conducta. Como no toman en serio a nuestro pueblo y no creen que podamos suponer un peligro para ellos, debemos convencerlos de lo contrario, y solo lo conseguiremos con una medida drástica como la muerte del príncipe de los dragones. Así dejamos claro al rey que, en caso de guerra, tiene mucho más que

perder. Espero que sea sensato y retire a sus dragones del Burren, además de aceptar nuestras condiciones si no ha encontrado pruebas de la inocencia de su pueblo.

Esperaba que los consejeros de la reina de los fae llevaran razón y el rey de los draconis aceptara el asesinato de su hijo. Si tenía que morir, por lo menos que no fuera en vano ni provocara una guerra.

¿Por qué me preocupaba el destino del príncipe de los dragones? No era mejor que el resto de su estirpe. Me había engañado, había aprovechado mis dudas y me había contado mentiras con frialdad, después de fingir sobre el escenario que el beso no le era indiferente. Le había creído por una simple emoción, porque yo tampoco había sentido aversión durante el beso. Pero no podía volver a permitirme esa debilidad.

Iba a empujar la puerta del comedor cuando se abrió desde dentro, y Aiden y Celmar estuvieron a punto de arrollarme. Estupendo, encima eso. La presencia del guardaespaldas lo complicaba todo innecesariamente, pero bueno, podía arreglármelas con dos dragones.

—¡Vaya! Llegas un poco tarde a desayunar, ¿no? —comentó Celmar.

Le dediqué una sonrisa falsa y me volví hacia Aiden.

—Tenemos que hablar.

De acuerdo, tal vez no fuera la táctica más inteligente para convencerlo. Debería haber sopesado antes mis palabras. Había tenido tiempo suficiente. Pero para mi sorpresa Aiden accedió.

—Sí, tenemos que hablar.

Al principio no lo tuve en cuenta, pero en ese momento me pregunté si Aiden sabía que los fae habían rodeado a su gente. ¿Había recibido también un encargo de su padre? Daba igual, no cambiaba nada. Me adelantaría a Aiden, si tenía un plan a seguir como yo. Tenía la espada lista, pero oculta, y por si acaso llevaba incluso arco y flechas. También estas armas quedaban reducidas por arte de magia para transportarlas mejor. Era buena, era la mejor; no en vano la

reina me había escogido para esta misión. Por fin podía demostrarle que había tomado la decisión correcta, después de haber cometido tantos errores.

—Eh, ¿Aiden? —Celmar se interpuso en el camino de su protegido.

Aiden no parecía ni enfadado ni alerta, pero, como siempre, su sobreprotector guardaespaldas olía el peligro. Sin embargo, al príncipe no le preocupaba mucho.

—No pasa nada, estaré bien —dijo.

No parecía creer que corriera peligro conmigo en ese momento. Eso era bueno, me facilitaba el plan.

Celmar seguía mostrándose escéptico.

—No me siento a gusto con la situación. ¿Para qué estoy aquí si siempre quieres hacerlo todo solo?

—Que no cunda el pánico. —Aiden le dio un golpecito en el hombro a Celmar y pasó por su lado hasta el camino adoquinado.

Lo seguí, y Celmar se quedó detrás. ¿Nos seguiría a escondidas? ¿O respetaría la voluntad de Aiden? En todo caso, debía actuar con prudencia. Quizá querían que sintiera una falsa seguridad y tenderme una emboscada. No era del todo descabellado. A esas alturas, Aiden me parecía capaz de cualquier cosa. Solo una vocecilla en mi cabeza me decía que no era tan malo. La acallé. Para mí, no había ocupado el Burren, pero era un dragón, y los dragones hacían todo lo posible para convertir la vida de los fae en un infierno. Había llegado el momento de pagarles con la misma moneda.

Aiden giró a la izquierda, lejos de las bibliotecas y la parte más importante del campus, alrededor de Parliament Square. Si tuviera que apostar, diría que estaba buscando un lugar apartado. Por lo general, eso me habría hecho saltar todas las alarmas, pero me daba igual porque yo también necesitaba un sitio así para poder matarlo.

41

SHARNI

La puerta de doble hoja no tardó mucho en volverse a abrir. Esta vez no se plantó ante mí el chico rubio, sino un hombre alto que rondaba los cuarenta, con el pelo y los ojos color avellana. Por un momento temí que quisiera echarme. En cambio, me hizo una reverencia. Me inundó una sensación de alivio como cuando el Támesis transcurre por Londres en una crecida. Gracias a Voldragor, por lo menos me escucharían.

—Brian Merlín —se presentó el mago.

—Sharni O'Rourke. —Me retiré la capucha de la capa que Isla me había recogido del hotel gracias a un hechizo. A fin de cuentas, era una visita oficial.

Brian Merlín me invitó a pasar con un gesto de la mano derecha, y entré en un enorme vestíbulo de techos altos. Qué pasada, seguro que aquí cabría en mi forma auténtica y sin romper de un golpe con la cola ninguna de las macetas con plantas que había junto a la puerta.

Justo enfrente se accedía por una escalera amplia a la primera planta, pero el mago pasó de largo y continuó por un pasillo cubierto de alfombras de color burdeos. Me llegaron voces al oído.

—La ha dejado plantada en la puerta. No me lo puedo creer —decía un hombre mayor en ese momento.

—¿No te parece que exageras un poco? Al fin y al cabo fue idea suya esperar en la puerta, y aunque... —De acuerdo, estaba claro que era el chico rubio.

Alguien chasqueó la lengua, seguramente el anciano, pues fue quien habló a continuación.

—¿Exagerar? No tienes ni idea, chico. Siempre igual contigo. Abres la bocaza y no entiendes nada.

—¿Qué pasa? —se inmiscuyó una voz de mujer joven.

Antes de que nadie pudiera contestar, Brian Merlín y yo entramos en el salón por otra puerta de doble hoja. Las ventanas estaban cubiertas por cortinas de color burdeos, varias lámparas de araña colgaban del techo y las paredes estaban decoradas con numerosos retratos. Lo único que no encajaba del todo en el ambiente eran los globos, las serpentinas y las guirnaldas colgadas de todas partes.

Posé la mirada en la mesa de varios metros de largo, donde cabía todo un clan, y, en efecto, parecía que estaba sentado un clan entero. Conté a toda prisa por lo menos unas doce personas. En ese momento todos tenían los ojos clavados en mí. Incluso el chico rubio, el único que siguió comiendo. Por lo visto, como yo, sentía debilidad por el *black pudding*, pero no le presté atención y observé la mesa opulenta: huevos y jamón, tostadas y salchichas, fruta y pasteles. Además de café y zumo, había incluso *whisky* y champán. ¿Qué estaba pasando, a esas horas de la mañana? Todo el grupo parecía bastante cansado.

Un hombre y una mujer se levantaron de la mesa y se acercaron presurosos a nosotros. El hombre debía de tener unos setenta años, aunque no se me daba bien calcular la edad de la gente. Sea como fuere, tenía el pelo cano y el rostro arrugado. Aun así, parecía ser el que más en forma estaba.

La mujer era bastante más joven, como mucho, unos años mayor que Brian Merlín, diría yo. El cabello oscuro le caía sobre los

hombros, los rasgos de la cara eran delicados y era bastante alta para ser mujer. Los dos se inclinaron ante mí. Les devolví el gesto por no parecer maleducada, aunque en realidad me daban igual esas ceremonias.

—Milady, este es George Merlín, el cabeza de familia, y esta es May Morgan, la jefa del clan Morgan —me los presentó Brian—. A mi sobrino Jared ya lo habéis conocido. —Señaló al chico rubio—. Todos los aquí reunidos son miembros de los dos clanes. Disculpadnos, estamos celebrando el cumpleaños de nuestro jefe del clan.

—¿Tan temprano? —se me escapó.

—El bueno de George es muy madrugador, y no piensa cambiar de costumbres por el resto del clan. —Jared le restó importancia con un gesto y siguió comiendo.

Bueno, tal vez no estaba nada mal que también hubiera presentes miembros del clan Morgan. Dadas las circunstancias, me ahorraba otro trayecto, pues no sabía cuál de los dos clanes era responsable de todo el lío.

—Sharni O'Rourke. Muchas gracias por recibirme de todas formas. Y, por supuesto, muchas felicidades.

—Su Alteza Real, disculpad el trato totalmente inadecuado que os ha dispensado mi ignorante nieto. —George Merlín fulminó a Jared con la mirada, antes de dirigirse a todo el grupo allí reunido—. Mostrad el debido respeto a Su Alteza Real, la Princesa Sharni, hija del rey Roarke V y segunda en la línea sucesoria al trono de los draconis.

—¿Draconis? ¿Dragones? —murmuró un chico con el pelo rubio oscuro, casi marrón. Los rasgos de la cara se asemejaban a los de May Morgan, mientras que no guardaba ningún parecido con Brian o George Merlín. Por eso deduje que debía de ser un miembro del clan Morgan. Él y la chica que tenía al lado intercambiaron una breve mirada. Era guapa, pero con los rizos oscuros y el tono de piel color capuchino no encajaba del todo allí.

Todos los presentes inclinaron la cabeza en señal de respeto, solo Jared Merlín se comió con toda tranquilidad su segunda ración de *black pudding*.

George Merlín reprimió un gemido.

—Eso es. La princesa Sharni procede de un linaje real irlandés de dragones. ¿En qué podemos ayudarla, Su Alteza Real?

Me devolvió el anillo, y me lo puse en el dedo.

—Siento molestarlo a estas horas de la mañana, y encima en su cumpleaños. Pero el tema es muy urgente y no puede esperar.

Los jefes de los clanes se miraron.

—Por favor, ve a buscar un vaso de agua a Su Majestad —dijo George a Brian, y señaló el sofá de terciopelo rojo—. ¿Queréis sentaros?

—Con gusto. —Me dirigí al sofá y me acomodé en el borde.

George Merlín me siguió, May Morgan dudó.

—¿Deberíamos despedirnos ahora?

—Tienes razón. —George se volvió hacia May. Parecía contento, pues se ofreció a desalojar el terreno con el resto de miembros de su clan.

Me aclaré la garganta.

—Dadas las circunstancias, sería mejor que se quedara, señora Morgan.

Los dos jefes de los clanes intercambiaron de nuevo una mirada, mientras Jared soltaba un silbido entre dientes al que nadie hizo caso. Al final los líderes de los dos clanes más poderosos de Londres se sentaron conmigo. De todos modos, antes George Merlín lanzó una mirada sombría a su nieto malcriado. Acto seguido, Jared dejó caer el tenedor haciendo ruido y se cruzó de brazos. Observé su plato con más detenimiento. Los restos del *black pudding* parecían mucho más oscuros ahora. Diría que George Merlín los había convertido en trozos de carbón con un hechizo. Reprimí una media sonrisa y expuse mi petición.

—Necesito remontarme un poco en el tiempo para aclararlo todo. ¿Saben que mi pueblo mantiene una tensa convivencia con los fae desde hace una eternidad?

—De hecho, lo sé muy bien —intervino Jared—. Hasta hace poco no era distinto entre los Merlín y los Morgan.

—¿Dragones y elfos? ¿Aquí, en Londres? —preguntó la chica de la tez color capuchino con curiosidad.

Pese a que habría preferido ir directa al grano, respondí negando con la cabeza. Los jefes de los clanes sabían con quién hablaban, pero por lo visto no habían compartido ese saber con todos los presentes.

—No, aquí no. Vivimos en Irlanda. Mi pueblo habita el norte de la isla, y los fae se han adjudicado el sur de Irlanda. El centro de la isla, entre Limerick y Galway, es terreno neutral. Algunos malentendidos han ido caldeando el ambiente entre nuestros pueblos, pero tardaríamos demasiado en explicarlo todo. Ahora mismo estamos a un paso de la guerra.

—Lo lamentamos mucho, milady, pero no entiendo muy bien cómo entramos en juego nosotros en esta situación —le interrumpió George Merlín.

Junté las manos en el regazo, aunque odiaba tantas formalidades.

—Bueno, ahora mismo los fae no dejan escapar una oportunidad de forzar la guerra. Llevan tiempo queriendo demostrarnos que son un pueblo fuerte que está a la altura de los draconis, y una contienda sería la oportunidad perfecta.

—¿Qué diablos tiene que ver eso con nosotros? —comentó Jared, a lo que George Merlín abrió los ojos del susto.

—¡Jared! Discúlpate ahora mismo ante Su Alteza Real.

—Por supuesto, disculpadme. Es que pensaba que deberíamos abordar el tema de verdad porque ha mencionado al principio que corría mucha prisa.

No le creí ni una palabra, y le lancé una mirada gélida. Muy bien, pues al meollo de la cuestión.

—Hace unos dos meses se conjuró aquí, en Londres, un hechizo ilegal de dragón, y lo he rastreado hasta llegar a su clan de brujos.

Está bien, no hubo ningún hechizo de dragón ilegal, y ni siquiera sabía si era cierto, pero a juzgar por las caras de culpa, Isla había dado en el blanco con su deducción. Brian Merlín, que volvía con el vaso de agua en la mano, se quedó un momento petrificado en medio de la sala, antes de seguir su camino y darme el vaso. Los demás también parecían pillados en falta o compungidos. Le di las gracias en voz baja a Brian sin quitar ojo a los demás. El más asustado era Jared Merlín, a pesar de haber recobrado rápido el control de sus gestos. Aun así, suponía que el hechizo de dragón era cosa suya.

El jefe de los Merlín cerró los puños. No sabía si estaba furioso porque yo lo había descubierto o porque se hubiera formulado el hechizo.

—Es verdad —admitió—. Hemos tenido problemas familiares, como ha mencionado mi nieto, y se nos fue un poco de las manos. Pero ya está todo aclarado. Puedo prometeros que no volverá a repetirse. Sin duda no teníamos la intención de que su pueblo...

—No se trata de eso —lo interrumpí, procurando al mismo tiempo sonar amable—. Los pueblos de los draconis y los fae tienen un acuerdo: estamos en nuestros territorios en Irlanda, cualquier cruce de fronteras sin previo aviso será castigado. Ahora los fae exigen una recompensa por un acto que no hemos cometido. Han presentado un amplio catálogo de exigencias que no podemos cumplir. —«O, mejor dicho, no queremos», pero eso no interesaba a los clanes de brujos.

—Entiendo. Los fae creen que vuestro pueblo estuvo activo aquí, en Londres.

Asentí muy seria.

—Pero si solo fue un hechizo inofensivo que no hacía daño a nadie.

El chico del pelo rubio oscuro se levantó de un salto de la silla y apoyó las manos en la mesa.

—¿Solo un hechizo inofensivo? ¡El dragón iba a matar a Caroline!

Jared puso los ojos en blanco.

—No te lo lleves todo al terreno personal, Ash. Está bien, intenté unas cuantas veces matar a mi querida prima, pero fue solo por esa estúpida profecía. Y además, eso es agua pasada. ¿Quieres que te recuerde que tú…?

—Ya basta, chicos. —El tono de May Morgan fue sereno, pero firme—. Hemos enterrado el hacha de guerra, ¿o se os ha olvidado?

No lo parecía en absoluto. Jared y ese Ash se lanzaron miradas asesinas, mientras Ash rodeaba con el brazo a la chica que tenía al lado. Era Caroline, la protagonista de la profecía de los Merlín.

¡Estaban todos como una cabra! Organizaban una salvaje caza de brujas en pleno Londres, evocaban a un dragón y ahora estaban ahí sentados a primera hora de la mañana, celebrando el cumpleaños de George Merlín, mientras la tensión entre los clanes seguía siendo palpable. Increíble.

—No es tan sencillo, por desgracia —dije en tono diplomático, pese a que me habría encantado darles mi opinión sincera—. No estoy aquí para juzgarlos, pero quienquiera que haya llevado a cabo el conjuro debe acompañarme a Irlanda para declarar como testigo ante los fae.

George suspiró de nuevo.

—De acuerdo, lo entiendo. ¿Jared? Acompañarás a Su Alteza Real a Irlanda.

Jared soltó un gemido.

—¿En serio? ¿No basta con que deje por escrito mi declaración? Por mí podemos hacer una videoconferencia con los elfos.

Lo sopesé un momento. Seguro que sería más rápido, pero con sus antecedentes, seguro que luego los fae me acusarían de haber obligado a Jared a hacer la declaración. Negué con la cabeza.

—Es mejor que me acompañes, y es muy urgente. Tenemos que irnos ya.

Jared clavó los ojos en mí.

—¿Puedo preguntar por qué no has venido hasta ahora, si todo fue hace dos meses y se supone que es tan urgente?

George Merlín se sobresaltó.

—¡Jared! ¿Cómo te atreves a tutear a Su Majestad?

De acuerdo, mantén la calma. Era una insolencia que el joven mago no respetara el tratamiento formal, pero no me molestaba. Aun así, me provocaba una rabia increíble. Se le iban a quitar las ganas de decir sandeces. Una pequeña mentira piadosa, y la próxima vez se lo pensaría dos veces antes de rechazar mi petición. Me volví hacia George Merlín.

—¿Sabe que los conjuros de dragones ilegales están sujetos a sanción? El rey de los draconis, mi padre, está dispuesto a pasarlo por alto si nos ayudan.

—Jared, vas a acompañar ahora mismo a Su Alteza Real a Irlanda —repitió George Merlín—. No quiero más discusiones.

Jared Merlín se levantó de la mesa armando escándalo.

—Si no hay más remedio. Pero ¿antes puedo ir al lavabo, Su Alteza Real?

42

KAILEY

Encontrar un sitio apartado en el campus de Trinity College era igual de fácil que encontrar un baño de chicas libre entre clase y clase. El campus se consideraba un oasis de la calma en pleno centro de la ciudad, y en principio era cierto, pero en cada esquina acechaba un posible testigo.

Aiden se abrió paso entre Dining Hall y Botany Bay, donde estaban las pistas de tenis de la ciudad. Comprendí que jamás nos encontrarían allí, pero aun así caminé un rato tras él para poner la máxima distancia posible entre Celmar y nosotros. De hecho, conocía un lugar apartado en medio del campus: un pequeño patio interior que encontré por casualidad la noche en que seguí a Aiden y Celmar primero a Malahide y luego a Limerick. Después me había informado. El llamado Challoner's Corner era el patio más pequeño de Irlanda. Era casi perfecto para mis planes, seguro que casi ningún estudiante conocía el minicementerio. No se veía desde Parliament Square y por dentro era tan minúsculo que Aiden no podría transformarse. Si conservaba su forma humana, me resultaría mucho más fácil.

Para mi sorpresa, vi que Aiden no buscaba un sitio aislado, pues se dirigía a la residencia. Ya no entendía nada. ¿Me había equivocado?

¿Acaso solo quería de verdad hablar conmigo? Hice un repaso rápido de las ventajas e inconvenientes de ir a una de nuestras habitaciones. La ventaja era también que Aiden no podría transformarse, pero los inconvenientes eran más. Celmar o Cassandra podrían sorprendernos o molestarnos, podrían oírnos otros estudiantes, pues las paredes no eran las más gruesas del mundo. ¿Y qué haría al final con el cuerpo inerte de Aiden? Necesitaba tiempo para irme de Dublín, no me convenía que alguien encontrara el cadáver de Aiden mientras yo todavía estaba en el recinto de la universidad. No, la residencia no era una opción.

Me detuve.

—¿Qué pretendes?

—¿Hablar? —Aiden también se paró y se volvió hacia mí—. Espera, no confías en mí. ¿Precisamente tú?

Puse los ojos en blanco. ¿Su comentario aludía a lo sucedido esa noche en las inmediaciones de Limerick? Me daba igual. Él y su pueblo siempre tenían otra visión de las cosas, y no quería oírla.

—Confío en ti tanto como tú en mí.

—Oye, he echado a Celmar. Si tanto desconfiara de ti, no lo habría hecho, ¿no? De verdad solo quiero hablar contigo, pero si tienes una propuesta mejor...

—Vamos a una cafetería. Allí no nos molestarán. El anonimato entre la multitud. —Era atrevido. ¿Y si Aiden aceptaba mi propuesta? Un lugar público era lo último que necesitaba en ese momento, pero especulaba con la idea de que Aiden también estuviera siguiendo un plan que no solo incluyera hablar. Y Challoner's Corner no podía ser mi primera propuesta. Antes Aiden tenía que llevarse la impresión de que no quería evitar estar en público, de lo contrario jamás aceptaría.

Dudó y me tuvo en vilo, pero sentí un gran alivio cuando dijo:

—No es buena idea. ¿Cómo íbamos a tratar en una cafetería abarrotada los asuntos sobre dragones y fae? Tiene que haber una alternativa mejor, si no quieres ir a la residencia.

¡Bingo! Suspiré con ganas para no demostrarle que había logrado mi propósito.

—En la residencia tarde o temprano nos molestarán Cassandra o Celmar, y no tengo ganas. Resulta que conozco un sitio en el campus poco frecuentado, pero céntrico.

Aiden levantó las cejas.

—¿De verdad?

—De verdad. Ven.

Me avancé, y el dragón me siguió. Para entonces el campus se había vaciado, pues las primeras clases iban a comenzar, pero había bastantes estudiantes en la calle. Esperaba no equivocarme y que Challoner's Corner fuera tan desconocido como pensaba.

—¿Adónde vas? —preguntó Aiden cuando llegamos a Parliament Square.

—¿Has oído hablar de Challoner's Corner?

—¿Debería?

No contesté la pregunta y pasé entre los escasos coches que había aparcados frente a la capilla. En el punto donde el edificio de Dining Hall y la capilla se encontraban en el ángulo derecho, me paré y le señalé el pasadizo escondido.

—Por favor.

Aiden me miró, vacilante.

—Las damas primero.

No se fiaba de mí, aunque antes hubiera afirmado lo contrario. Reprimí la desagradable sensación que se apoderó de mí. A fin de cuentas, quería matarlo; era mejor no fiarse de mí.

Pensé un momento en las palabras de mi tío: «No puede pasarle nada al sucesor al trono de los dragones». ¿Qué diría si supiera que estaba a punto de matar al príncipe? ¿O estaba al corriente? Me pregunté de nuevo porqué había recibido el encargo directamente de la reina y no de mi tío. ¿Y si... no estaba de acuerdo con ella? ¿Cabía esa posibilidad? Recordé que me había dicho que se podía opinar

distinto, solo había que tener la certeza absoluta y ser consciente de las consecuencias, pues la reina no admitía discrepancias. La fae mendiga del bazar de artefactos mágicos me había dejado claro qué ocurría con los traidores, y era uno de los mejores ejemplos. En el peor de los casos, amenazaba la pena de muerte. No podía dudar, al final la reina tenía la última palabra, y ella quería matar al príncipe de los dragones.

Cuando me hube asegurado de que no nos observaba nadie, pasé yo delante. Caminé de lado para que Aiden no tuviera opción de cogerme desprevenida por detrás, si es que esa era su intención.

Cuando llegamos al pequeño patio interior, Aiden perdió la prudencia de tan fascinado como estaba con el lugar. Pasó por mi lado y miró intrigado alrededor.

—¿Qué has dicho que era...?

No había ni terminado la pregunta cuando saqué las dos espadas de la pretina de los pantalones. Aiden se volvió hacia mí y me miró con los ojos desorbitados. Además de decepción, trasmitían desprecio. Volví a sentir cierto remordimiento, pero lo reprimí, como antes.

Aiden sabía que no podía transformarse allí por espacio, ni lo intentó. En cambio se llevó velozmente la mano al bolsillo de los pantalones. Solté un bufido. Vaya, por lo visto él también llevaba armas encima: o bien contaba con un ataque por mi parte, o él también quería matarme. La rabia se apoderó de mí cuando de pronto Aiden me lanzó un manojo de llaves. Me aparté, molesta, para que no me diera en la cabeza.

«¿Entonces no va armado?».

Un portamonedas voló hacia mí, y no dudé más. Sería rápido, ¿qué podía hacer Aiden con los chismes que tenía en los bolsillos de los pantalones? Yo, en cambio, además de las espadas, llevaba encima el arco y la flecha. Saqué las espadas, pero Aiden no me lo iba a poner tan fácil. Me lanzó otro puñado de calderilla. «Tú sigue así». En algún momento se quedaría sin objetos, y llegaría mi turno. Yo seguí

esquivando mientras Aiden me lanzaba el móvil, incluso un paquete de pañuelos. Comprendí demasiado tarde lo que pretendía. Con cada lanzamiento se había acercado un poco más. Entonces me dio una patada desde abajo en el brazo izquierdo, y una de las espadas cayó con gran estruendo al suelo. Aiden se lanzó a por ella. De acuerdo, tal vez apuñalar a alguien por la espalda no correspondiera al refinado estilo inglés, pero me daba igual. Dejé caer el arma en el cuerpo encogido de Aiden, que se lo esperaba. Rodó a un lado y se puso en pie con agilidad, con la segunda espada en la mano.

—¿Podemos hablar ahora?

Lo había subestimado, pero no me iba a volver a pasar. Aun así, debía admitir que no sería tan fácil. No después de haber sido tan tonta para haberme dejado arrebatar el arma. Aiden tenía un excelente manejo del sable, debía reconocerlo sin reservas, y seguro que también sabía usar la espada. Sin embargo, no parecía tener intención de matarme y sin duda sentía escrúpulos. Esa era mi ventaja.

Agarré con las dos manos la empuñadura de la espada que me quedaba y ahuyenté al dragón amenazándolo con decididas estocadas. Mi hoja chocaba contra la suya, una y otra vez. Con suerte, el ruido no se oiría en Parliament Square.

Aiden y yo giramos en círculo, aunque él se dedicaba sobre todo a parar golpes. Era bueno, y por eso mi estrategia resultaba poco efectiva. Estaba perdiendo el tiempo, tenía que darle la opción de contraatacar para romper su defensa. Le seguí el juego un rato para cansarlo. Luego le di la oportunidad de atacar, y él la aprovechó en el acto. Di un paso atrás y lo esquivé antes de embestir desde el otro lado. Dejé las manos demasiado abajo a propósito, por lo que Aiden intentó darme en el cuello con la punta de la espada. Esperaba esa reacción, y retrocedí otro paso. La hoja de mi espada rodeó a Aiden, luego intenté alcanzarle en el vientre sin mucho éxito. Comprendí que no iba a funcionar y, por supuesto, la espada de Aiden impactó en la mía y la levantó por los aires. Estuvo a punto de alcanzarme

con la punta en el omóplato, pero en ese momento retrocedí un paso y me eché a un lado. Mi arma cayó a toda velocidad desde arriba sobre Aiden. Él levantó la suya y las hojas colisionaron sobre nuestras cabezas. Lo tenía: el torso de Aiden estaba desprotegido. Solo tenía que ser rápida. Giré la espada en el aire al otro lado y la lancé formando un arco hacia el costado derecho de Aiden. Sin embargo, él no se quedó de brazos cruzados. Había aprendido muy pronto esa secuencia de la lucha con espadas, pero Aiden también parecía conocerla. De hecho, toda la maniobra tenía un inconveniente decisivo: ahora mi costado derecho también quedaba desprotegido. Aiden aprovechó el momento y levantó la espada. Teníamos la mirada fija en el otro, en lugar de concentrarnos en los puntos vulnerables del otro.

Lo sopesé durante una fracción de segundo: podría herir al dragón, pero entonces él también me haría daño, y eso me debilitaría. Así que interrumpí el ataque y retiré la espada. El dragón fue justo y también retiró la espada.

—Kailey, de verdad que solo quiero...

No le dejé continuar, tenía una misión que cumplir. El riesgo de que Aiden volviera a llenarme la cabeza de pájaros era demasiado grande. No podía darle la opción de hablar, y de ningún modo me iba a dejar matar con mi propia espada. Sería lamentable y vergonzoso. Por eso no le di tregua y volví al ataque. De nuevo el ruido del choque de nuestras hojas inundó el patio interior. No iba a darle tan rápido al dragón otra oportunidad de contraatacar. Durante todas las mañanas de los últimos años no había hecho otra cosa que practicar la lucha con espada. Era capaz de aguantar horas, si hacía falta. Aiden, en cambio... Él era un dragón y, solo por eso, tenía mucha fuerza y aguante, además de ser muy versado en el combate con armas tradicionales, pero también por ser un dragón, eran sus únicos recursos. En la lucha contra los fae, los dragones no solían llevar espadas encima, nos atacaban en su auténtica forma. Por tanto, seguro que Aiden

no tenía tanta experiencia en la lucha con espadas como yo, y tarde o temprano se notaría. Debía admitir que era bueno, pero yo era mejor.

A Aiden se le agitó la respiración. Yo tenía razón. No estaba acostumbrado a esa velocidad. Mis arremetidas también eran más rápidas, y al dragón cada vez le costaba más seguir el ritmo. No sabía cuánto tiempo llevábamos luchando. Fingí que me retiraba, y salté encima de la tumba de piedra. Pensé por un momento en pasar al arco y la flecha para aprovechar el efecto sorpresa, pero yo era más diestra con la espada. Además, había poco espacio, y las flechas eran armas a distancia. Me aparté de la tumba y salté sobre Aiden con la espada por delante. Ya no logró esquivarla a tiempo. Paró el golpe, pero perdió el equilibrio y cayó hacia atrás. Lo embestí con todas mis fuerzas, pero impacté en el suelo porque Aiden rodó a un lado. Tumbado, le dio una patada a mi espada y entonces fui yo la que perdió el equilibrio. Caí hacia delante. Giré deprisa hasta quedar boca arriba y tener a la vista a mi enemigo, pero antes de poder levantarme de un salto, Aiden se sentó rápidamente encima de mí. ¡Mierda! Lo había subestimado de nuevo. Para ser un dragón que solía fiarse de su envergadura y el fuego, Aiden contaba con una destreza y una rapidez increíbles, y eso sería mi perdición. Me inmovilizó las piernas con las suyas, sujetaba la espada con los brazos estirados encima de mí. La punta estaba colocada en mi garganta. Notaba el roce en mi piel. La respiración se me volvió de forma automática más superficial, pese a tener el corazón desbocado. Busqué a tientas la otra espada con la mano, sin perderlo de vista, pero no llegué a tocarla. Aiden debía de haberla apartado, y en ese momento tampoco podía acceder al arco y la flecha. Quise darle un puñetazo en el estómago, defenderme de alguna manera, pero no lo lograría sin ensartarme yo misma.

«¿A qué espera?». Me atravesaba con la mirada, pero no con la espada.

—¿Podemos hablar ahora de una vez?

La pregunta llegó de súbito, pero vi mi oportunidad y le seguí el juego.

—Podemos.

Aiden dudó, y luego, con la misma brusquedad con la que me había clavado en el suelo, me liberó.

«¿Por qué no me ha matado?».

Me permití solo un segundo de duda antes de levantarme de un salto y agarrar mi espada para atacarlo de nuevo. Si pensaba que ya no iba a resistirse, me equivocaba. Avancé de nuevo hacia él sin parar de lanzar estocadas.

—¿Entonces tu palabra no significa nada?

No contesté, y seguí atacando. Él paró los golpes, pero se mostraba más lento e impreciso. Tal y como había previsto, estaba perdiendo forma y concentración, y tal vez también motivación. Había llegado mi momento. Solo tenía que ser hábil. Sentí que afloraban las dudas, pero las rechacé como estaba haciendo con Aiden. No me quedaba más remedio que matarlo si no quería morir yo.

Aceleré las embestidas mientras giraba en círculos con Aiden. Por fin llegó mi momento: tropezó. Pese a que se recuperó enseguida, logré aprovechar el descuido para arrebatarle la espalda de la mano de un golpe. El arma cayó al suelo con un ruido metálico, y la dejé ahí. Me bastaba con una espada para matar a Aiden. Lo obligué a caminar hacia atrás hasta que notó en la espada el muro de la capilla y ya no pudo retroceder más. Lo obligué a apoyarse contra la piedra y fijé la mirada en sus brazos. Mi espada reposaba sobre su garganta. Le caía sangre por el cuello.

Ya estaba, lo había conseguido. «Espero que la reina esté orgullosa de mí».

43

SHARNI

Jared Merlín y yo estábamos sentados juntos en unos incómodos asientos del aeropuerto a la espera de que por fin nos llamaran para el embarque. De fondo sonaba música pop, olía a café, sudor y productos de limpieza. Pese a la repugnante mezcla, me rugía el estómago. Esa mañana no había desayunado por falta de tiempo y puros nervios. Tal vez debería ir a buscar algo rápido. Aún nos quedaban unos minutos.

—Podrías haberme dejado hacer una maleta con tranquilidad —refunfuñó Jared en ese momento a mi lado.

Se me acabó la paciencia.

—¿Puedes cerrar el pico de una vez? No eres del todo inocente en todo este desastre.

No era la primera vez que se quejaba. Durante todo el trayecto en taxi no había parado de rezongar, cuando no estaba con la mirada fija en la pantalla del móvil. A mí tampoco me entusiasmaba tener que irme de Londres deprisa y corriendo. Me habría gustado despedirme de Darragh e Isla, y Niall seguía con ellos. Aún no tenía el brazo del todo curado, así que hasta el día siguiente no podría partir. Pero yo no podía esperar tanto. Ni siquiera me había tomado

el tiempo de ir a buscar mi equipaje a la habitación del hotel. Isla o Darragh se ocuparían de eso, y Niall podría llevarme mis cosas más adelante.

Entre tanto, había intentado localizar a mi padre, pero estaba ocupado. Durante mi breve visita a los Merlín me había llamado varias veces, y en ese momento no le hice caso. ¿Quería saber lo que ocurría o había pasado algo? No quería ni pensar en que los fae hubieran descubierto que había estado en casa de mi tío y nos reprocharan otra infracción de las normas. Me calmé pensando en que seguramente mi padre solo querría saber cómo había ido con los Merlín.

Jared me miraba sin decir nada. Saltaba a la vista que le asombraba que yo pudiera mostrarle una cara bien diferente. En la finca de los Merlín me había esforzado por mantener las formas, pero Jared era grosero e irrespetuoso. Y eso que a mí no me importaba en absoluto que no se comportara conmigo de acuerdo con mi rango. Aun así, su actitud era insufrible. Ni siquiera se había disculpado conmigo. Costaba creer que ese chico fuera el causante del caos entre mi pueblo y los fae, pero bueno, ¿qué cabía esperar de un mago como él? Era uno o dos años mayor que yo, pero su arrogancia lo impulsaba a actuar con inmadurez.

—No puedes colgarme ese mochuelo —se lamentó de nuevo—. Fue un conjuro de dragón de lo más normal. ¿Cómo iba a saber que iba a provocar una guerra entre los dragones y los elfos?

—¿Pensando? —propuse—. No creo que sea tu fuerte, pues en general me parece bastante estúpido invocar a un dragón en medio del mundo humano.

Jared soltó un bufido y se cruzó de brazos. Parecía que le gustaba mucho ese gesto. En el breve rato que habíamos tenido que pasar juntos, se lo había visto hacer varias veces.

Hubo movimiento en la puerta de embarque.

—Los pasajeros del vuelo Ryanair FR 805 a Irlanda West Airport diríjanse a la puerta de embarque —Oír el aviso me alivió.

Por fin, aunque ya no podía ir a buscar nada de comer. Sin embargo, cuanto antes acabara con aquello, y Jared estuviera sentado de vuelta en el avión a Inglaterra y dejara tranquilos a los fae, mejor.

Mientras me dirigía a la puerta de embarque con Jared a remolque, me sonó el móvil. Lo saqué de la capa: era mi padre.

—Hola, papá, tengo noticias geniales. Estoy a punto de subir al avión con el responsable de todo este lío. Dentro de unas horas...

—Sharni, la misión se ha suspendido.

La voz de mi padre sonaba afectada, pero nerviosa, lo que hizo que se me acelerara el corazón. Tuve un mal presentimiento.

—Demasiado tarde, ¿no?

—No necesariamente, pero ya no importa. No importaba más que tu vida o la de tu hermano desde un principio.

—¿Qué le pasa a Aiden?

—Tu hermano está bien, pero le he ordenado que regrese a casa. Y tú también tienes que ponerte a salvo. Los Flechas de la Reina van a por ti.

Tenía los nudillos blancos de tan fuerte como agarraba el móvil. Debía de haberlo entendido mal. No era nada asustadiza, pero los Flechas de la Reina eran la unidad de élite de los fae. Solo aceptaban a los mejores guerreros. Si la reina había enviado a esa tropa a por mí, iba en serio: quería verme muerta. Tragué saliva.

Oí por detrás que alguien se quejaba y decía que avanzara de una vez, pero fui incapaz de moverme hasta que Jared me sacó de un empujón de la cola.

—Lo siento, Sharni, jamás debería haberte puesto en semejante peligro —dijo mi padre con un hilo de voz.

Advertí la expresión inquisitiva de Jared y que algunas personas alrededor nos miraban preocupadas, como si yo fuera a vomitar allí mismo. Sentí que la ira se apoderaba de mí y engullía cualquier atisbo de miedo que pudiera haber sentido, y le di la bienvenida. Cualquier cosa era mejor que el miedo y, al menos, la rabia era productiva.

—¿Estamos en guerra? —Mi tono era firme.

—Sharni, no, por favor. No hagas nada peligroso. No quiero perderte.

Cerré los ojos y respiré hondo. Mi padre estaba en lo cierto, pero la rabia no remitía. Esos malditos fae iban a por mí, y no se rendirían hasta haber cumplido con su cometido. Necesitaba anticiparme a sus planes.

—¿Qué pasa con Aiden? ¿Por qué tiene que volver a casa?

—Por motivos de seguridad. No sé si los fae van a por él, pero no puedo correr ningún riesgo.

Eso significaba que tal vez mi hermano también se había convertido en blanco de los fae, como yo.

—¿De verdad no puedo ir a Irlanda con el testigo? Tenemos que pararles los pies. Si tenemos la prueba de nuestra inocencia, podríamos hacer que el clan Murphy...

—Sharni, no puedes subir a ese avión bajo ningún concepto. No es seguro. Si los fae te acechan ahí, no hay escapatoria.

—Pero en el aire no van a...

—¡No! —me interrumpió mi padre con dureza—. Además, no es importante. Ya no. Te lo ruego, no hagas nada sin pensar.

—Pero me formaron para combatir, papá.

—¡Ya basta! —Mi padre había alzado la voz, le costaba respirar. Guardamos silencio un momento—. Lo siento, Sharni, por favor, perdóname. Es que tengo mucho miedo por ti y por Aiden. Puede que sea igual de peligroso dejarte en Londres. Desde luego lo que preferiría es tenerte aquí conmigo, pero es demasiado arriesgado. Por favor, Sharni, vuelve a casa de Darragh e Isla mientras funcione el conjuro de invisibilidad de Isla. Por lo pronto allí estarás a salvo. Luego ya veremos. Tal vez Darragh pueda acompañarte de regreso a Irlanda, o por lo menos Niall, pero en ningún caso quiero que hagas el camino sola.

Me soliviantaba esconderme, pero asentí.

—De acuerdo, papá. Te llamaré cuando llegue.

Mi padre suspiró aliviado.

—Gracias, Sharni. ¡Cuídate!

Guardé el móvil. ¿De verdad los dragones y los fae estábamos en guerra? Papá no me había dado una respuesta, igual que los fae, que escurrían el bulto a la hora de pronunciarse con claridad. ¿Había un motivo? ¿Me ocultaba algo? Me alejé de la puerta de embarque meneando la cabeza. Guerra. No lo daba por imposible, y ahora tenía que esconderme, pese a que no era en absoluto mi estilo. Papá lo sabía, solo que no quería oírlo. Nos había formado a Aiden y a mí en el arte del combate, para poder defendernos en el peor de los casos, pero nunca quiso que el día indicado lucháramos de verdad. Yo lo veía distinto. Quería combatir, sobre todo si alguien atentaba contra mi vida. Consideraba que mi deber era proteger al pueblo de los dragones. Además, si me quedaba sin hacer nada me iba a volver loca. Era uno de los motivos por los que no servía para ser reina.

—Eh, ¿qué pasa? —A Jared le costaba seguirme el paso, pese a ser bastante más alto que yo.

—Puedes irte. —No podía creer que hubiera dicho eso. Tenía tantas esperanzas puestas en que todo acabara bien, después de haber encontrado por fin la prueba de la inocencia de mi pueblo...

—¿Irme? —Jared dio un rodeo porque estuvo a punto de arrollar a un hombre con una maleta enorme—. ¿Qué quieres decir?

—Pues irse. Ir-se. —Estiré la palabra a propósito, aunque en realidad no tenía paciencia para eso—. Puede que volvamos a acudir a ti, pero de momento eres libre.

—Ah, no sabía que era tu prisionero —gruñó Jared—. ¿Entonces ha terminado el asunto de la sanción por el conjuro de dragón? No tengo ganas de trampas ni nada parecido.

Pese a la tensión, no pude evitar esbozar una media sonrisa. Alguien tenía miedo.

—No hay conjuros de dragón ilegales. Me lo inventé para que me acompañaras.

—Vaya, pues muchas gracias. ¿Qué ha pasado? Yo era tu única esperanza...

Me detuve con tal brusquedad para volverme hacia él que chocó conmigo.

—¿Mi única esperanza? Eres mi peor pesadilla. Con tu estúpido conjuro de dragón, tan inofensivo él, lo has destrozado todo. Por tu culpa los fae ahora van a por mí.

Jared me miró asustado.

—Un momento, ¿quieren... matarte?

—Sí, matarme. ¿Estás contento? Lo has hecho genial, Jared Merlín.

Y ahí estaba de nuevo, la actitud arrogante que había depuesto durante una fracción de segundo.

—Déjalo ya, no es mi culpa que...

Me acerqué tanto a él que casi nos rozamos con la punta de la nariz.

—No te atrevas a decir que no fue culpa tuya. Y ahora lárgate. —Me di media vuelta y seguí andando.

—Con mucho gusto —me gritó a mi espalda.

Me paré de nuevo un momento y cerré los puños. Me entraron ganas de hacer fosfatina a ese joven mago ahí mismo. Si en junio no hubiera pronunciado esa locura de conjuro... Pese a la rabia, sabía que perder los nervios y desahogarme con Jared Merlín solo me serviría para empeorar la situación.

Quise seguir andando, pero antes de poder dar un solo paso, el nivel de adrenalina me subió aún más. ¡Maldita sea, estaban aquí!

¿Cómo me habían encontrado tan rápido los fae?

44

AIDEN

Kailey lo había conseguido: había puesto a Aiden entre la espada y la pared como el gato al ratón. Pese a que en la alegoría, él debería haber sido en realidad el gato, ya no podía oponer resistencia. Kailey sujetaba su espada en la garganta de Aiden, mientras lo obligaba a apretar todo el cuerpo contra la dura pared de piedra. Él notó la sangre caliente que le bajaba por el cuello, y eso que de momento Kailey ejercía poca presión con el arma. Si empleara un poco más de fuerza...

Pero no lo hacía. Kailey dudó, igual que había titubeado Aiden antes cuando había tenido opción de matarla. No era su cometido. Además, su padre había dejado muy claro que la fae no podía morir. Aiden lo había pensado un momento, pero solo para salvar su propia vida. Ahora se arrepentía de habérselo perdonado, de haberle dicho a Celmar que se fuera. ¿En qué había estado pensando? Sabía que, dadas las circunstancias, Kailey podía convertirse en un peligro, y se había comportado de una forma bastante rara. Había sido muy ingenuo por su parte no deducir que ella sí había recibido el encargo de acabar con él.

Ingenuo o estúpido. A decir verdad, le había sorprendido el ataque por detrás. ¿Por qué había accedido a ir a ese sitio, en lugar de llevarla

a su habitación, como tenía pensado? La miró a los ojos. ¿Por qué no atacaba y ponía fin a todo aquello?

—Vamos, ¿a qué esperas? —El tono era obstinado, furioso, triste, decepcionado. Todo a la vez. Él solo se defendía, mientras que ella perseguía un objetivo todo el rato: matarlo.

Kailey entrecerró los ojos verdes aún más, y aumentó la presión de la espada. Aiden sintió el corazón en la garganta. «Se acabó», pensó. ¿Por qué tenía que provocarla?

—¡Maldita sea!

Inesperadamente, Kailey se apartó de él. La espada voló por los aires formando un arco y cayó en el suelo con gran estrépito. Kailey se volvió de nuevo hacia él despacio. Se miraron, ninguno dijo nada. Aiden seguía con el corazón acelerado. Se deslizó pared abajo entre jadeos.

—¿Por qué no lo has hecho? —preguntó al cabo de un rato, y alzó la vista hacia ella.

—Por el mismo motivo por el que tú también me lo has perdonado, supongo. —Se sentó a su lado, también respiraba demasiado rápido. Tiró la cabeza hacia atrás un momento, antes de mirar de reojo—. ¿Y ahora qué? ¿Qué hacemos?

—Ni idea. De verdad que no lo sé. —Aiden se palpó la herida del cuello. La sangre, que ya empezaba a coagular, le cubrió los dedos.

—Déjame ver. —El rostro de Kailey quedó muy cerca del suyo cuando se inclinó para examinar mejor la herida. Notó su aliento cálido en la piel sudada—. ¿Duele?

Forzó una sonrisa.

—Por suerte solo has herido mi orgullo.

Se encogió de hombros.

—Sí, ¿qué quieres que te diga? Soy la mejor guerrera elfa de Fairyland. Por eso me enviaron a mí para vigilarte.

Aiden no pudo reprimir una carcajada.

—Se te olvida que yo te podría haber matado primero. —La tensión entre los dos se disipó, pero la sensación no duró mucho. Aiden se puso serio. Apoyó la cabeza en la pared con un sonoro suspiro—. ¿En qué consiste tu misión? Tenías que matarme, ¿verdad?

Asintió.

—¿Y la tuya?

—Tenía que alimentar tus dudas y pedirte que me acompañaras al parque nacional de Connemara. Mi padre espera que puedas ayudarnos a convencer a tu tío de lo absurda que sería una guerra. Y tu tío, a su vez, tenía que convencer a vuestra reina. Nunca te he mentido, Kailey. Créeme, mi padre hace todo lo posible por evitar esta guerra.

—Demuéstralo.

Aiden vació su bolsa sin decir nada, donde no había más que polvo y unos cuantos hilos sueltos.

—¿Ves? No llevo nada encima: ni cloroformo, ni armas. Mi padre me dio la orden expresa de no tocarte ni un pelo porque sabe cuáles serían las consecuencias.

Por lo visto Kailey lo creyó de verdad, porque se dio la vuelta, pensativa, y clavó la mirada en el suelo.

—¿Por qué tenías que matarme, Kailey? —preguntó Aiden con cautela.

—Para evitar esta guerra. —Hablaba en voz baja. Era evidente que ella misma sabía lo absurdo que sonaba, pero aun así Aiden no pudo contener la risa.

—Eso es una locura total. ¿Crees que mi padre lo dejaría pasar? —Sin embargo, el propio Aiden no estaba del todo seguro. Cuando habían hablado antes sobre Sharni, su padre había dejado más que clara su opinión sobre esa guerra.

Kailey se encogió de hombros.

—En un primer momento no sonaba tan fuera de lugar cuando lo explicó la reina. Dijo que solo necesitabais una advertencia clara para detener esta locura.

—Qué tontería —dijo Aiden con un bufido—. Háblame de Limerick. ¿Cuál es tu versión?

Kailey titubeó.

—La reina me habló del incendio provocado en nuestra embajada, y me contó que tu pueblo se había adueñado del Burren. Asegura que queréis ampliar vuestro territorio, por eso estuvisteis activos también en Londres. Tus lamentos sobre vuestra tierra, demasiado pequeña para vosotros, no hicieron más que subrayar sus palabras, aunque yo al principio no lo veía. Pero por eso confié en la reina. —Se volvió de nuevo hacia él—. Todo encaja, Aiden, tienes que reconocerlo. Además, lleváis tiempo queriendo haceros con el Burren.

Él se puso las manos en las rodillas.

—Eso lo admito, pero jamás nos adueñaríamos de esa zona con violencia, ni siquiera en la situación actual. La reina miente, Kailey, y tu tío también. Los dragones no hemos ocupado el Burren.

—Damian no puede mentir, y la reina tampoco.

—¿Y tú te lo crees sin más? —Aiden sonrió casi con compasión—. No digo que tu tío lo haga a propósito. Tal vez recibe información falsa. Pero lo que afirman él y la reina sobre mi pueblo no es cierto. Quieren que carguemos con la culpa del asunto de Londres, igual que con el incendio en las inmediaciones de Limerick. No lo causamos nosotros, pero los fae dicen que sí, en teoría para impedir que lo hagamos.

Kailey lo miró fijamente un momento.

—Es absurdo.

Asintió.

—Cierto, es absurdo.

Se estudiaron. Cada uno quería leer en los ojos del otro cuánta verdad contenían.

—A vosotros no os sirve de nada el paisaje lunar —añadió Aiden al final—. Jamás os sentiríais a gusto allí.

—Claro que no —reconoció Kailey—. ¿De dónde sacas tú la información? ¿De tu padre? —Asintió—. ¿Y si...?

—¿Estás insinuando que mi padre miente? —Aiden negó con la cabeza—. Nunca. ¿Por qué iba a hacerlo?

—Por el mismo motivo por el que tú acusas de mentir a mi tío y la reina de los fae. —Kailey se encogió de hombros—. Alguien está difundiendo información falsa. Pero ¿quién? ¿Por qué?

Aiden suspiró.

—Si lo supiéramos, sería un gran avance. Pero... ¿crees que digo la verdad?

Sonrió con timidez.

—¿Tengo elección?

—Por supuesto. Podrías seguir desconfiando de mí, pero te juro que no te miento. Es evidente que albergas tus propias dudas, de lo contrario me habrías matado, ¿o no?

—No estaba segura porque recibí el encargo de la reina y no como siempre de Damian. Además, mi tío me dejó muy claro no hace mucho que no podía pasarte nada. Eso me hizo reflexionar. Pero, para que no haya dudas: te creo a ti, no a todos los dragones por principio. —Se le amplió la sonrisa, de pronto parecía cohibida—. Tienes suerte de no ser tan malo como siempre se ha dicho de vosotros.

Aiden sacudió la cabeza riendo por lo bajo.

—Te devuelvo encantado el cumplido.

Se miraron sonrientes, y a Aiden le resultó del todo surrealista. Unos minutos antes combatían, y ahora estaban ahí sentados sin saber muy bien qué hacer. Kailey no había cumplido su encargo, y los fae no iban a ceder. No solo querían la cabeza de Sharni, también la suya, y no iban a darles tregua mientras él y su hermana siguieran con vida.

Se dio la vuelta cuando de pronto entró Cassandra corriendo en el patio interior. Los miró a los dos y se llevó la mano al corazón. Respiraba a trompicones, pero parecía aliviada.

—Dios mío, estáis vivos —dijo entre jadeos, y se apoyó con las manos en los muslos.

Aiden y Kailey intercambiaron una mirada de sorpresa. ¿Qué quería decir con eso?

—Eh, claro. ¿Por qué no íbamos a estar vivos? —El tono de Aiden era inocente, pues era imposible que Cassandra supiera la verdad sobre ellos.

Se apartó un mechón de la cara y alzó la vista, con una sonrisa divertida en los labios.

—Tal vez debería hacer una presentación oficial: soy Cassandra Murphy.

—¿Murphy? —exclamaron Aiden y Kailey casi al unísono.

Cassandra se rio.

—Qué caras... Impagables. Sí, habéis oído bien, Murphy. Soy bruja.

Aiden hizo un gesto de incredulidad con la cabeza. Cassandra le caía simpática, sin duda, pero siempre le había parecido un tanto ingenua. ¿Y ahora resultaba que formaba parte del poderoso clan Murphy?

—Un momento, ¿eso significa que todo el tiempo has sabido quiénes somos?

Cassandra asintió.

—Por supuesto. Mi familia me envió aquí para cuidar de vosotros. Pero por lo visto, ya lo tenéis bastante controlado.

—¿Tu familia? —preguntó Kailey—. ¿Entonces, tanto tu clan como el mío sabían de la presencia de Aiden aquí, en Dublín?

Cassandra se sentó con ellos en el suelo con una media sonrisa.

—Sabemos más de lo que creéis.

Aiden meneó la cabeza de nuevo, y sintió que la ira se apoderaba de él.

—¿Por qué ha intervenido hace tiempo tu clan?

—No es nuestro cometido. Solo intervenimos en caso de extrema necesidad, y además lleváis siglos fastidiándoos los unos a

los otros. ¿Quién iba a pensar que de repente la cosa se pondría tan seria?

Aiden soltó un bufido.

—Acabas de decir que sabíais mucho. ¿Y por qué, si se puede saber, consideráis ahora que la situación es grave?

Se encogió de hombros.

—Por instinto. Habéis estado todo el tiempo rondándoos. Al principio pensaba que empezabais a caeros simpáticos. Pero luego dejasteis de aparecer en la clase de literatura, y Celmar me dijo que estabais hechos una furia. Estaba preocupado. Después de formular el hechizo de localización y ver que estabais en este sitio tan apartado, até cabos. Me habría sorprendido mucho que hubierais venido solo a enrollaros sin que os molestaran. —Miró alrededor—. Por cierto, ¿dónde estamos? ¿Es un cementerio?

Kailey sonrió y pasó por alto la pregunta de Cassandra.

—Ahora entiendo por qué tenías tantos remordimientos después de besuquearte con Celmar.

—¿Que ha hecho qué? —Aiden pasó la mirada de Kailey a la bruja.

Cassandra se sonrojó y le restó importancia con un gesto.

—Fue solo una vez. No volverá a ocurrir, y no quiero hablar del tema. Prefiero que me contéis qué ha pasado. ¿Por qué os habéis enzarzado de repente?

Kailey lanzó una mirada inquisitiva a Aiden.

—¿Se lo contamos?

Se encogió de hombros.

—¿Por qué no? —Ya no podía ir a peor, y tal vez Cassandra sabía cómo salir del dilema al que se enfrentaban.

—Entonces, ¿lo he entendido bien? —resumió la bruja, cuando Kailey y Aiden terminaron con sus explicaciones—. ¿Aiden tenía que morir y tú, Kailey, debías ser prisionera de Aiden?

—No tenía que llevármela presa, sino convencerla de que me acompañara al parque nacional de Connemara —repuso Aiden.

—Desde el punto de vista de los fae, se podría tergiversar y decir que la habías secuestrado para lavarle el cerebro. Es lo mismo. —Cassandra silbó entre dientes—. Es un buen lío.

—Sí, ¿y ahora qué? —preguntó Kailey.

Cassandra levantó las manos a la defensiva.

—Eh, no me malinterpretéis. Me alegro de que estéis vivos, pero no puedo inmiscuirme. No es mi...

—... cometido, ja, ja. —Aiden soltó aire—. Dadas las circunstancias, ¿podrías hablar con tu familia? Mi padre quería ponerse en contacto con los Murphy de todos modos.

Cassandra suspiró.

—Claro, hablaré con ellos. De todas formas, esperan un informe exhaustivo, y nadie quiere que entréis en guerra. Parece que alguien está conspirando, y dudo que pare solo por una injerencia de mi clan. Aquí está pasando algo, y tenemos que averiguar qué es.

Aiden soltó un leve suspiro.

—Puede que tenga un plan, pero es atrevido.

—Cuéntanos —soltó Kailey.

Aiden esbozó una media sonrisa, lo había conseguido: Kailey confiaba en él. Y no solo eso: ya no podía negar que él también se fiaba de ella. Su misión era matarlo. Se lo había ordenado la reina de los fae en persona. Pero cuando tuvo ocasión de hacerlo, Kailey lo perdonó.

—Podríamos fingir mi muerte.

Kailey negó con la cabeza antes de que terminara la frase.

—De ningún modo. ¿Eres consciente de lo que estás proponiendo? Tu padre tiene que creer de verdad que estás muerto para que su reacción sea genuina cuando confronte a mi tío o a quien sea. Y si declara la guerra, no habremos ganado nada.

—Mi padre no iniciará esta guerra, no lo creo. —Ojalá Aiden no se equivocara.

—¿Cómo puedes estar tan seguro? —preguntó Kailey.

—Hemos hablado del tema, y me ha dicho con toda claridad que no quiere esta guerra bajo ningún concepto.

—Del dicho al hecho, hay un trecho —apuntó Kailey.

Aiden asintió.

—Lo sé, pero mi padre es prudente y cauteloso. Aunque me equivocara, en un primer momento sería tal la conmoción que no podría declararos la guerra a los fae enseguida. Eso nos da el tiempo que necesitamos.

—Es muy arriesgado —valoró Cassandra—. Aunque conozcas bien a tu padre, no sabes cómo reaccionará en una situación tan extrema.

—¿Y si se lo contamos antes?

Cassandra torció el gesto.

—No sé, lo veo igual que Kailey. Tendría que ser un actor extraordinario para que su reacción fuera convincente. Además, seamos sinceros: no es nada realista que Kailey te mate y tu padre no haga nada. Tampoco hemos pensando en la parte de Kailey. ¿No tendrías que demostrar de alguna manera que Aiden está muerto? No sé, ¿llevarle su corazón o algo por el estilo?

Kailey puso cara de asco.

—¿En serio? ¿Tan despiadados nos consideras a los fae?

—Cassie no va del todo desencaminada. ¿Cómo demostrarías a la reina mi muerte? ¿O con tu palabra basta?

—Supongo que depende de si Kailey sabe mentir o no. —Cassandra se encogió de hombros.

—Me han enseñado a mentir —admitió Kailey.

Aiden asintió de nuevo. Hacía tiempo que lo había deducido, después de que ella hubiera accedido a hablar con él durante el combate, para luego no cumplirlo. Era raro saber que podía mentirle en cualquier momento. Por otra parte, ella tampoco sabía nunca cuándo decía él la verdad.

—La reina y yo no hemos hablado de eso, pero alguna prueba exigirá —continuó Kailey—. Pero no es una idea absurda solo por eso.

—¿Entonces qué? —preguntó Aiden—. Algo tenemos que hacer.

Kailey relajó los hombros.

—Te acompañaré a ver a tu padre.

—¿Lo harías? —Aiden sintió un gran alivio. Fingir su propia muerte no le parecía nada oportuno. Solo lo había propuesto porque, por extraño que pareciera, le costaba pedirle a Kailey que lo acompañara. Hacía tiempo que lo sabía y no había reaccionado, hasta ahora.

—¿Por qué no? Ahora mismo es la mejor opción que tenemos.

—Yo también lo veo así —coincidió Cassandra—. No quería entrometerme, pero ahora que lo ha propuesto la propia Kailey... Por lo menos deberíais intentarlo. A lo mejor conseguís algo. En todo caso, es un riesgo asumible.

—Bueno, no sé. Kailey solo arriesga su futuro. —El tono de Aiden era un tanto sarcástico. Miró a Kailey—. ¿O qué pasa si obvias tu misión y te pasas abiertamente al bando enemigo?

Ella agachó la mirada un milisegundo.

—En Fairyland se castiga la traición con pena de muerte.

Pena de muerte. El término resonó en la mente de Aiden, y por un momento se impuso un silencio tenso. ¿Kailey podría pagarlo con su vida, y aun así estaba dispuesta a acompañarlo?

—¿Estás segura de que quieres pasar por ello?

—¿Tenemos elección? Tienes razón, algo tenemos que hacer. No podemos sentarnos a mirar cómo nuestros pueblos van directos hacia el abismo. Además, parece que las primeras filas de mi pueblo están jugando sucio. En ese sentido, es justo que sea yo quien corra el riesgo, y no tú.

Aiden no pudo evitar sonreír.

—Es decisión tuya. Me encantaría que me acompañaras, pero no te voy a obligar. ¿Qué probabilidades hay de que tu tío se deje convencer? ¿Tú qué opinas?

Kailey se encogió de hombros.

—Ni idea, si te soy sincera. En todo caso, no tiene una visión tan radical como muchos otros, y quería evitar tu muerte igual que tu padre.

—Por lo menos hay motivos para la esperanza —dijo Aiden para tranquilizarse.

—Sea cual sea vuestra decisión, tiene que ser rápido —intervino Cassandra en la conversación—. Si la reina de los fae exige la cabeza de Aiden, pronto querrá ver resultados.

—Solo hay un problema. —Aiden miró al cielo, donde ya no había una sola nube. Justo hoy había vuelto el buen tiempo a Dublín—. No podemos volar de día, no con este tiempo. Es demasiado arriesgado.

Cassandra sonrió.

—Bueno, si todo el problema es ese... Los conjuros meteorológicos son una de mis prácticas más fáciles. —Levantó las manos, que soltaron unas chispas amarillas, y de pronto aparecieron en el cielo unos cuantos cúmulos.

Aiden quedó impresionado, pero dijo:

—Unas cuantas nubecillas no bastarán para tapar a un dragón en el cielo. Lo siento.

—Calma, tengo una hora para atraer nubes oscuras. Primero tenéis que ir a Malahide para poder salir volando desde ahí. Confía en mí, no es la primera vez que lo hago. Es mucho más llamativo si el tiempo cambia en un abrir y cerrar de ojos. —Cassandra se levantó—. Propongo que salgáis ya y de camino arregléis los últimos detalles. Entre tanto, yo pondré al corriente a Celmar y recogeré vuestras cosas. Nos vemos en Malahide.

—No te olvides de mi libélula reina —gritó Kailey a la bruja por detrás, que ya salía del minúsculo cementerio—. Está en un tarro de cristal en...

—Lo sé —contestó Cassandra, guasona, sin ni siquiera darse la vuelta.

Kailey también hizo un gesto divertido con la cabeza.

—Parece que esa bruja lo sabe todo. Me cae bien.

Aiden se mantuvo serio. Agradecía que Kailey quisiera ayudar, pero no se quitaba de la cabeza el término «pena de muerte». La idea de que pudiera morir, asesinada por su propio pueblo... Arriesgaba mucho, muchísimo. ¿Valía la pena? Se acercó más a Kailey y la agarró de la mano. Ella miró asombrada un instante los dedos entrelazados antes de que se cruzaran sus miradas. Kailey tragó saliva, pero no apartó la mano.

—¿Estás segura de que quieres hacerlo, Kailey? ¿Por mí, un dragón?

—Eres mucho más que eso —dijo con la voz tomada, y él sintió un escalofrío en la espalda.

¿Cuándo había empezado a gustarle esa fae?

45

SHARNI

En ambos lados del pasillo del aeropuerto había dos fae observándome. Ni siquiera se esforzaban en ocultar su *glamour* de fae. Yo veía con claridad el aura colorida y las orejas puntiagudas. Pese al jubón de cuero de color aceituna, encajaban mejor en el mundo humano con tejanos y zapatillas que yo con mi capa con capucha color verde esmeralda. Me sonreían con malicia, como si ya me hubieran vencido. Mierda, el hechizo de invisibilidad de la tía Isla había perdido efecto. Reprimí un gruñido.

De acuerdo, ¿y ahora qué? Aunque en el aeropuerto no se escondieran más criaturas miserables, estas ya me superaban en número y esperaban su oportunidad de lanzarse a mi cuello.

Seguro que mi padre querría que intentara escapar, pero era inútil. A fin de cuentas, eran los Flechas de la Reina, y tenían una formación extraordinaria. Pero yo también, y el ataque era la mejor defensa. Eso lo había aprendido pronto. Aun así, ¿cómo iba a abalanzarme sobre los fae en medio del edificio del aeropuerto delante de todo el mundo? No podía transformarme en dragón y atacarlos con fuego, aunque era lo que me daba ganas de hacer.

En cuestión de segundos había tomado una decisión con uno de los lemas de mi padre en mente: «Si no puedes atacar, gana tiempo». Y eso fue lo que hice: corrí en dirección al aparcamiento. De alguna manera podría desactivar las cámaras de vigilancia. Puede que incluso pudiera contar con la ayuda de los fae para eso, pues seguro que tampoco querían que los humanos interfirieran en su plan. Es entonces cuando podría atacarlos. En el aparcamiento no podía volar por falta de espacio, y el fuego, nuestra arma más potente, tenía un efecto limitado contra los fae, pues algunos podían transformarlo en humo. Pero en forma de dragón podía hacer más contra los fae que en mi versión humana.

Por desgracia, acababa de aterrizar un avión, y los pasajeros se dirigieron en tromba con su equipaje hacia la salida y lo bloquearon todo. Me escurrí entre la multitud todo lo rápido que pude, aunque sin esperanzas de lograr esquivar a los fae. Eran ágiles y me seguían sin esfuerzo. Además, una parte de mí no quería esquivarlos pues, aunque lo consiguiera en ese momento, volverían a acecharme.

Al final llegué a la entrada del aparcamiento y abrí la puerta con tal fuerza que saltó de las bisagras. Aterrizó en el suelo unos metros más allá con un gran estruendo. Solo se veían unos cuantos coches aparcados en esa planta, pero había una familia. El padre me miró asustado, metió a los niños en el Fiat y lanzó el equipaje al maletero antes de salir pitando con un chirrido de los neumáticos.

Para entonces me había parado y me había vuelto hacia mis perseguidores, que también se detuvieron y esperaron a que se fueran los testigos. Como suponía, los cuatro fae habían pasado a ser ocho.

Me quité la capa y la arrojé a un lado, pues en la lucha solo sería un impedimento. Además, la necesitaría más tarde, cuando volviera a transformarme.

Los fae y yo nos estudiamos mutuamente. Mi padre habría aprovechado ese momento para elaborar todo un plan de acción, pero para mí el combate tenía más que ver con la intuición.

En cuanto el ruido del motor del Fiat en plena huida se fue extinguiendo, los fae colocaron en posición los arcos y dejaron fuera de juego las cámaras de vigilancia antes de dirigir las flechas hacia mí. Dos de ellos sacaron las funestas espadas mágicas de los bolsillos de los jubones, al tiempo que yo me transformaba en una fracción de segundo. La sensación fue indescriptible. Por fin volvía a ser yo misma, libre. Crecí a lo alto, ancho y largo, y tuve que agacharme para no chocar contra el techo de la planta del aparcamiento. Sin embargo, me fue bien, pues enseguida me puse en posición de ataque. La fuerza palpitaba con la sangre en mis venas. Me sentía invencible.

La cola aún no me había terminado de crecer y yo ya la estaba utilizando. Mientras me caía encima la primera lluvia de flechas, lancé un coche a través del aparcamiento directo hacia el grupo de los fae, que no se había diseminado aún. Por desgracia, los fae eran muy ágiles y reaccionaron con rapidez, y por tanto esquivaron de un salto el coche, que poco después chocó contra la pared y acabó aplastado como un acordeón. Lancé el coche siguiente, que tampoco acertó en su objetivo, y utilicé de nuevo la cola como arma, pues quería derribar por los pies a los fae con ella. Solo uno dio un traspié. Los demás saltaron por encima de la cola como si estuvieran jugando a la comba. Antes de poder retirarla, sentí el dolor. Uno de los fae me había alcanzado con su espada, y además se me había clavado una flecha en el lomo. Me arranqué la flecha con el morro y luego solté un rugido, seguido de una llamarada. Como me temía, los fae contaban con un transformador de fuego. Las llamas de color rojo anaranjado se encresparon y se transformaron en humo que tapaba la vista y escocía en los ojos.

Mierda, tenía que regresar rápido a mi forma humana o los fae llevarían ventaja. Podían disparar las flechas contra mí. Por culpa de mis dimensiones de dragón no fallarían, mientras que yo casi no tenía opciones ni de tocar a los ágiles fae si no los veía. Oí cómo

tensaban los arcos, el silbido de las flechas que volaban por el aire y, antes de que lograra transformarme de nuevo, noté que se me clavaban varias puntas de flecha casi a la vez en la capa de escamas. Pasados unos segundos sentí unas cuantas fuertes estocadas de espada. La sangre caliente me corría por el costado y goteaba en el suelo. Solté otro rugido y con las garras y la cola di golpes a ciegas alrededor. Oí un feo crujido: por lo menos un fae había quedado fuera de combate, pero los demás seguían disparándome flechas que parecían clavarse en todos los sitios al descubierto de mi lomo. Por lo menos esa era la sensación que tenía. Una se me clavó en la columna vertebral, pero no tuve tiempo de sacármela, pues recibí más estocadas de espada, cada vez más precisas y dolorosas. Si volvía a transformarme, probablemente moriría, pues como humana tenía mucha menos capacidad de resistencia, así que seguí luchando como dragona. Extendí las alas para usarlas también como armas. Di golpes alrededor como una loca con la esperanza de matar a algún fae, o por lo menos desarmarlo. En efecto, me pareció que había alcanzado a alguno, pero aún quedaban demasiados. Además, ahora tenía clavadas dos flechas en las alas, algo bastante desagradable. Maldita sea, ¿qué podía hacer?

Por suerte, el humo se fue disipando poco a poco. Mientras yo oponía resistencia con la cola y las garras, y al mismo tiempo me arrancaba algunas flechas de las alas con el morro, logré hacerme una idea de la situación. Había cuatro fae inmóviles esparcidos por el aparcamiento, pero los otros cuatro no me daban tregua. ¿Debería escupir fuego de nuevo e intentar desaparecer en el humo? Enseguida descarté la idea. Había muy pocas opciones de que el plan funcionara, pues no podía salir del aparcamiento en forma de dragón y huir, y con las flechas en el lomo no podía transformarme.

Los dos fae de las espadas iban directos a mi flanco, el punto más sensible, que para colmo quedaba desprotegido al extender las alas. Pude resistir varias embestidas y acabar con otro fae, mientras me

alcanzaba alguna que otra flecha. Pero entonces una espada me dio muy cerca del corazón. Me desplomé sobre las patas delanteras con un bramido. Quise incorporarme, pero el dolor era demasiado intenso. Poco a poco fueron remitiendo mis fuerzas, de lo que asimismo se percataron los fae también porque ahora se concentraban solo en mis puntos débiles. Me dieron más espadazos, otras flechas cayeron con fuerza sobre mí como si fueran granizo, y no conseguí como antes parar la mayoría con las alas. Rugí de dolor, y todo el aparcamiento tembló. Se me nubló la mirada; no podía desmayarme, sería como caer derrotada. No tenía nada que perder, esperaba que el transformador de fuego estuviera entre los heridos, así que ataqué a los fae restantes con llamas. Mi plan funcionó. Le prendí fuego a uno, pero los otros dos se cobijaron a tiempo para acto seguido volver a atacarme: uno con flechas, el otro con espadas. Esa peligrosa combinación podía significar mi muerte, pero no iba a rendirme. Me dispuse a lanzar otra ráfaga de fuego cuando de pronto un coche saltó volando por los aires, directo a los fae. ¿De dónde salía? Los fae se agacharon. Mientras uno de ellos se concentraba con sus flechas en el recién llegado, el otro no me quitaba ojo de encima. Con la siguiente llamarada no llegué a él; sin embargo su espada sí me acertó. Por suerte no fue un corte profundo, pero dolía. Volvió a incorporarse uno de los fae que por lo visto solo se había quedado inconsciente. Para mantenerlos a raya, escupí fuego a discreción, pero a la larga eso era extenuante. En forma de dragona consumía mucha más energía de la que absorbería como humana.

Observé por el rabillo del ojo que otros coches volaban por los aires. Al cabo de un instante los fae habían quedado desarmados sin que nadie se les hubiera acercado. Simplemente habían dejado caer flechas, arco o espadas como si de repente pesaran toneladas. La puerta arrancada de las bisagras voló hacia ellos. Dos quedaron tendidos en el suelo. El último que quedaba en pie acabó enterrado bajo un coche.

El silencio repentino que se impuso resonaba en mis oídos. Me permití un respiro antes de buscar alrededor con la mirada. Quienquiera que me hubiera ayudado no constituía un peligro para mí, pero debía andarme con cuidado.

Al principio no vi a nadie, luego se dibujó una silueta en la sombra: masculina, alta, bien entrenada y con el cabello rubio oscuro. Jared Merlín. No quería que me viera más de lo necesario como dragona, pero con todas las flechas clavadas por todas partes en el lomo, el flanco y las alas, no tenía opciones de volver a transformarme con vida.

Jared se acercó a mí con su arrogancia habitual, pero se desvaneció al ver la mirada de dolor en mis ojos y las flechas.

—Mierda.

Me estremecí cuando me sacó la primera flecha de la capa de escamas, por el dolor y por el roce de la mano. Nunca me había tocado un humano; no en mi forma de dragona.

Poco a poco, Jared fue librándome de las flechas. Cuando retiró la última de mi coraza, volví a transformarme automáticamente en humana. Estaba desnuda, pero, después de que Jared me hubiera visto como dragona y con todo el cuerpo dolorido, tampoco me importaba. Me mordí los labios, pero no pude reprimir un gemido mientras intentaba incorporarme a duras penas. Esperaba que Jared observara mi cuerpo humano con descaro, pero me tendió la mano para ayudarme. No le hice caso.

—Gracias, me las apaño sola. —Era una dragona, maldita sea, el ser más poderoso de este planeta. En ese momento daba la impresión de ser bastante débil, y no me gustaba nada.

El mago se rio, le salió entre una carcajada y un resoplido.

—Sí, ya lo veo. Te he salvado el maldito trasero. Por cierto, un ejemplar muy bonito.

Solté un bufido, y me salió un poco de humo de la nariz.

—Tu ayuda ha sido muy oportuna, lo admito, pero habría podido mantener a raya a los últimos fae que quedaban yo sola.

—Si tú lo dices, princesa.

Pasé a duras penas junto al fae inmóvil hasta llegar a mi capa, pero cuando me agaché a cogerla perdí el equilibrio y acabé de rodillas. Maldita sea, las heridas eran más graves de lo que me temía. Jared se acercó a mí y me observó un momento con escepticismo, antes de levantar la capa y ponérmela por encima de los hombros.

—¿Y ahora qué? —preguntó.

Me levanté de nuevo.

—Ahora me voy a Greenwich. —Esperaba que Isla me ayudara con sus hierbas medicinales, pues en mi estado no podía enfrentarme a otro combate. Primero tenía que ponerme a salvo.

—Muy bien, ¿y cómo pretendes ir, sin ropa y cubierta de sangre?

Me miré de arriba abajo. Las piernas desnudas y los pies descalzos sobresalían por debajo del tejido color verde esmeralda. La sangre me bajaba por ellas. Así no podía osar mezclarme con los humanos, me detendrían o me llevarían al hospital, y ninguna de las dos opciones me convenía.

—Ya me las apañaré de alguna manera —dije de todos modos, para conservar un mínimo de dignidad.

Jared sacudió la cabeza.

—No seas tan testaruda y déjate ayudar. En tu estado eres presa fácil para los elfos.

Tenía razón, lo entendía.

—A tu clan no le entusiasmará verse implicado en una guerra.

Jared se encogió de hombros.

—¿Quién dice que vamos a implicarnos en esta guerra? Además, creo que estoy en deuda contigo por el conjuro de dragón.

Eso era cierto, y tal vez la idea de aceptar la ayuda de Jared Merlín no fuera tan descabellada. Quizá los magos podían darnos su apoyo en la guerra contra los fae como antes. Si esta vez tuviéramos a los dos clanes de brujos de nuestra parte...

Procuré enderezar los hombros.

—De acuerdo, acepto tu oferta. Pero eso no significa que dependa de tu ayuda, ¿queda claro?

El joven mago se limitó a reír, sacó el móvil del bolsillo de los tejanos y marcó un número. No me quitó ojo de encima.

—Hola, primita. Ha habido un incidente en el aeropuerto. Nos vendría bien tu ayuda. ¿Puedes venir? Eh, no es culpa mía. Los fae han atacado a la princesa. Tiene que ir lo antes posible a casa de su tío, en Greenwich... Espera. —Jared miró alrededor—. Estamos en el aparcamiento preferente de estacionamientos breves, terminal norte. Ya nos encontrarás. Y date prisa. No sé si los fae están todos muertos o solo inconscientes. —Colgó y se guardó el móvil.

—¿Va a venir tu prima?

Jared asintió.

—Pensaba que esta vez Su Alteza no tenía nada que objetar.

Caroline dominaba la teletransportación. De hecho, antes de partir se había ofrecido a llevarnos a Jared y a mí a Irlanda sin problemas, pero yo había declinado la oferta porque no quería deberle favores. Isla me había contado que la mitad de la ascendencia de Caroline era de un clan de vudú, y los vudús se tomaban al pie de la letra lo de reclamar favores. Ahora me sentía bastante idiota; Caroline parecía muy simpática. Además, me habría ahorrado algunos contratiempos.

Pasé por alto el comentario mordaz de Jared y su sonrisa arrogante.

—Espero que no tarde mucho. Seguro que no todos los fae están muertos.

Antes de que Jared pudiera contestar, oímos que alguien lo llamaba por su nombre.

—Estamos aquí —contestó.

Pasados unos segundos se acercó Caroline corriendo, con Ash.

Jared puso los ojos en blanco.

—¿Qué hace el Morgan aquí?

—Pensaba que no nos iría mal un poco de ayuda si los fae se recuperaban. —Caroline se acercó a mí—. ¿Estás bien?

—Ya pasará, gracias. Y gracias por venir tan pronto.

—Era el momento perfecto: Alice estaba sacando fotografías antiguas de George. —Ash sonrió, mientras Jared se lamentaba.

—Entonces, ¿nos vamos? Ese de ahí empieza a moverse. —Señaló a un fae que intentaba incorporarse.

Ash le restó importancia con un gesto.

—No hay problema.

Un segundo después, el fae volvía a yacer en el suelo, inmóvil. Arrugué la frente. Me había perdido algo.

—Ash sabe manipular el tiempo —aclaró Caroline—. Bueno, dadme la mano. Os llevaré a Greenwich.

46

KAILEY

Rodeé con los brazos la cintura de Aiden, casi rozaba con la mejilla su chaqueta de piel mientras recorríamos la M50 y la M1 hacia la costa. Disfruté de la cercanía, de su olor, aunque jamás habría contemplado antes esa posibilidad. El hecho de que me hubiera gustado el beso, en lugar de provocarme asco, lo decía todo. No quería admitirlo, pero ya no podía obviar mis sentimientos hacia ese dragón, que en realidad era mi enemigo natural. Igual que Damian conseguía llevarme por el buen camino, Aiden siempre sembraba nuevas dudas en mí. Y aun así...

«¿Estoy haciendo lo correcto?». No paraba de repetirme que no debería titubear, pero tenía dudas, y esas preguntas empezaban a desgastarme. Creía a Aiden, de verdad, pero no había estado ni en el incendio provocado en la embajada de los fae ni había visto cuál era la situación en el Burren. La información procedía de su padre. Por eso al final tenía que plantearme si confiaba en el padre de Aiden, un dragón al que no conocía. Me costaba mucho, porque si lo hacía, debía aceptar en ese mismo momento que mi tío y la reina me habían convertido en un juguete al servicio de sus objetivos. Por primera vez en mi vida me sentía abrumada. No sabía a quién creer, en quién

confiar. ¿Qué era correcto, qué un error? ¿Quién decía la verdad, quién mentía? Había llegado el momento de averiguarlo de una vez. Pero... ¿por qué vía? Yo misma había propuesto acompañar a Aiden al parque nacional de Connemara, pero ¿de verdad podía hacerlo? Me jugaba todo por lo que había luchado siempre, sin lugar a dudas, y no había vuelta atrás. Debía estar segura al cien por cien de que estaba haciendo lo correcto, y no era así. Ya había tomado la decisión. Lo sentía por Aiden, pero... no había otra opción. Tenía que ser así.

Para entonces el sol se había ocultado tras las nubes. Había refrescado bastante, el viento era más frío, sobre todo allí, cerca de la costa. Por lo menos llevaba encima, además de las armas, la chaqueta tejana, y Aiden no había podido evitar parar en una gasolinera para comprar algo de beber. «Tenemos que brindar porque por fin coincidimos». Si supiera que ya me lo estaba replanteando...

Apareció ante nuestra vista la costa de Malahide, y Aiden moderó la velocidad hasta parar del todo la moto. Bajé y eché a correr por el sendero hacia la playa. Pese al mal tiempo, algunos bañistas aún se resistían a recoger sus cosas, pero como muy tarde cuando llegara Cassandra esperaba que se hubieran esfumado. Las nubes oscuras no bastaban para que Aiden y yo pudiéramos salir volando. No podía haber espectadores cuando despegáramos.

La marea era alta, pero el mar aún no estaba en el máximo nivel y dejaba ver una parte bastante grande de la playa. Unos cuantos niños pequeños jugaban en charcos aislados. El viento me azotaba el cabello y la ropa, y yo tiritaba de frío mientras observaba a los niños con sus juguetes en el lodo.

Aiden se colocó a mi lado y dejó una bolsa de la compra con las botellas de refrescos en la arena. Estuvimos un rato contemplando el horizonte en silencio, luego pregunté sin mirarle:

—¿Crees que estamos haciendo lo correcto?

Apenas se oyó su leve suspiro con el susurro del viento.

—Eso espero. Tenemos que averiguar a qué están jugando.

—¿Entonces de verdad crees que los fae están jugando sucio? ¿Tan improbable es que tu padre te mienta?

—Mi padre jamás lo haría, Kailey.

—¿Cómo lo sabes?

—Porque estuve presente en las conversaciones con tu tío. Los fae mienten, la reina o tu tío.

—Damian no llegó a enterarse, Aiden, ya te lo he dicho. Y la reina tampoco puede ser. —El tono ganó en dureza.

—Entonces encubren la verdad. —Aiden se volvió hacia mí—. No digo que tu tío lo haga a propósito, pero aquí está pasando algo. Tú también lo notas.

Me aparté el pelo de la cara, que el viento no paraba de lanzarme a los ojos, y moví la cabeza hacia atrás. Rara vez me había sentido tan desvalida. ¿Qué debía hacer?

—Tranquila. —Aiden me agarró de la mano, pero yo la retiré.

—Ojalá hubiera otra manera. Lo siento, Aiden, de corazón.

—¿Por qué te disculpas? Te entiendo, pero...

—No, no me entiendes. Es imposible. Yo... —empecé a decir, aunque no sabía qué decir.

—Chist. No pasa nada. Ahora haremos lo que hemos acordado, y luego ya veremos.

Sí que pasaba algo, pero ya no dije una palabra más, y por suerte Aiden tampoco quería oír nada.

Tal vez fuera mejor así. La decisión estaba tomada, y no podía cambiar de opinión sin cesar. Era demasiado exasperante y no servía de nada. En algún momento teníamos que encontrar una solución. Era lo mejor para todos, por lo menos intenté convencerme de que así era. Una víctima para conseguir respuestas de una vez por todas y saber cómo proceder.

Respiré hondo y me calmé poco a poco mientras el aire limpio y salado me llenaba de oxígeno los pulmones. El viento sopló de nuevo el pelo hacia delante. Esta vez las puntas le dieron en la cara a Aiden.

—Perdona —murmuré, y me costó contener las lágrimas.

—Queda este —dijo él, y me retiró con ternura un mechón del otro lado de la raya sin que me resultara desagradable. Me rozó por un instante la mejilla, y cruzamos la mirada. Quise apartarla, y por lo general sabía controlarme muy bien. Sin embargo, en ese momento no pude.

Era extraño. Aiden y yo deberíamos odiarnos. Desde pequeños no habíamos aprendido más que aspectos negativos del otro pueblo, pero por muy terribles que fueran los dragones en teoría, Aiden no lo era. En absoluto. Podía ser encantador, amable y solícito, incluso conmigo. Pese a su lógica desconfianza hacia mí, nunca me había tratado mal ni con desprecio. Pese a ser un dragón, lo encontraba atractivo y... olía bastante bien. Al principio supuse que no podría olerle, pero no era el caso, al contrario.

Posé la mirada en la boca, y recordé el beso que nos habíamos dado sobre el escenario. Noté que un cosquilleo se expandía en el vientre, y sentí el impulso irrefrenable de volver a besar a Aiden. No porque el señor Riley nos lo pidiera ni por conseguir algo, sino porque quería. Pero no podía hacerlo, ¿no?

Aiden dio un paso hacia mí, quedamos cerca y me rozó de nuevo la mejilla. Sus ojos adoptaron una expresión cariñosa. Entonces lo hice, sin más, sin pensarlo dos veces.

Me puse de puntillas, pues Aiden era bastante más alto que yo, y le rodeé el cuello con los brazos. Él no se apartó. También me estrechó entre sus brazos fuertes, como si estuviera esperando ese momento. Nuestros labios se encontraron y solté sin querer un leve suspiro. Aiden me arrimó más a él y me besó con mayor intensidad. Tenía los labios suaves y cálidos, y sabía a menta. ¿Cómo podía sentar tan bien algo prohibido? Sentí una ola de calor, que se convirtió en un hormigueo, y deseé que el beso no terminara nunca. Porque en cuanto llegara a su fin, tendría que volver a la realidad, una realidad que ya no me gustaba, pero que no podía cambiar.

A lo lejos oí el motor de una moto, y acto seguido empezaron a caer las primeras gotas de lluvia. Había llegado Cassandra. Aiden se apartó de mí de mala gana. Apoyó un momento la frente en la mía y me colocó un último mechón detrás de la oreja antes de liberarme del todo. Para evitar dudar de nuevo de mi decisión paseé la mirada por la playa y vi a una madre que llamaba a dos niños con un gesto y recogía sus cosas a toda prisa. Justo después Cassandra corrió hacia nosotros con Celmar. Él llevaba el equipaje: tres bolsas de viaje y una maleta que dejó caer en la arena sin cuidado. Me observó, pero conseguí aguantarle la mirada y esconder mi mala conciencia en lo más profundo de mi ser. Para eso me habían preparado.

Contaba con que acompañara a Cassandra, aunque en mi fuero interno esperaba que se quedara en el campus. Pero ¿por qué iba a hacerlo? Aiden no paraba de insistir en que no necesitaba guardaespaldas, pero no hacía ni dos horas que yo le había demostrado lo contrario.

Celmar entornó los ojos hasta convertirse en dos ranuras.

—¿Me han dicho que has cambiado de bando?

—Eso parece.

De pronto me hizo una llave. Pese a mi buen instinto y a que tenía claro que Celmar era un peligro, no lo vi venir. Me sujetó tan fuerte con los brazos que casi me quitó el aire. Era fuerte, pero yo estaba acostumbrada a luchar contra dragones, aunque casi siempre cuando me atacaban en su verdadera forma. Desde luego, habría podido zafarme de él, pero reprimí el impulso, y me costó muchísimo. Un combate no sería de gran ayuda para convencer a Celmar de mi lealtad. Quería ponerme a prueba, asegurarse de que no constituía un peligro. Era su trabajo, y se lo tomaba en serio. Seguramente le pesaba haber perdido a Aiden de vista y por tanto haberme dado la oportunidad de matar a su protegido.

Cassandra saltó a un lado del susto.

—Pero ¿qué haces?

—Celmar, ¿a qué viene esto? —preguntó también Aiden, sobresaltado.

—¿Puedo confiar en ti? —preguntó Celmar entre dientes.

—Está de nuestra parte.

—Me gustaría que lo dijera ella —dijo Celmar a Aiden.

—Sí, maldita sea —respondí—. Quiero saber qué está en juego aquí, igual que vosotros.

Celmar siguió sujetándome unos segundos, luego me apartó. Respiré hondo. Aiden y yo intercambiamos una breve mirada.

Tal vez para distraernos, Aiden señaló las bolsas de viaje que, además de parecer recias, tenían pinta de pesar.

—Una vez aclarado: ¿en qué estabais pensando con el equipaje? ¿Quién va a transportar todo eso?

Cassandra le restó importancia con un gesto.

—Es el menor de los problemas, puedo hacer un hechizo para los trastos. —Sacó el tarro con Puck del bolso y me lo dio, mientras miraba alrededor con un gesto de desaprobación—. La playa es lo preocupante. Ya imaginaba que aún no estaría vacía. —Abrió un paraguas, saltaron unas chispas amarillas, y unos segundos después arreció la lluvia.

Los demás ni siquiera nos esforzamos por resguardarnos en algún sitio, pues tarde o temprano acabaríamos mojados. Aiden incluso sacó las bebidas de la bolsa y las repartió después de abrirlas.

Celmar frunció el entrecejo.

—¿Qué es esto?

—Brindamos, ¿qué va a ser?

—¿Con limonada?

Aiden puso cara de desesperación.

—Nos espera un viaje largo. No nos irá mal tener la mente despejada, ¿no?

Celmar gruñó algo incomprensible, pero al final brindamos con las botellas y todos bebimos un trago.

A esas alturas ya tenía la chaqueta tejana bastante rígida, pero los goterones tampoco habían conseguido echar de la playa a todo el mundo. Algunos habían abierto paraguas como Cassandra, otros les ponían ropa de lluvia a sus hijos. Cassandra sacudió la cabeza de nuevo.

—¿Os lo podéis creer? Tendré que soltar toda la artillería. No os preocupéis, solo hasta que por fin tengamos vía libre.

Antes de poder preguntar a qué se refería, el primer rayo atravesó el cielo. El trueno se hizo esperar un momento, pero estaba segura de que Cassandra acercaría la tormenta si hacía falta.

—Antes deberíamos despedirnos —dijo, mientras la playa se iba vaciando poco a poco.

—Es increíble, ayer dijeron que hoy iba a ser un día soleado —dijo un hombre con acento americano que se dirigía presuroso con una mujer hacia el aparcamiento. No llevaban paraguas y ya estaban calados hasta los huesos.

—Tú quisiste venir a Irlanda —le reprochó la mujer—. Podríamos estar en Hawái tumbados bajo las palmeras, pero tú tenías que ampliar horizontes.

Cassandra esbozó una media sonrisa, luego me dio un abrazo.

—Has sido una compañera de habitación fantástica. Me encantaría que volviéramos a vernos pronto. Aunque eso significaría que el tema aún no está zanjado. Ten. —Me dio una hoja de color rosa, no mucho más grande que un pósit.

Arrugué la frente.

—Gracias, pero ¿qué hago con esto?

—Si lo quemas, sabré que necesitas mi ayuda. Lo mismo te digo a ti. —Aiden recibió también una hoja; la suya era verde.

—¿Puedo quedarme yo la verde? —pregunté—. El verde es mi color preferido. ¿Y no dijiste que el tuyo era el rosa, Aiden?

—¿Eso dije? —Dobló su hoja también con una sonrisa hasta lograr el tamaño de un escarabajo y sacó una cadena de plata que llevaba

escondida bajo la camiseta. No incluía un colgante, sino una especie de recipiente que abrió para guardar la hoja doblada. Se volvió hacia Cassandra—. ¿Y cómo sabrás dónde encontrarnos?

Ella sonrió.

—Ya sabes que las brujas sabemos unas cuantas cosas. Cuidaos, los dos.

—¿Y qué pasa conmigo? —preguntó Celmar.

—Tú eres el guardaespaldas; tienes que cuidar de los dos —contestó Cassandra sin perder la sonrisa. Le dio a Celmar una hoja amarilla—. Ten, esta es para ti.

—Amarilla, genial. Me gusta el amarillo.

Dudó y pensó un momento si dar un abrazo a Cassandra. Ella, en cambio, lo hizo sin más y luego también abrazó a Aiden. Después se volvió de nuevo hacia mí.

—No te preocupes, lo conseguiremos. Si tu familia te repudia, te vienes a vivir con la mía. Los Murphy te protegeremos.

—Gracias, Cassie. —Creo que era la primera vez que la llamaba por el diminutivo. Era increíble, pero me caía bien de verdad. Ahora me alegraba de que mi tío no me hubiera conseguido una habitación individual, aunque imaginaba que Cassandra había tenido que ver con eso.

Para entonces la playa se había vaciado del todo, y solo estábamos esperando a que la gente estuviera lo bastante lejos.

—Deberíamos darnos prisa antes de que se vuelva a llenar la playa —dijo Cassandra al cabo de un rato.

Tenía razón. Estaba cayendo una buena tormenta, pero la tempestad se estaba empezando a alejar y podíamos alzar el vuelo sin correr peligro.

Me volví hacia Aiden.

—¿Tú primero?

—Si no te importa...

Negué con la cabeza y le di paso con un gesto.

Mientras tanto, Cassandra se ocupó del equipaje. Lo redujo tanto con un conjuro que todo cabía perfectamente en una mochila que se puso Celmar.

—El hechizo se romperá por sí solo dentro de doce horas, y vuestras cosas recuperarán el tamaño original. Más os vale que hayáis llegado al parque antes. Ah, y os envío las nubes de lluvia por detrás.

—Gracias por tu ayuda. —Aiden ya se había quitado la chaqueta de cuero y las zapatillas. Me alcanzó la chaqueta—. A lo mejor quieres ponértela. Seguro que aguanta mejor la lluvia que tu tela tejana.

—Eres muy generoso. ¿No querrás quitarte también lo demás? Quiero decir, antes de que se te rompan durante la transformación...

—Si me lo pides así...

Me lo tomé como una broma cuando agarró el dobladillo de la camiseta, pero se la quitó. Luego se desabrochó los tejanos y al poco se había quedado solo con calzoncillos negros. Acto seguido Celmar también se quedó en ropa interior, pero yo solo tenía ojos para Aiden, aunque no quería mirarlo fijamente. Estaba guapo así, sin ropa. Entrenado, nervudo, con un sorprendente bronceado en la piel... Pensé en el beso, y un deseo hasta entonces desconocido me recorrió las venas.

—¿Quieres que te reduzca también la chaqueta tejana con un hechizo? —En la voz de Cassandra había un matiz burlón.

—Sí, claro.

Le di la espalda rápido a Aiden. Mientras yo me cambiaba de chaqueta y Cassandra reducía el resto de la ropa a un tamaño de viaje, Aiden se alejó unos metros de nosotros hasta meterse con los pies en el oleaje. Nos lanzó una última mirada, se puso en suspensión con las piernas y, mientras flotaba encima de la arena, en una fracción de segundo se transformó en un dragón con las escamas de color granate, dos cuernos y una cresta espinosa en medio que se extendía

hasta la cola. La arena y el agua salpicaron cuando agitó las alas con más intensidad y se elevó en el aire.

«Qué criatura tan bonita». Jamás habría imaginado que un día llegaría a pensarlo, pero así era. Aiden era un dragón realmente magnífico, que encima derrochaba simpatía y encanto. Si yo hubiera podido ver una salida...

47

SHARNI

Me tragué las lágrimas que me anegaban los ojos cuando Isla me limpió las heridas con una manopla de baño. El ungüento de hierbas emanaba un penetrante olor a mentol y me escocía en los ojos y la garganta. Mi sensación era de profunda humillación. No me gustaba admitirlo, y mucho menos delante de Jared, pero seguramente me había salvado la vida. ¿Habría conseguido vencer a los fae sin él y librarme de todas esas flechas, letales para una humana? No lo sabía, así que casi agradecí que Isla volviera a darme golpecitos con la manopla en las heridas del brazo. El escozor me distraía, pues la humillación no era lo único que me afligía.

Niall estaba sentado en la butaca, en diagonal a mí. Tenía el brazo mucho mejor. Durante las últimas horas casi se le había curado del todo, pero también estaba histérico. El tío Darragh estaba de pie junto a la chimenea, con el móvil en la oreja, mientras Jared Merlín observaba la escena apoyado con los brazos cruzados en el marco de la puerta. Caroline y Ash se habían despedido enseguida para volver a la celebración del cumpleaños de George Merlín. El ambiente era tenso, nadie decía nada. Solo se oía el ruido de la manopla que Isla iba sumergiendo en el agua con hierbas para luego escurrirla.

Darragh dejó el móvil en la repisa de la chimenea con un suspiro.

—¿Nada otra vez? —pregunté. Negó con la cabeza, y yo solté aire—. No lo entiendo. ¿Por qué no contestan al teléfono ni papá ni Aiden? Papá me dijo que llamara en cuanto llegara a Greenwich.

—Seguro que tu padre está ocupado y llamará enseguida.

Pese a que el tono de Isla era de consuelo, no consiguió calmarme. Acababa de salvarme de los fae, pero había tenido ayuda. ¿Y Aiden? No me hacía ilusiones, seguro que también corría peligro y, pese a que contaba con Celmar a su lado, me tenía preocupada. No iba a aguantar la situación sola, lo necesitaba. Papá lo necesitaba.

—¿Entonces vuestros pueblos ahora están en guerra? —inquirió Jared.

—No lo sé, ¿te enteras? —le solté. Me había ayudado, pero cada vez estaba más enfadada porque él nos había metido en esa situación—. Es hora de averiguarlo.

Quise levantarme, pero Niall me empujó de nuevo al sofá y se sentó a mi lado.

—Solo vas a conseguir ponerte en peligro si vuelas hasta casa en este estado.

—Tiene razón. —Darragh se apartó de la repisa de la chimenea y se sentó enfrente de mí en la butaca—. En tu estado, eres presa fácil para los fae. Alégrate de haber acabado tan bien.

—Ha sido un placer —comentó Jared con una sonrisa.

Puse los ojos en blanco.

—Solo son unos rasguños.

—Son más que unos rasguños, cariño —dijo Isla—. Dale un poco de tiempo a tu padre, llamará.

—¿Y Aiden?

—Aiden está bien —insistió Darragh—. Ni siquiera sabemos si está también en el punto de mira de los fae. Y, aunque lo estuviera, no han enviado a los Flechas de la Reina y tiene a un guardaespaldas al lado. Ahora mismo no podemos hacer más que esperar.

Solté aire. No estaba convencida. Odiaba estar sin hacer nada, además no me desprendía de la sensación de que algo no iba bien. ¿Por qué no le había pedido a Caroline que me llevara al parque nacional de Connemara o como mínimo a Dublín con Aiden? Sin embargo, ya era demasiado tarde y, mientras tuviera a cuatro vigilantes a mi lado, no podía hacer nada. Tenía que esperar a la noche.

—¿Qué pasa de verdad con los Murphy? —preguntó Jared de sopetón. Clavó la mirada en Isla, como si supiera perfectamente quién era.

—¿Los Murphy? —le devolví la pregunta.

—Sí, los Murphy. —Siguió mirando fijamente a Isla—. Eres Isla Murphy, ¿verdad?

Isla me miró un momento, y yo negué con la cabeza.

—No he dicho nada, de verdad.

Jared se apartó del marco de la puerta.

—En el trayecto en taxi al aeropuerto investigué un poco en nuestro archivo, que el viejo George, tan pragmático él, mandó digitalizar hace un tiempo. Encontré unos cuantos datos interesantes sobre vuestra historia familiar. Si no soy tonto de remate, y no lo soy, el clan Murphy debería haber intervenido hace tiempo para mantener la paz.

—No te preocupes, los Murphy intervendrán. Isla ha hablado por teléfono con su familia, ¿verdad, cariño? —Darragh la miró.

—Claro. —Isla apenas le devolvió la mirada y forzó una sonrisa.

Darragh frunció el entrecejo. Hasta yo noté que allí había gato encerrado, pese a no conocer mucho a mi tía.

—¿Isla?

—No pasa nada, de verdad. Voy un momento a vaciar el agua. —Agarró el cubo y se dispuso a salir del salón, pero no llegó muy lejos. Darragh se levantó de un salto y la agarró del brazo.

—¿Qué pasa, cariño?

Isla cerró los ojos un momento y suspiró.

—Me temo que tengo que contaros algo.

48
KAILEY

Me subí de un salto a Puck y me elevé en el aire. Aiden y Celmar ya volaban en círculos sobre el mar, por encima de las nubes de lluvia, y me esperaban. Miré por última vez a Cassandra, que estaba de pie en la playa desierta y nos saludaba con la mano. Luego fui volando hacia Aiden y Celmar. Allí arriba, por encima de las nubes, hacía frío pese a estar más cerca del sol, pero apenas llovía, pues la mayoría de nubes de lluvia nos quedaban por debajo.

La última vez que había visto a Aiden y Celmar en su forma auténtica no había sido el momento de pararme a observarlos. Ahora los contemplé durante un instante y tuve que admitir que incluso Celmar, con sus escamas grises, era un dragón muy bonito.

«Bestia, monstruo, engendro», en Fairyland eran sinónimos de dragón. ¿Cómo podía ser? Esas criaturas eran más bien majestuosas, bellas.

Sacudí con la cabeza, y todos los pensamientos y dudas se desvanecieron. Había elaborado un plan y no podía distraerme. Tenía que ser así, no había otra manera. Había repasado una y otra vez alternativas en silencio, pero nada sería ni remotamente tan eficaz. Por mucho que yo quisiera.

Aiden posó la mirada en mí, esos ojos tiernos de un tono marrón cálido, y asentí con un nudo en la garganta. Sin embargo, antes de emprender el vuelo, de pronto Celmar perdió altura. Muy bien, por fin las gotas en la bebida empezaban a hacer efecto. Por debajo de las nubes, Aiden y él intercambiaron algunas palabras que no entendí, pero que me pude imaginar. La manera de hablar sonaba ronca, gutural, pero no desagradable. Celmar me miró de repente. Se quedó callado, pues sabía que de todos modos no le entendería, pero su mirada lo decía todo: «Que no me arrepienta». Luego dio media vuelta y volvió con Cassandra. Parecía que estuviera borracho, pero yo sabía que no.

Cuando casi había llegado a la playa, perdió del todo las fuerzas. Cayó en picado y aterrizó con gran estruendo en la zona del oleaje, donde se volvió a transformar en un instante. Cassandra corrió hacia él y lo sacó del agua a la arena.

Miré a Aiden, que no hizo amago de querer volver. En cambio, me indicó que siguiéramos volando, sin Celmar. El plan había funcionado.

Tragué saliva: era el momento. Ahora o nunca. Mientras Aiden se daba la vuelta para continuar el camino, saqué las espadas de debajo de la chaqueta de piel. Choqué las hojas entre sí para avisar a Aiden. No me quedaba más remedio que cumplir mi cometido, pero no podía atacarle por detrás. No sería justo, y ya no quería luchar contra él a traición.

Aiden se volvió hacia mí con una sacudida y abrió los ojos de par en par. Quiso decir algo, pero cambió de opinión. Tal vez cayó en la cuenta de que de todos modos, yo no dominaba la lengua de los dragones. O tal vez se había quedado sin palabras. No le di tiempo a pensarlo mucho, pues lo alcancé en el flanco con una de mis espadas, al tiempo que guardaba todas esas sensaciones en lo más profundo de mi ser. Aiden soltó un rugido ensordecedor y se desplomó unos metros más. Oí chillar a Cassandra, vi cómo Celmar se incorporaba y quería alzar el vuelo de nuevo para correr a ayudar a su protegido.

Sin embargo, tras dar unos pasos vacilantes, sus rodillas cedieron. Aiden se había quedado solo, y yo tenía vía libre.

En vez de darle un respiro, lo perseguí encima de Puck y le asesté otro golpe con la espalda. La sangre goteó en las olas atronadoras. Aiden no volvió a bramar. Esta vez ahorró la energía y me escupió fuego helado. Lo esquivé con destreza encima de Puck, cuando de pronto un rayo sacudió el cielo y pasó justo por mi oreja. ¡Maldita sea, Cassandra! No contaba con que provocara de nuevo la tormenta, pues así ponía en peligro también a Aiden.

Sabía por mi tío que todos los brujos y los magos poseían una habilidad especial, una especie de superpoder. ¿Cuál era la habilidad de Cassandra? ¿Sabía manipular el tiempo, volverse invisible o teletransportarse? Mierda, debería haber pensado en preguntárselo. Ahora era demasiado tarde, pero en todo caso tenía que vigilarla. Había dejado claro que iba a proteger a Aiden.

Cuando dos rayos seguidos más estuvieron a punto de impactarme y no hubo trueno, comprendí que no podía ser una tormenta natural. Así que ese era su poder: era capaz de crear rayos. Me los lanzaba en serie, y me costó mucho esquivar sus rayos y al mismo tiempo el fuego helado de Aiden. Por suerte, conseguí poner a salvo las espadas, pues en ese momento no podía plantearme volver a atacar. Hice una maniobra temeraria tras otra con Puck, hasta que de pronto me resbalé de su lomo. Intenté sujetarme, pero no encontré dónde agarrarme en la piel lisa. En el último momento logré aferrarme con la mano a una de las alas. Puck se estremeció y perdió altura, como antes Celmar y Aiden. Le dolía, pero no me dejó caer. Me balanceé de un lado a otro con las piernas y acabé de nuevo sobre la libélula reina para esquivar el siguiente rayo. Por lo menos Cassandra había dejado de atacar mientras yo pendía en el aire, impotente. Eso me demostró que no solo quería salvar a Aiden: tampoco tenía intención de sacrificar mi vida a la ligera. Solo pretendía minimizar los daños, no matarme. Todavía. Sea como fuere, la cosa se complicó. Tal vez sus rayos no me causaran

daños, pero solo mientras mantuviera la concentración. Y justo eso me distraía de mi objetivo real: Aiden. Menos mal que Celmar no podía estropearme el plan.

Fui eludiendo sus envites al tiempo que intentaba acercarme todo lo posible a él. Así dificultaría tanto a Aiden como a Cassandra el seguir atacándome. Subí con Puck a las alturas y le hice dibujar un tirabuzón en el aire mientras me agarraba con fuerza para no volver a resbalarme. Cuando estuvimos justo encima del dragón, Puck boca arriba, me solté. Me di la vuelta durante la caída y caí con agilidad encima de Aiden, que pudo reaccionar a tiempo. En cuanto me notó, empezó a moverse con fiereza como un toro embravecido. Por lo menos no hubo más rayos, pues Cassandra se arriesgaba mucho a darle a Aiden sin querer en vez de a mí.

Agarré un cuerno de Aiden con una mano, liso y resbaladizo. Con todo, logré sujetarme. Mientras tanto, con la mano que me quedaba libre saqué una de mis espadas y quise clavársela en la zona del cuello. Ya estaba tomando impulso cuando de pronto empezaron a caernos encima granizos grandes como pelotas de pimpón. A Aiden no le importó mucho, pero tuve que ponerme a cubierto. Quise guardar la espada, pero la coraza de Aiden, ya de por sí resbaladiza, aún resbalaba más mojada. Se encabritó, y yo perdí el equilibrio. Se me cayó la espada de la mano y desapareció en el abismo. Intenté recuperar el equilibrio, y fracasé. Me deslicé hacia debajo de la capa de escamas de Aiden y me precipité hacia el mar.

Al caer me arranqué el arco de la espalda, tensé la primera flecha y la disparé a la zona sensible del vientre. Mientras volaba la primera, disparé dos más. Aiden intentó desviarlas, pero era demasiado lento, así que mis siguientes dos flechas también le alcanzaron en el abdomen.

Era una guerrera elfa y me habían formado para matar dragones de todas las formas imaginables. Aun así, jamás habría pensado que un día me costaría tanto acabar con la vida de una de esas criaturas.

Aiden soltó un rugido, tan fuerte que el mar ensordecedor apenas se oía. El granizo paró de repente, me caía sangre caliente desde arriba, y me hizo tiritar de frío.

Mientras yo aterrizaba sobre Puck, Aiden pasó a mi lado precipitándose en el vacío. Cruzamos las miradas un instante. Intenté decirle en silencio lo mucho que sentía todo aquello. Luego impactó en el agua salpicando una fontana que nos llegó a Puck y a mí antes de poder esquivarla. Por lo menos, el agua me limpió la sangre de Aiden.

Subí a lo alto a Puck por última vez mientras Aiden seguía hundiéndose en las profundidades. Cassandra me lanzó insultos despiadados y algunos rayos.

Cuando Puck y yo por fin quedamos fuera de su alcance, un alarido ensordecedor atravesó el cielo. Sin volverme a mirar me alejé volando con el corazón desbocado y lágrimas en los ojos hacia Fairyland.

EPÍLOGO

Damian entró en el jardín donde a la reina le gustaba estar bajo la carpa cubierta de flores. Por todas partes florecían rosas, hortensias y prímulas de todos los colores, y el zumbido de las abejas y otros insectos era tan fuerte allí que tapaba con facilidad el chapoteo del estanque y el silbido de las flechas voladoras. El entrenamiento del ejército era cada vez más intensivo y mejor. Pronto los soldados estarían listos para su primera operación, algo que a Damian no le gustaba nada. Se le estaba acabando el tiempo.

Se acercó a la reina y le hizo una reverencia. Estaba más tumbada que sentada en la *chaise longue*, con un vestido de encaje blanco, y se metía uvas en la boca con fruición mientras cuatro fae a la vez trotaban alrededor para hacerle una trenza con la larga melena o limarle las uñas. Damian no entendía cómo lo soportaba. Él ya se volvía loco cuando estaba en el barbero, aunque no dejaba de ir. Al fin y al cabo, era consejero de la reina, y convenía lucir un aspecto cuidado.

—Su Majestad, ¿qué puedo hacer por vos?

—¿Habéis tenido noticias de vuestra sobrina?

—Anoche, desde entonces no he recibido novedades.

—Entonces, ¿hoy todavía no habéis hablado con ella? —insistió la reina.

Damian se contuvo para no fruncir el entrecejo. Se temía que la reina se impacientara. Había sido arriesgado ocultarle alguna que otra información, y ahora parecía desconfiar. Aun así, en ese momento parecía más bien preocupada. ¿Qué estaba pasando? Sin embargo, se guardaría de plantear la pregunta. Debía ser prudente.

—De momento no.

—Eso no es bueno. —Irritada, la reina espantó a sus súbditos como si fueran moscas que la incordiaran y se incorporó.

—¿Puedo preguntar qué ha pasado? —Damian ya no pudo contenerse más.

—Le encargué una misión a vuestra sobrina, y esperaba que se pusiera en contacto con vos para informaros.

En los inicios de su actividad como consejero, a Damian le costaba, pero a esas alturas ya se había acostumbrado a aparentar calma, mientras por dentro sentía una gran inquietud. Como en ese momento. ¿Por qué demonios había encargado la reina una misión a Kailey a sus espaldas? ¿Y por qué su sobrina no lo había consultado con él?

—Intentaré con mucho gusto localizar a mi sobrina, si es lo que deseáis.

—Os lo ruego.

Damian asintió y se alejó unos pasos, mientras sacaba el móvil del bolsillo de los pantalones. Vio que había llamado a Kailey esa misma mañana. La reina debió de haberle quitado el móvil sin que se enterara. Maldita sea, debería haberse dado cuenta.

—Su Majestad —contestó Kailey al otro lado de la línea.

Oyó que estaba en el aire, pero no hizo preguntas, aunque las tuviera en la punta de la lengua.

—Kailey, soy tu tío. La reina quiere saber si has cumplido tu misión.

—Sí. —Damian esperaba que siguiera hablando, y así lo hizo unos segundos después—. El príncipe de los dragones está muerto.

A Damian se le heló la sangre en las venas, y esta vez le costó no reaccionar. ¿El sucesor al trono de los dragones estaba muerto? Pero... ¿cómo podía ser? Kailey tenía dudas, había ido ganando confianza con el príncipe de los dragones. Damian había apostado por ella, ¿y ahora Aiden O'Rourke estaba muerto? No podía ser, eso echaba a perder todo su plan. Sintió desesperación y rabia porque nadie le hubiera informado y por no haber intentado prevenir todo aquello. Los Flechas de la Reina habían salido a matar a la princesa de los dragones, pero no esperaba que la reina quisiera eliminar también sin escrúpulos al sucesor al trono, y encima tramándolo a sus espaldas. ¿Acaso ya no confiaba en él?

—Se lo diré a la reina. ¿Estás de regreso? —Consiguió a duras penas mantener la calma aparente.

—Sí.

—Bien, hablamos luego. —Cuando colgó, guardó el móvil y se acercó a la reina, que volvía a comer uvas como si nada—. Mi sobrina ha cumplido la misión, Su Majestad.

El rostro de la reina adoptó una expresión triunfal.

—Muy bien.

AGRADECIMIENTOS

Flame&Arrow es muy especial para mí. Pensé la trama de la historia durante un viaje en coche con mi marido de la isla de Fehmarn a la LoveLetter Convention en Berlín. De hecho, quería escribir algo muy distinto, pero la historia de Kailey y Aiden me salió así, sin más. Me entusiasmé, me moría de ganas por sentarme ya en el escritorio para dejarla por escrito, pero aunque hacía tiempo que había firmado el contrato del proyecto, tardé casi un año entero en poder dedicarme por fin a los dragones y los fae.

Pese a que me seguía encantando la historia, al principio tuve auténticos problemas para acceder a ella. Por una parte, esta vez no contaba con un protagonista que descubre con vosotros el mundo de los fae y los dragones, y por otra Kailey y Aiden no debían conocer sus respectivas identidades hasta el final del primer volumen, y eso no funcionaba.

Me desvié de la sinopsis, y reescribí la historia. Una vez terminada, volví a cambiar todo el final porque a mi marido y a mí se nos ocurrió una idea mejor. Cuando por fin llegó el manuscrito a la editorial, me daba la sensación de tenerla pisándome los talones. Nunca había reescrito tanto. Por momentos maldije el libro, pero al final las novelas o

pasajes que más me han exigido como autoría suelen ser los mejores. Y espero que esta vez también sea así.

Me encanta *Flame&Arrow* y me alegro de no haberme dejado intimidar, algo que debo agradecer en primer lugar a mi marido. Siempre consigue que vuelva a entusiasmarme con mis propias historias y motivarme de tal manera que esté ansiosa por volver a sentarme en el escritorio. Por muy cansado u ocupado que esté él, siempre encuentra tiempo para mí y mis inquietudes, lee mis textos una y otra vez para mejorarlos juntos. Te lo agradezco de corazón. Sin ti y tu confianza en mí jamás habría llegado tan lejos. ¡Gracias por permitirme vivir mi sueño!

También me gustaría dar las gracias de corazón a Ravensburger. He colaborado con varias editoriales, pero Ravensburger es y sigue siendo mi favorita. El equipo es maravilloso y, como siempre, me quedo sin palabras ante el hecho de que *Flame&Arrow* sea uno de los títulos estrella. ¡Gracias por la oportunidad y por cumplir mi sueño!

Me gustaría dar las gracias explícitamente a mi persona de contacto, Valentino Dunkenberger, que siempre me apoya con consejos y hechos. Cuando pensaba para *December Dreams* si hacer una serie derivada de *Clans of London* o *Flame & Arrow*, se le ocurrió la idea de unir los dos mundos. Mi historia de calendario de adviento al final había tomado otro rumbo, pero la idea de que se encontraran dragones, fae y magos siguió ahí. Fue muy bonito volver a los clanes. Además, así surgió Sharni, mi personaje favorito de todos. ¡Muchas gracias, Valentino!

También me gustaría dar las gracias a mi editora Franziska Jaekel. Cuando me enteré de que una editora externa se iba a hacer cargo de *Flame&Arrow* tuve sentimientos encontrados, pero mi miedo era infundado. Querida Franziska, me lo he pasado muy bien trabajando contigo, y me alegro mucho de pulir contigo el segundo volumen, aunque todavía no haya terminado de escribirlo.

Llegados a este punto, me gustaría dar las gracias a Stefanie Böhmer. Todavía no has empezado con el *marketing* de *Flame&Arrow*, pero sé que lo harás genial. Gracias, Steffi.

También me gustaría dar las gracias a Niklas y Betty. Sé que no siempre es fácil y que muchas veces tenéis que armaros de paciencia. Aunque lo de la paciencia no siempre os sale bien, aceptáis muy bien las circunstancias. ¡Os quiero mucho!

No me olvido de mi agente, Diana Itterheim, de litmedia.agency. Querida Diana, nunca lo repetiré lo suficiente: acudir a ti fue una de las mejores decisiones de mi vida. ¡Gracias por todo!

Por último, me gustaría volver a daros las gracias a vosotros. Espero que *Flame&Arrow* os guste tanto como a mí. En el segundo volumen habrá otro reencuentro con los clanes, esta vez más extenso. Si a alguien le interesa la historia de Darragh e Isla, la puede leer en *December Dreams*. Solo me queda daros las gracias por haber escogido este libro. ¡Cuidaos!

© Sandra Grauer

SANDRA GRAUER

nació en 1983 en la cuenca del Ruhr, en Alemania. Leer, escribir y hurgar en mundos distintos a través de historias siempre ha sido su pasión. Estudió idiomas y traducción en Heidelberg antes de hacer un curso a distancia de periodismo y una formación en una agencia de relaciones públicas de Karlsruhe. Ahora vive en la región del Ruhr con su marido y su hijo y escribe novelas, gran parte de ellas juveniles.

www.sandra-grauer.de @sandragrauer @sandragrauer

Book review INLOV

Inicio:

Fin:

Tropos:

Personajes favoritos:

Citas preferidas:

“

Notas:

El libro en una canción:

Comparte tu Book review

CONTENIDO INLOV

VIOLENCIA

CRIATURAS FANTÁSTICAS

Draconis

Clan Murphy

Fae

N

E O

S

Norte de Irlanda
TERRITORIO DE LOS DRACONIS
(Sede principal: parque nacional de Connemara)

Dublín y Howth
SEDE DEL CLAN MURPHY

entre Limerick y Galway
TERRITORIO NEUTRAL

Sur de Irlanda
TERRITORIO DE LOS FAE
(Sede principal: península de Dingle/Fairyland)

Océano
Atlántico
Norte
Irlanda
del Norte
Irlanda
Isla de
Lambay
Twelve
Bens
Letterfrack
Malahide
Howth
Lough Corrib
Parque nacional
de Connemara
Galway
Dublín
Moycullen
Bogs
Mountshannon
Lough Derg
Acantilados de Moher
Parque nacional
de Burren
Mar de
Irlanda
Limerick
Península
de Dingle
Milltown
Canal de San Jorge